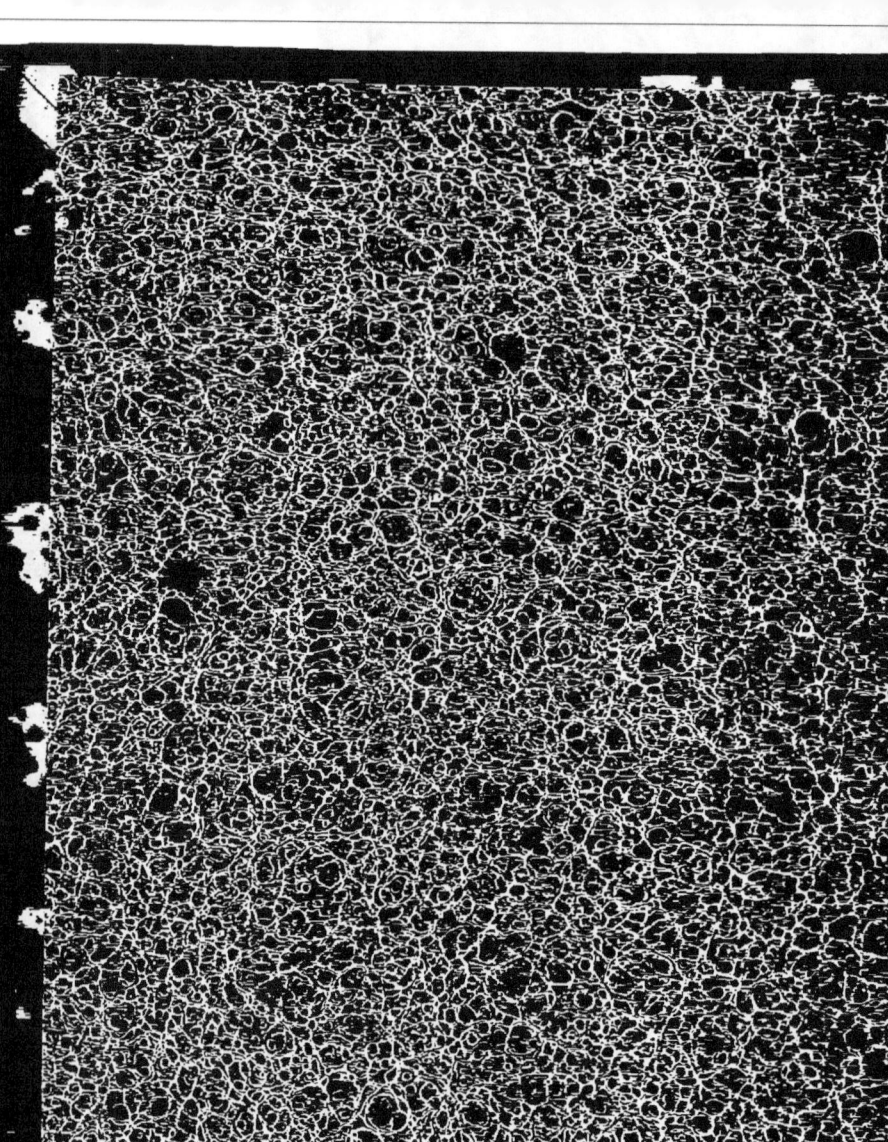

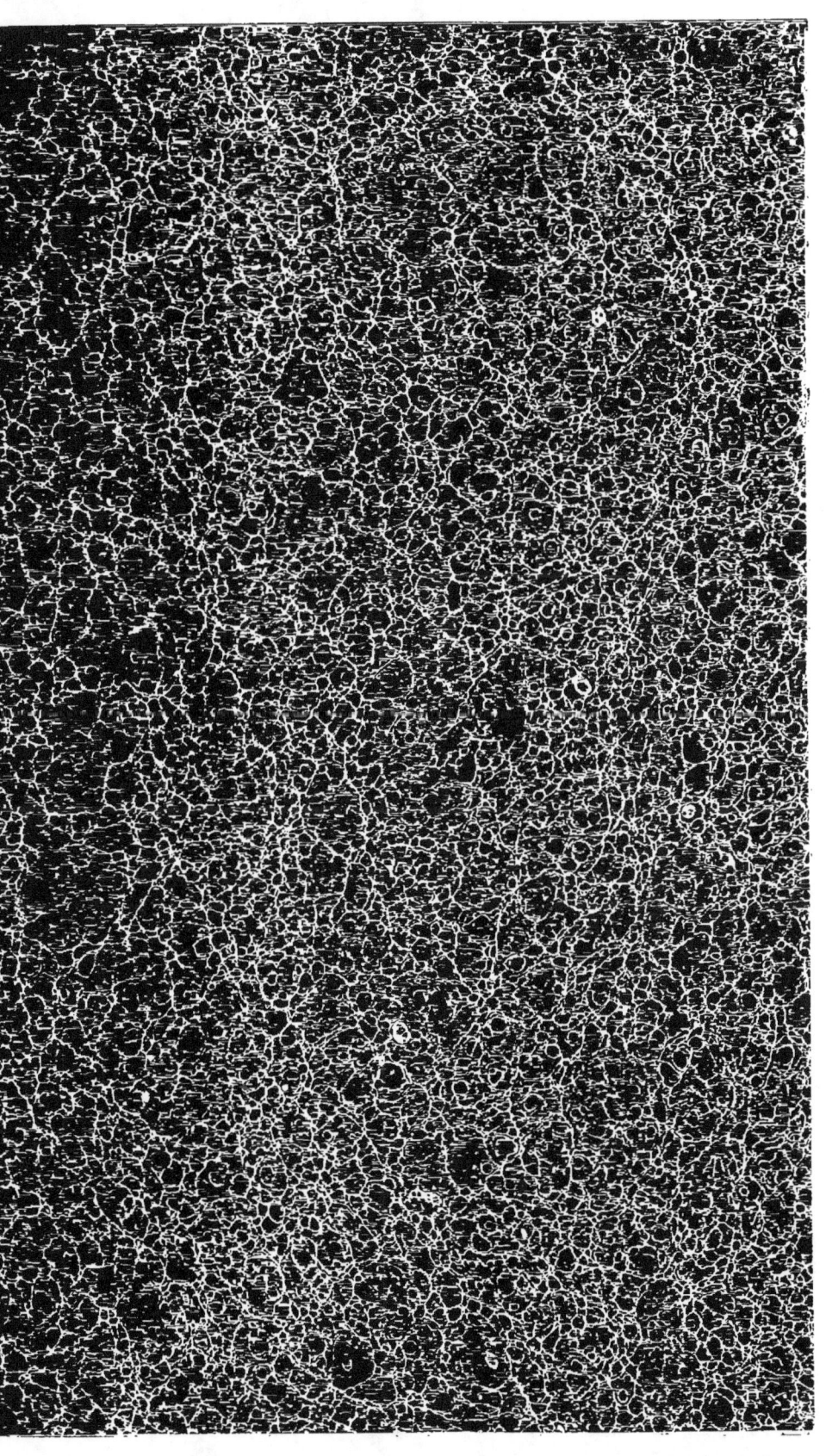

X 1906
B+a.10.

ŒUVRES

POSTHUMES

D'ATHANASE AUGER

X. 1906
B + a - 10.

7620

DISCOURS

DE

CICÉRON,

TRADUITS

PAR ATHANASE AUGER.

TOME DIXIÈME.

A PARIS,

De l'Imprimerie, rue du Théâtre - Français,
N°. 4.

L'AN II DE LA RÉPUBLIQUE FRANÇAISE, UNE ET
INDIVISIBLE.

DISCOURS

DE

CICÉRON.

PREMIÈRE PHILIPPIQUE

DE CICÉRON.

Sommaire.

CÉSAR avoit été tué : Cicéron prononça sa première philippique, ou premier discours contre Antoine. L'orateur annonce dans un très-court début qu'il divisera son discours en deux parties ; que dans la première, il exposera les motifs de son départ et ceux de son retour ; que dans la seconde, il parlera des affaires de la République. Il commence par exalter la sagesse et la modération que fit paroître d'abord Antoine avec Dolabella son collègue. Cette sagesse et cette modé-.ration, qui lui avoient donné les meilleures espérances, ne furent pas de longue durée, sur-tout de la part d'Antoine. Ce consul ne tarda point

Tome X.   A

à abuser de son pouvoir , et ce furent ces abus qui engagèrent Cicéron à s'éloigner pour quelque tems. Une harangue d'Antoine , un édit de Brutus et de Cassius , qu'on lui annonça dans le cours de son voyage , qu'il raconte en peu de mots , le firent changer de dessein et revenir sur ses pas. Il rapporte encore quelques autres motifs de son retour , et passe à la seconde partie , c'est-à-dire , il parle des affaires de la République.

Il se plaint d'abord de la violence d'Antoine , qui a voulu le contraindre de venir au sénat. On avoit décerné des honneurs divins à César ; il annonce qu'il s'y seroit opposé de toutes ses forces. Il promet du courage pour lui-même dans ses opinions , en témoignant combien il est fâché que la plupart des sénateurs en aient montré et en montrent si peu dans leurs avis. Il consent à ce que , pour le bien de la paix , on laisse subsister les actes de César , mais il déclare ce qu'il entend par ces actes. Il reproche à Antoine , sans s'expliquer trop clairement , d'avoir produit et fait valoir de prétendus actes de César , tandis qu'il a négligé et infirmé ses actes véritables , c'est-à-dire , ses loix, et ses meilleures loix. Il en cite quelques-unes , auxquelles il oppose des loix d'*Antoine*, qu'il ne craint pas d'attaquer. Il conjure *Antoine* et *Dolabella* de ne pas lui en vouloir, parce qu'il s'exprime librement ; il leur rappelle ce qu'ils ont fait de bien, et les engage par de grands motifs à ne point démentir leurs précédentes actions. Il s'arrête sur-tout à *Antoine*, lui adresse la parole quoiqu'absent, et l'exhorte d'une manière pathétique à se faire aimer, plutôt qu'à se faire craindre. Il conclut en manifestant pour lui-même les sentimens les plus magnanimes.

Dans cette première philippique, *Cicéron* se plaint assez vivement de l'administration et de la conduite d'*Antoine* : il le fait néanmoins avec quelques ménagemens, et sans se déclarer encore son ennemi. Il l'attaque en certains endroits un peu à mots couverts, ce qui rend ces endroits obscurs et difficiles.

Cicéron intitula Philippiques tous ses discours contre *Antoine*, à l'exemple de *Démosthéne* qui avoit appellé ainsi ses discours contre *Philippe*. Nous appellons màintenant philippique *toute déclamation violente contre quelque personne que ce soit.*

Cette première philippique *fut prononcée* l'an de Rome 709, dans la 63e de *Cicéron*.

PREMIÈRE PHILIPPIQUE

DE CICÉRON.

PÈRES CONSCRIPTS , avant que de vous dire, sur les affaires de la République, ce que m'inspire la nécessité des conjonctures, je vais vous exposer en peu de mots les motifs de mon départ et ceux de mon retour.

Je me flattois d'abord que la République , rentrée enfin sous votre autorité, alloit être gouvernée par vos conseils ; je m'étois donc déterminé à rester dans le poste (1) où me demandoit mon rang de consulaire et de sénateur. Je ne m'écartois pas d'un moment , mes yeux étoient sans cesse arrêtés sur la République , depuis le jour où nous fûmes convoqués dans le temple (2) de Tellus. Ce fut

(1) Latin, *quasi in vigiliá. Quasi*, parce que *vigilia* étoit un mot qui convenoit proprement à la guerre.

(2) Antoine avoit choisi ce temple, parce qu'il étoit voisin de sa maison, et qu'il craignoit la salle du sénat, laquelle se trouvoit au-dessous du Capitole où s'étoient retirés les meurtriers de César.

alors que je jettai, autant qu'il me fut possible, les fondemens de la paix, et que, re-
nouvellant un exemple donné jadis par Athènes,
me servant même du mot (1) grec qu'avoit employé cette ville pour appaiser les discordes,
j'opinai qu'on devoit ensevelir dans un éternel
oubli, jusqu'aux moindres traces de nos dis-
sensions.

Antoine avoit alors prononcé un discours
digne des plus grands éloges, il annonçoit
même les meilleures dispositions : il avoit fait
la paix avec nos illustres libérateurs en donnant son fils (2) pour ôtage. Le reste de sa conduite s'accordoit avec ces commencemens. Les
principaux de la ville étoient appellés aux
conférences\ qui se tenoient chez lui pour les
intérêts de la République : il déféroit au sénat
les plus importantes affaires. Les registres de

(1) Pendant les dissentions d'Athènes et la tyrannie
des trente, les exilés victorieux firent un traité avec
les citoyens de la ville, par lequel il étoit stipulé qu'on
oublieroit absolument le passé. On se servit alors du
mot grec *mèmnésikakein*, qui signifie, ne pas se
ressouvenir des injures.

(2) Latin, *liberos*. *Liberi* se disoit d'un seul fils ou
d'une seule fille.

César ne contenoient alors que ce qui étoit connu de tout le monde (1). Il répondoit d'un ton ferme et avec précision aux questions qui lui étoient faites. Rétablit-on des exilés ? Un seul, disoit-il, et pas davantage. Accorde-t-on des exemptions ? Aucunes, répondoit-il. Il nous pressoit même d'embrasser l'avis de l'illustre Sulpicius, d'ordonner qu'après les ides de Mars on ne feroit publier aucun décret ou grace émanés de César. Je supprime bien des traits non moins louables de la conduite d'Antoine ; je me hâte d'arriver à la plus remarquable de ses actions. La dictature avoit usurpé une autorité égale à celle des rois ; il l'a anéantie dans la République. Nous n'allames pas même aux opinions à ce sujet. Il avoit apporté un

(1) Après la mort de César, Antoine s'étoit emparé de ses régistres ; et comme, pour le bien de la paix, le sénat avoit confirmé les actes de César, Antoine fit ensuite tout ce qu'il voulut comme étant porté sur les régistres qu'il avoit rédigés à sa fantaisie. —— *Un seul*, Sextus Clodius, qui avoit été condamné et exilé, parce qu'il avoit fait brûler le corps du fameux Clodius dans la place publique, et que le feu du bûcher avoit embrasé la salle du sénat. —— *Après les ides de Mars*, après le quinze de Mars.

sénatus-consulte tout rédigé : dès qu'on en eut fait lecture , tous les senateurs l'adoptèrent par acclamation , et pour remercier Antoine , il fut rendu un autre sénatus-consulte dans les termes les plus honorables. Un jour nouveau sembloit nous luire : Antoine nous affranchissoit , non-seulement de la tyrannie sous laquelle nous avions gémi , mais encore de toute crainte de la voir renaître. En effet , pouvoit-il nous donner un gage plus sûr de sa volonté bien décidée de rétablir la liberté dans Rome , que d'abolir parmi nous le titre de dictateur , titre en lui-même légitime et souvent utile , mais devenu odieux par l'abus tout récent d'une dictature perpétuelle ? Quelques jours après , grace à ses soins , le sénat fut délivré de la crainte d'un massacre : il fit précipiter dans le Tibre (1) un esclave fugitif qui avoit pris le nom de Marius.

Telles sont les actions communes entre

(1) Le texte porte, *uncus impactus est fugitivo illi.* L'*uncus* étoit un bâton armé d'un fer recourbé avec lequel on traînoit les criminels pour les précipiter dans le Tibre, ou leur faire subir quelqu'autre supplice. L'esclave dont il est parlé se disoit fils de Marius, et avoit pris son nom.

A 4

Antoine et Dolabella son collègue : il en est
d'autres qui n'appartiennent qu'à Dolabella,
mais dont Antoine auroit, je crois, partagé
la gloire, s'il n'eût été éloigné de Rome. Un
horrible désordre s'étoit introduit dans cette
ville (1), et gagnant de proche en proche
étendoit au loin ses progrès ; les mêmes hommes
qui, sous des auspices funestes, avoient brûlé
en tumulte le corps de César, vouloient lui
conserver un monument dans la place publique ; des citoyens pervers, soutenus d'esclaves qui leur ressembloient, s'enhardissant
tous les jours de plus en plus, menaçoient
nos temples et nos maisons : Dolabella sévit

(1) La multitude avoit érigé en l'honneur de César,
une colonne massive haute de vingt pieds, avec cette
inscription, *Au père de la patrie*. Elle s'y assembloit
tous les jours, y faisoit des sacrifices, etc.——*Avoient
brûlé....*, Latin, *insepultam sepulturam effecerant.*
Cicéron appelle *insepulta sepultura* des funérailles
faites à la hâte et en tumulte, contre tous les rites.
Le corps de César avoit été brûlé par la multitude
avec tous les bois qu'elle avoit rencontrés sous sa
main. *Bustum*, monument érigé pour un mort. On
sait que le Dolabella dont il est parlé ici, avoit été
gendre de Cicéron, qu'il avoit épousé sa chère Tullie
qui étoit morte.

avec une telle rigueur , et contre ces esclaves audacieux et scélérats , et contre ces criminels et infâmes citoyens , il renversa avec une telle fermeté la colonne odieuse érigée en l'honneur de César , que je ne puis comprendre comment lés tems qui ont suivi ont pu être si différens de cette journée.

Aux calendes de juin , jour pour lequel on avoit publié une convocation , tout étoit changé. Rien ne se faisoit plus par le sénat ; on terminoit nombre d'importantes affaires au nom du Peuple , sans consulter le Peuple (1) et contre son vœu. Les consuls désignés déclaroient hautement que la crainte les empêchoit de venir au sénat : les libérateurs de la patrie n'osoient paroître dans une ville qu'ils avoient arrachée à la servitude ; et cependant les consuls eux - mêmes faisoient leur éloge en public comme en particulier. On vouloit ameuter les vétérans (2) , dont cet ordre avoit ménagé avec

_____

(1) Mot à mot *en l'absence du Peuple.* Ce n'étoit pas le Peuple que cette populace qu'assembloit Antoine pour lui faire décider ce qu'il vouloit.

(2) Les soldats qui avoient servi sous César et rempli leur tems de service. Voici comme *appellabantur* est expliqué par un savant. *Tullius ait veteranos appel-*

soin les intérêts ; on les excitoit à ne pas se
contenter de leurs possessions , mais à con-
voiter de nouvelles rapines. J'aimois mieux
apprendre de loin tous ces désordres que d'en
être spectateur ; usant donc du privilège d'une
lieutenance (1) honoraire , je me retirai avec
l'intention de revenir aux calendes de janvier ,
tems où l'on devoit commencer à convoquer
le sénat.

Vous venez d'entendre , P. C. , les motifs
de mon départ , je vais maintenant vous exposer en peu de mots ceux de mon retour
qui doit plus surprendre encore. Après avoir
évité , non sans dessein , la ville de Brindes (2) ,

*Iatos fuisse ab Antonio , sive compellatos in concione ,
ad ulciscendam Caesaris necem ut coirent.*

(1) Mot à mot, d'*une lieutenance libre*, c'est-à-
dire , d'une lieutenance qui n'avoit point de ressort
déterminé , point de province où elle pût exercer son
pouvoir. On donnoit deux licteurs à ceux auxquels on
ne décernoit ces lieutenances, que pour qu'ils pussent
terminer en sûreté leurs affaires propres. Je voudrois
lire avec Lambin *liberae* au lieu de *liberium.*

(2) Ville, sur les confins de la Calabre, d'où l'on
pouvoit passer facilement en Grèce. Cicéron l'évitoit,
parce qu'Antoine y avoit quatre légions dont il craignoit les violences.

et cette route si fréquentée qui conduit en
Grèce ; j'arrivai le premier du mois d'août
à Syracuse , d'où le passage en Grèce est regardé comme facile. Quoique j'eusse avec cette
ville des liaisons (1) fort étroites , elle ne put ,
malgré ses instances , me retenir plus d'une
nuit. Je craignois que mon arrivée imprévue
chez des amis intimes ne donnât quelque soupçon si je prolongeois mon séjour. Les vents
m'ayant porté de Sicile à Leucopetra , promontoire sur les terres de Rhège , je m'em-
barquai dans ce lieu pour passer en Grèce.
A peine avois-je perdu de vue le port , que je
fus rejetté par un vent contraire sur la côte
même où je m'étois embarqué. La nuit étoit
fort obscure , et j'avois pris mon logement dans
la maison de campagne de Valérius , un de mes
plus intimes (2) amis : le lendemain , comme j'y
restois toujours pour attendre le vent , je fus
visité par plusieurs habitans de Rhège , dont

(1) Cicéron s'étoit montré l'ami de toute la Sicile, et en
particulier de Syracuse, en toute occasion , et sur-tout
lorsqu'il entreprit d'accuser Verrès pour venger leurs
injures.

(2) Les deux mots latins *comes* et *familiaris* ne veulent
dire autre chose qu'un ami particulier, un ami intime.

quelques-uns arrivoient tout nouvellement de Rome. Ceux-ci me communiquèrent d'abord une harangue d'Antoine, qui me plut tellement, qu'après l'avoir lue, je commençai à m'occuper de mon retour. Peu de tems après l'on m'apporta l'édit (1) de Brutus et de Cassius, dont l'équité me frappa d'autant plus que je chéris davantage ces deux hommes, moins toutefois pour eux-mêmes que par amour pour la République. L'on m'ajoutoit (car on mêle souvent des circonstances aux nouvelles, afin de les rendre encore plus agréables) que les choses s'accommoderoient; que le sénat s'assembleroit aux calendes du mois d'août; qu'Antoine éloignant les mauvais conseillers, et renonçant à ses prétentions sur le gouvernement des Gaules (2), se soumettroit enfin à l'autorité du sénat.

Alors je me sentis si enflammé du desir de

___

(1) Cicéron ne dit pas ici, et on ne sait pas d'ailleurs ce que portoit cet édit de Cassius et Brutus, qui tous deux étoient préteurs. On ignore aussi quelle étoit cette harangue d'Antoine dont il est parlé un peu plus haut.

(2) Cicéron dit *des Gaules*, quoiqu'il ne fût question que de la Gaule citérieure.

mon retour, que ni les voiles, ni les rames ne pouvoient répondre à mon impatience. Ce n'est pas que je me flattasse d'arriver à tems, mais je craignois de ne pas féliciter assez tôt la République. Transporté promptement à Vélie, j'y vis Brutus (1) ; je ne dis point quelle fut toute ma douleur. Il me sembloit honteux à moi-même d'oser rentrer dans une ville d'où Brutus avoit été obligé de s'éloigner, et de vouloir vivre en sûreté dans un lieu où ce grand homme ne pouvoit se montrer sans péril. Pour lui, beaucoup moins affligé que moi, plein de cette fierté que donne la conscience de l'action la plus belle et la plus glorieuse, sans se plaindre de son sort, ne déploroit que le vôtre.

Ce fut lui qui me donna la première nouvelle du discours qu'avoit tenu Pison (2) dans

(1) Comme les esprits du Peuple étoient fort animés contre Brutus et Cassius, le sénat, pour les soustraire au péril, les chargea du soin des approvisionnemens de Rome, en les dispensant des loix qui ne permettoient pas aux préteurs d'être absens de la ville plus de dix jours.

(2) Lucius Piso, beau-père de César, contre lequel nous avons de Cicéron une si sanglante invective. On

le sénat aux calendes du mois d'août. Celui-ci,
comme je l'apprenois du même Brutus, n'avoit
été soutenu que foiblement par les sénateurs, qui
auroient dû sur-tout l'appuyer ; cependant,
et d'après le témoignage de Brutus, qui doit
être d'un grand poids, et suivant le rapport
de tous ceux que j'ai vus depuis, il me sembla
que Pison s'étoit couvert de gloire. Je hâtai
donc ma marche pour venir seconder un homme
qui ne l'avoit pas été par les sénateurs présens :
je me hâtai, non dans la certitude de réussir, je
ne l'espérois pas et je ne pouvois me le promettre ; mais si je venois à être enlevé par
quelque accident (et nous sommes menacés,
ce semble, de bien d'autres maux (1) que de
ceux auxquels nous assujettissent notre nature
et le destin), je voulois qu'il me fût du moins
permis de laisser à la République le discours
que je prononce en ce jour, de le lui laisser,
dis-je, comme un témoignage de mon zèle
inaltérable.

ne sait pas ce qu'il avoit dit dans le sénat contre
Antoine, mais Cicéron nous fait entendre ici et ailleurs
qu'il y avoit parlé avec beaucoup de force et de courage.

(1) L'orateur veut dire, sans doute, qu'on avoit à
craindre des morts violentes.

Puisque j'ai justifié, P. C., comme je m'en flatte, et mon départ, et mon retour, trouvez bon qu'avant d'entamer ce que j'ai à dire sur la République, je me plaigne en peu de mots de l'injure que me fit hier Antoine, dont je suis l'ami, et dont, par reconnoissance d'un certain service (1), j'ai toujours fait gloire de l'être. Quel sujet y avoit-il donc de me contraindre hier avec tant de dureté à me rendre au sénat ? N'y manquoit il que moi ? N'avez-vous pas souvent été en moindre nombre ? Y étoit-il question d'une affaire qui obligeât même les malades de s'y faire porter ? Sans doute, Annibal étoit aux portes de Rome, où bien il s'agissoit de la paix avec (2) Pyrrhus, pour laquelle paix, suivant le rapport de l'histoire, le fameux Appius se fit porter au sénat, quoique aveugle et dans une extrême vieillesse.

(1) Antoine envoyé avec des légions dans l'Italie, pour empêcher les partisans de Pompée d'y entrer, trouva à Brindes Cicéron, qui n'avoit pas encore obtenu sa grace de César. Il l'épargna, quoiqu'il eût pu le tuer par le droit de la guerre.

(2) Le sénat penchoit à faire la paix avec Pyrrhus ; Appius Cœcus s'y fit porter pour dissuader une paix qu'il regardoit comme déshonorante.

On vouloit décerner des prières publiques ;
et, en pareil cas, il y a toujours assez de
sénateurs : ils viennent, sans que des gages (1)
les y contraignent, par égard pour ceux qui
sont l'objet de la délibération. C'est la même
chose lorsqu'on veut décerner un triomphe.
Les consuls alors ne se donnent pas grand
mouvement, ensorte qu'un sénateur est presque maître de ne pas se rendre au sénat. Instruit comme je l'étois de cet usage, et d'ailleurs
fatigué de la route, dans un mal-aise qui me
rendoit insupportable à moi-même, j'ai eu l'attention par amitié pour Antoine de l'en faire
prévenir. Mais il s'est permis de dire en votre
présence qu'il se transporteroit à ma maison avec
des ouvriers armés de haches. Il y avoit trop de
vivacité dans cette parole et point assez de réserve.
De quel crime vouloit-il donc me punir, pour
oser dire en plein sénat qu'il renverseroit avec
des ouvriers publics une maison (2) rebâtie

(1) Nous voyons ici et ailleurs que les consuls pouvoient exiger des gages des sénateurs, ou leur imposer
une amende pour les obliger de venir au sénat.

(2) Le furieux Clodius, après le départ de Cicéron,
avoit fait renverser sa maison et consacrer l'emplacement. Lorsque Cicéron fut rappellé, il fut ordonné
aux

aux frais publics d'après un sénatus-consulte ?
A-t-on jamais contraint un sénateur sous une
telle peine ? Emploie-t-on contre nous d'autres
voies que les gages ou l'amende ? S'il eût pu
savoir quel auroit été mon avis, assurément il
se fût un peu relâché de sa rigueur à me
contraindre.

Croyez-vous, P. C. , que j'aurois opiné à
ce que vous avez décidé malgré vous (1), que
j'aurois été d'avis qu'on joignît les prières publiques aux sacrifices funèbres, qu'on intro-
duisît dans Rome des superstitions abominables, qu'on décernât des prières publiques
pour un mort ? Je ne dis pas quel mort. Quand
ce seroit le Brutus qui a délivré la République
du despotisme royal, et qui, pour reproduire
la même vertu et la même action, a prolongé
près de cinq siècles son illustre (2) race ; je
n'aurois pu néanmoins me déterminer à asso-

par le sénat qu'elle seroit rétablie aux frais de la
République.

(1) Cicéron cherche à excuser le sénat : il blâme
les prières publiques décernées pour César mort, ce
qui étoit le regarder comme un Dieu.

(2) Dans la personne de Marcus et Décimus Brutus,
deux des principaux meurtriers de César.

Tome X. B

cier un mort au culte qui n'est dû qu'aux immortels , à rendre les honneurs divins à celui
qui n'ayant nulle part de tombeau , ne peut
même recevoir les honneurs funéraires. Pour
moi , P. C. , j'aurois ouvert un avis que j'aurois pu sans aucune peine justifier devant le
Peuple Romain (1) , s'il étoit survenu quelque calamité , soit la guerre , soit des épidé-
mies , soit la famine : une partie de ces maux
nous afflige déjà , et je crains bien que nous
ne soyons menacés des autres. Veuillent les
Dieux immortels pardonner le décret au Peuple
qui ne l'approuve pas , et au sénat qui l'a porté
malgré lui !

Mais est-il permis de parler des autres maux
de la République? Oui , certes , j'en ai le droit,
et j'aurai toujours celui de ne point me manquer à moi-même , de mépriser la mort. Qu'on
me laisse seulement la liberté de venir au sénat;
et j'y parlerai, quelque danger qu'il y ait à le
faire. Que n'ai-je pu , P. C., m'y rendre aux
calendes du mois d'août ! Ce n'est pas qu'il
eût été possible d'y rien opérer d'utile ; mais du

____

(1) *J'aurois ouvert....* c'est-à-dire , j'aurois ouvert
un avis qui n'auroit pas été de nature à provoquer
la colère des Dieux.

moins j'aurois empêché qu'il ne s'y trouvât, comme on l'a vu, qu'un seul consulaire (1) digne de son rang, digne de la République. Et ce qui m'affecte bien douloureusement, c'est que des hommes élevés aux premiers honneurs par le Peuple Romain n'aient pas eu le courage de se joindre à Pison qui ouvroit le meilleur avis. Pourquoi donc le Peuple Romain nous a-t-il faits consulaires ? Est-ce afin que placés dans le rang le plus distingué et le plus auguste, nous comptions pour rien la République ? Quoi ? nul ancien consul n'a applaudi à l'avis de Pison, ni par des paroles, ni même par un simple mouvement de tête !

Quelle est donc, grands Dieux ! cette fureur de se jetter volontairement dans la servitude ? Qu'il nous suffise d'avoir été une fois comme nécessités de subir le joug (2). Au reste ; je n'exige pas la même chose de tous ceux qui donnent leur avis dans le rang de consulaires. Il y en a à qui je pardonne leur silence ; il y en a à qui j'impose l'obligation de parler : et ce qui m'afflige, c'est que le Peuple Romain

(1) Lucius Piso, qui seul, comme nous avons vu, avoit parlé avec courage dans le sénat.

(2) Sous la domination de César.

B 2

les soupçonne de se manquer à eux-mêmes;
non-seulement par crainte, ce qui seroit déjà
un déshonneur, mais chacun pour des raisons
particulières. Je commence donc par témoigner
à Pison toute la reconnoissance que m'inspire
sa démarche généreuse ; je le félicite d'avoir
considéré, non ce qu'il pouvoit faire pour la
République, mais ce qu'il devoit. Je vous demande ensuite, P. C., quand même vous n'ose-
riez pas suivre les avis que je vais vous donner
dans ce discours, de continuer du moins à
m'écouter avec la même bienveillance.

Et d'abord je suis d'avis de laisser subsister
les actes (1) de César : ce n'est pas que je les
approuve ; eh ! qui pourroit les approuver ?
Mais je pense qu'on doit avant tout maintenir
la tranquillité et la paix. Je voudrois qu'Antoine
fût ici présent, pourvu qu'il n'amenât point

(1) Après la mort de César, le sénat pensoit à
infirmer ses actes ; mais ayant fait réflexion que des
citoyens très-distingués en avoient reçu des magistratures, des provinces, etc. et craignant de renouveller
la guerre civile, il décida que, pour le bien de la
paix, les actes de César seroient confirmés. Antoine
abusa de cette décision, comme nous avons dit plus
haut.

tout son cortège (1) : mais , sans doute , il lui
est permis d'être malade , ce qu'il ne me permettoit pas hier : il me feroit voir à moi , ou
plutôt à vous , P. C. , ce qu'il regarde lui-
même comme les vrais actes de César. Quoi ?
de simples mémoires , de simples billets produits , que dis-je , produits ? annoncés seulement , et annoncés sur la foi d'Antoine , nous
les maintiendrons comme les vrais actes de
César : et ce que le même César a gravé sur
l'airain , sur lequel il a consigné les ordonnances du Peuple , les loix faites pour durer
toujours , sera tenu pour nul !

Suivant moi , ce qui constitue sur-tout les
actes de César , ce sont les loix de César.
Quoi ? les promesses qu'il aura faites à tel ou
tel auront leur (2) effet ! . . . . Promesses qu'il

(1) Le _sine_ _advocatis_ du latin est piquant. On
appelloit _advocati_ ceux qui venoient à la cause d'un
particulier , et témoignoient par leur présence qu'ils
s'intéressoient à sa cause et à sa personne. Les _advocati_
d'Antoine étoient une troupe de soldats.

(2) Le point d'interrogation doit être après _fixum_ et
non après _potuit_ : il doit être suivi de plusieurs points ,
parce qu'il y a ici une suspension et que la phrase n'est
point finie. Après _fixum_ , l'orateur , s'il eût suivi sa

B 3

auroit pu ne pas tenir lui-même ; et l'on sait
qu'il a promis à nombre de personnes bien
des choses qu'il n'a pas exécutées. Au reste, il
s'est trouvé après sa mort beaucoup plus de ces
promesses, qu'il n'avoit accordé de graces durant
tout le cours de sa vie. Mais je n'attaque pas
ces promesses prétendues, je les laisse subsister,
je défends même avec la plus grande ardeur
ces actes authentiques de César (1). Toutefois,
que l'argent amassé dans le temple de Cybèle
n'y est-il encore ! Quoique souillé du sang des
citoyens, cet argent nous serviroit aujourd'hui,
puisqu'on ne le rend pas à ses vrais maîtres.
Mais enfin qu'il ait été dissipé avec beaucoup
d'autre, si cela est porté dans les actes de César.
Est-il rien que l'on puisse nommer propre-

phrase, auroit dû dire, par exemple, *et leges quas
ille tulit non erunt fixae !* les loix qu'il a portées
n'auront aucun effet ! au lieu de cela vient une espèce
de longue parenthèse sur les promesses de César, sur
l'abus qu'on a fait de l'argent laissé par lui dans le
temple de Cybèle ; après quoi, il reprend, non sa
phrase, mais ses idées, à ces mots, *ecquid est quòd....
est-il rien....*

(1) *Je défends même....* Cette phrase est ironique.
—— *L'argent amassé....* les sept cens millions de sesterces dont il est parlé dans la Philippique suivante.

ment l'acte de celui qui a vécu au sein d'une
République, revêtu du pouvoir et de l'autorité, si ce n'est pas une loi ? Que je demande
les actes de Gracchus ou ceux de Sylla, on me
produira les loix Semproniennes ou Cornéliennes (1). Et quels sont les actes du troisième
consulat de Pompée ? Les loix sans doute. Si
j'avois demandé à César lui-même quels avoient
été ses actes au sein de Rome (2), il m'auroit
répondu qu'il avoit porté nombre de belles
loix. Quant aux simples billets, il les auroit
changés ou supprimés ; ou s'il les avoit produits, il ne les auroit pas regardés comme
faisant partie de ses actes. Après tout, je vous
abandonne les billets mêmes, sans parler d'autres
objets sur lesquels je ferme les yeux : mais
quand il s'agit de ce qu'il y a de plus important, c'est-à-dire des loix, nous ne devons pas souffrir, je pense, qu'on infirme les
actes de César.

(1) Les loix Semproniennes, portées par Tibérius
Sempronius Gracchus ; les loix Cornéliennes, portées
par Lucius Cornélius Sylla.

(2) Mot à mot, *dans Rome et en toge.* On sait
que la toge étoit l'habillement des Romains en paix.

Est-il une loi plus sage (1), plus utile, plus souvent desirée, même dans les beaux jours de la République, que celle qui limitoit le gouvernement des provinces prétoriennes à un an et celui des consulaires à deux? Cette loi abolie, vous semble-t-il, Antoine, que les actes de César soient maintenus? Et la loi par laquelle vous avez établi une troisième classe de juges, ne détruit-elle pas toutes les loix de César sur l'administration de la justice? Et vous défendez les actes de Cesar, vous qui renversez ses loix? A moins peut-être que ce qu'il a porté sur un simple journal pour soulager sa mémoire, doive être regardé comme un acte de sa puissance, doive être défendu, quoi-

(1) Il s'étoit introduit un abus; on gouvernoit des provinces pendant trois ou cinq années, ou même davantage : César, nommé dictateur, porta la loi que nous voyons ici. Antoine fit proposer par deux tribuns une loi d'après laquelle on pourroit posséder les provinces prétoriennes pendant deux ans et les consulaires pendant six. Le même César avoit réduit à deux les classes ou décuries de juges, celle des sénateurs et celle des chevaliers, il avoit supprimé la classe des tribuns du trésor. Antoine établit une troisième classe ou décurie de juges, composée des centurions et des simples soldats de la légion Alaudienne.

que injuste et nuisible ; et que ce qu'il a proposé au Peuple dans des assemblées solemn-
nelles, ne soit pas digne de figurer parmi ses
actes.

Mais de quels hommes sera composée votre
troisième classe de juges ? — De centurions,
dites-vous. — Mais l'ordre des (1) centurions
n'avoit-il pas droit de juger suivant la loi Julia,
et plus anciennement suivant les loix Pompéia
et Aurélia ? — Oui, dites-vous, mais on exigeoit un certain revenu. — Sans doute, et ce
n'étoit pas seulement pour les centurions,
c'étoit même pour les chevaliers Romains.
Aussi des centurions, hommes pleins de courage et d'une naissance honnête, ont siégé et
siègent encore dans les tribunaux. — Je m'in-

_____

(1) Il paroît que Jules César, d'où la loi Julia, et
après lui Pompée et Lucius Aurélius Cotta, d'où les
loix Pompéia et Aurélia, ordonnoient que les centurions pourroient être jugés, s'ils avoient un revenu
convenable ; de manière cependant qu'ils ne formeroient
pas une troisième classe ou décurie, mais qu'ils seroient
réunis à la classe des chevaliers. Antoine avoit formé
une troisième décurie des centurions, quel que fût leur
revenu. On voit qu'il y a ici une espèce de dialogue
entre l'orateur et Antoine.

quiète peu de ceux-ci , dites - vous ; quiconque aura été centurion, sera juge. —— Mais
si vous proposiez la même chose pour quiconque auroit servi avec un (1) cheval , ce qui
est plus distingué , votre proposition seroit
rejettée universellement: car on doit regarder
dans un juge la fortune aussi bien que le
rang. —— Je ne m'embarrasse point de cela ,
dites-vous ; j'ajoute même qu'on choisira des
juges parmi les simples soldats de la légion
Alaudienne , parce que , sans doute , nos partisans disent n'avoir que ce moyen d'être en
sûreté. Quel honneur diffamant pour ceux
que vous nommez juges sans qu'ils y pensent !
En effet voici le titre qu'il faut mettre à votre

(1) Servir avec un cheval et servir avec un cheval
public, étoient deux choses différentes. On servoit
avec un cheval à soi , quand on n'avoit pas un revenu
suffisant pour être chevalier Romain ; et ce service
étoit plus distingué que celui de centurion : on servoit
avec un cheval public, un cheval fourni par l'état ,
quand on avoit assez de revenu pour être de l'ordre
équestre.—Légion Alaudienne : elle étoit composée des
Alaudes, Gaulois d'au-delà des Alpes , à qui César
avoit accordé le droit de cité. On les appelloit Alaudes,
parce qu'ils portoient sur leurs casques une alouette
d'airain, *alaudam ream.*

loi : Ceux-là jugeront dans la troisième classe, qui craindront de rendre un jugement sévère. Dieux immortels! combien ils se trompent ceux qui ont inventé une pareille loi! Plus un juge sera diffamé, plus il cherchera à couvrir son infamie par la sévérité de ses décisions, plus il fera ensorte qu'on le croie digne d'être placé dans des classes honnêtes, et non d'être jetté dans une classe déshonorante.

Antoine a proposé une autre loi qui permet à quiconque est condamné pour crime de violence ou de lèze-majesté, d'en appeller au Peuple (1). Est-ce donc là une loi, et non le renversement de toutes les loix? Est-il quelqu'un aujourd'hui qui ait intérêt que cette loi subsiste? Il n'est personne qui soit accusé d'après les deux loix dont je parle; personne,

(1) Il étoit défendu à tout citoyen condamné pour crime de violence ou de lèze-majesté, d'en appeller au Peuple, parce qu'on croyoit qu'il abuseroit de cet appel pour ameuter la multitude, et, comme dit ensuite Cicéron, qu'il emploieroit la violence pour échapper à la peine d'un crime de violence. Il faut remarquer que le crime de violence et celui de lèze-majesté se confondoient l'un dans l'autre. Ainsi un homme coupable de violence étoit censé coupable de lèze-majesté, et ainsi alternativement.

je pense, n'est exposé à l'être : car, sans
doute, les violences exercées dans la guerre
civile ne seront jamais portées en justice. La
loi, dit Antoine, est agréable au Peuple. Que
n'est-il disposé à ne rien faire qui ne soit agréable au Peuple, puisque les citoyens aujour-
d'hui n'ont tous qu'un même sentiment et
un même langage pour le salut de la République ! Quelle est donc cette fureur de porter
une loi qui, sans pouvoir être agréable, est
souverainement honteuse ? Quoi de plus honteux, en effet, que de voir un homme qui,
par la violence, aura porté atteinte à la majesté
du Peuple Romain, de le voir, dis-je, lorsqu'il sera condamné dans un tribunal, employer la violence même pour laquelle il aura
subi une juste condamnation ?

Mais pourquoi m'arrêter à discuter la loi,
comme si on vouloit simplement autoriser un
appel ? En la portant on se propose d'empêcher
que personne ne soit accusé en vertu des deux
loix qu'Antoine veut détruire. En effet, trouvera-t-on un accusateur assez dépourvu de raison
pour s'exposer à paroître, après la condamnation de l'accusé, devant une populace ga-
gnée à prix d'argent ? Trouvera-t-on un juge

qui ose condamner un accusé pour être aussitôt traîné lui-même devant une foule d'artisans qu'on aura soudoyés ? C'est donc moins pour accorder un appel au Peuple, qu'Antoine voudroit porter sa loi, que pour détruire les deux loix les plus utiles. N'est-ce pas là exhorter les jeunes gens à exciter des troubles et des séditions, à devenir des citoyens pernicieux ? Et à quels excès ne se portera point la fureur tribunitienne, si on abolit les deux loix contre le crime de violence et de lèze-majesté ?

Mais n'est-ce pas là encore abolir la peine infligée par les loix de César, lesquelles interdisent l'eau et le feu aux citoyens condamnés pour crime de violence ou de lèze-majesté ? Les autoriser à en appeler au Peuple, n'est-ce pas infirmer les actes de César ? Quoique je n'aie jamais approuvé ces actes, P. C., j'ai cru que, pour le bien de la paix, on devoit les maintenir, et que non-seulement on ne devoit pas infirmer aujourd'hui les loix que César a portées pendant sa vie, mais qu'on ne devoit pas même toucher à celles qui ont été publiées depuis qu'il n'est plus. Un mort (1) a

(1) *Un mort*, c'est-à-dire, César, à qui Antoine

rappellé des exilés ; un mort a accordé le droit
de cité , non-seulement à des particuliers ,
mais à des nations et à des provinces entières ;
un mort a dépouillé l'état de ses revenus par
des exemptions sans nombre. Ainsi donc des
actes sortis d'une maison privée , produits sur
la parole d'un homme seul , mais d'un homme
bien digne de foi , nous les défendons ; et les
loix que César lui-même a portées, proposées ,
publiées sous nos yeux , à la face de tout le
Peuple , dont il se glorifioit d'être l'auteur ,
qu'il regardoit comme faisant la sûreté de la
République , des loix sur le gouvernement des
provinces et l'administration de la justice , oui,
des loix de César , nous croyons devoir
les abolir , nous qui défendons les actes de
César ! Au reste, nous pouvons au moins nous
plaindre des loix qui ont été proposées (1) publiquement ; mais pour celles qui, dit-on, sont
déjà portées , les plaintes n'ont pas même été
possibles , puisqu'elles ont été portées sans

faisoit dire tout ce qu'il vouloit en produisant de faux
registres. Tout cet endroit est plein d'une ironie pi-
quante.

(1) Latin , *promulgatae* , affichées publiquement
pour être examinées; c'est-à-dire, proposées.

avoir été proposées, avant même que d'avoir été écrites.

On demande, P. C., pourquoi vous et moi nous craignons de mauvaises loix sous de bons tribuns. Nous avons en eux des opposans tout prêts, des hommes disposés à défendre la République par la force d'un pouvoir sacré : nous devons être exempts de crainte. De quelles oppositions, de quel pouvoir sacré nous par-lez-vous, dit Antoine ? — Je parle d'anciens usages d'où dépend la sûreté de la République. — Ce sont-là des formes surannées et ridicules dont nous ne tenons aucun compte. Le forum sera investi, toutes les issues en seront fermées, des soldats en armes seront postés dans plu-sieurs endroits. — Eh bien ! qu'arrivera-t-il de là ? — Ce qui aura été fait par ces moyens sera loi, et vous le verrez, P. C., gravé sur l'ai-rain. Montrez - nous, Antoine, les formes légales que vous avez suivies. — *Les* (1) *consuls ont proposé la chose au Peuple suivant les formes* (en effet, c'est un usage qui nous a été trans-mis par nos ancêtres), *et le Peuple a ordonné*

---

(1) *Les consuls* .... *et le Peuple* .... c'étoient des formules renfermées dans d'anciennes loix.

suivant les formes. — Quel Peuple ? Est-ce celui qui s'est vu exclus de la place publique ? Suivant quelles formes ? Est-ce suivant celles qui ont été anéanties par les armes et par la violence ? Mais je m'arrête à ce qui n'existe encore que dans l'avenir , parce qu'il est d'un habile augure (1) d'annoncer d'avance ce qu'on peut éviter. Si mes prédictions ne s'accomplissent pas , je serai convaincu d'avoir donné faussement l'allarme. Je parle de loix qu'on propose et sur lesquelles il vous est encore libre de délibérer. Je vous en montre les vices ; supprimez-les. Je vous prédis les armes et la violence ; détournez-les.

Vous ne devriez point , Dolabella , ni vous , ni votre collègue , m'en vouloir de parler pour la République. Ce n'est pourtant point , Dolabella , que j'appréhende de votre part quelque ressentiment : je connois votre douceur. Je ne répondrois point également de votre collègue : fier de sa prospérité , dont il s'applaudit , mais dont , ce me semble , pour ne rien dire

(1) J'ai lu *augurum* suivant les plus anciennes leçons , au lieu d'*amicorum*. Il faut savoir que Cicéron étoit Augure. D'après cela , j'ai tiré d'*augurum* un sens qui m'a paru très-beau et très-naturel.

de

de plus, il auroit lieu de s'applaudir davantage,
si, dans son consulat, il prenoit ses aïeux (1)
et son oncle pour modèles ; il est devenu,
dit-on, facile à s'irriter. Or rien, je pense,
n'est plus dangereux que de voir des armes
dans la main d'un homme irrité contre soi,
sur-tout de nos jours où les assassinats sont si
impunis. Mais voici une proposition que je fais
à Antoine ; elle est raisonnable, à ce qu'il me
paroît, et il ne la rejettera point, je l'espère.
Si je me porte à déchirer sa vie et ses mœurs,
je consens à ce qu'il soit mon plus mortel ennemi. Mais si conformément à mon usage, je
m'explique librement sur les intérêts de la République, je le prie de ne pas m'en vouloir ;
ou s'il me refuse cette grace, je lui demande
qu'il ne m'en veuille que comme on en veut à
un citoyen. Qu'il emploie les armes, si cela
est nécessaire, comme il le dit, pour sa sûreté ; mais qu'il ███████ pas de ces armes contre
ceux qui auront parlé comme ils pensoient

(1) Son aïeul paternel, Marcus An████ius l'orateur,
consul avec Aulus Postumius Albinus ; son aïeul ma-
ternel, Lucius Cæsar, consul avec Publius Rutilius
Lupus ; son oncle, Lucius Cæsar, consul avec Caïus
Marcius Figulus.

Tome X.   **C**

pour l'intérêt de la République. Est-il rien de plus raisonnable que cette demande ? Si, comme me l'ont dit quelques-uns de ses amis intimes, tout discours fait contre son gré l'offense, quoiqu'il ne contienne aucun outrage, nous supporterons dans un ami ce défaut. Croyez-vous, me disent encore les mêmes amis d'Antoine, qu'un adversaire de César aura le même privilège que Pison son beau-père ? En même tems, ils me donnent un conseil dont je profiterai ; et la crainte de la mort ne sera pas une raison de m'absenter du sénat moins légitime que la maladie (1).

Mais j'en atteste les Immortels, lorsque je vous vois ici, Dolabella, vous qui m'êtes si cher, je ne puis me taire sur l'erreur qui vous est commune avec votre collègue. Sans doute, des hommes de votre naissance, qui n'ont que de grandes vues, n'ont pas convoité l'or, comme se l'imaginent des ████ts trop crédules, l'or que dédaigneront toujours les plus grands hommes, les hommes les plus distingués par

(1) Il faut se rappeller que Cicéron n'étoit pas venu au sénat, parce qu'il étoit indisposé : Antoine vouloit le forcer d'y venir.

l'éclat du nom ; sans doute, vous n'avez pas ambitionné un pouvoir fondé sur la force, une puissance odieuse au Peuple Romain ; mais vous avez desiré l'amour de vos compatriotes, et la gloire. Or la gloire consiste dans l'honneur d'avoir fait de grandes choses, et dans la célébrité qu'obtiennent des services importans rendus à la République ; célébrité formée du témoignage des principaux citoyens, et même de la multitude.

Je vous montrerois, Dolabella, quel est le prix des belles actions, si je ne voyois que vous avez eu occasion de l'éprouver plus que d'autres. Rappellez-vous ce jour où, après avoir purifié la place publique (1), dissipé la troupe des scélérats, puni les chefs de la révolte, délivré Rome de la crainte de l'incendie et du massacre, vous êtes retourné chez vous triomphant ; est-il un plus beau jour dans votre vie entière? Quels citoyens, sans distinction d'état, de naissance, de fortune, ne se sont pas empressés à vous combler de louanges et de félicitations ? Et même alors les gens de bien me remercioient et me congratu-

(1) En renversant la colonne dont il est parlé plus haut.

C 2

loient, dans la persuasion, sans doute, que
c'étoit d'après mes conseils que vous agissiez.
Rappellez-vous, Dolabella, je vous en conjure, l'accord unanime de tous les Romains
présens aux jeux publics, lorsque oubliant
ce qui avoit pu leur déplaire en vous, ils té-
moignèrent à l'envi que votre nouveau bienfait effaçoit tout ressentiment du passé. Avez-
vous bien pu, je le dis pénétré de douleur,
avez-vous bien pu renoncer de sang-froid à tant
de gloire ?

Et vous, Antoine, (quoique absent, je
vous adresse la parole) le seul jour où le sénat
fut assemblé dans le temple de Tellus, ne le
préférez-vous point à tous ces jours écoulés
depuis ; ces jours que certaines personnes,
qui pensent bien différemment de moi, regardent comme le tems de votre prospérité ?
Quel discours magnifique n'avez-vous pas alors
prononcé pour ramener la concorde ? De
quelle crainte n'avez-vous pas délivré les vétérans (1) ? De quelle inquiétude n'avez-vous pas

(1) Qui craignoient qu'après la mort de leur chef
on ne les attaquât, on ne leur ôtât ce qu'ils en avoient
reçu. Quelques commentateurs seroient d'avis de supprimer le mot de *veterani* comme inutile. —— *C'est*

affranchi la République ? C'est dans ce même
jour que sacrifiant toute inimitié, oubliant
les auspices que vous aviez annoncés vous-
même comme augure, vous reconnutes enfin
un collègue : c'est dans ce jour encore que vous
envoyates au Capitole votre jeune fils pour
être l'ôtage de la paix. Quel autre jour vit éclater davantage la joie du sénat, et celle du
Peuple Romain dont l'assemblée ne fut jamais
plus nombreuse ? C'est alors que nous paroîs-
sions enfin avoir été arrachés à la servitude
par le courage de citoyens illustres : la paix,
suivant leur desir, étoit l'heureux fruit de la
liberté. Le jour qui suivit immédiatement, le
second, le troisième, et tous les autres, vous
ne cessiez d'offrir quelque nouveau présent à
la République. Mais le plus grand de tous
a été l'abolition du nom même de la dictature. C'est vous, oui, c'est vous qui avez
imprimé cette flétrissure éternelle à la mémoire de César : et de même que le crime du

en ce même jour.... Antoine s'étoit opposé à la
nomination de Dolabella en annonçant des auspices
contraires, il avoit refusé de le reconnoître pour
consul; mais il changea à la mort de César, et il le
reconnut pour son collègue.

seul Marcus Manlius a fait décider dans la famille Manlia qu'aucun patricien de cette famille ne pourroit prendre le prénom de Marcus (1); ainsi la haine contre un seul dictateur vous a fait anéantir le nom de la dictature.

Après avoir signalé ce zèle pour le salut de la République, avez-vous eu à vous plaindre de la fortune brillante, de la haute considération et de la gloire dont vous jouissiez ? Pourquoi donc ce soudain changement ? Non, Antoine, non, l'or ne vous a pas ébloui ; on ne me le fera jamais soupçonner. On peut dire tout ce qu'on voudra, je ne suis pas obligé de le croire : je ne remarquai jamais rien en vous de bas et de sordide (2). Les personnes qui vous entourent vous donnent quelquefois de mauvais conseils ; mais je connois la fermeté de votre caractère. Et plût aux Dieux que vous fussiez exempt du soupçon comme vous l'êtes

(1) Mot à mot, ne pourroit prendre le nom de Marcus Manlius.——*Le nom de la dictature.* Antoine avoit porté une loi pour qu'à l'avenir il ne fût plus nommé de dictateur.

(2) Antoine étoit libéral jusqu'à la prodigalité ; mais Fulvie, son épouse, étoit fort avare. Je voudrois lire ensuite *quanquam solent te domestici....*

de la faute ! Ce que j'appréhende bien plutôt, c'est qu'ignorant le vrai chemin de la gloire, vous ne regardiez comme glorieux d'avoir seul plus de pouvoir que tous les autres ensemble, et que vous ne préfériez la crainte de vos conci- toyens à leur amour. Si vous pensez ainsi, la route de la gloire vous est absolument inconnue. Etre cher à ses compatriotes, utile à la Républi- que, être loué, honoré, aimé, voilà ce qui est glorieux : mais se faire haïr en se faisant craindre, rien de plus odieux qu'un pareil pouvoir, rien de plus exécrable, de plus foible, de plus fra- gile. Nous voyons même dans les tragédies que cette parole, *Qu'ils haïssent, pourvu qu'ils craignent* (1), a été funeste à celui qui l'a pro- noncée.

Puissiez-vous, Antoine, vous souvenir de votre aïeul (2), dont je vous ai si souvent entretenu ! Croyez-vous qu'il eût voulu se rendre immortel en se faisant craindre par un appareil nouveau de soldats sous les armes ? La pros-

(1) Paroles d'Atrée dans une tragédie du poëte Accius.

(2) Marcus Antonius l'orateur, qui fut tué par Cinna, et dont la tête fut exposée à la tribune aux harangues.

C 4

périté alors , le bonheur consistoit à être l'égal
des autres par la liberté , et le premier de tous
par le mérite. Aussi , sans parler des tems
heureux de votre aïeul , je préférerois sa fin
si tragique , à la domination de Cinna qui l'a
fait mourir avec tant de cruauté.

Mais comment réussirois-je à vous toucher
par mes discours ? Si la mort de César ne peut
vous faire souhaiter d'être aimé plutôt que d'être
craint , nuls discours ne pourront avoir aucune force , ne pourront rien produire sur
votre ame. Croire que César a été heureux ,
c'est être bien malheureux soi-même. Non ,
celui-là n'est pas heureux que sa conduite expose à être tué impunément, et même à couvrir de gloire son meurtrier. Dites-vous donc à
vous-même , Antoine , tout ce qui peut vous
toucher ; portez vos regards sur vos ancêtres ,
et gouvernez la République de telle sorte que
vos concitoyens aient à se féliciter de votre
naissance : sans cela , point de gloire ni de
bonheur.

Vous et votre collègue , vous voyez en
combien de manières le Peuple Romain s'explique sur ce qui vous regarde ; et toute ma
peine, c'est que vous y soyez aussi peu sensibles.

Que veulent dire dans les combats de gladiateurs (1) ces cris d'une multitude immense,
ces chants du Peuple, ces applaudissemens
sans nombre adressés à la statue de Pompée et
aux tribuns qui vous sont contraires ? Tout cela
n'annonce-t-il pas assez hautement un accord
admirable dans les volontés de tout le Peuple
Romain ? Et les acclamations aux jeux apollinaires (2), ou plutôt les témoignages et les
jugemens du Peuple Romain tout entier, vous
paroissoient-ils d'une légère importance ? Heureux mille fois ces citoyens qui, éloignés des
jeux publics par la violence des armes, étoient
supposés présens à tous les yeux, étoient placés
au fond de tous les cœurs ! à moins peut-être
que vous ne pensiez qu'on applaudissoit alors
au poëte Accius (3), et qu'après soixante ans

_____

(1) Latin, *gladiatoribus*, c'est-à-dire, *ludis gladiatoriis*. —— *Ces chants du Peuple*, chants à la
gloire des libérateurs de la patrie. —— *A la statue de
Pompée*, placée au théâtre qu'il avoit fait construire
lui-même.

(2) Donnés au nom de Marcus Brutus, préteur de
la ville, absent de Rome.

(3) Dont on représentoit la pièce intitulée, *Brutus*,
composée il y avoit soixante ans.

c'étoit à lui qu'on décernoit la palme, et non
à Brutus ; Brutus, qui ne s'est pas trouvé aux
jeux qu'il donnoit, mais dont tous les Romains,
quoiqu'il fût absent, ont honoré le spectacle
magnifique par des marques éclatantes de satisfaction, se sont du moins un peu consolés de
l'absence de leur libérateur par des applaudissemens continuels, par les acclamations les
plus soutenues. Pour moi, je méprisai toujours
les cris et les battemens de mains lorsqu'ils
étoient prodigués sans sujet par esprit de parti :
mais lorsqu'ils sont donnés par tous les citoyens
réunis, par des citoyens de tout ordre et
de tout rang ; lorsqu'on voit ces hommes
qui auparavant recherchoient le concours du
Peuple, le craindre et l'éviter ; alors les
applaudissemens ne sont plus pour moi des
applaudissemens, c'est un jugement.

Si tout cela, quoique important, ne vous
paroît pas digne de votre attention, que dites-
vous du vif intérêt que vous avez vu le Peuple
Romain prendre aux jours (1) d'Aulus Hirtius ?

_____

(1) Aulus Hirtius, consul désigné pour l'année
suivante. Etant tombé dangereusement malade, tout
le Peuple fit des vœux pour son rétablissement.

Il lui auroit suffi d'être estimé du Peuple
Romain, comme il l'est d'être cher à ses amis,
plus que ne le fut aucun autre ; d'être précieux
à ses proches, qui ont pour lui un amour si
tendre : mais pour qui les gens de bien ont-ils
jamais témoigné tant d'inquiétude ? Pour qui
tout le Peuple a-t-il marqué jamais de si vives
alarmes ? pour aucun assurément. Quoi donc,
au nom des Dieux ! ne comprenez-vous pas
ce que signifient ces alarmes et cette inquiétude ?
Dans quels sentimens, croyez-vous, sont-ils
pour vos jours, ces citoyens si fort intéressés
aux jours de ceux qui, comme ils l'espèrent,
s'occuperont du salut de la République ?

J'ai recueilli, P. C., tout le fruit que j'espérois de mon retour, puisque je vous ai donné
dans ce discours, quoi qu'il pût arriver, un
témoignage de mon zèle et de la pureté de mes
vues, puisque vous m'avez écouté avec attention et bienveillance. Si j'ai souvent occasion
de m'expliquer sans compromettre ni votre
autorité ni ma personne, je le ferai : sinon,
je me réserverai, autant que je pourrai,
moins pour moi-même que pour la patrie.
Quant à ce qui me regarde, ma vie (1) ; soit que

(1) Cicéron avoit alors soixante et trois ans.

je la mesure par les années ou par la gloire, est à peu près assez longue : si les Dieux y ajoutent encore quelques momens, je les emploierai moins pour moi que pour vous et pour la République.

———————

SECONDE PHILIPPIQUE

DE CICÉRON.

Sommaire.

ANTOINE *regarda la première Philippique comme une déclaration de guerre. Il se retira à sa maison de Tivoli, et là il composa contre Cicéron, pendant un certain nombre de jours, une déclamation violente qu'il vint prononcer au sénat le 18 du mois de septembre. Cicéron y répondit par sa seconde Philippique, qu'il suppose avoir été prononcée dans le sénat le lendemain du quatrième jour des jeux du Cirque, ou jeux Romains, c'est-à-dire, le lendemain même qu'Antoine avoit parlé contre lui, mais qui réellement ne fut qu'écrite et jamais prononcée.*

L'orateur, après avoir réfuté d'une manière

victorieuse les divers reproches d'Antoine, parcourt toute sa vie, depuis sa première jeunesse,
s'élève avec force contre ses désordres, contre
ses débauches, contre tous les excès qu'il s'est
permis, contre tous les maux qu'il a faits à la
République : il s'arrête sur-tout aux derniers
tems, dont il parle avec tout l'intérêt d'un excellent citoyen. L'ironie la plus fine, le plus mor-
dant sarcasme, le raisonnement le plus pressant,
le plus touchant pathétique, les plus violentes
exagérations, de la douceur quelquefois et une
dignité imposante, le plus souvent une vigueur
et une véhémence que rien n'égale, une foule de
mouvemens divers sont mêlés dans ce discours et
se succèdent avec une rapidité sans exemple. J'ai
tâché de suivre l'orateur, de prendre tous ses
tons et toutes les couleurs de ses tableaux. Je ne
me plaindrai pas de mon travail, si ceux qui se
donneront la peine de lire ma traduction trouvent que j'ai réussi du moins en partie.

Cicéron avoit soixante - trois ans lorsqu'il
composa cette éloquente déclamation. Il ne la prononça point ; mais il la publia. Antoine en fut
irrité, comme on le peut bien croire ; il en conçut
cette haine qui ne fut satisfaite que quand il eut
obtenu la tête de celui qui l'avoit composée.

SECONDE PHILIPPIQUE

DE CICÉRON.

PAR quel effet de ma destinée arrive-t-il, Pères Conscripts , que , dans ces vingt dernières années (1) , personne n'ait été l'ennemi de la République, sans m'avoir en même tems déclaré la guerre ? Ceux dont je parle sont présens à votre souvenir ; il n'est pas besoin que je vous les rappelle. J'en ai été vengé pleinement , et plus que je ne l'aurois désiré moi-même. Je suis surpris , Antoine , que les imitant dans leurs excès , vous ne redoutiez pas leur fin déplorable. L'inimitié des autres m'étonnoit moins. Aucun d'eux ne s'étoit annoncé le premier mon ennemi : c'étoit moi qui les avois attaqués pour l'intérêt de la République. Mais vous , que je n'ai pas même offensé de parole , jaloux

_____

(1) *Dans ces vingt dernières années* , depuis le consulat de Cicéron jusqu'à la mort de César. — *J'en ai été vengé pleinement.* Cicéron parle ici de Catilina et de Clodius qui tous deux avoient péri de mort violente.

de paroître plus audacieux que Catilina , plus
furieux que Clodius , vous m'avez provoqué
par vos injures , vous vous êtes persuadé que
rompre avec moi vous feroit un mérite auprès
des citoyens pervers. Que dois-je croire ? que
j'ai été méprisé ? Je ne vois ni dans ma vie , ni
dans mes actions, ni dans mon crédit , ni dans
mes talens , quelque médiocres qu'ils soient ,
ce qu'Antoine peut trouver de méprisable. A-t-il
pensé pouvoir facilement me noircir aux yeux
du sénat ? Mais cet ordre , qui a rendu à tant
de citoyens distingués le témoignage d'avoir
illustré la République par leurs conquêtes , n'a
rendu qu'à moi seul celui de l'avoir sauvée par
mes conseils (1). A-t-il voulu faire assaut d'éloquence ? C'est un bienfait de sa part , puisque
je ne saurois trouver un plus beau champ que
d'avoir à parler pour moi et contre Antoine.
Voici , je n'en doute pas , quel a été son vrai
motif : il n'auroit pu persuader aux gens de

_____

(1) On ne décernoit ordinairement des prières publiques que pour des victoires et des conquêtes ; le
sénat en avoit décerné lorsque la conjuration de Catilina eut été découverte par la vigilance et les soins
de Cicéron.

son espèce qu'il étoit l'ennemi de la patrie,
s'il ne se fût déclaré le mien.

Mais avant que de lui répondre sur les autres
griefs , je vais dire un mot du reproche qu'il
m'a fait d'avoir manqué aux devoirs de l'amitié ;
reproche , selon moi , infiniment grave.

Il se plaint que je l'ai traversé dans je ne
sais quelle (1) affaire. Mais ne devois-je pas ,
pour l'intérêt d'un parent , mon ami intime ,
traverser un étranger , et un étranger qui
devoit son crédit aux agrémens de la jeunesse ,
plutôt qu'aux espérances qu'il donnoit pour
l'avenir ; un étranger en faveur duquel on employoit, non pas une décision de préteur , mais
l'injuste opposition d'un tribun ? Au reste , vous
n'avez rappellé cette affaire que pour vous

(1) Antoine avoit épousé la fille d'un certain
Quintus Fadius Bambalio , fils d'un affranchi, mais
fort riche. Un ami et parent de Cicéron ayant intenté
procès à ce Fadius, ne pouvoit obtenir justice, parce
que Antoine faisoit intervenir son crédit et l'opposition
d'un tribun. Il eut recours à l'éloquence de Cicéron
qui le défendit avec zèle. Curion appuyoit Antoine de
tout son crédit ; et Curion , nommé ci-après, avoit
avec Antoine, alors fort jeune, un commerce peu
honnête. On voit dans ces mots , *aux agrémens de
la jeunesse*, une allusion à ce commerce.

rendre

rendre agréable à la dernière classe des citoyens, en faisant souvenir tout le monde que vous etiez gendre et vos enfans petits-fils de l'affranchi Fadius.

Vous vous étiez rendu. dites-vous , mon disciple , et vous fréquentiez ma maison (1). Certes, si vous l'aviez fait , vous auriez plus ménagé votre réputation et votre honneur. Mais vous ne l'avez pas fait , et quand vous en auriez eu le desir , Curion ne vous l'eût jamais permis.

Vous vous êtes vanté de m'avoir cédé vos droits à l'augurat. Quelle incroyable audace ! quelle effronterie sans exemple ! Dans le tems où désiré par tout le collège des Augures , je fus nommé par Pompée et par Hortensius, ne pouvant l'être par tout le corps (2), dans ce

(1) *Vous fréquentiez ma maison*, sans doute pour apprendre sous moi l'éloquence. Je lis en ponctuant : *tradideras , nam itâ dixisti; domum meam ventitâras.*

(2) Pour être élevé à l'augurat, il falloit être nommé par deux augures, présenté au Peuple, et agréé par tout le collège. Quiconque avoit des dettes qu'il ne payoit pas, ne pouvoit être promu à aucun sacerdoce. —— *Curion étoit absent de l'Italie.* Il étoit alors questeur en Asie. —— *Le suffrage d'une seule tribu.*

tems-là même vous étiez déclaré insolvable,
et vous pensiez ne pouvoir vous relever que
par le renversement de la République. Pouviez-
vous d'ailleurs demander l'augurat lorsque Curion étoit absent de l'Italie ? Et quand vous
fûtes nommé, auriez-vous eu le suffrage d'une
seule tribu sans votre Curion, puisque ses amis
même furent condamnés pour fait de violence,
parce qu'ils vous avoient servi avec trop de
chaleur ?

Mais, disiez-vous encore, je vous suis redevable d'un bienfait. De quel bienfait ? celui
dont vous voulez parler, j'ai toujours été empressé de le reconnoître. J'ai mieux aimé convenir d'une obligation chimérique, que de passer
aux yeux de quelque homme frivole pour
manquer de reconnoissance. Mais enfin de quel
bienfait vous suis-je redevable ? Est-ce de n'avoir
pas été tué par vous à Brindes (1) ? Quoi donc ?

La nomination à l'augurat devoit être confirmée par
le Peuple assemblé en tribus, auquel appartenoit
l'élection des prêtres; et les augures étoient des prêtres.
Sans votre Curion, qui étoit alors tribun du Peuple.

(1) A Brindes, où Cicéron s'étoit retiré après la
bataille de Pharsale, avant d'avoir obtenu le pardon
de César, et où Antoine auroit pu le tuer par le droit

le vainqueur qui , comme vous vous en vantiez
vous-même , vous avoit déféré la première
place parmi ses assassins , vouloit me sauver la
vie , il m'avoit permis de retourner en Italie ;
et vous m'auriez donné la mort ! Mais je veux
que vous ayez pu le faire. N'est-ce donc pas ,
P. C. , un bienfait de brigand, de pouvoir se
glorifier qu'on a donné la vie quand on ne l'a
pas ôtée ? Si c'étoit-là un bienfait, les citoyens
qui ont poignardé celui qui les avoit épargnés (1) , ces citoyens que vous appellez vous-
même de grands hommes , n'auroient jamais
acquis tant de gloire. Mais quel est ce bienfait
qui consiste à vous être abstenu d'un forfait
odieux ? Ah ! sans doute je devois moins m'applaudir de n'avoir pas péri de votre main , que
gémir de ce que vous eussiez pu m'égorger
impunément.

Mais que ce soit un bienfait , puisque je
n'en ai pu recevoir d'autre d'un brigand. En

de la guerre. César n'avoit pas permis expressément à
Cicéron de se rendre en Italie , mais il avoit chargé
Dolabella, son gendre, de lui écrire pour lui faire
savoir qu'il le lui permettoit.

(1) *Qui les avoit épargnés* , qui leur avoit laissé
la vie , pouvant la leur ôter.

D 2

quoi donc pouvez-vous m'accuser d'ingratitude?
Ai-je dû retenir mes plaintes (1) sur le désastre
de la République pour éviter de paroître ingrat?
et dans ces plaintes même si tristes et si déplorables , mais que m'arrachoit le rang où m'ont
placé le sénat et le Peuple Romain , qu'ai-je
dit pour vous offenser ? N'ai-je point parlé de
vous avec toute la douceur , toute la modération de l'amitié ? Or quelle retenue ne falloit-il
pas pour s'interdire toute injure en se plaignant
d'Antoine , d'un homme qui avoit anéanti les
derniers restes de la République , qui avoit
établi un trafic honteux dans sa maison où tout
étoit vénal (2); d'un homme qui , de son
propre aveu , avoit porté lui-même et pour lui-
même des loix qui ne furent jamais proposées ;
d'un homme qui avoit aboli les auspices , quoi-

(1) Ces plaintes sont consignées dans la première
Philippique.

(2) Antoine vendoit dans sa maison des graces,
exemptions et privilèges, consignées , disoit-il, dans
des mémoires de César qu'il supposoit; il avoit porté
des loix contre les auspices , et fermé les avenues de
la place publique pour qu'aucun tribun ne vînt faire
opposition; il habitoit la maison de Pompée dont il
s'étoit emparé , etc.

que augure, et le droit d'opposition, quoique consul; d'un homme qui se faisoit escorter d'une troupe d'odieux satellites; d'un homme qu'on a vu, abruti par le vin et épuisé par la débauche, souiller tous les jours par ses infamies une maison autrefois le domicile de la pudeur? et comme si j'avois un démêlé avec l'illustre Crassus (1), avec qui j'en ai eu souvent de très-vifs, et non avec un vil gladiateur; en me plaignant vivement des malheurs de la République, je n'ai rien dit contre la personne d'Antoine. Je lui apprendrai aujourd'hui combien il m'est obligé d'avoir usé envers lui d'une si grande réserve.

N'a-t-il pas encore produit une lettre qu'il disoit avoir reçue de moi? n'en a-t-il pas fait lecture publiquement, au mépris des loix de la société et des bienséances les plus ordinaires? Quel est l'homme, pour peu qu'il connût les

(1) C'est le fameux Crassus qui joua un si grand rôle dans la République, qui forma le premier triumvirat avec Pompée et César. Comme il avoit des projets ambitieux et contraires au bien de la République, Cicéron lui fut souvent opposé; mais s'estimant l'un l'autre, ils n'en vinrent jamais à des inimitiés trop violentes.

D 3

bons procédés, qui, sous prétexte de quelque
mécontentement de la part d'un ami, s'avisa
jamais de produire la lettre qu'il en a reçue
et de la lire en public ? N'est-ce point bannir
de la vie tout commerce social, que d'en bannir
ces doux entretiens des amis absens ? Que de
plaisanteries dans les lettres, qui paroîtroient
fades, si on les publioit ! que de choses sérieuses
qu'on ne doit jamais divulguer !

Voilà quel est son défaut d'honnêteté,
voyons sa sottise extrême. Qu'avez-vous à
répondre, homme éloquent, du moins si l'on
en croit Mustela Tamisius et Tiro Numisius (1)?
Ils osent, dans ce moment même, paroître
en armes devant le sénat ; et je vous jugerai moi-
même éloquent, si vous êtes assez habile pour
prouver que ce ne sont pas des assassins. Mais
enfin, que me répondrez-vous, si je dénie la
lettre que vous produisez ? Par quelle preuve

---

(1) Ces deux hommes étoient des personnages méprisables, compagnons de jeu et de débauches d'Antoine. — *Que ce ne sont pas des assassins.* Sous-
entendez *judicio* à ces mots *inter sicarios.* On appelloit *judicium de vi* ou *inter sicarios*, le tribunal où
l'on étoit traduit pour avoir ôté ou pour avoir voulu
ôter la vie à quelqu'un par une violence criminelle.

pourrez-vous me convaincre de vous l'avoir écrite ? Est-ce par ma signature ? vous avez pour contrefaire les signatures un talent merveilleux dont vous savez tirer grand parti (1). Mais pourriez-vous montrer la mienne , puisque la lettre est écrite et signée de la main d'un secrétaire ? Je porte envie à votre rhéteur , que vous avez payé avec une largesse dont je parlerai bientôt , pour vous apprendre à n'avoir pas de sens. Car est-ce, le fait, je ne dis pas d'un orateur habile , mais d'un homme sensé , de produire une pièce contre un adversaire qui peut en la déniant arrêter tout court celui qui la produit ?

Mais , loin que je désavoue la lettre ; c'est par cette lettre même que je puis vous convaincre de manquer, non-seulement d'honnêteté, mais encore de raison. Est-il , en effet , dans cette

---

(1) Antoine avoit contrefait la signature de César, et supposé des graces accordées par lui qu'il vendoit fort cher. —— *D'un secrétaire*. Latin, *librarii*. On appelloit *librarius* l'esclave chargé de copier les livres, les lettres , etc. —— *A votre rhéteur*. Ce rhéteur étoit un Sextus Clodius de Sicile, à qui Antoine avoit fait donner pour récompense deux mille arpens de terre dans le pays des Léontins.

D 4

lettrè , un mot qui ne respire la politesse , les
égards , la bienveillance ? Tout le reproche que
vous pouvez me faire , c'est de n'y point
paroître avoir mauvaise opinion de vous, c'est
de vous écrire comme à un citoyen , comme à
un citoyen honnête , et non comme à un
brigand et à un scélérat.

Je pourrois à votre exemple , ce que je ne
ferai cependant pas, produire une de vos lettres,
une lettre où vous me demandez de consentir
au rappel d'un certain exilé (1) , en protestant
que vous ne feriez rien sans mon aveu. Je
souscris à votre demande : car comment me
serois-je opposé à cette audace , que ni l'autorité
du sénat, ni l'opinion du Peuple , ni la rigueur
des loix, ne pourroient réprimer ? Mais qu'é-
toit-il besoin de me supplier pour un homme
qui se trouvoit rappellé par la loi de César ?
Antoine vouloit apparemment que l'exilé m'eût
obligation de son rappel : mais il ne pouvoit
en avoir aucune à lui-même , puisque la loi
étoit portée.

(1) Cet exilé étoit le Sextus Clodius , greffier , créa-
ture du fameux Clodius , mortel ennemi de Cicéron.
On trouve dans les lettres de celui-ci la lettre d'Antoine dont il parle à présent, et la réponse à la lettre.

Je me propose, P. C., de parler peu pour moi-même et beaucoup contre Antoine ; je vous prie donc de m'écouter avec bienveillance quand il sera question de moi, me promettant de vous rendre attentifs quand il s'agira de lui. Je vous demande une autre grace ; si dans ma conduite, et particuliérement dans mes discours, vous avez toujours remarqué de la modération et de la retenue, ne croyez pas que je m'oublie en ce jour où je réponds à Antoine sur le même ton qu'il m'attaque. Je ne traiterai pas en consul un homme qui ne m'a pas traité en consulaire. Cependant lui n'est nullement consul, soit que l'on regarde sa vie privée, son administration publique, ou la manière même dont il a été élu (1) ; au lieu que moi je suis consulaire sans aucune contestation.

Afin donc de vous faire comprendre pour quel consul il se donnoit lui-même, Antoine m'a reproché mon consulat : consulat, P. C., qui n'a été le mien que de nom, et dans la réalité le vôtre. Car enfin ai-je rien décidé,

(1) Antoine avoit été élu consul par la volonté de César, par le bienfait d'un tyran, et non par les suffrages libres du Peuple.

rien réglé , rien exécuté , que de l'avis de cet
ordre, par son autorité et ses conseils ? Vous,
homme aussi judicieux qu'éloquent, avez-vous
bien osé blâmer ma conduite devant ceux dont
la prudence et la sagesse l'avoient dirigée ? Mais
qui jamais a blâmé mon consulat, excepté
vous et Clodius ? Le sort qui a tranché les jours
de ce dernier, et après lui de Curion, le
même sort vous attend, puisque vous avez
dans votre maison ce qui a été fatal à tous
deux (1).

Mon consulat déplaît à Antoine : mais il a
plu à Servilius ; je le nomme le premier des
consulaires de ce tems-là, parce que c'est le
dernier mort : il a plu à Catulus, dont la
mémoire vivra toujours dans cette compagnie ;
il a plu aux deux Lucullus, à Crassus, à
Hortensius, à Curion (2), à Lepide, à Pison,

(1) *Ce qui a été fatal à tous deux*, sans doute
Fulvie, maintenant épouse d'Antoine, après l'avoir
été de Clodius et de Curion, qui tous deux avoient
subi une mort violente.

(2) Curion, père du Curion dont il est parlé plus
haut. Servilius, Lucullus, Crassus, et les autres personnages plus ou moins distingués, qui avoient été
consuls. Le Caton dont il est parlé après, est le fameux

à Glabrion, à Volcatius, à Figulus ; il a plu
enfin à Silanus et à Muréna, alors consuls
désignés : il a plu, ainsi qu'aux consulaires, à
Caton, qui, en se donnant la mort, s'est
épargné bien des déplaisirs, et sur-tout celui
de vous voir consul. Mais personne n'a plus
approuvé mon consulat que Pompée. Ce grand
homme, dès qu'il me vit au retour de la
Syrie, m'embrassa, et me comblant de félicitations, reconnut qu'il me devoit l'avantage
de revoir sa patrie (1). Mais pourquoi nommer
chacun en particulier ? Le sénat en corps ne l'a-t-il
pas si généralement approuvé, ce consulat,
qu'il n'y avoit point de sénateur qui ne me
rendît graces en me nommant son père, qui ne
témoignât me devoir la conservation de sa
personne, de sa fortune, de ses enfans, de toute
la République ? Mais puisque l'état est privé
des illustres personnages dont je viens de
citer les noms, parlons des deux seuls con-

Caton d'Utique, qui en Afrique s'étoit donné la mort
pour ne pas tomber entre les mains de César.

(1) *De revoir sa patrie*, que j'avois sauvée en faisant
périr Catilina.

sulaires qui restent de ce tems-là. Cotta (1),
dont les lumières égalent le génie, a décerné
des prières publiques dans les termes les plus
honorables pour les actions que vous blâmez,
et les consulaires que j'ai nommés plus haut,
ont embrassé son avis conjointement avec tout
le sénat : honneur qui, depuis la fondation
de Rome, n'avoit pas encore été décerné à un
magistrat en tems de paix.

Avec quelle éloquence, quelle force et quelle
fermeté, Lucius Cæsar, votre oncle, a-t-il opiné
contre son beau-frère, votre beau-père (2) ? C'est
lui que dans toutes vos actions, dans toute votre
vie, vous auriez dû prendre pour guide et pour
modèle ; mais vous avez mieux aimé ressem-
bler à votre beau-père qu'à votre oncle. Moi
qui ne suis pas son parent, je me suis aidé de
ses lumières étant consul ; vous son neveu,
l'avez-vous jamais consulté sur les affaires pu-

(1) Lucius Aurélius Cotta, consul deux années
avant Cicéron, avec Lucius Manlius Torquatus.

(2) Ce beau-frère de Lucius Cæsar, beau-père
d'Antoine, étoit Lentulus, un des conjurés qui furent
pris et mis à mort. Après la mort du père d'Antoine,
Lentulus avoit épousé Julie, mère d'Antoine, sœur
de Lucius Cæsar.

bliques? Mais quels sont, grands Dieux! les
hommes qu'il consulte? des misérables dont il
nous faut entendre dire qu'on célèbre la naissance. Antoine ne paroîtra pas aujourd'hui.
— Pourquoi? — Il célèbre dans ses jardins la
naissance. . . . De qui? Je ne nommerai personne : c'est comme qui diroit d'un Phormion,
d'un Gnathon, d'un Ballion (1). Quelle impudence! quelle infamie! quelle conduite odieuse
et méprisable! vous avez pour proche parent
un des principaux sénateurs, un citoyen distingué; et vous ne le consultez jamais sur les
affaires publiques, vous consultez des gens qui,
ne possédant aucun bien, dissipent le vôtre (2).
Oui, sans doute, oui, votre consulat est
avantageux à la République, le mien lui a
été funeste.

Avez-vous donc perdu la pudeur avec l'hon-

(1) Phormion, Gnathon, noms de parasites dans
Térence; Ballion est un marchand d'esclaves dans
Plaute.

(2) Il y a en latin, sur le mot *res*, un jeu qu'il est
impossible de faire passer en françois : *de Republicâ,
suam rem nullam, tuam.*—*La pudeur avec l'honneur.*
Latin, *pudorem cum pudicitiâ. Pudor* est pour l'ame,
pudicitia pour le corps.

neur, pour oser dire dans ce temple où
nous sommes assembles, dans ce temple où
moi Cicéron je consultois le sénat, cette
compagnie auguste qui autrefois si florissante,
présidoit à tout l'univers, où vous, Antoine,
vous avez placé des troupes de scélérats armés
d'épées?... vous avez (1) donc osé dire (car
que n'osez-vous pas?) que, sous mon consulat, les avenues du Capitole étoient rem-
plies d'esclaves armés. Sans doute, je faisois
violence au sénat pour lui arracher ces décrets
coupables. Que vous êtes à plaindre de ne pas
connoître ces décrets (eh! connoissez-vous
rien de ce qui est beau?); ou s'ils vous sont
connus, de parler avec tant d'effronterie devant de tels hommes! Quel chevalier Romain,
quel jeune noble (2), excepté vous, quel particulier de tout ordre, se souvenant seulement qu'il étoit citoyen, ne se rendit pas au

(1) L'orateur renoue ici une phrase interrompue,
qu'il a commencée sans la finir.

(2) La famille des Antoine, originairement plé-
béienne, n'étoit pas originairement noble, mais en-
noblie par les magistratures. Tout patricien étoit noble,
mais tout noble n'étoit pas patricien.

Capitole lorsque le sénat étoit assemblé dans le temple de la Concorde ? Qui ne s'enrôla pas alors ? les greffiers ne pouvoient suffire à inscrire les noms, ni les registres à les contenir. Est-il quelqu'un, en effet, qui, voyant des hommes pervers, convaincus par leurs complices, par leurs signatures, par le témoignage même de leurs lettres, forcés d'avouer qu'ils avoient juré la perte de leur patrie, conspiré l'embrâsement de Rome, le massacre des citoyens, le ravage de l'Italie, la destruction de la République, est-il quelqu'un qui ne se fût empressé de prendre part à la défense commune ; sur-tout le sénat et le Peuple, ayant à leur tête un homme (1) tel que s'ils en avoient aujourd'hui un semblable, vous auriez subi le sort qu'ont éprouvé les conjurés ?

Il ose dire encore que j'ai refusé la sépulture à son beau-père. Clodius lui-même ne me fit jamais ce reproche. Comme j'étois son ennemi, et à bien juste titre, je vois avec peine que vous l'avez surpassé dans tous les vices. Mais comment vous est-il venu à l'esprit de

(1) Cet homme étoit Cicéron lui-même.

nous rappeller que vous avez été élevé dans
la maison de Lentulus ? Craigniez-vous donc
qu'on ne pensât que la nature n'avoit pu faire
de vous un homme aussi pervers sans le secours
de l'éducation ? Mais aviez-vous assez peu de
jugement pour vous contredire dans tous vos
discours, pour avancer les choses les plus dis-
parates, les plus contraires et les plus oppo-
sées entr'elles, pour être moins d'accord avec
vous-même qu'avec moi? Vous conveniez que
votre beau-père avoit trempé dans la plus horrible
des conjurations ; et vous vous plaigniez qu'on
l'en eût puni. C'étoit louer ce qui est proprement mon ouvrage, et blâmer ce qui étoit entièrement l'œuvre du sénat. Car c'est moi qui
ai fait saisir les coupables, c'est le sénat qui les
a fait punir. L'habile orateur qui ne s'apperçoit
pas qu'il loue son adversaire et blâme ses
juges !

Mais quelle audace ! je dis audace : il se
pique d'être audacieux ; quel manque de sens !
il croit être sensé, et l'est moins que personne :
quoi ? parler des avenues du Capitole , tandis
que nous avons des gens en armes jusque sur
nos sièges ; tandis que dans ce temple de la
Concorde, où, sous mon consulat, on a donné

ces

ces avis salutaires qui nous ont conservés tous jusqu'à ce jour, dans ce temple même, grands Dieux! nous voyons maintenant des hommes armés d'épées ! Accusez les sénateurs, accusez les chevaliers qui pour lors agissoient d'intelligence avec le sénat, accusez tous les ordres, tous les citoyens; mais convenez aussi que cette compagnie auguste, dans le moment où je parle, est investie de soldats barbares (1). Ce n'est point votre audace qui vous fait parler avec tant d'effronterie, c'est votre déraison seule qui vous empêche d'appercevoir de si palpables contradictions. Vous manquez de sens assurément. Quoi de plus extravagant, en effet, que de reprocher à un autre d'avoir armé des citoyens pour sauver l'état, quand soi-même on arme des Barbares pour le perdre ?

Mais n'a-t-il pas voulu faire le plaisant dans un certain endroit? Bons Dieux, que cela vous alloit mal! il faut avouer qu'il y a ici un peu de votre faute, sur-tout après les leçons de plaisanterie qu'a pu vous donner une comédienne (2)

---

(1) *De soldats barbares.* Latin, *d'Ithyréens.* Ithyre étoit une ville sur le mont Taurus.

(2) Cette comédienne étoit une nommée Cythéride, qu'Antoine menoit par-tout, comme si elle eût été son

votre épouse. *Que les armes le cèdent à la toge.* Eh
bien! ne lui ont-elles pas cédé alors? mais ensuite la toge a cédé à vos armes. Lequel donc,
je vous le demande, étoit le plus avantageux
que les armes d'une troupe de scélérats le cé-
dassent à la liberté du Peuple Romain, ou notre
liberté à vos armes? Je ne vous répondrai pas
sur l'article de la poésie; je me contente de
dire, en deux mots, que vous ne connoissez ni
les vers, ni aucune partie des lettres; que moi
je n'ai jamais manqué ni à la République ni
à mes amis, et que cependant, par les écrits
en tout genre composés dans mes momens de
loisir, j'ai fait ensorte que mes études et mes
veilles pussent contribuer à l'utilité de la jeu-

épouse légitime.—*Que les armes le cèdent à la toge.*
Latin, *cedant arma togae*, c'est le commencement
d'un vers hexamètre dont la fin étoit *concedat laurea
linguae.* Ce vers de Cicéron, par lequel il vantoit son
consulat, fut ridiculisé de son tems. Au reste, quoique
cet orateur eût fait quelques mauvais vers, il ne faut
pas croire néanmoins qu'il n'eût aucun talent dans
cette partie. Parmi les fragmens de sa poésie qui sont
parvenus jusqu'à nous, on voit de très-beaux vers,
et qui ne le cèdent en rien à ceux des meilleurs poëtes
de son siècle. Il faut remarquer qu'Horace et Virgile
n'avoient pas encore paru.

nesse et à la gloire du nom Romain. Mais
ce n'est pas ici le lieu d'en parler, passons à
de plus importans objets.

C'est par mon conseil, dites-vous, que
Clodius a été tué. Mais qu'auroit-on pensé, s'il
eût péri lorsque, dans la place publique, en
présence de tout le Peuple, vous le poursui-
viez (1) l'épée à la main, et que vous l'auriez
percé infailliblement, s'il ne se fût jetté derrière les degrés d'une boutique de libraire,
dont il se fit un rempart pour arrêter vos
efforts? J'avoue que j'applaudis alors à votre
action, vous ne dites pas toutefois que je vous
l'aie conseillée. Mais je n'ai pu de même applaudir à celle de Milon, puisqu'il avoit tué Clodius
avant qu'on soupçonnât qu'il en eût le dessein.
Je le lui ai conseillé, dites-vous. Oui, sans
doute, Milon étoit homme à ne pouvoir servir

_____

(1) Ce fait est rapporté dans le discours pour
Milon. *Derrière les degrés*. Ces degrés étoient de
bois et n'étoient pas à demeure. On pouvoit les arracher, les entasser et s'en faire un rempart. Il est
beaucoup parlé dans le même discours, de la loi nouvelle portée pour informer de la mort de Clodius. Cicéron blâme ici plus ouvertement cette loi dont Pompée
étoit l'auteur.

la République sans être aidé d'un conseil. Mais
je m'en suis réjoui. Falloit-il donc que je fusse
seul affligé au milieu de la publique allégresse?
Je dirai, en passant qu'on a eu tort de procéder
comme on a fait dans la poursuite du meurtre
de Clodius. Car à quoi bon établir une loi
nouvelle pour informer contre l'auteur de ce
meurtre, puisqu'il existoit des loix anciennes
contre les meurtriers? Quoi qu'il en soit, dans
ce tems-là personne ne m'a accusé d'avoir eu
part à la mort de Clodius; et vous venez après
bien des années m'en faire le reproche !

Vous avez encore osé dire, insistant fort sur
cet article, que c'étoit moi qui avois brouillé
Pompée avec César, et que conséquemment
j'étois cause de la guerre civile. En cela vous
ne vous êtes pas entièrement trompé pour le
fond; mais, ce qui est essentiel, vous avez
confondu les tems. Sous le consulat de
Bibulus (1), ce grand citoyen, je fis les derniers efforts, je mis tout en œuvre, pour
empêcher Pompée de se lier avec César. Celui-ci
fut plus heureux; car il parvint à éloigner de

_____

(1) Bibulus avoit été consul avec César, et ce fut
sous son consulat que celui-ci se ligua avec Pompée.

moi Pompée. Mais lorsque Pompée se fut
livré tout entier à César, aurois-je entrepris
de les désunir : il y eût eu de la folie à s'en
flatter, et de l'impudence à en donner le conseil.
Il survint cependant deux circonstances dans
lesquelles je donnai des conseils à Pompée
contre César. Je vous permets d'y trouver à
redire, si vous le pouvez. Je lui conseillois
dans l'une, de s'opposèr (1) à ce qu'on lui
continuât le gouvernement des Gaules pour
cinq ans, et dans l'autre, d'empêcher qu'on ne

(1) Je vois ici une difficulté qu'il n'est pas aisé de
résoudre. Nous avons un discours de Cicéron intitulé
sur les provinces consulaires, dans lequel il demande
au sénat entre autres choses, que le gouvernement des
Gaules soit continué à César. L'année suivante,
Pompée, consul avec Crassus, proposa lui-même de
faire continuer à César le gouvernement des Gaules
pendant cinq ans. L'histoire ajoute que Caton en public
et Cicéron en particulier l'exhortèrent, mais en vain,
à ne point favoriser les prétentions ambitieuses de
César. Est-ce que Cicéron n'ayant pu réussir dans le
sénat, se repentit ensuite de sa demande indiscrète,
et voulut engager Pompée à ne point faire accorder
par le Peuple ce que le sénat avoit refusé ? Je hasarde
cette conjecture, et je la soumets aux lumières des
savans.

E 3

portât une loi qui lui permît de solliciter, quoiqu'absent, un second consulat. S'il m'eût écouté en l'un de ces deux points, nous n'aurions jamais éprouvé de pareils malheurs. Par la suite, lorsque Pompée, qui avoit transporté à César toute sa puissance et toute celle de la République, eut reconnu, mais trop tard, la vérité de ce que j'avois prévu long-tems auparavant; lorsque je vis la patrie menacée d'une guerre affreuse, alors je ne cessai de le porter à la paix, à la concorde, à des négociations paisibles; et tout le monde se souvient de cette parole que je lui adressai : *Plût aux Dieux, Pompée, ou que vous n'eussiez jamais fait société avec César, ou que vous ne l'eussiez jamais rompue! votre dignité demandoit l'un, votre prudence exigeoit l'autre.* Voilà, Antoine, quels furent toujours mes conseils pour le bien de Pompée et de la République. Qu'ils eussent été suivis, la République subsisteroit encore : quant à vous, il n'eût fallu que vos désordres, vos infamies, votre indigence, pour vous perdre sans ressource.

Mais ces faits sont anciens; en voici un tout récent : il me reproche d'avoir conseillé le meurtre de César. Je crains, P. C., ce qui

seroit une infamie, de paroître m'entendre
avec Antoine (1), être convenu avec lui qu'il
me donneroit des louanges qui peuvent m'être
dues, qu'il m'en prodigueroit même qui sont
dues à d'autres. Car qui jamais a entendu prononcer mon nom parmi les auteurs de cette
action glorieuse? Et quel nom des vrais conjurés est resté secret? je dis secret, n'a-t-il pas
été sur-le-champ publié? On en trouveroit qui
se sont vantés faussement d'avoir participé à
la conjuration, loin que de vrais complices
voulussent se défendre d'y avoir eu part. Est-il
donc vraisemblable que, parmi tant d'hommes
obscurs, ou de jeunes gens qui ne taisoient le
nom de personne, le mien ait pu demeurer
caché? Si les libérateurs de la patrie eussent
eu besoin de conseils, aurois-je moi excité les
Brutus (2), qui tous les deux avoient devant

(1) Latin, *ne praevaricatorem apposuisse videar*.
On appelloit, en latin, *praevaricator* un accusateur
qui s'entendoit avec l'accusé pour le faire échapper à
la justice, et pour parler en sa faveur en paroissant
parler contre lui.

(2) Les Brutus, Marcus et Décimus. Le premier
étoit le fameux Brutus, qui, du côté de sa mère,
descendoit de Servilius Ahala, lequel étant comman-

E 4

les yeux l'image de l'ancien Brutus ; et dont l'un
avoit encore celle de Servilius Ahala ? Issus de
tels héros, auroient-ils consulté des étrangers,
plutôt que leurs ancêtres ? auroient-ils cherché
des conseils au-dehors, plutôt que dans leur
maison ? Et Cassius, né dans une famille qui
n'a pu souffrir la tyrannie, ni même une trop
grande puissance (1), il a eu besoin apparemment d'être animé par mes paroles, lui qui,
sans le secours de nos illustres conjurés, eût
exécuté ce grand dessein dans la Cilicie, à
l'embouchure du fleuve Cydnus, si César eût
abordé à la rive qu'il avoit marquée, et non
au rivage opposé. Ce n'est ni le meurtre de
son illustre père (2), ni la mort de son oncle,

dant de la cavalerie, tua de sa propre main Spurius
Mélius, qui formoit des projets nuisibles à la République. Il est beaucoup parlé de Décimus Brutus dans
les Philippiques suivantes de notre orateur.

(1) Spurius Cassius, soupçonné d'aspirer à la
royauté, ou du moins à une puissance excessive, fut
tué, dit-on, au sortir de sa magistrature, par son
propre père. Cassius, un des meurtriers de César,
étoit de cette famille. —— *Eût exécuté ce grand dessein* .... On ne voit dans l'histoire aucune trace de
ce fait.

(2) *De son illustre père*, Lucius Domitius Aheno-

ni la perte de son rang, qui ont engagé Domitius à reconquérir la liberté ; ce sont mes conseils. Est-ce moi qui ai persuadé Trébonius ?
je n'aurois pas osé même lui proposer ce qu'il
a fait ; et la République doit lui en savoir
d'autant plus de gré, qu'il a préféré à l'amitié
d'un seul la liberté de tous, qu'il a mieux aimé
détruire la tyrannie que de la partager. Est-ce
par mes avis que s'est déterminé le courageux
Cimber ? j'ai été surpris de sa démarche, loin
de m'y attendre ; et le motif de ma surprise,
c'est qu'oubliant les bienfaits de César, il ne
s'est souvenu que de la patrie. Que dirai-je des
deux Servilius ? leur donnerai-je le surnom de
Casca ou d'Ahala (1) ? croyez-vous que ce soit
par mes discours qu'ils aient été excités plutôt
que par leur amour pour la République ? Il

barbus, qui fut tué à la bataille de Pharsale. *De son
oncle*, Caton d'Utique. Trébonius avoit été d'abord
lieutenant de César dans les Gaules, ensuite préteur
et consul par son crédit.

(1) Les deux Servilius avoient le surnom de Casca.
L'orateur hésite s'il leur donnera le surnom d'Ahala,
dont ils ont imité le courage. Il n'y a rien de particulier sur Cimber, sinon qu'il commanda la flotte
de Brutus et de Cassius.

seroit trop long de les nommer tous ; et il est aussi glorieux pour Rome que pour les conjurés mêmes qu'ils se soient trouvés en si grand nombre.

Mais rappellez-vous comment cet orateur subtil m'a convaincu. Brutus , dit-il , après avoir tué César , levant aussitôt son poignard tout sanglant , prononça à haute voix le nom de Cicéron , et le félicita du rétablissement de la liberté. Pourquoi moi plutôt qu'un autre ? est-ce parce que j'étois instruit de la conjuration ? Je crains fort qu'il ne m'ait nommé , parce que s'étant signalé par une action semblable à celles que j'avois faites moi-même, il croyoit devoir me prendre à témoin qu'il avoit été jaloux de marcher sur mes traces. Mais , ô le plus insensé des hommes ! ne comprenez-vous pas que, si c'est un crime d'avoir conseillé la mort de César, comme vous me le reprochez, c'en est un pareillement de s'en être réjoui ? En effet, quelle différence y a-t-il entre conseiller une action et l'approuver? et qu'importe que j'aie souhaité le meurtre du tyran , ou que j'y aie applaudi ? Est-il donc quelqu'un , excepté vous et ceux qui avoient intérêt à voir régner César, qui n'ait désiré sa mort ou qui ne l'ait approuvée? Tout le monde est coupable, puisque tous les gens de bien ont poignardé César autant qu'il étoit en eux. Les moyens ont manqué aux uns, aux autres le courage, à d'autres l'occasion, la volonté n'a manqué à personne.

Mais voyez, P. C., la sottise ou plutôt la stupidité du personnage. Voici ses propres paroles : « Brutus, que je nomme avec tous les égards qui lui sont dus, tenant en main son » poignard tout sanglant, prononça à haute » voix le nom de Cicéron ; ce qui prouve » qu'il étoit complice ». Ainsi vous me traitez de scélérat (1), moi que vous soupçonnez avoir eu quelque soupçon du meurtre de César ; et celui qui faisoit briller son poignard tout dégouttant de sang, vous le nommez avec tous les égards qui lui sont dus. Quelle extra-vagance dans les paroles ! extravagance bien plus sensible encore dans les sentimens et dans la conduite. Décidez donc enfin, vous consul, ce qu'on doit penser des Brutus, de Cassius, de Domitius, de Trébonius, et des autres.

(1) *Vous me traitez de scélérat*, sans doute dans le discours prononcé contre moi en plein sénat.

Laissez dissiper les fumées du vin qui vous troublent. Faut-il des aiguillons pour vous réveiller de votre assoupissement dans une affaire de cette importance? Ne voyez-vous pas qu'il faut déterminer enfin si ceux qui ont poignardé César sont des assassins, ou les vengeurs de la liberté? Je ne vous demande, Antoine, qu'un peu d'attention : écoutez un moment le raisonnement simple d'un homme à jeun.. Moi qui suis l'ami des conjurés, comme je l'avoue, et le complice, comme vous me le reprochez, je prétends qu'il n'y a point de milieu, et je conviens moi-même que, s'ils ne sont pas les libérateurs du Peuple et les conservateurs de la République, ils sont plus que des assassins, plus que des homicides, plus que des parricides, puisque c'est une action moins atroce de tuer son propre père que (1) celui de la patrie. Vous, homme sage et judicieux, que dites-vous? Si ce sont des parricides, pourquoi les nommez-vous toujours avec égard dans le sénat et devant le Peuple?

(1) Si César n'étoit pas le tyran de Rome, il en étoit le père; et c'étoit un parricide que de lui ôter la vie.

Pourquoi, sur votre rapport, Brutus (1) a-t-il été dispensé des loix qui défendent à un préteur de s'absenter de la ville plus de dix jours ? Pourquoi les jeux apollinaires ont-ils été célébrés au nom du même Brutus avec des applaudissemens extraordinaires ? Pourquoi a-t-on assigné des provinces à Brutus et à Cassius avec des questeurs sous leurs ordres ? Pourquoi a-t-on augmenté le nombre de leurs lieutenans ? Tout cela est votre ouvrage. Ce ne sont donc pas des assassins ; ce sont donc, suivant vous, les libérateurs de Rome, puisqu'il n'y a point de milieu. Quoi ? est-ce que je vous trouble en vous pressant trop ? Peut-être ne

---

(1) Brutus étoit préteur, et comme tel, les loix lui défendoient de s'absenter de la ville plus de dix jours. Antoine fit ordonner que Brutus seroit affranchi de ces loix, et libre de s'absenter aussi long-tems qu'il voudroit. Le même Brutus s'étant enfui de Rome par crainte de la populace, Caïus Antonius, aussi préteur, célébra par ordre d'Antoine, les jeux apollinaires au nom de son collègue absent avec beaucoup de magnificence. —— *Pourquoi a-t-on assigné ?...* On donna à Brutus la Macédoine, et à Cassius la Syrie. C'étoit un honneur de donner à un gouverneur de province plus d'un questeur et d'augmenter le nombre de ses lieutenans.

concevez-vous pas assez bien encore ce qui
pourtant est assez clair? Quoi qu'il en soit,
voici ma conclusion. Puisque vous ne regardez
pas comme coupables les meurtriers de César,
vous les jugez donc dignes des plus grandes
récompenses. Ainsi je me rétracte ; et je vais
écrire aux conjurés que , si par hasard on les
interroge sur le reproche que vous me faites,
ils aient garde de le nier. Car je crains, ou qu'il
ne soit pas honnête à eux de m'avoir caché
leur projet , ou qu'il ne soit honteux pour moi
de m'être refusé à leurs invitations.

En effet , j'en atteste les Dieux, se fit-il
jamais , je ne dis pas seulement dans cette
ville , mais dans tout l'univers , une action plus
grande , plus remarquable , plus digne de
vivre éternellement dans le souvenir des
hommes ? C'est dans la confédération d'un
si beau dessein , comme dans une sorte de
cheval de Troie (1) , que vous me faites entrer
avec les principaux chefs de la République.

(1) On sait que les Grecs , sous prétexte de faire
une offrande à Minerve, construisirent un énorme
cheval de bois, dans les flancs duquel les principaux
des Grecs se renfermèrent. Ce cheval, introduit dans
Troie, causa la prise et la ruine de cette ville.

Je n'ai garde de m'en défendre ; je vous en
remercie même , quel que soit votre motif.
L'action à laquelle vous m'associez est si belle,
que la haine que vous voudriez m'attirer ne
me semble rien auprès d'une association aussi
glorieuse. Eh ! quoi de plus heureux que ces
citoyens que vous vous vantez d'avoir chassés
de Rome , et relégués loin de leur patrie ? En
quelque endroit qu'ils se transportent , quelle
contrée assez déserte , assez barbare , ne sera
pas jalouse de les posséder et de jouir de leur
entretien ? quels hommes assez sauvages ne
seront pas satisfaits de les avoir vus , ne s'en
féliciteront pas comme d'un inestimable avantage? quelle postérité assez peu reconnoissante,
quelles histoires assez ingrates , ne consacreront
point à l'immortalité leur nom et leur gloire?
Mettez-moi, tant que vous voudrez, au nombre
de tels personnages. Mais je crains qu'il n'y
ait un article qui vous embarrasse. Si j'eusse été
du nombre des conjurés , j'aurois détruit et le
tyran et la tyrannie. Et si l'ouvrage , comme
on dit , fût parti de ma main , au lieu de
m'arrêter au premier acte , j'aurois (1) conduit

_____

(1) *J'aurois conduit la pièce jusqu'au parfait dé-*

la pièce jusqu'au parfait dénouement. Mais si
c'est un crime d'avoir conseillé la mort de
César, examinez un peu, Antoine, ce que
vous avez à craindre, vous qu'on sait avoir
formé à Narbonne le projet de l'assassiner,
conjointement avec ce Trébonius que nous
avons vu par reconnoissance vous retenir hors
du sénat, lorsqu'on donnoit la mort à César.
Voyez combien je vous traite peu en ennemi.
Je vous loue d'avoir une fois conçu un bon
projet, je vous sais gré de ne l'avoir pas dé-
noncé, je vous pardonne de ne l'avoir pas
exécuté ; l'exécution demandoit un homme.

Si l'on vous citoit en justice, et qu'on em-
ployât contre vous ce mot de Cassius : *Qui*

nouement, en tuant Antoine, mort qui étoit nécessaire pour que la pièce fût achevée. —— *Avoir formé
à Narbonne....* Antoine alla jusqu'à Narbonne au-
devant de César, qui revenoit d'Espagne après avoir
vaincu les enfans de Pompée. Il étoit accompagné de
Trébonius, qui lui parla de tuer César. Antoine se
refusa à ce dessein, mais lui garda le secret. Cicéron
prétend qu'il ne lui manqua que le courage pour
l'exécuter. Comme les conjurés connoissoient l'attachement d'Antoine à César, et qu'ils ne vouloient
pas le tuer, ils chargèrent Trébonius de l'amuser hors
du sénat, tandis qu'ils exécuteroient leur coup.

avoit

avoit intérêt de le faire (1)? vous pourriez bien vous trouver embarrassé. Car si tous ceux, comme vous le disiez vous-même, qui refusoient d'obéir à un maître, avoient intérêt à la mort de César, vous y étiez plus intéressé que personne, vous qui, loin d'obéir à un maître, régnez en tyran; vous qui avez trouvé dans le temple de Cybèle (2) de quoi acquitter vos dettes énormes, qui, par l'altération des registres déposés dans ce temple, avez envahi des sommes immenses que vous avez dissipées; vous chez qui on a transporté tant de richesses

___

(1) Lucius Cassius étoit un homme d'une extrême sévérité. Lorsqu'il présidoit un tribunal où il s'agissoit, par exemple, d'un homme tué dont on ignoroit le meurtrier, il demandoit qui est-ce qui avoit eu intérêt à voir périr celui dont on poursuivoit la mort, *cui bono fuisset perire eum de cujus morte agebatur.*

(2) César avoit déposé dans le temple de Cybèle des sommes immenses dont Antoine s'empara. Après la mort de César, Calpurnie, sa femme, avoit fait transporter dans la maison d'Antoine tous les papiers de César, beaucoup d'effets et d'argent. Antoine garda les effets et l'argent. Quant aux papiers, le sénat ayant décidé qu'on maintiendroit les actes de César, Antoine supposa mille choses faites et mille graces accordées par lui pour lesquelles il se faisoit payer.

Tome X. F

du palais de César ; vous dont la maison est
une manufacture d'un grand rapport , où se
fabriquent de faux registres et de fausses signatures , un marché infâme où l'on vend les
terres , les villes , les exemptions , les revenus
publics. La mort seule de César pouvoit vous
tirer de l'indigence et combler toutes vos dettes.
Quoi ? vous me paroissez déconcerté. Crai-
gnez-vous donc qu'on ne vous impute cette
mort ? Ah ! n'ayez aucune inquiétude , on ne
le croira jamais. Vous n'êtes pas fait pour
rendre à la République de grands services.
Cette glorieuse action a pour auteurs les citoyens les plus illustres : je ne vous accuse pas
d'y avoir eu part , je dis seulement que vous
vous en êtes réjoui.

J'ai répondu aux accusations les plus graves ,
il faut maintenant répondre au reste.

Vous m'avez reproché le camp de Pompée (1),
et tout ce qui s'est passé dans ce tems-là. Si

(1) Cicéron s'étoit retiré dans le camp de Pompée ,
mais il étoit opposé à la guerre. Bien des choses se
faisoient qu'il n'approuvoit pas. Il se permit des
réflexions et des plaisanteries qui mécontentoient
Pompée et les autres. Il prit enfin le parti de quitter
le camp.

pour lors , comme je l'ai déjà dit , mes conseils eussent prévalu , vous seriez aujourd'hui
indigent et sans ressource , nous serions libres ,
et la République n'auroit pas à regretter tant
d'armées et de généraux. J'avoue que prévoyant
tous les malheurs qui sont arrivés depuis , j'ai
ressenti l'affliction qu'auroient éprouvée tous
les gens de bien , s'ils avoient lu comme moi
dans l'avenir. Je voyois, P. C. , je voyois avec
douleur une République sauvée par votre sagesse
et par mes conseils , sur le penchant de sa
ruine. Je n'étois pas assez peu philosophe pour
laisser abattre mon courage par attachement à
une vie dont la durée ne me promettoit que
des amertumes , et dont la fin m'auroit affranchi de toutes mes peines. Je voulois conserver
à l'état tous les hommes qui en faisoient l'ornement , tous ces anciens consuls , tous ces
anciens préteurs, tous ces sénateurs distingués,
la fleur de la jeunesse et de la noblesse , ces
armées composées des citoyens les plus vertueux.
S'ils eussent été conservés , même aux conditions d'une paix désavantageuse , (eh ! quelle
paix avec des citoyens n'est pas toujours préférable à la guerre civile ?) la République subsisteroit encore. Si donc , je le répète , mon

sentiment eût prévalu , si les hommes dont je
voulois sauver les jours , enflés par l'espoir de
la victoire , ne s'y fussent pas opposés eux-
mêmes ; sans parler des autres avantages ,
certainement , Antoine , vous ne seriez jamais
resté dans le sénat , ni même dans Rome.

Mes discours , dites-vous , avoient indisposé
Pompée contre moi. Mais étoit-il quelqu'un
dans le camp que Pompée chérît plus que moi ,
avec qui il s'entretînt plus volontiers , qu'il
consultât davantage ? Et ce n'étoit pas peu ,
sans doute , que la diversité de nos opinions
sur la République ne pût nuire à l'intimité de
nos liaisons. Mais nous démêlions réciproque-
ment nos idées et nos vues. Moi , je voulois
qu'on ne songeât à l'honneur du parti qu'après
avoir conservé la vie des citoyens ; Pompée
songeoit à l'honneur avant tout. Et comme nos
deux avis avoient chacun un côté préférable ,
nous nous pardonnions la différence de sentimens. Ceux qui , après la journée de Pharsale,
suivirent Pompée jusqu'à Paphos (1) , savent
ce que pensoit de moi cet homme incomparable

(1) Paphos, dans l'isle de Chypre , où aborda Pompée
s'étant enfui de Pharsale.

et presque divin. Il ne parla jamais de moi que
dans les termes les plus honorables , qu'avec
les témoignages des plus tendres regrets. Il
avouoit que j'avois mieux vu que lui, mais que
lui , il avoit mieux espéré des affaires. Et vous
osez. Antoine , me calomnier au nom de ce
grand homme, dont j'ai eu l'amitié , et dont
vous avez les dépouilles (1).

Mais ne parlons pas d'une guerre où vous
n'avez été que trop heureux. Je ne vous répondrai pas même au sujet des plaisanteries qui
me sont échappées dans le camp, et dont vous
me faites un crime. Ce camp, à la vérité,
n'offroit que des soucis et des peines ; mais il
suffit d'être homme pour donner quelquefois
du relâche à son esprit dans les conjonctures
les plus critiques. Vous me reprochez ma tristesse en même-tems que ma gaieté ; c'est une
preuve de ma modération dans l'une et dans
l'autre.

Vous avez avancé qu'il ne m'étoit venu

(1) Latin, *te sectorem esse.* On appelloit *sector*
celui qui achetoit des biens vendus à l'encan. Lorsqu'on vendit les biens de Pompée, Antoine, comme
nous le verrons par la suite, fut le seul qui osât les
acheter.

F 3

aucun héritage (1). Plût aux Dieux que cela fût
vrai ! un plus grand nombre de mes amis
vivroient encore. Mais comment avez-vous
pu imaginer ce reproche, lorsque j'ai recueilli
par héritage plus de vingt millions de sesterces ?
J'avoue néanmoins qu'à cet égard vous avez été
plus heureux que moi. Je n'ai hérité que de
mes amis, ensorte que l'avantage qui pouvoit
m'en revenir étoit bien diminué par le regret de
leur perte. Pour vous, Antoine, Rubrius,
citoyen de Cassinum, que vous n'aviez jamais
vu, vous a fait son héritier (2). Il falloit, sans
doute, que vous fussiez bien chéri d'un homme
qui, ne vous connoissant pas même de visage,

(1) C'étoit une honte et un déshonneur d'être oublié
dans les testamens de ses amis. —— Vingt millions de
sestèrces, 2,500,000 livres de notre monnoie.

(2) *Vous a fait son héritier.* On voit bien que c'est
une ironie. —— *Qui ne vous connoissant pas même de
visage ;* mot à mot, *qui ne sachant pas si vous étiez
blanc ou noir ;* façon de parler proverbiale chez les
Latins. —— *A plusieurs reprises.* Voilà comme j'ai
rendu le *semper* du texte. Quand on avoit fait son
testament, il étoit d'usage de le renouveller pour confirmer ou changer des articles. Au lieu de *ne nominat
quidem*, des éditions portent *ne nomen quidem per-
scripsit.*

a oublié son propre neveu, fils de Quintus
Fufius, un des principaux chevaliers Romains,
son plus intime ami. Il avoit déclaré ce neveu
son héritier publiquement et à plusieurs reprises;
il n'en fait seulement pas mention, et vous
institue héritier à sa place, vous qu'il n'avoit
jamais ni vu ni connu. Je vous prie de me dire
si cela ne vous fait point de peine, quelle étoit
la figure et la taille de Turselius, sa tribu, sa
ville. Je n'en sais rien, direz-vous; je sais
uniquement quelles sont ses terres. Il deshéri-
toit donc son frère pour vous laisser son bien.
Voilà comme Antoine a encore envahi la
fortune de plusieurs personnes qui lui étoient
absolument étrangères, au préjudice des héritiers légitimes dont il usurpoit les droits. Au
reste, j'admire que vous ayez osé parler d'héritages, vous qui avez renoncé à la succession
de votre père (1).

(1) Le père d'Antoine étoit un dissipateur, il avoit
laissé plus de dettes que de biens. —— *Une mauvaise
déclamation.* On appelloit *déclamation* un ouvrage
fait à loisir pour s'amuser. *Dans une maison de
campagne qui ne vous appartient pas.* Maison à
Tivoli de Quintus Métellus Scipio, beau-père de
Pompée.

F 4

O le plus insensé des hommes ! étoit-ce
donc pour ramasser ces reproches que vous avez
passé tant de jours à composer une mauvaise
déclamation dans une maison de campagne qui
ne vous appartient pas ? Cependant, si l'on
en croit vos meilleurs amis, c'est plutôt pour
dissiper les fumées du vin que pour aiguiser
l'activité de votre esprit, que vous vous occu-
pez à écrire. Vous avez toujours avec vous
pour vous amuser un maître, que vous déco-
rez du titre de rhéteur, vous et vos compagnons de débauche: vous lui avez permis de
plaisanter sur votre compte tant qu'il voudroit.
C'est, sans doute, un fin railleur que cet
homme ; quoique après tout, les bons-mots
ne manquent pas, la matière est abondante,
quand il s'agit de vous et de vos pareils. Mais
voyez combien vous différez de votre aïeul (1).
Il disoit avec réflexion ce qui étoit utile à sa
cause ; vous, Antoine, vous dites au hasard
ce qui est nuisible à la vôtre.

Et quelle récompense a-t-il donnée à son
rhéteur (2) ? Ecoutez, P. C., écoutez, et appre-

(1) *Votre aïeul*; c'étoit Marcus Antonius l'orateur.
(2) Ce rhéteur, comme nous avons dit plus haut,

nez tout le malheur de la République. Il lui a
assigné dans les campagnes de Léontini deux
mille arpens de terre exempts de tout impôt,
pour apprendre de lui, à grands frais, à n'avoir
pas le sens commun. O le plus audacieux des
hommes, avez-vous encore fait cette largesse en
vertu des registres de César? Mais je parlerai
ailleurs des terres de Léontini et de la Campanie
qu'il a enlevées à la République et livrées à
d'infâmes possesseurs.

J'ai assez répondu aux reproches d'Antoine ;
je vais dire maintenant quelques mots de ce
grave réformateur, de ce rigide censeur de
notre conduite. Je n'épuiserai pas la matière ;
s'il faut revenir à la charge, comme il le faudra sans doute, je pourrai me présenter
toujours avec quelque chose de neuf : c'est une
facilité que me donne la multitude de ses vices
et de ses crimes. Voulez-vous que nous remon-
tions à votre première jeunesse ? oui, il faut
prendre votre histoire à son commencement.

Vous rappellez-vous que n'étant pas encore
sorti de l'enfance (1), vous avez débuté par

étoit un Sextus Clodius Sicilien. Léontini, ville de
Sicile, dont le territoire étoit très fertile en blé.

(1) *N'étant pas encore sorti de l'enfance :* mot à

abandonner vos biens à des créanciers ? C'est la faute de votre père , direz-vous. Je le veux. Cette apologie respire la tendresse filiale. Mais ce qui n'est l'effet que de votre audace , c'est de vous être placé aux spectacles dans les quatorze premiers rangs de sièges (1) , au mépris de la loi Roscia , qui assigne une autre place aux cessionnaires de leurs biens , quand même cette cession seroit occasionnée par un accident involontaire , et non par un défaut de conduite. Vous prites la robe virile dont vous fites sur-le-champ la robe d'une prostituée. Vous livrant d'abord à tout le monde , vous receviez le salaire de vos infamies , et un salaire qui n'étoit

mot, *ayant encore la robe prétexte ;* robe bordée de pourpre, que l'on portoit jusqu'à ce qu'on prît la robe virile. *Vous avez débuté....* Latin, *decoxisse.* On appelloit *decoquere,* renoncer aux biens paternels , les céder aux créanciers.

(1) *Les quatorze premiers rangs de sièges ,* les plus proches de l'endroit nommé *orchestra ,* où étoient placés les sénateurs. Le tribun Lucius Roscius Otho avoit porté une loi , suivant laquelle, pour occuper aux spectacles les quatorze premiers rangs de sièges , il falloit être libre , né d'un père libre , et avoir le revenu d'un chevalier. Il avoit marqué une place particulière pour ceux qui avoient renoncé aux biens paternels.

pas modique. Mais Curion survint bientôt, qui
vous tira de cet infâme commerce, et vous
prenant pour lui seul (1), vous assura un
établissement un peu plus honnête. Jamais
esclave acheté pour satisfaire la passion, ne fut
autant sous la puissance de son maître, que
vous sous celle de Curion. Combien de fois son
père vous chassa-t-il de sa maison ? combien
de fois mit-il des gardes à sa porte pour vous
en interdire l'entrée ? Vous cependant, à la
faveur de la nuit, excité par la violence du
désir, entraîné par l'attrait du gain, vous vous
y faisiez descendre par le toît. Cette maison
distinguée ne put souffrir davantage vos désordres. Savez-vous qu'on ne peut être mieux
instruit des faits dont je parle ? Qu'il vous
souvienne du tems où le père de Curion étoit
couché dans son lit accablé de tristesse : le fils
prosterné à mes pieds, fondant en larmes, me
recommandoit vos intérêts ; il me conjuroit de
prendre votre défense auprès de son père, de
lui faire donner les six millions de sesterces (2),

(1) *Et vous prenant*.... Latin, *tanquam stolam
dedisset. Toga* étoit l'habillement des courtisannes,
stola celui des femmes honnêtes, des épouses légitimes.

(2) Six millions de sesterces, 750,000 livres.

pour lesquels il s'étoit constitué votre répondant. Enflammé d'amour , il protestoit qu'il ne pourroit supporter la douleur d'une séparation, qu'il s'enfuiroit avec vous. J'adoucis alors les maux affreux de cette illustre famille , ou plutôt je les dissipai. Je persuadai au père d'acquitter les dettes de son fils , d'employer son propre bien pour libérer un jeune homme dont les qualités de l'esprit et du cœur donnoient les plus grandes espérances , d'user de toute l'autorité paternelle pour lui défendre de vous fréquenter et même de vous voir. Sachant donc que c'étoit moi qui avoit accommodé cette affaire , auriez-vous osé me provoquer par vos injures , sans la confiance que vous inspirent les épées qui entourent votre personne ?

Mais laissons-là les prostitutions et les infamies. Il est dans votre conduite des traits que je ne puis rapporter décemment ; et vous êtes d'autant plus dissolu , que vous n'avez pas craint de faire ce qu'un ennemi , avec de la pudeur , rougiroit de vous reprocher. Voyons la suite de sa vie , sur laquelle je passerai légèrement ; car je me hâte d'en venir aux excès qu'il s'est permis durant la guerre civile , dans ces tems si malheureux pour la République , et à ceux qu'il se permet encore tous les jours. Quoique ces excès vous soient plus connus qu'à moi-même, continuez, P. C., à m'écouter attentivement comme vous faites. Lorsque les choses sont aussi intéressantes, il n'est pas besoin, pour nous rendre attentifs, qu'on nous apprenne ce que nous ignorons; il suffit qu'on nous rappelle ce que nous savons déjà. Au reste, je trancherai sur les faits intermédiaires, pour ne point faire trop attendre les plus récens.

Il étoit lié avec Clodius pendant son tribunat, lui qui se vante de m'avoir rendu des services: c'étoit le ministre et l'agent de toutes ses fureurs: dès-lors même il tramoit chez lui une certaine intrigue. Il sait bien ce que je veux dire (1). Il se transporta ensuite à Ale-

_____

(1) On ignore absolument le fait dont Cicéron parle ici à mots couverts. —— *Il se transporta ensuite....* Le sénat, d'après un oracle de la Sibylle, ne vouloit pas qu'on entrât dans l'Egypte avec une armée pour rétablir Ptolémée Aulétès. Gabinius, proconsul, au mépris de l'oracle de la Sibylle et de la défense du sénat, entreprit de le rétablir avec son armée. Antoine l'accompagnoit dans cette expédition. Au mot *iter*, latin, sous-entendez, *instituit, suscepit.* Un manuscrit

xandrie, contre les intérêts de la République,
malgré l'autorité du sénat et la volonté des
Dieux. Mais il avoit pour chef Gabinius,
dont la présence pouvoit justifier toutes ses
démarches. Et quel fut son retour de ce pays?
De l'Egypte il avoit pénétré aux extrémités
des Gaules (1) avant que de revenir dans sa
maison. Je dis sa maison : chacun alors avoit
la sienne ; la vôtre n'étoit nulle part. Je vous
le demande , possédiez-vous dans le monde
un seul endroit où vous pussiez mettre le pied,
excepté la modique terre de Misène , et encore
que vous partagiez avec d'autres , comme les
fermiers de l'état se partagent les mines?

Vous arrivates des Gaules pour solliciter la
questure. Osez dire que vous vites votre

ajoute *direxit* après *Alexandriam*. Des livres portent
itum; d'autres *itur*.

(1) *Aux extrémités des Gaules*, où César faisoit
alors la guerre. —— *Chacun alors avoit la sienne*. Les
citoyens n'étoient pas encore chassés de leurs biens,
comme il arriva dans la guerre civile. —— *Comme les
fermiers*.... Latin, *tanquam Sisaponem*, sous-entendez *publicani tenent*. Sisapon étoit une ville
d'Espagne, où il y avoit des mines que des fermiers
publics faisoient valoir en se les partageant. Misène,
promontoire près de Cumes , dans la Campanie.

mère avant moi ? J'avois déjà reçu une
lettre de César, par laquelle il me prioit
de recevoir vos excuses, et de vous pardonner vos torts (1). Aussi vous épargnai-je
même l'embarras d'une explication. Ensuite,
vous me défendites contre la violence, moi
je vous secondai dans la demande de la questure.
C'est alors que vous entreprites de tuer Clodius
dans la place publique, au grand contentement
du Peuple Romain ; et quoique vous eussiez
formé ce projet de vous-même, et non par mes
conseils, vous disiez hautement qu'à moins de
tuer ce scélérat, vous ne pourriez jamais
réparer vos torts à mon égard. Je suis donc
surpris que vous me reprochiez d'avoir engagé
Milon à lui donner la mort, tandis que je
ne vous y exhortai jamais, vous dis-je, qui
m'en faisiez la proposition. Cependant, si vous
aviez persévéré dans ce dessein, j'aurois mieux
aimé que vous l'eussiez exécuté pour servir la
patrie que pour regagner mon amitié.

Vous fûtes nommé questeur ; et sur le

(1) *Vos torts*. Cicéron ne dit pas et on ne sait point
d'ailleurs quels étoient ces torts.--*Vous me défendites
contre la violence*, sans doute lorsque Clodius cherchoit à me faire périr.

champ , sans être autorisé par un décret du
sénat , ni par le sort, ni par une loi , vous
courutes rejoindre César (1). Accablé de dettes
et absolument ruiné , vous pensiez que c'étoit
l'unique refuge sur la terre qui restât à votre
indigence et à vos dissolutions. Là, ayant rempli
vos coffres , grace aux largesses de César et à vos
rapines , si c'est remplir ses coffres que de les
vuider à l'instant (2), vous revolates à Rome ,
toujours aussi pauvre , pour demander le tribunat , avec dessein de marcher , si vous pouviez ,
dans cette magistrature , sur les traces de votre
ami Curion.

Ecoutez maintenant , P. C. , non plus les
désordres et les infamies qui l'ont deshonoré
lui et sa famille , mais les crimes et les attentats

(1) *Vous courutes rejoindre César*, pour être son
questeur dans les Gaules.

(2) Après *explere* , en latin , il semble qu'il faudroit
ajouter *rapere*, *congerere*, ou quelque autre verbe.
Au lieu d'*advolasti* , des livres ont *advolas*. — *De
votre ami Curion*, qui, dans son tribunat , cherchoit
à allumer la guerre civile. *Viri tui* , allusion au commerce infâme qui avoit régné entre Antoine et Curion.
Des livres portent *vitrici tui* : leçon qui n'est pas à
dédaigner.

qui

qui nous ont attaqués nous et nos fortunes ;
c'est-à-dire, la République toute entière ; vous
trouverez dans sa perversité la cause et l'origine
de tous nos maux.

Lorsqu'aux calendes de janvier, sous le
consulat de Lentulus et de Marcellus , vous
vouliez soutenir la République chancelante et
sur le penchant de sa ruine, ménager les intérêts
de César lui-même , s'il prenoit de meilleurs
sentimens (1), Antoine opposa à vos résolutions
sa puissance tribunitienne qu'il avoit vendue
et asservie à un seul homme ; il exposa sa tête
à cette hache qui en a fait périr tant d'autres
moins coupables. Le sénat, encore dans toute
sa splendeur , avant que d'avoir perdu tant
d'illustres membres , rendit contre vous ,
Antoine , le décret que , suivant les usages de
nos ancêtres, on rend d'ordinaire contre un
ennemi domestique (2). Et vous osez me calom-

____

(1) Le sénat s'appercevoit des mauvais desseins de
César ; il vouloit l'obliger de quitter sa province et de
congédier son armée : Antoine , en qualité de tribun ,
s'opposa constamment à la volonté du sénat. ——
A cette hache , c'est-à-dire , à l'indignation du sénat
et à son décret rigoureux.

(2) *Rendit le décret*.... Le sénat employa la

Tome X.   G

nier devant ceux même qui m'ont déclaré
moi le conservateur, et vous l'ennemi de l'état!
On a cessé quelque tems de parler de votre
opposition criminelle, mais on n'en a point
perdu le souvenir. Tant qu'il y aura des
hommes sur la terre, tant que le nom Romain
existera (et il existera toujours, si vos violences
ne l'anéantissent) ; on parlera de votre funeste
opposition. Peut-on dire que le sénat ait agi
avec passion ou avec imprudence, lorsqu'un
homme seul (1), et un jeune homme, l'a
empêché, non une seule fois, mais plusieurs,
de statuer en commun sur le salut de la République ; lorsque vous avez refusé d'écouter ceux
qui vous pressoient de ceder à l'autorité de
cet ordre ? Et que vouloit-on autre chose,
sinon vous ôter le dessein de perdre la République, de la ruiner sans ressource ? Mais ni
les principaux de Rome par leurs prières, ni
les anciens par leurs avis, ni le sénat en corps

forme de sénatus-consulte qui n'étoit d'usage que dans
les plus grandes extrémités. Il fut dit que les consuls,
les préteurs, les tribuns du Peuple et les proconsuls,
veilleroient à la sûreté de la République.

(1) Antoine étoit secondé par un autre tribun, par
Quintus Cassius; mais il étoit le principal opposant.

par ses remontrances, ne purent vous faire abandonner une opinion qui vous avoit été payée.
Ce fut alors qu'après avoir épuisé tous les
moyens , on vous porta le coup qu'avant vous
plusieurs avoient déjà reçu (1) , et dont pas un
seul ne put jamais se relever. Ce fut alors que
cet ordre mit entre les mains des consuls et des
autres magistrats ces armes redoutables auxquelles vous ne pûtes échapper , qu'en vous
sauvant au camp de César.

C'est vous , Antoine, oui , c'est vous qui ,
dans le dessein où étoit César de tout boule-
verser , lui avez fourni le prétexte de déclarer
la guerre à sa patrie. De quel prétexte en effet
couvroit-il ses téméraires démarches? que disoit-
il, sinon qu'on avoit détruit les privilèges du tribunat, méprisé les droits d'opposition, enchaîné
la puissance d'Antoine? Je ne dis pas combien
ces raisons étoient fausses et frivoles , sur-tout
n'y ayant aucune raison qui puisse autoriser à
prendre les armes contre la patrie. Mais ne
parlons pas de César : vous ne pouvez du moins

(1) *On vous porta le coup....* On fit usage du
sénatus-consulte, auquel on n'avoit recours que dans
des cas extrêmes ; lequel sénatus-consulte avoit été
funeste à tous ceux contre lesquels on l'avoit employé.

G 2

disconvenir , Antoine , qu'en vous seul réside
la cause d'une si funeste guerre. Que vous êtes
malheureux, si vous comprenez , et plus malheureux encore , si vous ne comprenez point
ce que vous imputera la postérité de tous les
siècles ; si vous ignorez que tous les livres , que
toutes les histoires ne cesseront jamais de
publier les événemens étranges dont nous avons
été les témoins : les consuls fuyant l'Italie , et
avec eux Pompée , la gloire et l'ornement de
cet empire ; tous les personnages consulaires
à qui leur santé l'a permis , tous ceux qui
avoient été préteurs ou qui l'étoient alors , les
tribuns du Peuple , une grande partie du sénat,
toute la jeunesse de Rome , les accompagnant
dans leur fuite désastreuse (1) ; en un mot
toute la République , comme arrachée et trans-
portée de son siège ! De même que les semences
sont le principe des arbres et des plantes ; ainsi
Antoine a été le malheureux germe d'une
guerre déplorable. Vous gémissez, P. C. , sur
l'entière destruction de trois armées du Peuple
Romain : c'est Antoine qui les a détruites. Vous
regrettez les plus illustres citoyens; c'est Antoine

(1) *Les accompagnant* .... Le mot *exsequi* , du
latin , étoit usité dans les funérailles.

qui leur a donné la mort. La dignité de cet
ordre a reçu les plus mortelles atteintes ; c'est
Antoine qui les lui a portées. Enfin, tous les
maux que nous avons éprouvés depuis, et quels
maux ! nous devons, si nous raisonnons juste,
nous devons les imputer au seul Antoine :
Antoine a été pour cette République ce qu'Hé-
lène fut pour les Troyens, la cause de la guerre,
la cause de son désastre et de sa ruine.

Les suites de son tribunat ont répondu aux
commencemens. Il a exécuté tout ce qu'avoit
empêché cet ordre, tant que subsista la République. Mais voyez, P. C., combien il a été
criminel dans le crime même. Il rétablissoit une
multitude de citoyens condamnés ; parmi ces
citoyens, nulle mention de son oncle. S'il se
piquoit de sévérité, pourquoi ne pas l'étendre
à tous ? s'il vouloit montrer de l'indulgence,
pourquoi en exclure ses proches ? Sans parler
de tant d'autres, il a rétabli Denticula, son com-
pagnon de jeu, condamné pour avoir joué à
des jeux de hasard ; il l'a rétabli, non afin de
pou.... jouer avec lui (1), comme si jouer

..... comme si on lisoit, *restituit, non*
.... *condemnato, quasi verò* ....

G 3

avec un homme condamné eût effarouché sa
délicatesse, mais afin d'acquitter avec une loi
toutes ses dettes de jeu. Quelle raison avez-vous
alléguée au Peuple Romain de son rétablissement ? Vous avez dit peut-être qu'on l'avoit
jugé quoiqu'absent, qu'on l'avoit condamné
sans l'entendre, qu'il n'y avoit point de peine
établie par la loi contre les jeux de hasard,
qu'il avoit succombé sous la force et la violence,
enfin, ce qu'on disoit de votre oncle, que le
tribunal s'étoit laissé corrompre : rien de tout
cela. C'étoit, disiez-vous, un homme de bien,
un homme qui ne pouvoit qu'honorer la République. Cela ne faisoit rien à l'affaire : mais
enfin, si vous disiez vrai, comme vous faites
peu de cas d'une condamnation, je vous par-
donnerois de l'avoir rétabli. Mais rétablir
l'homme le plus méprisable, le plus acharné
au jeu, qui joueroit jusqu'au milieu de la place
publique, un homme condamné par la loi
portée contre les jeux de hasard ; rétablir dans
tous ses droits un tel homme, n'est-ce pas
déclarer ouvertement sa propre fureur pour
le jeu ?

— Peut-être au lieu de *ille*, faudroit-il lire *ipse*; si on
garde *ille*, il faut le rapporter à Antoine.

Pendant le même tribunat, César, en partant pour l'Espagne, lui ayant laissé l'Italie à ravager, quels furent ses voyages? comment parcourut-il nos villes municipales? Les faits que je rapporte, je le sais, sont dans la bouche de tout le monde, et ces faits, ainsi que d'autres dont je parlerai ensuite, sont plus connus de vous tous, qui étiez pour lors en Italie, que de moi qui en étois absent. Je décrirai cependant les détails de sa marche, bien que mes discours ne puissent répondre à vos connoissances. Eh! vit-on jamais rien de plus honteux, de plus indécent, de plus infâme? Un tribun du Peuple étoit porté dans une voiture légère (1); des licteurs, avec leurs faisceaux ornés de lauriers, marchoient en avant: au milieu de ces licteurs,

____

(1) Le nom de cette voiture, dans le latin, est *essedum*; voiture en usage chez les Barbares, et inconnue chez les Romains. Les tribuns du Peuple ne faisoient porter devant eux ni haches ni faisceaux. — *De Volumnie*: on donnoit à la comédienne ce nom, parce qu'elle étoit aimée de Volumnius Eutrapelus, intime ami d'Antoine. Son nom de comédienne étoit Cythéride. — *Dans toutes les villes de l'Italie*. Le latin dit, *dans toutes les villes municipales, colonies et préfectures*. J'ai cru devoir omettre ce détail.

G 4

dans une litière découverte, paroissoit cette
comédienne, que les plus honnêtes citoyens
des villes municipales, forcés de venir au-
devant d'elle, saluoient, non pas sous son nom
de comédienne, mais sous celui de Volumnie.
Venoit ensuite un chariot chargé d'une troupe
de libertins, compagnons de ses débauches. Sa
mère, laissée derrière, suivoit la maîtresse de
cet fils impudique, comme on suivroit une
belle-fille. O fécondité déplorable d'une mère
infortunée ! Enfin, dans toutes les villes de
l'Italie qu'il parcouroit, Antoine imprima les
traces honteuses de ses dissolutions.

Les autres actions de son tribunat présentent
une matière délicate (1) et difficile à traiter. Il
s'est trouvé dans la guerre civile; il s'est abreuvé
du sang de citoyens beaucoup meilleurs que
lui ; il a été heureux, si on peut être heureux
dans le crime. Mais puisque nous voulons ménager les soldats vétérans, dont toutefois la
cause est bien différente de la vôtre, ils ont
suivi leur général ; vous êtes allé les chercher.

(1) *Délicate*, parce qu'il y avoit à craindre de cho-
quer bien des personnes. — *Les soldats vétérans*,
dont le sénat ménageoit les intérêts pour le bien de
la concorde.

mais de crainte que vous ne les animiez contre
moi, je ne dirai rien de la nature de cette
guerre. Vainqueur en Thessalie, vous êtes revenu à Brindes avec les légions. Là vous ne
m'avez pas ôté la vie. C'est une obligation que
je vous ai ; car j'avoue que vous en avez eu le
pouvoir. Cependant parmi ceux qui vous suivoient, il n'y en avoit pas un seul qui ne
voulût qu'on m'épargnât. L'amour de la patrie
est si puissant que j'étois regardé même par
vos légions comme une personne sacrée, parce
qu'elles se rappelloient que j'avois sauvé la patrie de sa ruine. Mais je le suppose, vous
m'avez donné ce que vous ne m'avez pas ôté,
et je tiens de vous la vie que vous ne m'avez
pas arrachée ; ai-je pu continuer à être recon-
noissant après les outrages dont vous m'avez
accablé, quoique vous n'ignorassiez pas tout
ce que j'avois à dire sur votre personne ? Vous
êtes donc revenu à Brindes vous jeter entre
les bras de votre comédienne. Eh bien ! pouvez-vous me démentir ? Qu'il est triste de ne
pouvoir nier ce qu'il est si honteux d'avouer !
Si vous n'aviez aucun égard pour les villes municipales, ne respectiez-vous pas même les
légions composées de vétérans ? Est-il un

soldat qui n'ait vu cette femme à Brindes ; qui
ait ignoré qu'elle étoit venue pour vous féliciter d'avoir achevé une si longue marche ;
qui n'ait été affligé de connoître trop tard
l'homme méprisable dont il avoit suivi les
drapeaux ?

Il parcourt de nouveau l'Italie accompagné
de sa comédienne ; il écrase cruellement les
villes en y établissant des soldats (1). De retour
à Rome, quelle horrible dissipation d'or,
d'argent, et sur-tout de vins ! Bien plus, à
l'insu de César, pour lors à Alexandrie, il se
fit nommer commandant de la cavalerie par
l'entremise des amis du dictateur. Dès-lors il
crut être en droit de vivre avec Hippias, et de
livrer au comédien Sergius les chevaux fournis
à l'état par les provinces (2). Il n'avoit pas en-

(1) *En y établissant des soldats*, sans doute ceux
qui avoient achevé leur service, et qu'il établissoit
dans les villes en leur faisant donner des terres.

(2) Par son titre de commandant de la cavalerie,
Antoine croyoit être en droit d'user comme étant à
lui, d'Hippias dont le nom venoit d'*ippos*, qui en
grec veut dire *cheval* : on voit que l'orateur joue sur
le nom. Il croyoit aussi pouvoir disposer des chevaux
fournis comme tribut par les provinces, et en abandonner la ferme à Sergius. —— *La maison qu'il craint*

core choisi pour sa demeure la maison qu'il occupe maintenant et qu'il craint de perdre, mais celle de Pison. Parlerai-je de ses décrets, de ses rapines, des héritages qu'il s'est fait léguer, de ceux qu'il a ravis de force ? Pressé par l'indigence, il ne savoit où trouver des ressources. Les riches successions de Rubrius et de Turselius ne lui étoient pas encore échues: il n'avoit pas encore envahi les fortunes de Pompée et de tant d'autres citoyens absens dont il devint tout-à-coup héritier. Forcé de vivre à la manière des brigands, il n'avoit que ce qu'il pouvoit prendre.

Mais supprimons ces traits d'une perversité bien prononcée; parlons plutôt des plus agréables saillies de son libertinage aimable. Vous, Antoine, avec ce large gosier, cette poitrine de fer, cette constitution robuste d'un vrai gladiateur, vous vous étiez tellement gorgé de vin aux noces d'Hippias, que le lendemain même vous avez été réduit à vomir en présence du Peuple Romain. O infamie horrible à voir et même à entendre ! Si pareille chose vous fût

de perdre, la maison de Pompée, que redemandoit Sextus Pompéius, un de ses fils.

arrivée au milieu d'un repas , dans une de vos
effroyables orgies , qui n'en rougit pour
vous ? Mais dans une assemblée du Peuple
Romain , dans l'exercice d'une fonction publique , un homme revêtu d'une auguste magistrature (1) , qui auroit dû rougir du moindre
signe d'intempérance , a rejetté , dans d'impurs
vomissemens , les vins et les viandes qui sur-
chargeoient son estomac , il en a rempli son
sein , en a inondé son tribunal. Mais ce trait ,
il le met lui-même au nombre de ses turpi-
tudes , venous à ses faits brillans.

César s'échappa enfin d'Alexandrie (2) ,
heureux , à son gré ; mais , à mon avis , on
ne peut être heureux quand on est né pour le
malheur de la patrie. On ouvrit une vente pu-

(1) En latin, *un commandant de la cavalerie*, qui
étoit chez les Romains un magistrat respectable. Je
me suis attaché , en traduisant , à l'idée , et non pas
au mot. On sait que la plupart des magistratures à
Rome , les premières sur-tout , étoient en même tems
civiles et militaires.

(2) D'Alexandrie, dans laquelle il fut assiégé par
Achillas , et où il courut de grands risques pour ses
jours.

blique devant le temple de Jupiter Stator (1).
Les biens de Pompée (hélas ! mes larmes sont
épuisées , et la douleur reste toujours au fond
de mon cœur), oui , les biens du grand
Pompée furent indignement soumis à la voix
d'un vil crieur public. Dans cette seule occasion , oubliant leur servitude , les Romains
laissèrent échapper des gémissemens ; et malgré
la terreur qui opprimoit la ville entière , au
milieu de l'asservissement des ames , nos
soupirs du moins étoient libres. Tout le monde
vouloit voir quel seroit le citoyen assez déna-
turé , assez forcené , assez ennemi des Dieux
et des hommes , pour mettre l'enchère à une
vente si odieuse : il ne se trouva qu'Antoine ,
quoiqu'autour de cette pique funeste (2) il y
eût tant de scélérats , d'ailleurs capables de tout.
Oui , il ne s'est rencontré qu'un Antoine pour
oser ce qui arrêtoit , ce qui effrayoit les plus

(1) Nous avons expliqué dans la première Catili-
naire d'où venoit le surnom de *Stator* donné à Jupiter.

(2) *De cette pique funeste*. Dans les ventes faites
à l'encan, on dressoit une pique, qui étoit comme l'annonce de ces ventes. Tout Romain honnête devoit
rougir d'acheter des biens vendus à l'encan, et surtout
tout les biens de Pompée.

audaoieux. Tel fut votre aveuglement ; disons mieux, tel fut votre égarement : vous ne sentiez pas qu'après avoir acheté, sans respect pour votre naissance, des biens vendus à l'encan, et les biens de Pompée, vous seriez exécrable, abominable aux yeux du Peuple Romain, vous auriez à présent et à jamais pour ennemis tous les Dieux et tous les hommes.

Mais avec quelle insolence ce brigand affamé a-t-il envahi la fortune de ce grand homme, qui a fait redouter le nom romain aux nations étrangères par son courage, et l'a fait chérir par sa justice ? Lors donc qu'il se fut jetté avidement sur les richesses de Pompée, il triomphoit; personnage de théâtre (1), il jouoit un nouveau rôle, et passoit tout-à-coup de la misère à l'opulence. Mais, comme on dit vulgairement (2), les biens mal acquis s'en vont de même. C'est une chose incroyable et prodigieuse comment et en combien peu de mois, que dis-je ? en combien peu de jours, il a dis-

(1) Latin, *persona de mimo*, personnage tiré d'une comédie bouffonne ; comme si on lisoit *ex mimo*. *Mimus*, en latin, veut dire comédien et comédie.

(2). En latin, *mais comme dit un certain poëte*; vient ensuite un vers ïambe que l'on croit de Névius.

sipé toute cette immense fortune. On avoit vu
dans la maison de Pompée une grande quan-
tité de vins rares , un grand nombre de vases
d'argent travaillés avec art , des tapis précieux ,
et en beaucoup d'endroits des meubles riches
et magnifiques , enfin tout ce qui annonce ,
non le faste , mais l'abondance : peu de jours
après , il n'y avoit plus rien. Quelle Charybde
si vorace ?..... que parlé-je de Charybde ? si ce
monstre a existé , ce n'étoit qu'un animal seul :
l'océan , non, l'océan n'auroit pu , ce semble ,
engloutir aussi promptement tant de richesses
dispersées et répandues en tant de lieux divers.
Rien de fermé , rien de scellé , rien d'écrit.
Des celliers tout entiers étoient abandonnés aux
hommes les plus vils. Les comédiens pilloient
d'un côté , les comédiennes de l'autre. La
maison étoit remplie de joueurs et de gens ivres.
On y buvoit tout le jour , et en plus d'un endroit. Ajoutez encore toutes les pertes qu'Antoine
faisoit au jeu ; car son bonheur ne le suit
point par-tout. Dans les chambres des esclaves,
on voyoit les lits couverts des plus beaux tapis
de pourpre du grand Pompée. Qu'on cesse
donc d'être surpris que tant de biens se soient
dissipés aussi rapidement. Je ne dis pas le patri-

moine d'un seul homme., un patrimoine aussi
opulent et aussi vaste , mais des villes et des
royaumes , eussent été bientôt absorbés par une
aussi énorme profusion.

Quoi ? les maisons même et les jardins de
Pompée (1) ! Quelle audace monstrueuse !
Avez-vous bien pu , Antoine , entrer dans la
maison de cet illustre personnage, en franchir
le seuil vénérable, montrer votre face odieuse
aux pénates de ces demeures ? Une maison sur
laquelle on ne pouvoit arrêter un moment les
yeux , devant laquelle on ne pouvoit passer
sans laisser échapper quelques larmes, n'avez-
vous pas honte d'occuper cette maison et de
vous y établir si long-tems ? Quoique vous
n'ayez nul sentiment et nulle délicatesse ,
pouvez-vous supporter la vue des objets que
vous y rencontrez ? Quand vous voyez dans
l'avant-cour ces éperons de vaisseaux (2) et ces
dépouilles de nos ennemis , croyez-vous entrer
dans votre domicile ? Cela n'est pas possible.

(1) Aux mots *aedes* et *hortos*, en latin, sous-entendez *tenet*, ou quelqu'autre verbe. J'ai hasardé de
supprimer aussi le verbe dans le françois.

(2) *Ces éperons de vaisseaux*, qui annonçoient la
victoire que Pompée avoit remportée sur les pirates.

Tout

Tout abruti que vous êtes, vous vous connoissez, vous et vos pareils, vous connoissez vos
actions. Je ne crois pas que vous puissiez être
tranquille, ni pendant le jour, ni pendant
la nuit. Malgré cette violence de caractère qui
vous empêche de réfléchir, l'image de cet
homme incomparable doit vous poursuivre
jusqu'au milieu de votre sommeil ; vous éga-
rer même souvent quand vous êtes éveillé. Pour
moi, je plains jusqu'aux murs (1) d'une maison auparavant si heureuse. Avoit-elle jamais
rien vu que de chaste, rien que de conforme aux
bonnes mœurs et à la plus exacte régularité ?
Vous le savez, P. C., Pompée étoit aussi
admirable dans sa vie privée qu'illustre au de-
hors, aussi recommandable par ses vertus domestiques que par ses exploits militaires. Les
appartemens de ce personnage aussi vertueux
que célèbre sont aujourd'hui des lieux de pros-
titution, ses salles sont des tavernes. Mais Antoine n'en convient pas. N'examinez point,
P. C., n'examinez point les choses de si près ;
il est devenu sage, il a rompu (2) avec sa maî-

(1) Le latin ajoute *les toits*, c'est-à-dire, les *pla-
fonds* : car c'est là ce que veut dire ici *tecta*.

(2) Latin, *snas res sibi habere jussit*, paroles tirées

tresse , il l'a renvoyée , il l'a répudiée suivant toutes les formes. O citoyen d'une vertu éprouvée et d'une sagesse reconnue ! le plus beau trait de sa vie est d'avoir fait divorce avec une comédienne.

Mais combien de fois répète-t-il avec complaisance , *moi consul et Antoine !* c'est-à-dire, moi consul et le plus infâme débauché ; moi consul et l'homme le plus vil : car le nom d'Antoine chez vous signifie-t-il autre chose ? Si le nom seul portoit un caractère de dignité , votre aïeul auroit dit quelquefois, sans doute, *moi consul et Antoine* ; ce qu'il n'a jamais fait. Votre oncle, mon collègue , l'auroit dit aussi ; à moins que vous ne soyez le seul Antoine.

Mais je laisse des fautes étrangères au parti que vous avez embrassé , et pour lequel vous avez déchiré la République ; je reviens au parti même dont vous fûtes un des chefs ; je veux dire à la guerre civile , qui a été causée,

des douze tables, qu'on employoit quand on faisoit divorce avec une femme. *Claves ademit.* Signe de divorce. On donnoit les clefs à une femme quand elle entroit dans la maison, on les lui ôtoit quand on la renvoyoit de cette même maison. Des savans proposent d'ajouter *foras* avant *exegit.*

formée et entreprise par vos soins. Votre timidité et vos débauches vous ont fait abandonner cette guerre. Vous aviez déjà goûté le sang des citoyens, ou plutôt vous vous en étiez énivré ; vous vous étiez signalé à la bataille de Pharsale ; vous aviez tué de votre main Domitius (1), personnage aussi connu par ses grandes actions que par sa naissance ; vous aviez poursuivi et cruellement massacré un grand nombre de ceux qui avoient échappé au carnage, et que César auroit épargnés peut-être, comme il en épargna plusieurs : après tous ces grands exploits, pourquoi donc n'avez-vous pas suivi César en Afrique, surtout puisqu'il restoit encore une si grande guerre à terminer ? Aussi quel rang César vous donna-t-il auprès de lui à son retour d'Afrique ? Comment vous traita-t-il ? Vous qui aviez été son questeur à l'armée, son lieutenant dans la dictature, auteur de la guerre, ministre de sévérité, associé au butin, vous qui, pour me servir de vos expressions, étiez le fils du testament de César, vous fûtes cité par César, obligé de rendre compte des sommes dont vous

___

(1) Lucius Domitius Ahenobarbus, dont nous avons parlé plus haut.

H 2

étiez redevable pour la maison et les *****
de Pompée que vous aviez achetés à l'encan.

D'abord vous lui répondîtes fièrement : et
pour que je ne paroisse point toujours vous
contredire, il y avoit de la raison et de la solidité dans votre réponse. César me demande de
l'argent ; pourquoi ne lui en demanderois-je
point plutôt ? a-t-il vaincu sans moi ? l'a-t-il pu ?
C'est moi qui ai fourni le prétexte de la
guerre civile ; c'est moi qui ai proposé des loix
pernicieuses ; c'est moi qui ai fait la guerre aux
consuls et aux généraux de la République,
au sénat et au Peuple Romain, aux Dieux,
aux autels et aux foyers de la patrie, à la patrie même. A-t-il vaincu pour lui seul ? Ceux
qui ont partagé le crime ne doivent-ils partager
le butin ? Vous ne demandiez rien que de
juste ; mais que voulez-vous ? César étoit le
plus fort.

Aussi, sans nul égard à toutes vos plaintes,
il vous envoya des soldats à vous et à vos répondans. Quelle risée, lorsqu'on vit paroître
ce superbe tableau des biens que vous mettiez
en vente ! Quoi donc ? un tableau si étendu,
une si longue liste de possessions diverses ; et
rien appartenant au vendeur qu'une partie de

la terre de Misène! Et quel spectacle que celui
de la vente même? Quelques étoffes du grand
Pompée déchirées et décolorées, quelques vais-
selles d'argent rompues, des esclaves difformes;
ensorte que nous étions affligés qu'il y eût encore des biens de ce grand homme, et d'être
réduits à en voir ces déplorables restes. Cependant, autorisés par un décret de César, les
héritiers de Rubrius formèrent opposition à la
vente. L'embarras de notre dissipateur étoit
extrême; il ne savoit quel parti prendre. Bien
plus, dans ce tems-là même on surprit, dans
la maison de César, un homme armé d'un poignard, qu'on disoit envoyé par Antoine. César
s'en plaignit dans le sénat, et s'emporta contre
vous avec force. Il partit ensuite pour l'Espagne, vous accordant par pitié, vu votre
indigence, quelques jours de délai pour payer
vos dettes. Vous ne le suivîtes pas même
alors. Eh quoi! un aussi bon gladiateur avoir
obtenu sitôt son congé (1)! Après cela, pour-

(1) Latin, *rudem accepisti*. *Rudis*, baguette brute,
qui n'étoit point polie, que l'on donnoit aux gladiateurs pour marque de leur liberté, lorsqu'après avoir
souvent combattu avec courage, ils étoient dispensés
de combattre à l'avenir.

H 3

roit-on craindre un homme aussi timide dans
un parti d'où dépendoit tout son sort?

Vous-même enfin, vous vous mites en route
pour l'Espagne. Mais vous n'avez pu, dites-
vous, y arriver, parce que les chemins n'é-
toient pas sûrs. Comment donc Dolabella (1)
a-t-il pu s'y rendre ? Ou il ne falloit pas embrasser le parti de César, ou une fois embrassé,
il falloit le soutenir jusqu'au bout. César a combattu trois fois contre ses concitoyens, en
Thessalie, en Afrique, en Espagne (2). Dolabella s'est trouvé à tous les combats, et même
en Espagne il a reçu une blessure. Si vous me
demandez mon sentiment, je voudrois qu'il
ne s'y fût pas trouvé ; mais en blâmant ses premières démarches, je ne puis me dispenser de
louer sa constance. Mais de vous, Antoine,
que peut-on dire ? Les fils de Pompée demandoient d'abord à rentrer dans leur patrie :
c'étoit-là, je le veux, la cause de tous les par

_____

(1) Dolabella avoit été gendre de Cicéron ; c'étoit
un des plus ardens partisans de César.

(2) En Thessalie, près de Pharsale, contre le grand
Pompée ; en Afrique, près de Thapsus, contre Publius
Scipio ; en Espagne, près de Munda, contre les fils
de Pompée.

tisans de César. Ils redemandoient aussi leurs
Dieux pénates, leurs autels, leurs foyers,
leur patrimoine, que vous aviez envahis. Puis
donc que les fils de Pompée redemandoient les
armes à la main, ce qui leur appartenoit en
vertu des loix, à qui convenoit-il en toute justice (si pourtant il peut y avoir de la justice
dans des choses souverainement injustes), à
qui convenoit-il de combattre contre eux ? A
qui ? à vous, sans doute, qui aviez acheté
leurs biens. Deviez-vous à Narbonne souiller
les tables de vos hôtes des suites honteuses de
votre intempérance (1), tandis que Dolabella
se battoit pour vous en Espagne ?

Et quel fut votre retour de Narbonne ? Il
me demandoit cependant pourquoi étant déjà
en chemin pour la Grèce, j'étois revenu tout-
à-coup. Dernièrement, P. C., je vous ai exposé
les motifs de mon retour. Je voulois, si je le
pouvois, être utile à la République avant les
calendes de janvier. Quant à la manière dont
je suis revenu, ce que vous me demandiez
encore, Antoine ; c'est en plein jour, et non

(1) Latin, *mensas hospitum convomeres*, c'est-à-
dire, *cibos et vina congesta immodicè vomeres in
mensis hospitum.*

H 4

dans les ténèbres , c'est avec ma toge et mes brodequins , et non en pantoufles et en manteau (1). Vous me regardez , et d'un œil de courroux , à ce qu'il me semble. Ah ! vous vous radouciriez bientôt, si vous saviez combien je rougis de vos désordres , dont vous ne rougissez pas vous-même. Non , je n'ai jamais ni vu ni entendu une infamie pareille. Un homme qui prétendoit avoir été commandant de la cavalerie , qui demandoit , ou plutôt qui mendioit le consulat pour l'année suivante, a parcouru en manteau et en pantoufles les villes municipales et les colonies de la Gaule ; ces villes dont j'ai sollicité les suffrages , dans le tems où c'étoit la coutume de demander le consulat, et non de le mendier.

Mais voyez la gravité du personnage. S'étant rendu avant la fin du jour aux Rochers-Rouges (2) , il s'enferma dans une obscure taverne , où il resta caché , et but jusqu'au soir. Ensuite étant monté dans une voiture légère ,

(1) Latin , *gallicis* , *lacernâ*. *Gallicae* étoit une chaussure gauloise, des espèces de sandales ; *lacerna*, casaque militaire.

(2) Les Rochers-Rouges étoient sur la voie flaminienne , entre Rome et Veies.

il se rendit précipitamment à Rome , et se présenta à sa maison la tête couverte. Qui êtes-vous , lui dit le portier ? — Un messager de la part d'Antoine. On le conduit aussi-tôt vers sa femme , l'objet de son voyage : il lui remet une lettre. Elle pleuroit en la lisant ; car la lettre étoit écrite d'un style passionné , et contenoit en substance qu'il n'auroit plus de commerce avec sa comédienne , qu'il lui avoit retiré sa tendresse pour la donner toute entière à son épouse. Comme celle-ci redoubloit ses larmes , cet époux sensible ne put tenir plus long-tems ; il se découvre et saute à son cou. Homme vil et méprisable ! puis-je dire autre chose ? puis-je me servir d'expressions plus propres ? Quoi ? afin de surprendre une femme par votre arrivée imprévue , afin de lui montrer contre son attente votre personne impure, vous avez répandu l'allarme dans cette ville pendant toute une nuit , et dans l'Italie pendant plusieurs jours (1). Vous étiez conduit

_____

(1) Antoine revint à Rome dans le moment où le bruit s'étoit répandu dans toute l'Italie que César étoit tué , et que les partisans de Pompée, vainqueurs, approchoient de Rome. On étoit donc dans la crainte et dans l'allarme, parce qu'on ne pouvoit se persuader

chez vous par une belle passion pour votre femme, dans Rome par un motif plus honteux encore, la crainte que Plancus ne fît vendre les biens de vos répondans. Produit dans l'assemblée par le tribun, et ayant dit au Peuple que c'étoient vos affaires qui vous avoient rappellé à Rome, vous lui fournites matière à vous plaisanter. Mais c'est trop s'arrêter sur des bagatelles; passons à de plus importans objets.

Lorsque César revenoit d'Espagne, vous avez couru fort loin au-devant de lui; vous allates et revintes avec une extrême vitesse, afin de vous faire connoître, sinon pour un guerrier courageux, du moins pour un esclave diligent. Vous êtes redevenu son ami intime,

qu'Antoine fût revenu si vite, s'il n'eût eu des nouvelles certaines de la mort de César et de la victoire des partisans de Pompée. — *La crainte que Plancus....* César, partant pour l'Espagne, l'avoit chargé de faire vendre les biens des répondans d'Antoine, s'il ne payoit pas après les délais qu'il lui avoit accordés. — *Que c'étoient vos affaires....* L'expression latine étoit équivoque, et signifioit également le soin des affaires et le soin des amours; c'est ce qui fit rire le Peuple, et lui donna matière à plaisanter.

je ne sais pourquoi. C'étoit-là le caractère de César. Tout accablé de dettes et de misère que fût un citoyen, s'il le reconnoissoit pour un homme sans principes et plein d'audace, c'étoit celui qu'il recevoit le plus volontiers dans son intimité.

Bien digne de son amitié à ce double titre, il vous a fait nommer consul, et même avec lui. Je ne forme aucune plainte au sujet de Dolabella qui fut mis en avant et indignement joué. Ignore-t-on quelle fut alors la perfidie de César et la vôtre ? César l'engage à demander le consulat, il le lui promet ; et, malgré sa promesse, il lui enlève cette dignité qu'il prend pour lui-même. Vous, Antoine, vous avez approuvé et secondé sa perfidie. Viennent les calendes de janvier ; on nous assemble au sénat. Dolabella se déchaîne contre Antoine avec beaucoup plus de force et d'éloquence que je ne fais maintenant. Irrité de ce discours, que n'a-t-il pas dit, grands Dieux ! César ayant commencé par déclarer qu'il feroit nommer Dolabella consul avant son départ (1), qu'il donneroit ses ordres en consé-

(1) *Avant son départ*, pour la guerre contre les Parthes. Il fut assassiné lorsqu'il se préparoit à partir.

quence (et l'on veut qu'il n'ait pas été un tyran,
lui qui agissoit et parloit presque toujours sur
ce ton !) César, dis-je, ayant déclaré sa volonté,
cet habile augure osa dire qu'il étoit revêtu d'un
sacerdoce qui lui donnoit le droit, par l'annonce des auspices, d'empêcher les comices
ou de les interrompre ; et il assura qu'il le
feroit. Dans ces paroles, qu'on voie d'abord
son extrême stupidité. Quoi, Antoine! ce droit
que vous attribuez à votre augurat, l'auriez-
vous moins eu, si vous n'aviez été que consul?
Je trouve même que la chose vous eût été plus facile. Car nous autres augures nous n'avons que
le droit d'annoncer les auspices ; les consuls et
les autres magistrats ont celui de les prendre (1).
C'est-là, sans doute, un trait d'ignorance dans
Antoine. Eh ! quelle raison peut-on attendre
d'un homme toujours ivre ? Voyons son im-

---

(1) Les consuls et les principaux magistrats avoient
le droit de *spection* : ce droit leur donnoit une autorité plus étendue qu'à l'augure, en ce qu'ils pouvoient
déclarer long-tems d'avance, qu'ils prendroient les
auspices, *se de coelo servaturos*. Par cette déclaration,
ils faisoient du jour où ils annonçoient qu'ils prendroient les auspices, un jour de fête, où par conséquent il n'étoit point permis d'assembler les comices.

pudence. Plusieurs mois avant l'élection, il dit en plein sénat qu'il empêcheroit les comices par l'annonce des auspices, ou qu'il les interromproit, comme il a fait réellement. Mais peut-on deviner le vice qui se rencontrera dans les auspices, à moins qu'on n'ait fixé le jour où l'on prendra les auspices (1)? Or il n'est pas permis par les loix d'observer les auspices le jour même des comices ; et si on les a observés, on doit les annoncer avant la tenue de ces mêmes comices, et non après qu'ils sont finis. L'impudence chez lui et l'ignorance marchent donc d'un pas égal. Il ignore ce que doit savoir un augure (2), et il agit en homme qui n'a nulle pudeur.

(1) *A moins qu'on n'ait fixé....* Il n'appartenoit qu'aux principaux magistrats, comme nous l'avons dit plus haut, de fixer et d'annoncer le jour où ils prendroient les auspices ; et alors on ne pouvoit point tenir de comices ce jour-là, les auspices qu'on auroit observés pour les tenir, étoient par-là même vicieux.

(2) Un augure doit savoir *qu'il n'est pas permis par les loix d'observer....* qu'enfin il n'est pas permis de faire ce qu'a fait Antoine. —— *Qui n'a nulle pudeur.* C'est manquer de pudeur de venir dissoudre des comices quand ils sont presque finis, sans avoir annoncé d'avance qu'on prendroit les auspices.

Rappellez-vous, P. C., quel fut son consulat depuis ce jour jusqu'aux ides de mars (1). Quel officier subalterne fut jamais plus bas et plus rampant ? Il ne pouvoit rien par lui-même, il demandoit tout à son collègue. Retournant la tête et l'avançant dans sa litière, il achetoit par une bassesse les graces qu'il vouloit vendre.

Cependant arrive le jour des comices pour l'élection de Dolabella. On tire au sort la centurie qui donnera la première son suffrage (2).

(1) Ides de Mars, jour où César fut assassiné en plein sénat. —— *Retournant la tête*.... L'*aversam* du latin annonce qu'Antoine marchoit devant la litière de César comme un de ses satellites, et qu'il retournoit la tête pour lui parler. Plusieurs éditions portent *adversam*.

(2) Dans les comices ou assemblées du Champ-de-Mars, le Peuple Romain étoit distribué en six classes, lesquelles classes renfermoient un certain nombre de centuries. Sur cent quatre-vingt-treize centuries en tout, la seule première classe en contenoit quatre-vingt-dix-huit. Quand on les avoit toutes, on ne passoit pas à la seconde classe. Quand on avoit le vœu de la première classe, mais qu'il manquoit quelques centuries, on passoit à la seconde. On tiroit au sort la centurie qui donneroit la première son suffrage, que l'on nommoit *praerogativa*. Quand on avoit cette

Antoine se tient tranquille. Dolabella a pour lui le vœu de cette centurie : Antoine garde encore le silence. On appelle toute la première classe, dont le vœu est pour Dolabella. On passe ensuite à la seconde, que l'on fait voter suivant la coutume. Tout cela se fait en moins de tems que je ne mets à le dire. La nomination achevée, notre habile augure s'avance gravement ; vous l'auriez pris pour un Lélius (1) ; A UN AUTRE JOUR, dit-il. Qu'aviez-vous donc vu, Antoine ? qu'aviez-vous remarqué ? qu'aviez-vous entendu ? Vous ne disiez pas alors que vous eussiez observé les auspices, vous ne le dites pas aujourd'hui. Le seul vice qu'il y eût alors, c'est celui que vous aviez prévu, que vous aviez prédit, dès le premier

première, on avoit ordinairement toutes les autres ou le plus grand nombre. Dans le texte, *secunda classis vocatur*, je n'aime pas cette répétition de *vocatur* à la fin du membre de phrase : je voudrois qu'il fût placé après *suffragatum*. Des éditions le suppriment ; il y en a qui lisent, *deindè, ut assolet suffragia : tùm secunda classis*.

(1) Lélius étoit un homme fort grave ; on l'avoit surnommé *le sage*. *Alio die*, à un autre jour, étoient les propres paroles d'un augure qui annonçoit un vice dans les auspices.

de janvier, près de trois mois auparavant. Vous avez donc supposé de faux auspices, pour votre malheur, j'espère, plutôt que pour celui de la République : vous avez rempli le Peuple Romain de craintes et de scrupules (1). Augure et consul, vous avez annoncé à un augure et à un consul des auspices contraires. Je n'en dis point davantage, pour ne point paroître attaquer les actes de Dolabella, qui seront infailliblement un jour déférés à notre collège. Mais voyez toute son audace et toute son insolence. C'est-à-dire, Antoine, que, quand il vous plaira, l'élection de Dolabella sera vicieuse; et ensuite, quand vous le voudrez, elle deviendra légitime. Si ces paroles, A UN AUTRE JOUR, que vous avez prononcées comme augure, ne doivent être comptées pour rien, avouez que vous n'étiez pas dans votre bon sens quand vous les avez prononcées. Si elles ont quelque vertu, moi augure, je vous

_____

(1) *Vous avez rempli....* Dolabella est actuellement consul malgré votre annonce, il en fait les fonctions; il peut rester au Peuple Romain des craintes et des scrupules. —— *A un augure et à un consul,* à César qui étoit augure et consul. —*Déférés à notre collège,* pour savoir s'ils doivent être ratifiés ou non.

demande

demande à vous, mon collègue dans l'augurat, en quoi cette vertu consiste.

Mais pour ne pas omettre dans le récit de tant de faits le plus beau trait de la vie d'Antoine, parlons des Lupercales (1). Il se trahit lui-même, P. C., il est ému, il pâlit, il s'agite : qu'il fasse tout ce qu'il voudra, pourvu qu'il ne renouvelle point la scène dégoûtante du portique Minutius. Comment justifiera-t-il l'infamie que je vais lui reprocher ? Je suis curieux de l'entendre, et de voir si son rhéteur a gagné un si magnifique salaire, s'il a gagné ses riches possessions dans le pays des Léontins. Votre collègue étoit dans la tribune aux harangues, assis sur une chaire d'or, revêtu

_____

(1) Lupercales, fête en l'honneur du Dieu Pan, qui se célébroit au mois de février. Les jeunes Romains couroient ce jour-là tout nuds par la ville et faisoient beaucoup d'extravagances. — *La scène dégoûtante du portique Minutius.* C'est, sans doute, la scène dont il est parlé plus haut, et dont l'orateur a fait une peinture si affreuse. Le latin dit, *pourvu qu'il ne vomisse pas comme il a fait au portique Minutius.* On ne sait pas trop où étoit placé ce portique ; ce qu'il y a de certain, c'est que le Peuple Romain s'assembloit près de ce lieu, puisque Antoine vomit en haranguant l'assemblée.

d'une robe de pourpre, la tête ornée d'une couronne. Vous montez, vous approchez de son siège; et oubliant que, si vous étiez prêtre du dieu Pan, vous étiez aussi consul de Rome, vous lui présentez un diadême. On gémit dans toute la place publique. Où aviez-vous pris ce diadême? Vous ne l'aviez pas, sans doute, ramassé par terre; vous apportiez de votre maison ce fruit odieux d'un crime réfléchi. Vous excitiez les gémissemens du Peuple en mettant le diadême sur la tête de César, et en le rejettant César attiroit ses applaudissemens. Vous êtes donc, scélérat, vous êtes le seul qui, donnant le signal de la tyrannie, vouliez avoir pour maître celui que vous aviez pour collègue, qui vouliez éprouver jusqu'où pouvoit aller la patience du Peuple Romain. Vous sembliez même implorer la miséricorde de César: vous vous prosterniez à ses pieds dans la posture d'un suppliant: que demandiez-vous? d'être esclave? que ne le demandiez-vous pour vous seul, pour vous qui, depuis votre enfance, aviez vécu de manière à tout souffrir, à être esclave de tous les caprices d'autrui! le sénat, certes, ni le Peuple ne vous avoit donné cette commission. L'admirable éloquence que la vôtre, lorsque tout nud vous haranguates l'assemblée ! quoi de plus honteux ! quoi de plus affreux ! quoi de plus digne de tous les supplices ! Attendez-vous que j'enfonce l'aiguillon ? Pour peu que vous ayez de sentiment, mon discours est un trait sanglant qui doit vous percer, qui doit vous déchirer. Je crains de diminuer la gloire de nos illustres libérateurs, je le dirai toutefois dans l'excès de ma peine, quoi de plus révoltant que d'avoir laissé vivre celui qui a offert le diadème, tandis que, de l'aveu de tout le monde, celui qui l'a refusé a été justement mis à mort ? Mais il a osé même dans nos fastes, à l'article *Lupercales*, inscrire ces paroles : *Antoine consul a offert, par l'ordre du Peuple, la royauté à César, dictateur perpétuel ; et César ne l'a point acceptée.* Je ne suis plus surpris que vous troubliez la tranquillité publique ; que non-seulement la ville, mais que la lumière vous soit odieuse ; qu'associé à d'infâmes brigands, vous viviez tous les jours, non-seulement en débauche, mais en desespéré, qui ne compte pas sur le lendemain (1). Car où pourriez-vous rester un

_____

(1) *De die vivere*, vivre en débauché, sans observer

moment en paix? Vous est-il possible de vivre
au milieu des loix et des jugemens que vous
avez détruits autant qu'il étoit en vous, et
remplacés par la tyrannie? N'a-t-on chassé
Tarquin, n'a-t-on fait mourir Cassius, Mélius,
Manlius, que pour voir, plusieurs siècles après,
un Antoine, au mépris des loix les plus sacrées, établir un tyran dans Rome?

Mais revenons aux auspices. Je vous le demande, si César eût proposé dans le sénat (1),
aux ides de mars, les objets qu'il devoit y
proposer, qu'auriez-vous fait alors? J'entendois
dire que vous y veniez préparé, dans la pensée
que je parlerois du faux rapport des auspices,
auxquels cependant il falloit bien obéir. La

---

le tems marqué pour les repas. *Vivere in diem*, vivre
au jour, comme si on ne comptoit pas sur le lendemain.

(1) César devant partir pour la guerre contre les
Parthes, après les ides de mars, et voulant nommer
un consul à sa place avant son départ, devoit faire
son rapport au sénat au sujet des auspices, pour savoir
si Dolabella pouvoit être regardé comme consul malgré
l'annonce d'Antoine. Au reste, après la mort de César,
Antoine consentit à regarder Dolabella comme son
collègue. — *Auxquels cependant il falloit bien obéir*,
sauf à faire examiner les choses dans le collège des
augures; ce que Cicéron auroit desiré qu'on eût fait.

fortune du Peuple Romain a supprimé ce jour:
la mort de César a-t-elle aussi supprimé votre
jugement sur les auspices? Mais je suis tombé
sur une époque de votre histoire, dont il faut
que je parle avant de continuer l'objet que
j'avois entamé. Quelle fut votre fuite? quelle
fut votre frayeur (1) dans ce jour célèbre?
quelles inquiétudes pour une vie dont les re-
mords de vos crimes vous faisoient désespérer?
Sauvé par le bienfait de ceux qui vous ont
épargné, dans l'espoir que vous suivriez de meilleurs conseils, vous courutes vous renfermer
dans votre maison. O que mes pressentimens
sur l'avenir n'ont toujours été que trop vrais
et que trop inutiles! Au Capitole, je disois
à nos libérateurs qui vouloient que j'allasse
vous trouver pour vous exhorter à défendre
les intérêts de la République; je leur disois:
Antoine promettra tout tant qu'il sera dans la
crainte; mais cette crainte une fois dissipée, il

(1) Antoine, que Trébonius tenoit à l'écart, tandis
qu'on assassinoit César, ayant appris cette mort,
craignit pour lui-même. Il jetta ses habits consulaires,
s'enfuit et se cacha. Ce fut sur-tout par le conseil de
Brutus qu'il fut épargné, et qu'on ne l'assassina
point avec César.

I 3

reprendra son caractère. Aussi , quoique les autres consulaires vous fissent de fréquentes visites , je persistai dans mon sentiment , je ne vous vis ni ce jour-là , ni le lendemain , et je ne crus pas que des citoyens vertueux pussent avoir aucun rapport et conclure aucun traité solide avec un ennemi féroce. Trois jours après je me rendis au temple de Tellus ; et ce fut avec d'autant plus de peine , que je voyois des gens armés en occuper toutes les avenues.

Que ce jour fut glorieux pour vous (1) , Antoine ! quoique vous vous soyez déclaré tout-à-coup mon ennemi , cependant j'ai pitié d'un homme qui lui-même a porté envie à sa gloire. Quel consul , quel personnage vous auriez été , grands Dieux ! si vous aviez pu conserver le souvenir de cette journée ? Nous jouirions aujourd'hui de la paix alors conclue , dont vous donnates pour ôtage un jeune en-

(1) Antoine avoit été d'avis, avec Cicéron, de conclure la paix et d'établir la concorde entre tous les citoyens ; il avoit été aussi d'avis de décerner des provinces à Brutus et à Cassius : ce qui lui fit beaucoup d'honneur auprès de tous les vrais amis du bien public.

fant d'une haute naissance (1), le petit-fils de Bambalion. C'étoit, sans doute, la crainte, ce frein trop foible pour contenir long-tems dans le devoir, qui vous rendoit bon citoyen ; cette audace, qui ne vous abandonne jamais, tant que vous n'ayez rien à craindre, vous a fait redevenir méchant. Mais lors même qu'on vous regardoit, contre mon avis, comme un consul très-bien intentionné, vous présidates sans aucun scrupule aux funérailles du tyran, si on doit les appeller des funérailles : ce fut alors qu'on entendit de votre bouche ce bel éloge funèbre, ces plaintes touchantes, ces véhémentes exhortations. C'est vous, oui, c'est vous qui avez allumé les torches (2), et

(1) *Un jeune enfant d'une haute naissance.* Cela est dit ironiquement, car Bambalion étoit fils d'un affranchi. Les meurtriers de César étoient enfermés dans le Capitole ; ayant tout à craindre d'Antoine, ils n'osèrent se fier à lui que quand il leur eut donné un ôtage.

(2) La populace animée par le discours d'Antoine, qui avoit fait un éloge magnifique de César, prit les mêmes torches avec lesquelles elle avoit brûlé le corps de César, et courut aux maisons de Brutus et de Cassius. Bellienus avoit été un des plus ardens par-

I 4

celles qui brûlèrent à demi le corps de César,
et celles qui réduisirent en cendres la maison
de Bellienus. C'est vous qui avez déchaîné
contre nos maisons ces troupes d'hommes perdus et furieux (esclaves pour la plupart, que
nous avons repoussés les armes à la main. Toutefois les jours suivans, après avoir essuyé votre
visage noirci par la fumée, vous fites rendre
au sénat, dans le Capitole, ces ordonnances
vraiment louables, qui défendoient d'accorder,
après les ides de mars, aucune grace, aucune
exemption. Vous vous rappellez vous-même
ce que vous dites alors des exemptions et des
exilés (1). Mais ce que vous fites de mieux,
c'est d'avoir aboli la dictature dans la République. Par-là il sembloit que vous détestiez
tellement la tyrannie, qu'en haine du dernier
dictateur, vous en détruisiez jusqu'à l'apparence.

Déja tout le monde croyoit la République

tisans de Pompée : dans cette émeute, sa maison fut
réduite en cendres.

(1) Vous dites qu'il n'y avoit qu'un seul exilé de
rappellé, et point d'exemptions d'accordées. —— *En
haine du dernier dictateur*, sans doute de César, qui,
comme on sait, avoit pris le titre de dictateur.

rétablie; pour moi j'étois bien éloigné de le croire, et tant que vous tiendriez le gouvernail de l'état, j'appréhendois les plus tristes naufrages. Me suis-je trompé, P. C. ? Antoine a-t-il pu être long-tems différent de lui-même ? Sous vos yeux, on affichoit dans tout le Capitole des lettres d'exemption; on en vendoit non-seulement à des particuliers, mais à des Peuples : le droit de cité étoit accordé, non plus à des hommes seuls, mais à des provinces. Aussi, P. C., si ces désordres, qui ne peuvent subsister avec la République, continuent, vous aurez perdu bientôt des provinces entières (1) : grace aux trafics établis par Antoine dans sa maison, vous verrez diminuer, non-seulement les revenus, mais encore l'empire du Peuple Romain. Où sont les sept cents millions de sesterces qui étoient portés sur des

_____

(1) *Vous aurez perdu des provinces entières*, à qui on aura accordé le droit de cité romaine, et dont par conséquent vous ne pourrez plus exiger de tributs. —Sept cens millions de sesterces, 875,000,00 livres. —Dans le texte *illius*, sans doute *Cæsaris*. Il semble qu'ensuite il faut lire, *crant, reddcrentur* et *possent*, ou changer *funestae pecuniae* en *funesta pecunia*. —Quarante millions de sesterces, 5,000,000 livres.

registres, et déposés dans le temple de Cybèle ?
argent malheureux, il est vrai, mais qui enfin,
puisqu'on ne le rendoit pas à ses vrais maîtres,
auroit pu nous affranchir des impôts. Mais ces
quarante millions de sesterces que vous deviez
aux ides de mars, comment avez-vous cessé de
les devoir avant les calendes d'avril ? Il seroit impossible de compter tous les décrets achetés,
de votre consentement, par différentes personnes ; le plus remarquable de tous, est celui
qui a été affiché au Capitole et qui concerne
le roi Déjotarus (1), ce fidèle ami du Peuple
Romain : il n'étoit personne, en le lisant, qui,
dans sa douleur, pût s'empêcher de rire.

Contre qui, en effet, César fut-il jamais
plus animé que contre Déjotarus ? Il avoit
pour lui autant de haine que pour le sénat,
pour l'ordre des chevaliers, pour les habitans
de Marseille (2), enfin pour tous ceux qu'il

_____

(1) Déjotarus, roi de Gallo-grèce, ami fidèle des
Romains et grand partisan de Pompée. César lui avoit
ôté une de ses tétrarchies et l'Arménie qui lui avoit
été donnée par le sénat. Il nous reste un discours de
Cicéron pour ce prince, adressé à César.

(2) Cette ville avoit témoigné un grand zèle pour
le parti de Pompée.

voyoit attachés à la République. Ainsi Déjotarus qui, du vivant de César, n'avoit pu, ni présent, ni absent, obtenir de lui les choses les plus justes, s'est trouvé à sa mort avoir auprès de lui la plus grande faveur. César logeant dans le palais de ce prince, l'avoit cité à son tribunal, il avoit calculé avec soin et exigé avec rigueur tout ce que ses états pouvoient fournir de subsides, il avoit placé dans une de ses tétrarchies un des Grecs de sa suite (1), il lui avoit enlevé l'Arménie dont le sénat l'avoit gratifié : ce qu'il lui avoit ôté vivant, mort il le lui a rendu ! Mais en quels termes ? *Cela me paroît juste*, lui fait-on dire dans un endroit; *cela ne me semble pas injuste*, lui fait-on dire dans un autre : quel singulier tour de phrase ! Mais César, auprès duquel je plaidai toujours pour Déjotarus absent, ne trouva jamais juste ce que je lui demandois pour ce prince. Les députés du roi, hommes fidèles, mais simples et timides, sans nous consulter ni aucun des amis de leur maître, avoient fait une obligation de dix millions de ses-

_____

(1) *Un des Grecs de sa suite*, Mithridate, de la ville de Pergame.

terces (1) dans l'appartement de Fulvie, ce comptoir où mille graces se sont vendues et se vendent encore. Voyez, Antoine, quel usage vous ferez de votre obligation. Car dès que le monarque fut instruit de la mort de César, il reprit ses possessions de lui-même et par ses propres forces, sans le secours de vos registres. Il savoit, ce prince éclairé, que nous sommes toujours en droit de reprendre, après la mort des tyrans, ce que les tyrans nous ont ravi. Aussi aucun jurisconsulte, pas même celui qui ne l'est que pour vous (2), et qui vous dirige dans toutes vos démarches, ne prétend qu'on vous soit redevable, en vertu d'une obligation, pour des objets repris avant cette obligation. Déjotarus ne vous a rien acheté; il possédoit tout avant que vous lui

(1) Dix millions de sesterces, 1,250,000 livres.

(2) *Qui ne l'est que pour vous*, c'est-à-dire, qui adapte ses réponses sur le droit, non à la vérité, mais à vos intérêts. Le jurisconsulte, dont il est parlé ici, est peut-être le greffier Sextus Clodius qu'Antoine avoit rappellé de l'exil.——*En vertu d'une obligation*, d'une obligation, sans doute, supposée faite avant la mort de César, mais faite réellement, ou plutôt contrefaite après sa mort.

vendissiez son propre bien. Ce monarque a
montré du courage ; mais nous, quelle foiblesse de maintenir des actes dont nous détes-
tons l'auteur !

Que dirai-je de cette foule de mémoires, de
ces billets sans nombre, que d'autres contre-
font à l'exemple d'Antoine, et qu'ils vendent
publiquement, comme des affiches de gladiateurs (1) ? Aussi, par ce trafic, il a accumulé
chez lui tant d'argent, qu'on ne l'y compte
plus, on l'y pèse. Mais que la cupidité est
aveugle ! Dernièrement il a fait afficher un
décret pour soustraire (2) à notre empire la
Crète, dont les villes sont si opulentes : le
décret porte que la Grèce cessera d'être une
province romaine dès que le gouvernement de
Brutus sera expiré. Et vous jouiriez de votre

(1) Celui qui donnoit des jeux de gladiateurs, publioit des affiches où étoient marqués le jour du spectacle, les noms des gladiateurs, et comment on devoit
les appareiller.

(2) Après *liberantur* des livres ajoutent *vectigalibus* :
mais ce mot ne doit être ni ajouté, ni sous-entendu.
Liberari se disoit d'un pays qui étant province des
Romains, cessoit de l'être, et se gouvernoit par ses
propres loix.

raison ! vous ne seriez pas un fou à enchaîner !
César a-t-il donc pu statuer dans un décret
que la Crète cesseroit d'être soumise à notre
empire dès que le gouvernement de Brutus
seroit expiré, puisque, du vivant de César,
Brutus n'étoit rien dans la Crète (1)? Et ne
croyez pas, P. C., que la vente de ce décret
ne vous ait causé aucun dommage : c'est à
cela que vous devez attribuer la perte de cette
province. En un mot, il n'est rien qu'Antoine
n'ait vendu quand il a trouvé des acheteurs.

César étoit-il l'auteur de la loi touchant les
exilés, que vous avez fait afficher? Je n'outrage personne dans son malheur; je me plains
seulement, d'abord que vous ayez déshonoré
le retour de ceux dont la cause étoit bien
différente au jugement de César lui-même.
Ensuite je ne sais pourquoi vous n'accordez
pas la même faveur aux exilés qui restent. Il
n'y en a plus que trois ou quatre. Enveloppés
dans la même disgrace, pourquoi ne pas user
envers eux de la même indulgence? pourquoi

(1) *Dans la Crète*, dans une province qui lui avoit
été décernée par le sénat après la mort de César.
Celui-ci n'avoit donc pu faire un décret tel qu'Antoine
l'avoit supposé et affiché.

les traitez-vous avec la même rigueur que votre
oncle, sur qui vous avez refusé d'étendre la
loi portée en faveur des autres (1)? Vous l'avez
même engagé à demander la censure, demande
faite pour exciter les ris et les plaintes du public. Mais pourquoi n'avoir pas tenu de comices
pour l'élection des censeurs? est-ce parce qu'un
tribun du Peuple annonçoit que le tonnerre
s'étoit fait entendre à gauche? Quand vous y
êtes intéressé personnellement (2), vous ne

(1) Caïus Antonius, collègue de Cicéron dans le
consulat, et oncle d'Antoine qui avoit épousé sa fille,
fut accusé de crime de concussion et de lèze-majesté
au retour de sa province; Cicéron lui-même qui le
défendit, ne put empêcher qu'il ne fût condamné. Nous
voyons ici que la condamnation lui ôtoit tous les
autres droits de citoyen, excepté celui de rester à
Rome. Ce que l'orateur reproche à Antoine, c'est
donc de ne l'avoir pas rétabli dans les droits qu'il avoit
perdus par la condamnation, celui de demander une
magistrature, de poursuivre quelqu'un en justice, etc.
Antonius avoit quitté Rome, mais volontairement; et
il y étoit revenu, pouvant y revenir, sans que personne le rappellât.

(2) Quand votre intérêt demandoit que Dolabella
fût consul, vous ne vous êtes pas embarrassé des
auspices annoncés par vous-même, et vous l'avez
regardé comme étant consul selon toutes les règles.

(144)

faites aucun cas des auspices; y va-t-il de l'intérêt de vos proches, vous devenez scrupuleux. Ne l'avez-vous pas encore abandonné dans la poursuite du septemvirat? Oui, direz-vous, parce qu'il me demandoit de l'argent. Que craigniez-vous donc? Sans doute que, s'il venoit à être rétabli (1), vous ne pussiez pas lui nier votre dette. Vous avez accablé d'affronts un homme que vous devriez révérer comme un père, si vous n'aviez pas étouffé tous les sentimens de la nature. Vous avez répudié sa fille, votre (2) cousine, après avoir cherché et vous être assuré un autre mariage. Ce n'est pas tout; vous avez attaqué l'honneur de la plus chaste des femmes. Peut-on ajouter à ces outrages? Vous avez été plus loin encore. Dans une assemblée du sénat des calendes de janvier, assemblée nombreuse, dont votre

(1) *Sans doute que, s'il venoit à être rétabli,* il pût vous poursuivre en justice, répéter une dette que vous n'auriez pu nier.

(2) *Votre cousine,* latin, *sororem tuam,* sous-entendez *patruelem.* — *Vous être assuré un autre mariage.* Il y a toute apparence que ce fut alors qu'Antoine épousa Fulvie.

oncle

oncle faisoit partie; (1), vous avez osé dire que la raison de votre haine pour Dolabella, c'est que vous aviez découvert qu'il avoit voulu corrompre une cousine, votre épouse. Peut-on décider s'il y avoit, ou plus d'indé-cence de tenir un pareil propos dans le sénat, ou plus de méchanceté d'attaquer Dolabella, ou plus d'effronterie de ne pas respecter les oreilles d'un père, ou plus de barbarie de calomnier si durement, si grossièrement, sa malheureuse fille?

Mais revenons aux registres de César. Quel examen en avez-vous fait? Le sénat, pour le bien de la paix, a ratifié les actes de César, mais ce sont les vrais actes de César, et non les actes attribués à César par Antoine. Les écrits que vous faites paroître, d'où sortent-ils? qui les garantit? s'ils sont faux, pourquoi les autoriser? s'ils sont vrais, pourquoi les vendre? Le sénat avoit arrêté qu'à commencer aux calendes de juin, les deux (2) consuls, avec

_____

(1) Apparemment que Caius Antonius n'avoit point perdu le droit d'entrer au sénat, ou qu'il usurpoit ce droit dans les troubles de la République.

(2) *Les deux consuls.* Latin, *vos,* c'est-à-dire, *tu et Dolabella collega tuus.*

des commissaires, examineroient les actes de
César. Quelle a été cette commission? qui de
nous avez-vous jamais appellé? quelles calendes
de juin attendiez-vous? sans doute celles où,
après avoir parcouru les colonies des vétérans (1),
vous êtes revenu à Rome escorté de gens armés.
Qu'elles étoient magnifiques ces courses que
vous fîtes aux mois d'avril et de mai, dans le
tems où vous entreprîtes d'envoyer une colonie
même à Capoue! nous savons comment vous
êtes revenu de cette ville, ou plutôt comment
vous avez failli n'en pas revenir. Vous la
menacez encore : que n'en faites-vous tant
qu'à la fin vous n'en reveniez jamais! Mais
par quels exploits ce voyage ne fut-il pas
signalé? Parlerai-je du luxe énorme de vos
festins et de vos continuelles ivresses? Ces
infamies ne faisoient tort qu'à vous; eh

(1) Les colonies des vétérans, c'est-à-dire, les
colonies où étoient établis des vétérans. Antoine, pour
gagner l'affection des vétérans, vouloit leur distribuer
des terres dans la Campanie, et établir une nouvelle
colonie à Capoue; mais les anciens colons s'y opposè-
rent et manquèrent de le tuer. C'est ce qu'annoncent
ces mots, vous avez failli n'en pas revenir, et qu'à
la fin vous n'en reveniez jamais.

voici qui nous ont causé d'insignes dommages. Quand on nous privoit du territoire de la Campanie pour le distribuer aux soldats, nous regardions ces largesses comme un coup funeste porté à la République : vous, Antoine, vous partagiez ce même territoire à vos compagnons de jeu et de débauches. Oui, P. C., des comédiens et des comédiennes ont été mis en possession d'un territoire opulent. Quelles plaintes ferai-je aussi éclater au sujet des terres de Léontini ? Ces terres, ainsi que celles de la Campanie, étoient jugées nos plus beaux revenus, nos plus riches domaines (1). Vous en avez donné trois mille arpens à votre médecin, comme s'il eût guéri votre tête, et deux mille à votre rhéteur, comme s'il eût pu vous rendre éloquent.

Mais revenons à vos voyages et aux affaires d'Italie. Vous avez mené une colonie à Casilinum, où César en avoit déjà conduit une. Si vous m'aviez consulté au sujet de Casilinum, je vous aurois répété la réponse que je vous fis quand vous me consultâtes par lettre au sujet

(1) Un savant remarque que *fructuosae* n'ajoute pas beaucoup à *grandi foenore*, et il voudroit qu'on lût *per quàm fructuosae*.

de Capoue. Vous me demandiez alors si l'on pouvoit conduire une colonie nouvelle dans une ville où il y en avoit déjà ; je vous avois répondu qu'on ne pouvoit pas conduire une colonie nouvelle dans une ville où il s'en trouvoit déjà une, établie suivant toutes les formes et encore subsistante, que seulement on pouvoit augmenter le nombre des colons. Pour vous, foulant aux pieds la sainteté des auspices, vous avez porté l'audace et l'insolence jusqu'à mener une colonie dans Casilinum, où peu d'années auparavant on en avoit déjà conduit une. Vous avez fait arborer l'étendard (1), et faisant promener autour de ses murs la charrue, vous avez voulu que le soc effleurât presque la porte de Capoue, afin de prolonger les limites de votre nouvelle colonie aux dépens du territoire d'une colonie florissante.

Après ce mépris manifeste de la religion, vous êtes accouru à Cassinum pour vous y

_____

(1) *Vous avez fait arborer l'étendard.* C'étoit une cérémonie usitée lorsqu'on établissoit une colonie. On faisoit marcher les nouveaux colons sous un étendard, que l'on faisoit arborer lorsqu'ils étoient arrivés au lieu où ils devoient être établis.

emparer des biens de Varron (1), cet homme intègre et irréprochable. De quel droit, de quel front avez-vous osé le faire? Du même droit et du même front, direz-vous, que vous avez envahi les biens de Rubrius et de Tursélius, et tant d'autres possessions innombrables. Si vous avez acheté les biens de Varron, d'après une vente ordonnée par César (2), respectons cette vente, respectons les registres, pourvu que ce soient les registres de César, et non les vôtres, ceux qui attestoient vos dettes, et non ceux qui vous en ont libété. Mais qui jamais a dit qu'on ait vendu les biens que Varron possédoit à Cassinum? qui jamais a vu la pique dressée pour cette vente? qui jamais a entendu la voix du crieur public? Vous dites avoir envoyé un exprès à Alexandrie pour acheter ces biens de la main de César.

(1) Varron étoit regardé comme le plus savant des Romains; nous avons encore de lui des livres sur les travaux de la campagne et sur la langue latine. Il s'étoit montré grand partisan de Pompée. Voilà pourquoi Antoine s'étoit emparé de ses biens, comme s'ils eussent été confisqués.

(2) Latin, *et, si ab hastâ*, c'est-à-dire, *et si fundum ab hastâ venditum emisti.*

C'étoit, en effet, une chose fort difficile d'attendre César lui-même. Il n'est peut-être pas de particulier pour qui on se soit intéressé aussi généralement que pour Varron ; cependant a-t-on jamais ouï dire qu'aucune partie de ses biens ait été confisquée ? Mais si César vous a même écrit de les rendre à leur vrai maître, quels termes assez forts pour caractériser une telle impudence ? Écartez un peu ces épées qui nous menacent, et vous sentirez bientôt que nous savons distinguer les ventes ordonnées par César des excès de votre audace et de votre témérité. Non-seulement le possesseur légitime, mais le premier de ses amis, de ses voisins, de ses hôtes, ou même de ses agens, vous chassera des terres que vous avez envahies.

Mais, durant combien de jours ne vous êtes-vous pas livre dans cette maison aux plus infâmes orgies ? Depuis le matin jusqu'au soir on y jouoit, on y buvoit, on y vomissoit. Maison infortunée, pour toi quel changement de maître (1), ou plutôt d'habitant ! car Antoine

(1) Latin, *quam dispari domino*. Cicéron avoit en vue ce vers d'un ancien poëte ; *ô domus antiqua, quam dispari dominaris domino*.

en fut-il jamais le possesseur légitime? Varron en avoit fait l'asyle de ses études, et non un théâtre de débauches. On n'y disoit auparavant, on n'y pensoit, on n'y écrivoit rien que d'honnête. On s'y occupoit des loix du Peuple Romain, de nos anciennes histoires et de nos antiques usages, de toutes les parties des sciences et des lettres. Mais lorsqu'elle étoit habitée, et non possédée par vous, Antoine, tout retentissoit des clameurs de gens ivres, les planchers étoient inondés de vin, les murailles en étoient souillées. Des jeunes gens honnêtes se trouvoient confondus avec les plus vils libertins, et des dames respectables avec des femmes dissolues. On venoit de Cassinum, d'Aquinum et d'Interamne pour le saluer : personne ne fut admis. Et il avoit raison : on venoit voir le consul ; et dans un tel homme que restoit-il de la dignité consulaire?

Etant en marche pour retourner à Rome, et approchant d'Aquinum, ville fort peuplée, les habitans vinrent en foule à sa rencontre. Il traversa la ville porté dans sa litière fermée comme un mort. C'étoit une folie aux habitans d'Aquinum, mais enfin ils étoient sur

K 4

sa route. Que dirai-je de ceux d'Anagnie, qui, éloignés du chemin, accoururent pour le complimenter, comme si ç'eût été le consul? C'est un fait aussi incroyable que bien avéré, qu'il ne donna d'audience à personne, quoiqu'il eût à sa suite deux citoyens d'Anagnie, l'un chef de ses gladiateurs, l'autre de ses buveurs. Parlerai-je des menaces qu'il fit aux habitans de Sidicinum et à ceux de Pouzzoles? dirai-je comment il les accabla d'outrages, parce qu'ils avoient choisi pour protecteurs Cassius et les deux Brutus? Ils les ont choisis, Antoine, par estime, par affection, par tendresse, et non forcés par les armes et la violence, comme ils vous ont choisis, vous, un Basile (1), et d'autres gens de votre espèce, que personne ne voudroit même avoir pour cliens.

Pendant votre absence, quel jour pour votre collègue (2) que celui où il renversa dans

(1) Basile, gladiateur, ami d'Antoine.

(2) *Votre collègue*, Dolabella, qu'Antoine, après la mort de César, avoit consenti à reconnoître pour son collègue. Le monument que Cicéron appelle ici *bustum*, étoit une colonne massive de vingt pieds, que le Peuple avoit élevée en l'honneur de César mort, avec cette inscription, *Au père de la patrie.*

le forum ce monument, objet de votre vénération religieuse! A cette nouvelle vous restâtes
interdit, comme en conviennent ceux qui vous
accompagnoient. Je ne sais ce qui est arrivé
depuis ce tems. La violence, sans doute,
et la crainte de vos armes, ont changé Dolabella. Ce qu'il y a de certain, c'est que
vous l'avez précipité du faîte de la gloire,
et que vous avez été jusqu'à le rendre, sinon
semblable à vous (il en est encore éloigné),
mais au moins bien différent de lui-même.

Quel fut ensuite votre retour à Rome?
quel trouble alors dans toute la ville? Nous
nous rappellions l'excessive puissance de Cinna;
nous avions vu l'odieuse domination de Sylla;
nous venions d'éprouver le pouvoir tyrannique
de César. Tous trois peut-être s'étoient fait
accompagner dans Rome de gens armés d'épées,
mais du moins ces épées étoient cachées et
en moindre nombre. Mais vous, Antoine,
quel usage barbare et inconnu parmi nous!
vous vous faites suivre dans la ville même
d'un bataillon de soldats avec leurs épées:
des litières, chargées de boucliers (1), passent

_____

(1) *Chargées de boucliers*, pour en armer sur-le-

sous notre vue. Et ces désordres, P. C.,
sont déjà vieux, l'habitude nous y a rendus
comme insensibles. Aux calendes de juin,
nous voulions nous assembler dans le sénat,
comme il avoit été résolu ; intimidés par la
crainte des armes, la frayeur nous dispersa
tout-à-coup. Antoine, qui n'avoit nul besoin
du sénat, n'a rappellé personne. Satisfait de
notre dispersion, il en a profité pour consommer ses opérations merveilleuses. Lui qui,
pour son propre avantage, avoit maintenu
les registres de César, a ruiné ses plus belles
loix, afin de pouvoir renverser la République.
Il a prolongé le gouvernement des provinces (1) ;
ces actes de César, soit publics, soit privés,
qu'il auroit dû maintenir, il les a détruits.
Rien de plus respectable qu'une loi dans
l'administration publique ; dans la police privée,
rien de plus sacré qu'un testament : parmi

champ les soldats, s'il étoit nécessaire. Le latin dit,
des litières de boucliers ; comme nous disons en françois, *des charriots de munitions.*

(1) César avoit fixé le gouvernement des provinces
prétoriennes à un an, et celui des consulaires à deux.
Antoine, par une loi, marqua six ans pour celles-ci,
et deux pour les autres.

les loix de César, il a aboli les unes avant
de les afficher, il a affiché les autres pour
les abolir ensuite. Il a annullé le testament
du même César, tandis (1) qu'on respecte
les testamens même des derniers citoyens.
César avoit légué au Peuple ses statues et
ses tableaux avec ses jardins ; Antoine en a
fait transporter une partie dans les jardins
de Pompée (2), et l'autre dans la terre de
Scipion.

Et vous direz, Antoine, que vous honorez
la mémoire de César, que vous le chérissez
après sa mort ! Quel plus grand honneur pouvoit-il obtenir que d'avoir un *pulvinar*, un
simulacrum, un *fastigium*, un flamine (3) ?

_____

(1) *Tandis qu'on respecte....* Latin, *obtentum est*,
c'est-à-dire, *ratum et firmum fuit*; comme si on lisoit
obtinuit.

(2) *Dans les jardins de Pompée*, à un des faux-
bourgs de Rome : Antoine les avoit achetés à l'enchère.
Dans la terre de Scipion, à Tivoli : il s'étoit emparé
de cette terre.

(3) *Pulvinar*, coussin ou lit sur lequel on posoit
les statues des Dieux quand on les descendoit; *simulacrum*, statue de grandeur plus qu'humaine, dont
la tête étoit ornée d'un diadème avec des rayons;
fastigium, toit en pointe comme les nôtres ; c'étoit

Jupiter , Mars , Romulus , ont chacun leur flamine ; le divin César a donc aussi le sien dans Marc-Antoine. Qu'attendez-vous ? pourquoi ne vous pas faire consacrer ? prenez un jour, choisissez quelqu'un pour la cérémonie ; nous sommes vos collègues , personne ne vous refusera. O homme détestable , soit qu'on vous regarde comme prêtre d'un tyran ou d'un mort ! Mais , je vous le demande , ignorez-vous à quel jour nous sommes ? ne savez-vous pas qu'hier on célébroit dans le cirque le quatrième jour des jeux romains (1) , et que vous-même avez fait ordonner par le Peuple qu'on ajouteroit un cinquième jour pour César ? Pourquoi n'avons-nous pas nos robes prétextes ? pourquoi négligeons-nous de rendre à César un honneur que votre loi lui décerne ? D'où vient avez-vous souffert qu'on souillât un jour en ajoutant pour lui des prières publiques , et ne voulez-vous pas qu'on lui

le toit des temples , celui des maisons étoit en plateforme. On avoit décerné à la maison de César un toit en pointe. *Flamine*, nom d'un prêtre particulier.

(1) Cicéron , ainsi que nous l'avons déjà observé dans le sommaire, parle comme s'il avoit réellement prononcé ce discours qui ne fut qu'écrit et publié.

dresse un *pulvinar* ? Ou rendez-lui tous les honneurs dus à la divinité, ou ne lui en rendez aucun. Vous me demanderez si j'approuve le *pulvinar*, le *fastigium*, le flamine. Je n'approuve, moi, rien de tout cela ; mais vous qui êtes le défenseur des actes de César, pouvez-vous dire pourquoi vous maintenez les uns et négligez les autres ? à moins que vous ne veuillez convenir que vous vous réglez uniquement sur votre intérêt, et non sur la dignité de César. Que répondrez-vous à mes raisonnemens ? J'attends les efforts de votre éloquence. Votre aïeul parloit facilement, je le sais ; mais vos formes sont moins voilées, moins couvertes que les siennes. Il n'a jamais harangué nud ; vous qui êtes un homme simple et naïf, vous vous êtes montré sans voile et à découvert (1). Mais enfin que répondrez-vous à tout ce que je viens de dire ? oserez-vous seulement ouvrir la bouche ? est-il un seul

_____

(1) J'ai tâché de rendre en françois, la plaisanterie de Cicéron, et le jeu de mots qui ne sera peut-être pas du goût de tout le monde. *Il n'a jamais harangué nud*, comme vous, lorsque vous célébriez les lupercales. Voyez plus haut.

article dans tout ce long discours, auquel vous
puissiez entreprendre de repliquer?

Mais ne parlons plus du passé. Ce jour
seul, oui, ce jour, ce moment où je parle,
justifiez-le, si vous pouvez. Pourquoi le sénat
est-il environné d'une multitude de soldats?
pourquoi apperçois-je parmi ceux qui m'écoutent, vos satellites en armes? pourquoi les
portes du temple de la Concorde ne sont-
elles pas ouvertes? pourquoi ne paroissez-vous
dans le forum qu'avec vos Ithyréens, munis
de leurs flèches, les Ithyréens les plus barbares de tous les Peuples? Il le fait, dit-il,
pour sa sûreté. Ne vaut-il donc pas mieux
mille fois périr, que de ne pouvoir vivre dans
sa propre ville sans être escorté de gens
armés? Ce n'est pas là, croyez-moi, ce qui met
en sûreté nos personnes. C'est l'amour, c'est
la bienveillance de nos concitoyens; et non
les armes, qui doivent nous défendre.

Le Peuple Romain vous ôtera ces armes,
il vous les arrachera; plaise aux Dieux que
ce soit avant qu'elles nous aient égorgés! Mais
quelque traitement que nous éprouvions de
votre part, tant que vous suivrez des conseils
aussi violens, vos jours, je vous le prédis,

ne peuvent avoir une longue durée. Il y a déjà trop long-tems que votre épouse, cette femme si prodigue de ses maris (je la nomme sans lui faire outrage), en doit un troisième (1) au Peuple Romain. Le Peuple Romain sait à quels hommes il doit remettre le gouvernail de la République. En quelqu'endroit du monde qu'ils soient, c'est-là qu'est toute la force de la République, ou plutôt la République elle-même qui n'a fait jusqu'à présent que se venger et ne s'est pas encore rétablie. Oui, la République a pour elle des hommes de la plus haute noblesse (2), des hommes pleins de vigueur, prêts à la défendre. Qu'ils s'éloi-

(1) *Un troisième.* Latin, *tertiam pensionem.* L'orateur fait allusion à la restitution de la dot par les hommes qui faisoient divorce avec leur femme, laquelle devoit se faire en trois paiemens, *tribus pensionibus.* Nous avons dit plus haut que Fulvie, épouse d'Antoine, avoit été mariée d'abord à Clodius et à Curion, qui avoient péri de mort violente.

(2) *Des hommes de la plus haute noblesse*, Brutus, Cassius, et les autres. Cicéron les nomme *adolescentes*, parce que plusieurs des conjurés étoient réellement encore jeunes, et que le mot *adolescens*, chez les Romains, s'appliquoit à des personnes plus âgées que chez nous celui de jeune homme.

gnent tant qu'ils voudront pour le bien de la
paix, la République saura les rappeller. Combien est doux le nom de la paix ! combien
la paix elle-même n'est-elle pas avantageuse !
mais il y a une grande différence entre la paix
et la servitude. La paix est une liberté tranquille ; la servitude, le dernier de tous les
maux, qu'il faut repousser, non-seulement par
la guerre, mais aux dépens de sa vie. En
s'éloignant de nous, nos libérateurs nous ont
laissé un grand exemple, l'exemple d'une
action jusqu'alors inconnue dans cette République. Le premier Brutus a poursuivi à main
armée Tarquin, qui fut roi lorsque dans Rome
l'autorité royale étoit légitime. Cassius, Mélius,
Manlius, ont été mis à mort sur le simple
soupçon d'aspirer à la souveraine puissance.
Nos illustres conjurés sont les seuls qui aient
attaqué avec leurs armes, non pas un homme qui
vouloit régner, mais un homme qui régnoit déjà.
Cette action héroïque et vraiment divine nous
est proposée pour modèle, d'autant plus que
ses auteurs se sont acquis une gloire telle que
le ciel même ne semble pas assez vaste pour
la contenir. Quoiqu'ils trouvent dans le témoignage de leur conscience le prix de l'action
la -

la plus glorieuse, un mortel cependant ne
doit pas dédaigner l'immortalité.

Rappellez-vous donc, Antoine, ce jour
où vous abolîtes la dictature; représentez-vous
la joie du sénat et du Peuple. Comparez ce
jour et cette joie avec l'odieux trafic que vous
exercez vous et les vôtres; et vous verrez quelle
est la différence entre la gloire et un vil intérêt. Mais sans doute, semblables à ces malades
dont le goût émoussé ne trouve plus de saveur
aux alimens, les débauchés, les avares, les
scélérats, ont perdu le goût de la vraie gloire.
Que si l'honneur n'est pas pour vous un
attrait assez puissant pour faire le bien, la
crainte ne peut-elle être un frein qui vous
arrête, qui vous détourne d'une infâme conduite? Vous ne craignez pas, dites-vous, les
tribunaux. Si c'est votre intégrité qui vous
donne cette assurance, je vous loue; si c'est
la force des armes, ne sentez-vous pas ce que
doit redouter un homme qui n'a que ce seul
motif pour braver les tribunaux? Si vous n'ap-
préhendez pas nos Romains courageux, nos
excellens citoyens, que vos armes empêchent
d'aller jusqu'à vous; vos satellites eux-mêmes,
croyez-moi, ne vous supporteront pas long-

tems. Mais quelle vie d'avoir nuit et jour à
craindre de ceux qui nous environnent ?

Avez-vous comblé vos amis de plus de bienfaits que n'en avoient reçu de César plusieurs
de ses meurtriers ? ou lui êtes-vous en rien
comparable ? César avoit du génie, de la réflexion, du jugement, une excellente mémoire,
un esprit cultivé par les lettres, beaucoup de
vigilance et d'activité. Mille exploits éclatans,
quoique funestes à la République, avoient
illustré son nom. Il avoit mûri pendant une
longue suite d'années le projet de régner, et
ce n'étoit que par de longs travaux, au milieu
de mille périls, qu'il étoit parvenu enfin à
son but. Des édifices publics construits à ses
frais, des jeux, des festins et des distributions,
lui avoient gagné l'affection de la multitude.
Il s'étoit attaché ses partisans par la grandeur
des récompenses et ses adversaires par une
apparence de douceur. Enfin, moitié crainte,
moitié modération, il avoit accoutumé une
ville libre au joug de la servitude. Je ne puis
vous comparer à César que pour la passion
de dominer; pour le reste, vous ne lui êtes
nullement comparable. De tous les maux cruels
qu'a faits votre prédécesseur à la République,

il en résulte du moins cet avantage, que le Peuple Romain sait maintenant jusqu'où devoit aller sa confiance, à qui il devoit se livrer, de qui il avoit à se défier. Y avez-vous jamais pensé ? ne concevez-vous pas que pour des cœurs généreux, il suffit de savoir par quelle action on se signale, quel service on rend à la patrie, et de quelle gloire on se couvre soi-même, en immolant un tyran ? On n'a point souffert César ; souffrira-t-on Antoine ? Par la suite, croyez-moi, on se disputera l'honneur d'une pareille entreprise ; et l'on s'empressera de l'exécuter sans attendre les lenteurs de l'occasion.

Jettez enfin, Antoine, je vous en conjure, jettez les yeux sur la République. Considérez les ancêtres dont vous sortez, non les hommes avec qui vous vivez. Je n'exige pas que vous vous réconciliez avec moi ; réconciliez-vous avec la République. Au reste, prenez tel parti qu'il vous plaira ; pour moi, voici mes sentimens. J'ai défendu la République dans ma jeunesse, je ne l'abandonnerai pas dans ma vieillesse. J'ai bravé les épées de Catilina, je ne redouterai pas les vôtres. Bien plus, je m'exposerai volontiers à vos coups, pourvu que ma mort puisse opérer la liberté publique, et qu'enfin, dans sa juste douleur, le Peuple Romain mette au jour le projet qu'il conçoit depuis long-tems. Eh ! si dans ce même temple, il y a vingt ans environ, j'ai déclaré que la mort ne pouvoit être prématurée pour un consulaire, avec combien plus de vérité puis-je le dire à l'âge où je suis ? Après les honneurs que j'ai obtenus et les actions que j'ai faites, je dois, P. C., je dois desirer le trépas. Je ne demande aux Immortels que deux graces ; l'une, c'est de pouvoir, en mourant, laisser le Peuple Romain libre ; faveur la plus insigne que je puisse recevoir de la main des Dieux : l'autre grace que j'implore, c'est que chaque citoyen soit traité comme il aura traité la République.

TROISIÈME PHILIPPIQUE

DE CICÉRON.

Sommaire.

ANTOINE et DOLABELLA étoient toujours consuls, l'an 708 de Rome. César, avant de

mourir , avoit fait désigner consuls pour les
deux années suivantes , Caïus Pansa et Aulus
Hirtius , Décimus Junius Brutus et Lucius
Munatius Plancus, Marcus Brutus et Caïus
Cassius , tous deux préteurs , ne pouvoient jouir
qu'après l'expiration de leur magistrature , des
provinces de Macédoine et de Syrie qui leur
étoient destinées. Décimus Brutus, désigné consul pour l'année 710 , devoit prendre possession au commencement de 709 de la Gaule citérieure ou cisalpine , qui lui étoit destinée pour
l'année d'avant son consulat. Antoine , comme
nous avons déjà vu , après avoir dissimulé
quelque tems ses projets d'ambition , avoit enfin
levé le masque. Il avoit fait changer par le
Peuple la destination des provinces de Macédoine
et de Syrie ; il s'étoit fait donner la Macédoine,
et la Syrie à Dolabella , son collègue. Ensuite ,
par de nouveaux arrangemens , il s'étoit fait
décerner la Gaule citérieure ou cisalpine comme
plus propre à ses desseins , et avoit fait tomber
la Macédoine à Caïus son frère. On avoit
laissé dans la Macédoine six légions de bonnes
troupes qu'il s'étoit appropriées , et avec lesquelles il vouloit entrer dans Rome pour l'asservir.
Mais il trouva un obstacle qui l'arrêta tout

court, dans le jeune Octave, âgé de 19 ans,
dont il avoit paru mépriser la jeunesse. Le jeune
homme, malgré les conseils de sa famille & les
oppositions d'Antoine, ne craignit pas de se
porter héritier de son père adoptif, & de s'appeller Caius Julius Cæsar Octavianus, jusqu'à
ce qu'il eût pris le nom d'Auguste, & laissant le
nomme Octave ou Octavien. Cicéron, dans ses
Philippiques, l'appelle toujours César. Octave
voyant qu'il lui falloit d'abord humilier & réprimer Antoine, crut devoir se liguer contre
lui avec la République. Après s'être institué dans
l'amitié de Cicéron, il sort de Rome, de son
chef, sans être encore autorisé ni par le senat,
ni par le Peuple, il forme une armée des vétérans de son père, et de deux légions, la quatrième et la martiale, qui avoient abandonné le
parti d'Antoine; avec cette troupe, il obligea
Antoine de renoncer au projet d'entrer dans
Rome pour l'assujettir, et de se tourner vers la
Gaule citérieure ou cisalpine, où il trouva un
nouvel obstacle. Décimus Brutus s'en étoit emparé comme d'une province qui lui avoit été destinée d'abord, et dont il devoit prendre possession au premier de janvier. Il avoit publié un
édit par lequel il s'engageoit à retenir la pro-

vince de Gaule sous la puissance du sénat et du Peuple. Antoine avoit aussi publié des édits dans lesquels il attaquoit sans ménagement le jeune César, Cicéron et d'autres citoyens. Les nouveaux tribuns du Peuple, entrés en charge, suivant la coutume, le 11 du mois de décembre, convoquèrent le sénat pour le 19. L'assemblée fut très-nombreuse : ils y proposèrent de donner des gardes aux consuls désignés, pour qu'ils pussent tenir en sûreté le sénat au premier de janvier ; invitant par là les sénateurs à dire tout ce qui leur paroîtroit convenable dans la circonstance où se trouvoit la République.

Cicéron, ennemi déclaré d'Antoine par bien des motifs, parla contre lui avec la plus grande force. Il commence par se plaindre qu'on attende le premier janvier pour agir contre Antoine qui n'attend pas, lui, ce terme pour agir contre la République : il se plaint qu'on laisse de simples particuliers soutenir une guerre qui intéresse tout l'état ; il demande qu'on autorise et qu'on récompense leurs efforts. Il exalte les obligations qu'on a au jeune César, dont la rare bravoure a empêché Antoine d'exécuter les projets funestes qu'il méditoit contre Rome ; il prodigue les louanges aux légions martiale et quatrième qui

L 4

l'avoient abandonné, quoique consul. Décimus
Brutus n'est pas oublié. On compare son action
à celle du premier Brutus qui avoit délivré les
Romains du despotisme royal. Delà un long pa-
rallèle entre Antoine et Tarquin le Superbe.
Antoine ne doit pas être regardé comme consul :
on doit louer et Décimus Brutus et la province de
Gaule qui n'ont vu en lui qu'un ennemi de l'état.
Il applaudit à la proposition des tribuns du
Peuple, qui demandent qu'on donne des gardes
aux consuls désignés, pour qu'ils puissent tenir en
sûreté le sénat aux calendes de janvier, et qui
par là invitent les sénateurs à donner librement
leurs avis sur toutes les parties de la République.
Il exhorte les pères conscripts à autoriser et à
récompenser les soldats et les chefs qui se sont
déclarés contre Antoine. Il rapporte d'une manière fort étendue tous les édits de ce furieux,
les choses et les expressions qu'ils renferment,
ses discours dans le sénat, sa conduite avant
de quitter Rome, son départ de cette ville, le
mal qu'il a fait en fuyant, celui qu'il auroit
fait, si le jeune César n'eût pas arrêté ses desseins.
Il s'efforce d'enflammer le courage des sénateurs
par l'amour de la liberté, par l'horreur de la
servitude, par tous les excès que se permettent

les Antoine, par l'occasion qui se présente, dont il profite lui-même, et qu'ils ne doivent pas laisser échapper, enfin par le zèle et l'accord de tout le Peuple Romain.

Cicéron conclut par donner son avis en forme, lequel contient en substance, que les consuls désignés, Caïus Pansa et Aulus Hirtius, seront chargés de prendre toutes des mesures pour que le sénat puisse se tenir sûrement au premier de Janvier; que Décimus Brutus et ses soldats seront loués de ce qu'ils ont fait pour la République; que le sénat assurera leurs provinces à Décimus Brutus et à Lucius Plancus; qu'on décernera des remercîmens et des honneurs à Caïus César et aux légions qui l'ont suivi.

Cette Philippique et celle qui suit ont été prononcées la même année que les deux précédentes.

TROISIÈME PHILIPPIQUE

DE CICÉRON.

Nous nous sommes assemblés, PÈRES CONS-CRIPTS, beaucoup plus tard que ne l'auroient voulu les intérêts de la République, mais enfin nous voici assemblés. C'étoit-là ce que je demandois tous les jours (1), et avec d'autant plus d'instance que je voyois un scélérat, un pervers, arborer l'étendard d'une guerre impie, venir attaquer nos autels et nos foyers, nos personnes et nos fortunes. On attend les calendes de janvier ; Antoine attend-il ce terme, lui qui, à la tête d'une armée, voudroit ravir à Décimus Brutus (2), ce grand et rare personnage, une province d'où ce furieux menace de marcher contre Rome avec un surcroît de forces?

Pourquoi donc attendre encore ? Pourquoi différer un moment ? Il y a peu de jours d'ici aux calendes de janvier ; mais un court espace est bien long pour qui n'est pas sur ses gardes. Un jour, une heure, faute de prévoyance, amène souvent de grands désastres. Il est pour les sacrifices un jour marqué qu'il faut attendre ; en est-il de même pour les projets politiques ? Si la première fuite d'Antoine fût tombée aux calendes de janvier, ou qu'on n'eût pas at-

_____

(1) Depuis le départ d'Antoine.

(2) Décimus Brutus, un des consuls désignés pour l'année d'après Pansa et Hirtius. — *Une province,* la Gaule citérieure ou cisalpine.

tendu ce jour, nous n'aurions plus de guerre aujourd'hui. L'autorité du sénat et l'accord du Peuple Romain auroient réprimé sans peine l'audace de ce forcené, comme le feront sans doute les consuls désignés, dès qu'ils seront en exercice. Ils ont d'excellentes intentions, une sagesse rare, et sont entre eux d'un parfait accord. Quant à moi, telle est mon ardeur, non-seulement je brûle de vaincre, je ne puis même souffrir le moindre délai. Car enfin jusques à quand verrons-nous de simples particuliers repousser en leur propre nom une guerre si importante, si criminelle, si atroce ? Pourquoi l'autorité publique ne s'unit-elle pas sur-le-champ à leurs efforts ?

Au milieu des plus grands emportemens d'Antoine, lorsqu'on craignoit son funeste et barbare retour, César, qui encore tout jeune (1), et presque un enfant, joint une sagesse toute divine à une incroyable valeur, César, sans qu'on l'en sollicitât, sans qu'on y pensât, sans même qu'on le souhaitât, tant la chose

(1) Octavien ou Octave, qui prit le nom de César, comme fils adoptif de Jules César, et qui ensuite fut si connu sous celui d'Auguste, n'avoit alors que 19 ans.

sembloit impossible , a composé une puissante
armée des excellentes troupes de vétérans ; il
a prodigué son patrimoine , que dis-je , prodigué ? ce n'est pas le mot qui convient ; il l'a
placé utilement pour le salut de la République.
Si nous ne pouvons lui témoigner la reconnoissance qui lui est due , ayons du moins
dans le cœur toute celle que notre cœur est capable de contenir. Est-il quelqu'un assez peu
instruit des affaires , assez peu occupé de la
République , qui ne voie que , si Antoine ,
comme il nous en menaçoit , fût venu de
Brindes à Rome , suivi des troupes qu'il espéroit amener avec lui , il n'est point de cruautés que sa rage n'eût exercées sur nous ? A
Brindes , dans la maison de son hôte , n'a-t-il
pas fait égorger de braves et excellens citoyens (1) qui ont expiré à ses pieds , et dont
le sang , comme on sait , a rejailli jusques sur
le visage de sa femme. Après ce trait de barbarie , beaucoup plus irrité contre tous les citoyens
honnêtes , que jamais il ne le fut contre ceux
qu'il venoit d'immoler à sa fureur , nous auroit-il épargnés à son arrivée , auroit-il épargné

(1) C'étoient des centurions et des soldats , au
nombre de trois cens , qui refusoient de le suivre.

un seul homme de bien ? César, de son chef,
ne le pouvant d'une autre (1) manière, a sauvé
Rome du désastre ; et s'il ne fût né dans cette
République, la République n'existeroit plus
pour nous. Tout me le dit, en effet, tout me
l'annonce ; si le jeune César n'eût réprimé les
efforts d'Antoine, s'il n'eût arrêté ses projets
barbares, la République, par les attentats de
ce furieux, eût été perdue sans ressource. Il
faut, P. C., en ce jour où nous sommes assemblés, où nous pouvons, grace à la valeur
de ce jeune Romain, manifester sans crainte
nos vrais sentimens, il faut l'armer d'une autorité légitime, lui confier le soin de la République, pour qu'il puisse la défendre, non
plus en son nom, mais au nom du sénat.

Et puisqu'enfin il nous est permis de rompre
un trop long silence, nous ne pouvons nous
taire sur les louanges de la légion martiale (2).
Un seul homme témoigna-t-il jamais plus de
fermeté, plus d'attachement à la patrie que
toute cette légion en corps. Dès qu'elle a vu

(1) Il falloit de la promptitude ; le jeune César ne
pouvoit attendre qu'il fût autorisé par la République.
(2) Qui avoit abandonné Antoine lorsqu'il revenoit
de Brindes, et qu'il s'avançoit contre Rome.

dans Antoine l'ennemi du Peuple Romain, elle a refusé de partager ses fureurs ; elle a abandonné un consul, ce qu'elle n'eût pas fait certes, si elle eût regardé comme vraiment consul celui qu'elle voyoit ne respirer que la destruction de Rome et le massacre des citoyens. Elle s'est arrêtée dans Albe : pouvoit-elle choisir une ville plus favorable à l'exécution de nos projets, une ville plus fidèle, plus remplie d'hommes courageux et dévoués au Peuple Romain ? A son exemple, la quatrième légion, sous la conduite du questeur Egnatuléius, aussi brave guerrier que citoyen vertueux, a suivi les ordres et l'armée de César.

Nous devons donc, P. C., autoriser et légitimer tout ce qu'a déjà fait et ce que fait encore de lui-même un jeune Romain, aussi distingué par son nom que par ses vertus : nous devons sceller de notre approbation et confirmer par nos éloges l'accord admirable de nos braves vétérans et de nos légions fidèles pour le rétablissement de la République. Engageons-nous aujourd'hui à nous occuper de leurs intérêts, de leurs honneurs et de leurs récompenses, dès que les consuls désignés seront en exercice.

Tout ce que j'ai dit de César et de son armée nous est connu depuis long-tems. Grace à
la valeur incomparable de ce jeune guerrier,
à l'inébranlable fermeté des vétérans, à la conduite judicieuse des légions qui ont suivi l'autorité du sénat, le parti de notre liberté et le
courage de César, Antoine est éloigné de dessus
nos têtes. Ces faits, comme je le disois tout-à-
l'heure, sont déjà anciens ; nous avons l'édit
tout récent de Décimus Brutus, qu'on vient
de publier, et qui ne doit pas être passé sous
silence. Il s'engage à retenir la province de
Gaule sous la puissance du sénat et du Peuple.
O citoyen né pour le bien de sa patrie, digne
du nom qu'il porte, fidèle imitateur de ses
aïeux ! Non, sans doute, après avoir chassé
Tarquin, nos ancêtres n'avoient pas autant de
raison de desirer la liberté que nous en avons de
la retenir après avoir repoussé Antoine.

Nos ancêtres, depuis la fondation de Rome,
avoient appris à obéir à des rois ; et nous,
depuis leur expulsion, nous avions oublié la
servitude. Tarquin, que nos ancêtres n'ont pu
souffrir, n'a pas eu le renom ni la dénomina-
tion de pervers et de cruel, mais de superbe ;
et cet orgueil que plus d'une fois nous avons

toléré dans des particuliers, ils n'ont pu le pardonner à un roi. Lucius Brutus n'a pu supporter un tyran superbe ; Décimus Brutus supportera-t-il la tyrannie d'un pervers et d'un scélérat ? Tarquin a-t-il rien fait qui approche des attentats innombrables que s'est permis et que se permet Antoine ? Les rois eux-mêmes tenoient le sénat, mais sans se faire escorter d'une troupe de soldats barbares, comme Antoine quand il préside cette auguste compagnie. Les rois respectoient les auspices qu'Antoine augure et consul a méprisés en portant des loix contre les auspices, je dis même de concert avec son collègue (1) dont il avoit empêché l'élection par des auspices supposés. Aucun roi poussa-t-il jamais l'impudence jusqu'à rendre vénales toutes les charges, toutes les graces, tous les privilèges de son royaume ? Est-il exemption, est-il droit de cité, est-il récompense qu'Antoine n'ait pas vendus aux particuliers, aux villes, à des provinces entières ? Nous ne connoissons de Tarquin aucune action basse et sordide : Antoine faisoit peser l'or, faisoit compter l'argent dans sa

(1) Dolabella. Voyez plus haut.

maison,

maison , sur la toilette même de sa femme ; sa
maison étoit le comptoir où quiconque avoit
intérêt à la chose trafiquoit de toutes les parties
de l'empire. Nous ne voyons pas que Tarquin
ait fait subir aucun supplice aux citoyens Romains : pour Antoine , il a fait égorger à
Suesse (1) tous ceux qu'il y tenoit prisonniers ;
et à Brindes, près de trois cens hommes, aussi
pleins de courage que de zèle pour la patrie ,
ont été massacrés par ses ordres. Enfin Tarquin ,
au moment qu'il fut chassé du trône , défendoit le Peuple Romain avec ses armes : Antoine conduisoit une armée contre ce même
Peuple , lorsqu'abandonné par les légions , il
redouta le nom et l'armée de César ; lorsque
négligeant les sacrifices solemnels , il fit précipitamment , sans attendre le jour , des vœux
qui ne seront jamais (2) acquittés ; et même à
présent il s'efforce d'envahir une province romaine. Le Peuple Romain a donc reçu et attend
de Décimus Brutus un plus grand service , que
celui qu'ont reçu nos ancêtres de l'ancien Brutus,
chef d'une famille et d'un nom si précieux à
l'état.

(1) Suesse , ville du Latium.
(2) Parce qu'il ne réussira point dans ses projets.

Tome X.   **M**

Il est triste d'être esclave, mais combien n'est-il pas insupportable d'obéir à un impudique, à un infâme, à un efféminé, à un homme dont l'adversité même ne peut contenir l'intempérance ? Celui donc qui, de son propre mouvement (1), l'empêche d'envahir la Gaule, juge, et avec bien de la vérité, qu'il n'est pas consul : nous devons donc donner la sanction de l'autorité publique au jugement privé de Décimus Brutus. En effet, P. C., vous n'avez pas dû, depuis les Lupercales, regarder Antoine comme consul. Oui, dès le jour où, en présence du Peuple Romain, après l'avoir harangué dans une indécente nudité, dégradé par l'ivresse, il tenta de poser le diadême sur la tête de son collègue ; dès ce jour il a abdiqué, non-seulement le consulat, mais la liberté même, puisqu'il auroit sur-le-champ subi le joug de la servitude, si César eût voulu recevoir de lui cette marque d'un pouvoir tyrannique. Verrai-je donc un consul, un citoyen Romain, un homme libre, un homme enfin, dans celui qui, en ce jour triste et déshonorant, a montré ce qu'il pou-

____

(1) Il n'en avoit pas reçu l'ordre du sénat.

voit souffrir pendant la vie de César, et ce qu'il vouloit obtenir après sa mort?

On ne doit pas non plus se taire sur le courage, la constance et la fermeté de la province de Gaule, cette province, l'honneur de l'Italie, le soutien de cet empire et l'ornement du nom romain. Tel est l'accord des villes municipales et des colonies qui la composent, qu'elles paroissent toutes conspirer à défendre l'autorité du sénat et la majesté du Peuple.

Ainsi, tribuns, vous n'avez fait votre rapport que sur les gardes qu'on doit donner aux consuls, pour qu'ils puissent tenir en sûreté le sénat aux calendes de janvier; il me semble néanmoins que les vues sages de votre politique vigoureuse nous ont mis en état de donner librement notre avis sur toutes les parties de la République: car en jugeant qu'on ne pouvoit sans gardes tenir en sûreté le sénat, vous avez décidé (1) que l'audace et la perversité d'Antoine étoient restées dans l'enceinte de nos murs.

Afin donc de m'expliquer en peu de mots,

(1) C'est-à-dire, vous avez décidé que, quoiqu'Antoine fût absent, on avoit à craindre de ses amis audacieux et pervers.

M 2

je pense, et je ne crois pas en cela vous déplaire, que nous devons appuyer de notre
autorité nos chefs illustres (1), assurer de
l'espoir des récompenses nos braves soldats,
et loin de reconnoître Antoine pour consul,
le déclarer, non par des paroles, mais par
des effets, ennemi de la République. S'il est
vraiment consul, les légions qui ont abandonné un consul méritent la punition militaire (2); César et Brutus qui ont levé des
troupes en leur propre nom contre un consul,
sont des pervers et des scélérats. Mais s'il faut
trouver de nouveaux honneurs pour récompenser les soldats des services signalés et
immortels qu'ils nous ont rendus, s'il ne
nous est pas même possible de nous acquitter
envers les chefs; peut-on ne point regarder
Antoine comme ennemi de la République,
lorsque ceux qui le poursuivent les armes à la
main en sont jugés les libérateurs?

Mais qu'il est outrageux dans ses édits!
qu'il est grossier! qu'il est barbare! De quelles

(1) Caïus Cæsar et Décimus Brutus, qui de leur
chef avoient levé une armée contre Antoine.
(2) Mot à mot, *le supplice de passer par les ba-
guettes.*

injures n'accable-t-il point César , injures pui-
sées dans les ressouvenirs de ses prostitutions
et de ses infamies ? Est-il en effet un jeune
homme plus chaste, plus modéré dans ses
plaisirs ? Avons-nous parmi notre jeunesse un
plus illustre modèle de la pureté des mœurs
antiques ? Est-il un homme plus dissolu que son
calomniateur ? Il reproche le défaut de naissance à celui qui est fils adoptif de César , et
dont le propre père (1) , s'il eût vécu , eût été
élevé au consulat. Mais , dit-il , sa mère est
d'Aricie. Ne diroit-on pas , à l'entendre ,
qu'elle est de Tralle (2) ou d'Ephèse ? Voyez
combien on nous méprise , nous autres qui
avons une origine municipale , c'est-à-dire ,
nous tous sans exception ; car qui de nous n'a
pas cette origine ? Et quelle ville municipale
ne méprisera-t-on point , si on dédaigne Aricie , qui est de la plus haute antiquité , qui
jouit des plus beaux droits par son alliance
avec Rome , qui touche presque aux confins de
notre territoire , et dont beaucoup de citoyens

(1) Cnæus Octavius, père du jeune César , mourut
lorsqu'il revenoit de Macédoine , qu'il avoit gouvernée
après sa préture ; il se disposoit à demander le consulat.

(2) Tralle , ville de Lydie ; Ephèse , ville d'Ionie.

M 3

sont recommandables par la plus illustre naissance ? De-là nous viennent les loix Voconia et
Scatinia (1) ; de-là nombre de dignités curules
du tems de nos ancêtres et du nôtre ; de-là une
multitude de chevaliers Romains aussi nobles
que riches. Mais, Antoine, si vous dédaignez une
épouse d'Aricie , pourquoi en avoir choisi (2)
une de Tusculum ? Il y a cette différence cependant que la mère de César , dame irréprochable , avoit pour père Attius Balbus, homme
d'une naissance distinguée et ancien préteur ,
et que le père de votre première épouse, femme
qui avoit de la vertu, au moins des richesses ,
étoit un certain Bambalion , personnage méprisable et sans nul mérite. C'est à son bégaie-
ment et à sa stupidité qu'il doit son surnom
injurieux. Mais l'aïeul de votre épouse actuelle (3) étoit noble. Oui , c'étoit ce Tudi-
tanus qui , monté sur des cothurnes et revêtu

_____

(1) Loix portées par les tribuns Voconius et Sca-
tinius, l'une sur les successions des femmes, l'autre
contre les impudiques.
(2) Fille de Marcus Fadius Bambalio , dont il est
parlé plus bas , affranchi, de la ville de Tusculum.
—— *Bambalio* du verbe grec *bambalein*, bégayer.
(3) Fulvie.

d'une robe traînante, prenoit plaisir à jetter au Peuple des pièces de monnoie du haut de la tribune. Que n'a-t-il laissé du moins à ses enfans cette indifférence pour l'argent ! Telle est, Antoine, la haute noblesse de vos épouses. Mais comment reprocher à un autre, comme obscure, son origine d'Aricie, quand soi-même on tire gloire d'une origine maternelle (1) entièrement sembl█████ ? Et n'est-ce pas une folie de relever la naissance des femmes, à vous dont le père a épousé une Numitoria de Frégelles, fille d'un traître ; à vous qui avez eu des enfans de la fille d'un affranchi (2) ? Mais je laisse cette discussion à Philippus et à Marcellus, ces deux hommes d'une naissance illustre, qui ont pour épouse, l'un une ci-

(1) Antoine avoit pour mère Julia, sœur de Lucius Cæsar, de la ville d'Aricie. Des éditions portent *ut Julia natus ignobilis*. —— *Fille d'un traître*, fille d'un Numitorius, qui avoit fait révolter Frégelles sa patrie, et qui ensuite la livra aux Romains. Frégelles, ville du Latium.

(2) Du tems de Cicéron, *libertinus*, affranchi, et non fils d'un affranchi. —— *Une citoyenne d'Aricie*, Atia. *La fille d'une citoyenne d'Aricie*, Octavie, sœur d'Auguste, mère de ce jeune Marcellus dont Virgile a déploré la mort.

toyenne , l'autre la fille d'une citoyenne d'Aricie , dames infiniment estimables dont ils ne
rougissent , j'en suis sûr , ni l'un ni l'autre.

Il attaque encore dans un de ses édits Quintus mon neveu , et aveuglé par la fureur , il
ne voit pas que ses reproches sont des éloges.
Quoi de plus avantageux , en effet , pour ce
jeune homme que d'être regardé généralement
comme opposé aux fureurs d'Antoine et associé
aux projets de César ? Cet infâme gladiateur a
même eu l'audace d'imputer dans son édit au
même Quintus d'avoir médité la mort de son
père et de son oncle. Quelle hardiesse ! quelle
témérité ! quel excès d'impudence ! oser écrire
une telle calomnie contre un jeune homme (1)

(1) Cependant l'histoire, et Cicéron lui-même, dans
ses lettres à Atticus, parlent de ce Quintus comme
d'un caractère qui avoit donné bien des sujets de cha-
grin à sa famille. Il fut enveloppé avec son père dans
les horribles proscriptions du triumvirat, et il signala
dans ces derniers momens une tendresse filiale vraiment louable. Il cachoit son père; et quoique livré
aux bourreaux qui à force de tourmens vouloient lui
arracher son secret, il s'obstinoit à garder un généreux
silence. Le père qui entendoit tout, ne pouvant souffrir que son fils fût si cruellement tourmenté à cause

que nous aimons à l'envi mon frère et moi pour l'aménité de son caractère, la pureté de ses mœurs et la beauté de son génie, que nous regardons, que nous écoutons avec complaisance, que nous comblons de toutes nos caresses !

Quant à ce qui me regarde, il ne sait dans ses édits s'il me loue ou s'il me blâme. Lorsqu'il menace d'excellens citoyens du même supplice que j'ai fait subir à des citoyens scélérats et pernicieux, il paroît me louer et vouloir m'imiter ; mais en rappellant le souvenir de la plus glorieuse de mes actions, il croit alors m'attirer la haine de ses pareils.

Mais lui, qu'a-t-il fait ? Après avoir mis tant d'édits sous les yeux du public, il fit signifier aux sénateurs de se trouver tous au Capitole le vingt-deux de novembre (1) ; et lui-même ne s'y trouva point ce jour-là. Mais comment l'ordre est-il conçu ? Voici, je pense, les paroles qui le terminent : *Quiconque ne se*

de lui, vint se découvrir lui-même. Il y eut un combat entre eux à qui mourroit le premier.

(1) *Le vingt-deux de novembre*, et plus bas, *le vingt-six de novembre* : mot à mot, le huitième et le quatrième jour avant les calendes de décembre.

trouvera point à l'assemblée, pourra être regardé comme occupé à me perdre, et à seconder des projets funestes. Quels sont ces projets funestes ? Sont-ce ceux qui tendent à rétablir la liberté du Peuple Romain ? Je seconde, je l'avoue, et j'ai secondé César dans ces derniers projets. Mais César n'a pas besoin d'être secondé ; je l'ai seulement animé dans sa course. Quant à vous, quel homme de bien ne seroit pas occupé à vous perdre, puisque de là dépendroient le salut et la vie de tous les citoyens vertueux, la liberté et la dignité du Peuple Romain ?

Mais après nous avoir signifié en termes si durs de nous rendre à l'assemblée, pourquoi ne s'y est-il pas rendu lui-même ? Croyez-vous qu'il fût retenu par quelque affaire grave et sérieuse ? Non. Arrêté par un repas, ou plutôt par une partie de débauche et de crapule, il manqua au jour donné, et remit l'assemblée au vingt-six de novembre. Il l'indiqua au Capitole, et il y monta par un chemin détourné, par la voie souterraine des Gaulois (1). Ceux

(1) Cicéron parle encore, dans le plaidoyer pour Cécina, de cette voie souterraine des Gaulois dont nul autre que lui ne fait mention.

dont on avoit mendié la présence, y vinrent.
Je l'avouerai, il y avoit parmi eux des sénateurs de distinction, mais ils oublioient ce
qu'ils se devoient à eux-mêmes. Tels étoient,
en effet, le jour de l'assemblée, le motif
qu'on y donnoit dans le public, la fureur de
celui qui la convoquoit, qu'un sénateur ne
pouvoit sans honte ne point prendre l'allarme.
Cependant il n'osa pas, même devant des
hommes rassemblés par son ordre, dire un
mot de César, quoiqu'il eût résolu de le dénoncer au sénat : un consulaire avoit apporté
un avis par écrit. N'étoit-ce donc pas se déclarer lui-même ennemi de Rome, que de n'oser
dénoncer un simple particulier qui marchoit
contre un consul ? Rome devoit nécessairement
voir un ennemi dans César ou dans Antoine :
et comment eût-elle vu autre chose dans deux
chefs opposés ? Si donc César étoit ennemi de
l'état, pourquoi le consul ne le dénonçoit-il
pas ? Mais si le sénat étoit loin de flétrir ce jeune
Romain, Antoine peut-il nier que son silence
sur César n'ait été un aveu que lui-même étoit
ennemi de l'état ? Comment ? celui qu'il
appelle dans ses édits un Spartacus (1), il n'ose

(1) Spartacus, gladiateur, qui ayant levé une armée

devant les sénateurs lui faire le plus léger reproche !

(*) Mais combien ne donne-t-il pas envie de
rire dans les sujets les plus sérieux? J'ai lu dans
un de ses édits, et j'ai retenu quelques sentences
qu'il croit fort subtiles : pour moi, je n'ai én-
core trouvé personne qui pût comprendre ce
qu'il vouloit dire. *Le mépris n'est rien*, dit-il,
quand il est fait par un homme digne. D'abord,
qu'entend-il par un homme digne ? Beaucoup
de gens sont dignes du supplice, lui, par exemple. Entend-il un homme constitué en dignité ?
le mépris peut-il être plus accablant que
quand il vient d'un homme en place ? D'ailleurs
qu'est-ce que *faire du mépris* ? A-t-on jamais
parlé de la sorte ? *La crainte aussi n'est rien*,
ajoute-t-il, *quand elle vient par un ennemi.* Quoi
donc ? est-ce un ami qui a coutume de causer
de la crainte ? On lit ensuite d'autres absurdi-

---

d'esclaves, fut attaqué par Marcus Crassus, et tué
en combattant vaillamment.

(*) J'avois renoncé d'abord à traduire l'article suivant, comme tenant à l'intelligence des expressions
latines : mais je l'ai repris, et j'ai tâché de faire entendre en françois, le mieux qu'il m'a été possible,
ce que Cicéron exprime en latin.

(189)

tés pareilles. Ne vaudroit-il pas mieux être
muet, que de dire des choses que personne
n'entend ? Voilà pourquoi son maître (1) est
devenu d'orateur agriculteur ; voilà pourquoi
il possède deux mille arpens de terre, exempts
de tout impôt, dans les campagnes des Léontins,
lesquels sont des domaines de la République :
c'est pour achever de renverser la tête d'un
homme déjà fou, qu'il a été récompensé aux
dépens de l'état.

Ces observations peut-être sembleront trop
peu importantes. Je le demande maintenant,
pourquoi Antoine, après avoir donné des ordres
si sévères, est-il devenu tout-à-coup si traitable
dans le sénat ? Qu'etoit-il besoin de menacer de
la mort, s'il venoit à l'assemblée, Lucius Cassius (2), tribun du Peuple, homme ferme et
courageux ? Falloit-il en éloigner par la violence
et par de semblables menaces, Carfulenus
si bien intentionné pour la République ? Falloit-il écarter de l'intérieur du temple et même

(1) *Son maître*, Sextus Clodius, rhéteur de Sicile,
dont il est parlé dans le discours qui précède.

(2) Lucius Cassius, frère du Cassius, meurtrier de
César. Je ne sais rien de particulier de Décimus Car-
fulénus et de Tibérius Canutius.

du vestibule, Canutius qui avoit eu avec lui
de vifs et fréquens démêlés, mais toujours pour
des causes légitimes ? A quel sénatus-consulte
craignoit-il qu'ils ne s'opposassent? Sans doute,
au sénatus-consulte par lequel on devoit décerner des prières publiques pour les victoires
de Lépide (1) ; et il étoit à craindre qu'on ne
refusât un honneur usité chez nous, à ce
personnage illustre, pour qui nous imaginions
tous les jours quelque honneur extraordinaire.

Mais afin de ne point paroître avoir indiqué
sans sujet une assemblée du sénat, dans laquelle il devoit faire son rapport sur l'état de
la République ; à la première nouvelle que la
quatrième légion l'avoit abandonné, effrayé,
abattu, pressé de fuir, il fit rendre un sénatus-consulte en faveur de Lépide, avec une
précipitation dont il n'y avoit pas d'exemple (2).

(1) *De Lépide*, auquel on décerna ensuite le
triomphe pour ces mêmes victoires.

(2) Latin, *per discessionem* en faisant passer les
opinans à droite ou à gauche suivant leur avis, et
non en demandant son avis à chaque sénateur, ce
qui étoit d'usage quand on décernoit les prières publiques.—*Sur le soir.* Il étoit défendu de faire aucun

Et quel fut ensuite son départ ? Comment sortit ce consul qui alloit se mettre à la tête de son armée ? Avec quel soin évita-t-il les regards des citoyens , la lumière du jour et l'entrée du forum ? Quelle fuite honteuse et misérable !

Ce fut néanmoins ce jour-là même , sur le soir , que furent rendus ces beaux sénatus-consultes , qu'on tira au sort les provinces avec un scrupule religieux , qu'enfin le ciel disposa tout de manière que chacun eut la province qui lui convenoit. Ainsi , tribuns , c'est de votre part une vigueur louable , de demander des gardes pour la sûreté du sénat et des consuls désignés , c'est un service dont nous devons ressentir et témoigner la plus vive reconnoissance : car pouvons-nous être exempts de crainte au milieu de tous les projets de la passion et de l'audace ? Mais cet homme renversé et ruiné sans ressource , attend-il à son sujet des jugemens plus accablans que ceux de ses amis ? Lentulus , avec lequel il est étroitement lié , comme je le suis

rapport au sénat avant le lever et après le coucher du soleil.

moi-même , et Nason que la passion n'aveugle
jamais , ont jugé tous deux qu'ils n'avoient
point de province , que le partage fait par Antoine étoit nul. Philippus (1) , vraiment digne
de son père, de son aïeul, de ses ancêtres ,
a fait la même chose. C'étoit le sentiment de
Turannius , cet homme intègre et irréprochable , c'étoit celui d'Opius. Pison et Véhilius
eux-mêmes, qui , par égard pour leur amitié
avec Antoine , lui ont plus accordé qu'ils ne
vouloient peut-être; ces deux personnages, dont
l'un , mon ami intime , est aussi excellent
homme qu'excellent citoyen , et dont l'autre
ne lui cède pas en intégrité , ont déclaré qu'ils
se soumettroient à l'autorité de cet ordre. Que
dirai-je de Lucius Cinna , dont la probité singulière , reconnue dans tant de grandes occa-

(1) Ce n'est pas ici le Lucius Philippus , beau-père
du jeune César , qui avoit été consul avec Lentulus
Marcellinus : c'est son fils nommé comme lui Lucius
Philippus. —— *Pison* , c'est probablement le Marcus
Pupius Piso dont il est parlé dans quelques discours
de Cicéron , différent du Lucius Calpurnius Piso ,
beau-père de Jules César. Il seroit trop long et inutile
de faire connoître tous les personnages dont il est fait
mention dans cet article.

sions ,

sions, rend moins surprenante la gloire qu'il
s'est acquise par sa conduite actuelle? Il a
dédaigné un gouvernement de province, qu'a
rejetté Césetius avec une fermeté non moins
courageuse. Qui sont donc les autres que flatte
un sort dirigé par les Dieux? Lucius et Marcus
Antonius (1). Qu'ils sont heureux l'un et l'autre!
Ils n'ont jamais rien tant desiré. Caïus Antonius a obtenu la Macédoine. Quel bonheur!
il ne parloit que de cette province. Calvisius
a eu l'Afrique : rien de plus heureux encore.
Il venoit de quitter l'Afrique ; et comme s'il

(1) Lucius et Caïus Antonius, frères de l'Antoine
dont il est question dans toutes ces Philippiques,
avoient été préteurs cette année. Mais quel est le
Marcus Antonius dont il est parlé ici ? Ce ne peut
pas être Antoine lui-même, qui ayant obtenu du Peuple
la Macédoine, s'étoit fait ensuite donner par le même
Peuple la Gaule citérieure ou cisalpine plus propre à
ses desseins. Or il n'est pas naturel qu'il eût abandonné
au sort une province, dont il étoit en possession par
le choix du Peuple. Un savant croit que c'étoit un
autre Marcus Antonius qui existoit en même tems
que le fameux Marc Antoine. Mais qu'est-ce qui
confirme cette supposition ? n'est-elle pas bien gratuite ?
Au reste, je ne trouve pas d'autre solution de la
difficulté.

Tome X.   N

eût deviné qu'il devoit y revenir, il avoit laissé à Utique ses deux lieutenans. La Sicile est échue à Marcus Iccius, et l'Espagne à Quintus Cassius (1). Ici je ne soupçonne rien ; je crois que pour ces deux provinces le sort a été moins conduit par le ciel.

O César, (c'est du jeune César que je parle) par quelle voie inattendue et soudaine vous avez opéré le salut de la République ! Quel mal ne feroit point notre ennemi en attaquant, puisqu'en fuyant il nous portoit de tels coups? Il avoit annoncé dans une assemblée qu'il se- roit le gardien de la ville, qu'il auroit une ar- mée près de Rome jusqu'aux calendes de mai. Quel gardien pour les troupeaux qu'un loup prêt à les dévorer ! Antoine auroit-il été le gardien de la ville ? N'en auroit-il pas été plutôt le persécuteur et le déprédateur ? Il de- voit, avoit-il dit lui-même, entrer dans Rome

(1) Marcus Iccius et Quintus Cassius étoient bons citoyens et nullement amis d'Antoine : celui-ci n'avoit pas fraudé pour ces deux hommes, afin d'ôter tout soupçon de fraude dans les autres nominations par le sort. On doit sentir l'ironie qui vient après. L'Espagne échue à Quintus Cassius étoit l'Espagne ultérieure : la citérieure avoit été livrée auparavant à Lépide.

et en sortir quand il voudroit. Ce n'est pas tout : n'a-t-il pas dit encore, parlant au Peuple, et siégeant devant le temple de Castor, que les seuls vainqueurs seroient épargnés ?

C'est d'aujourd'hui seulement, P. C., qu'après un trop long intervalle nous rentrons en possession de la liberté. Je m'en suis montré, tant que j'ai pu, le défenseur et le conservateur. Quand je ne pouvois la défendre, je me suis tenu tranquille; j'ai supporté sans bassesse, et même avec quelque dignité, le malheur des tems et la rigueur des circonstances. Mais comment supporter le monstre affreux qui nous persécute ? Trouve-t-on dans Antoine autre chose que passion, cruauté, insolence, audace ? C'est un mélange, un composé de tous les vices : en lui, nul sentiment honnête et généreux, nulle retenue, nulle pudeur. Or, puisqu'il faut aujourd'hui qu'Antoine soit puni ou que nous soyons esclaves, prenons enfin, P. C., prenons la résolution courageuse, digne de nos ancêtres, ou de recouvrer la liberté, cet attribut essentiel d'un Romain, ou de préférer la mort à la servitude. Nous avons souffert et enduré beaucoup de choses qu'on ne devoit pas souffrir dans une ville libre, les

N 2

{ 206 }

uns dans l'espérance de recouvrer la liberté,
les autres par un trop grand amour de la vie.
Mais si nous avons souffert ce que la nécessité, ce qu'une espèce de fatalité nous con-
traignoit de subir, et que nous n'avons pas
enduré jusqu'à la fin (1), souffrirons-nous encore l'odieuse et cruelle domination de ce
brigand infâme? Que fera-t-il, s'il le peut, à
présent qu'il est irrité, lui qui, sans motif de
haine contre personne, s'est déclaré l'ennemi
de tous les gens de bien? Que n'osera-t-il
pas étant vainqueur, lui qui, sans avoir obtenu aucune victoire, s'est permis après la
mort de César, les plus horribles attentats,
a vuidé entièrement la maison de ce dictateur, pillé ses jardins, transporté chez lui tout
ce qu'il y avoit d'ornemens, a cherché dans
ses funérailles des occasions de carnage et d'incendie; lui qui, à l'exception de deux ou
trois décrets fort sages qu'il a fait rendre par
le sénat pour le bien de la République, n'a
écouté dans tout le reste que son insatiable
avidité, a vendu les privilèges et les exemptions,

(1) Puisque nous avons tué le tyran pour nous délivrer du joug.

soustrait à notre puissance des provinces entières, rappellé les exilés, consigné sur l'airain
et placé au Capitole les loix prétendues et les
décrets supposés de César, dont il a trafiqué
dans sa propre maison ; qui a imposé des loix
au Peuple Romain, distribué des gardes dans
le forum pour en écarter le Peuple et les magistrats, investi le sénat de gens armés, enfermé
des soldats dans le temple de la Concorde lorsqu'il y présidoit les sénateurs ; qui a couru à
Brindes vers les légions dont il a fait égorger
les centurions les plus zélés pour la patrie ; qui
enfin a formé le projet d'entrer dans Rome
pour nous perdre et ruiner la ville ? Arrêté
dans ce projet téméraire par la sagesse et par
les armes de César, par l'accord des vétérans,
par le courage des légions, terrassé par la fortune, il ne perd rien de son audace, il ne
cesse de s'emporter, de se précipiter en furieux. Il conduit dans la Gaule son armée mu-
tilée avec une seule légion, et une légion toute
prête à l'abandonner. Il attend Lucius son
frère. Peut-il trouver personne qui lui ressemble
davantage ? De gladiateur (1) devenu général,

_____

(1) Mot à mot, *de mirmillon* : les mirmillons étoient

quels ravages n'a pas faits ce Lucius par-tout
où il a passé ? Il fait main-basse sur tous les
troupeaux qu'il rencontre, ses soldats se livrent
à la débauche, lui-même il se gorge de vin
à l'exemple de son frère. Les campagnes sont
dévastées, les maisons pillées ; les femmes,
les filles, les jeunes gens libres, sont enlevés
et livrés aux soldats. Dans tous les lieux où il
a conduit ses troupes, Antoine a exercé les
mêmes violences.

Ouvrirez-vous vos portes à ces frères barbares ? les recevrez-vous dans la ville ? ne pro-
fiterez-vous pas de l'occasion, du zèle des chefs,
de l'ardeur des soldats, de l'union du Peuple
Romain, de l'empressement de toute l'Italie
pour recouvrer la liberté, de la protection et
de la faveur des Dieux immortels ? Cette occasion échappée, nous n'en retrouverons plus
de semblable. Antoine, s'il va attaquer la Gaule,
se trouvera enfermé par le front, par derrière,
par les deux côtés : il faut le poursuivre, non-
seulement avec des troupes, mais par nos décrets. Le pouvoir du sénat est grand, son au-

une classe de gladiateurs ainsi nommés, parce qu'ils
portoient sur leurs casques la figure d'un poisson.

torité est imposante, quand tous ses membres
agissent de concert. Ne voyez-vous pas le Peuple
Romain se répandre en foule dans la place
publique, animé par l'espoir de recouvrer la
liberté. Il nous voit réunis en grand nombre,
ce que depuis long-tems il n'a point vu, et
il est persuadé que nous nous sommes assemblés librement. C'est dans l'attente de ce
jour que j'ai évité les armes criminelles d'Antoine, lorsque déclamant contre moi, en mon
absence, il ne voyoit point pour quelle conjoncture je réservois et ma personne et mes
forces. Si j'eusse voulu lui répondre lorsqu'il
cherchoit un prétexte pour commencer le carnage, pourrois-je aujourd'hui veiller aux intérêts de la République ? Mais à présent que
mon zèle peut se déployer, nuit et jour je
serai tout entier aux moyens de maintenir la
liberté du Peuple et la dignité du sénat ;
loin de me refuser (1) au travail et à la peine,
je les demanderai, je les rechercherai. Je l'ai
fait tant qu'il m'a été possible de le faire ;
quand il s'est présenté des obstacles insur-

(1) Entendez la phrase comme si on lisoit *non modò
non recusem*, ainsi que le portent quelques livres. Le
second *non* peut se sous-entendre.

N 4

montables , j'ai suspendu mes efforts. Aujour-
d'hui, non-seulement nous pouvons agir , nous
le devons , si nous n'aimons mieux être esclaves que d'employer et nos décrets et nos
armes pour éloigner la servitude. Les Dieux
immortels nous ont suscité de braves défenseurs , César pour la ville , et Brutus pour
la Gaule. Si Antoine eût pu ou surprendre
la ville , ou quelque tems après envahir la
Gaule , bientôt les meilleurs citoyens auroient
péri nécessairement , les autres auroient obéi
à un maître.

Au nom des Dieux , P. C. , saisissez l'occasion , et rappellez-vous enfin que vous êtes
les chefs du plus auguste conseil de l'univers.
Faites connoître au Peuple que votre prudence
ne manquera point à la République , puisqu'il déclare que son courage ne vous manquera pas à vous-mêmes. Est-il besoin de vous
avertir ? Est-il quelqu'un assez dépourvu de
raison pour ne pas comprendre que , si nous
nous endormons dans cette conjoncture , il nous
faudra supporter une domination , non-seulement superbe et cruelle , mais déshonorante et
ignominieuse ? Vous connoissez l'arrogance
d'Antoine , vous connoissez ses amis , vous

connoissez toute sa maison. Obéir à des hommes
dissolus, à des joueurs, à des débauchés, à
des impudiques, à des infâmes, c'est le comble
du malheur joint au comble de la honte. Que
si, aux Dieux ne plaise, le terme fatal de
la République est arrivé, eh bien ! de généreux
gladiateurs montrent une noble assurance
même en tombant ; nous aussi, nous les chefs
de tout l'univers, et de toutes les nations,
tombons avec dignité plutôt que d'obéir avec
ignominie. Rien de plus horrible que le déshonneur, rien de plus affreux que la servitude. Nous sommes nés pour la gloire et
pour la liberté ; il faut ou les conserver
ou s'ensevelir glorieusement avec elles. Assez
et trop long-tems nous avons retenu le secret de nos cœurs ; il est aujourd'hui dévoilé.
On connoît les sentimens et les volontés de
chaque Romain favorables ou contraires à la
République. Sans doute, il est trop de mauvais
citoyens, vu l'amour qu'on doit à la patrie,
mais il en est fort peu, vu la multitude des
partisans de la bonne cause ; et pour réduire
nos ennemis, les Dieux nous procurent au-
delà de notre attente les moyens les plus puissans et les plus faciles. En effet, aux ressources

que nous avons déjà , se joindront bientôt les
consuls (1) dont la fermeté égale la sagesse ;
qui , dans une parfaite union , ne s'occupent
depuis plusieurs mois que de la liberté du Peuple
Romain. Sous l'autorité de tels chefs, avec le
secours des Dieux, avec la plus active vigilance
du sénat, avec l'accord unanime du Peuple,
nous serons libres , nous le serons bientôt ;
et le souvenir de la servitude nous fera mieux
sentir le prix de la liberté.

A ces considérations , eu égard aux demandes faites par les tribuns du Peuple , pour
que le sénat puisse se tenir en sûreté aux calendes de janvier , et qu'on puisse opiner librement sur les intérêts de la République , mon
avis est que Caïus Pansa et Aulus Hirtius ,
consuls désignés , s'occupent des moyens de
faire tenir le sénat en sûreté aux calendes de
janvier : et quant à ce qui concerne l'édit de
Décimus Brutus , Impérator (2) , consul dé-

_____

(1) Aulus Hirtius et Caïus Pansa, consuls désignés ,
qui devoient bientôt entrer en exercice.

(2) *Imperator* étoit un titre que donnoient à leurs
généraux les soldats et quelquefois le sénat ; titre
qu'ils gardoient même après avoir quitté le commandement des troupes. De-là le nom d'*empereur* sous

signé , qui a rendu à la République les plus
importans services , le sénat pense que Décimus Brutus , Impérator, consul désigné , sert
la République en défendant l'autorité du sénat,
la liberté et l'empire du Peuple Romain , qu'en
retenant sous la puissance du sénat son armée
et la Gaule citérieure , remplie d'excellens citoyens, d'hommes courageux et zélés pour la République ; lui et son armée ne font rien et n'ont
rien fait que de conforme à la règle , à l'ordre
et au bien de la République; le sénat en outre
estime qu'il est de l'intérêt de la République
que Décimus Brutus et Lucius Plancus , consuls (1) désignés , ayant tous deux le titre
d'Impérator , et les autres qui ont obtenu des
provinces , les gardent en vertu de la loi Julia ,
jusqu'à ce qu'il leur ait été donné des successeurs ; ils feront en sorte que leurs armées et

une nouvelle constitution. J'ai transporté le mot
imperator dans le françois, presque toutes les fois
qu'il se rencontre.

(1) César avoit fait désigner Décimus Brutus et
Lucius Plancus, pour être consuls après Pansa et
Hirtius.—*De la loi Julia;* de la loi de Jules César,
qui avoit assigné des provinces aux deux Brutus, à
Cassius, à Plancus, et à d'autres citoyens.

(204)

ces provinces défendent la République au nom
du sénat et du Peuple ; et puisque les soins
le courage et la sagesse de Caïus César, secondés par l'accord admirable des soldats vétérans,
défenseurs constans et intrépides de la Republique, ont garanti et garantissent encore le
Peuple Romain des plus grands périls ; puisque la légion martiale s'est arrêtée dans Albe,
ville aussi fidèle que courageuse, et s'emploie
à maintenir l'autorité du sénat et la liberté du
Peuple ; puisque, sous la conduite de Lucius
Egnatuléius, aussi bon questeur que bon citoyen, la quatrième légion, animée par
l'exemple de la légion martiale, se conduit
avec la même sagesse et le même courage : mon
avis est que le sénat annonce combien il s'occupe et s'occupera de leur adresser les remerciemens et de leur décerner les honneurs qu'ils
méritent pour les grands services rendus par
eux à la République ; que le même sénat autorise Caïus Pansa et Aulus Hirtius, consuls
désignés, aussitôt qu'ils seront entrés en fonction, à lui proposer à cet égard l'avis qui
leur paroîtra le plus convenable au bien de la
République.

QUATRIÈME PHILIPPIQUE

DE CICÉRON.

Sommaire.

LE même jour où Cicéron avoit parlé dans le
sénat, il harangue le Peuple, il lui rend compte
de ce qui s'est dit et fait dans cette compagnie;
il comble de louanges le jeune César, Décimus
Brutus, les légions martiale et quatrième ;
louanges que le Peuple confirme par des acclamations. Il appelle Antoine ennemi de l'état,
il lui refuse le titre de consul ; ce que le Peuple
approuve par des cris. Il inspire aux Romains
des sentimens magnanimes, les sentimens dont
furent toujours animés leurs ancêtres; il leur
montre une victoire facile, et les enflamme
par l'amour d'une liberté qu'il se propose de
défendre avec eux, en se mettant à leur
tête.

QUATRIÈME PHILIPPIQUE

DE CICÉRON.

L'EMPRESSEMENT incroyable qui vous fait accourir ici, Romains, cette assemblée la plus nombreuse que je me souvienne d'avoir jamais vue, quoi de plus capable d'enflammer mon ardeur pour la défense de la République et de m'affermir dans l'espérance d'opérer bientôt son rétablissement? C'est moins toutefois le courage qui m'a manqué que les occasions. Dès qu'elles ont paru m'offrir un rayon d'espoir, je me suis mis à la tête des défenseurs de votre liberté. Si j'eusse voulu le faire plutôt, je ne le pourrois pas maintenant.

Ne croyez pas, Romains, qu'on ait arrêté aujourd'hui une délibération peu importante; on vient de poser la base de nos opérations à l'avenir. Antoine n'a pas encore été formellement déclaré ennemi de l'état par un sénatusconsulte, mais il est jugé tel par le fait. Vous exaltez mon courage en applaudissant (1) vous-

(1) Le Peuple Romain témoigne par ses cris qu'il approuve le nom d'ennemi donné à Antoine.

mêmes, par vos cris unanimes, à ce nom qui lui convient. Oui, il faut absolument reconnoître, ou des citoyens pervers dans ceux qui font marcher des troupes contre un consul, ou un ennemi de l'état dans celui contre lequel on a pris justement les armes. Il ne restoit déjà aucun doute ; le sénat vient d'en ôter jusqu'à l'apparence. Le jeune César qui, par son zèle, par sa sagesse, et aux dépens de son patrimoine, a soutenu et soutient la République et votre liberté, se voit honoré de nos plus grands éloges.

Je vous loue, Romains, je vous loue d'accueillir (1) avec les transports de la reconnoissance la plus vive, le nom de celui qui s'est acquis tant de gloire dans l'adolescence, ou plutôt dans l'enfance. C'est le nom de son âge, ses actions sont celles de l'immortalité. Je me rappelle, j'ai lu, j'ai ouï raconter beaucoup d'exploits héroïques ; tous les siècles passés ne m'offrent rien de pareil. Nous gémissions sous une dure servitude, le joug s'appesan-

(1) Au nom du jeune César, le Peuple Romain donne un signe de joie par ses cris. Chez les Romains, le nom de *puer* se prolongeoit presque jusqu'à vingt ans ; et le jeune Octave n'en avoit alors que dix-neuf.

tissoit de jour en jour, il ne nous restoit aucune ressource, nous redoutions le retour funeste d'Antoine, lorsque César a pris sur-le-champ, contre notre attente, ou du moins à notre insu, la résolution de former une armée invincible des soldats de son père, et de rompre la fureur d'Antoine qui, ne respirant que ruine et carnage, accouroit à Rome pour la détruire. Eh! qui ne sent que, si César n'eût pas levé une armée, le retour d'Antoine eût opéré notre destruction entière? Enflammé de haine contre vous, tout couvert du sang des citoyens Romains qu'il avoit égorgés à Brindes et à Suesse, il ne songeoit en revenant à Rome qu'à renverser la République. Quelles forces auroient mis à l'abri votre liberté et vos jours, si César ne se fût créé une armée des plus braves soldats de son père? Le sénat s'est rangé de mon avis, et vient de décider qu'on délibéreroit au plutôt sur les éloges et les honneurs divins et immortels que lui méritent des services immortels et divins. Qui ne voit qu'Antoine, par cette décision, est jugé l'ennemi de l'état? Car quel autre nom lui donner, quand le sénat croit devoir chercher de nouveaux honneurs pour ceux qui lèvent et font marcher contre lui des troupes?

Et

Et la légion martiale, qui me semble, par une destination particulière du ciel, avoir tiré son nom du Dieu premier auteur du Peuple Romain, n'a-t-elle pas elle-même, avant le sénat, jugé et déclaré Antoine ennemi de la patrie ? Si Antoine n'est point votre ennemi, nous devons tenir pour ennemis ceux qui ont abandonné votre consul. C'est à propos, Romains, et avec raison, que vous (1) applaudissez à la démarche glorieuse de ces guerriers généreux, qui se sont employés à la défense de l'autorité du sénat, de votre liberté et de toute la République, qui ont abandonné l'ennemi, le brigand et le meurtrier de sa patrie. Ils ont montré, non-seulement de l'ardeur et du courage, mais encore de la réflexion et de la sagesse, en s'arrêtant dans Albe, ville voisine, fortifiée, propre à leurs desseins, remplie de citoyens excellens, d'hommes braves et fidèles. A l'exemple de la légion martiale, la quatrième légion, sous la conduite d'Egnatuléius, que le sénat vient d'honorer de justes louanges, est venue se joindre aux troupes de César.

(1) Les Romains jettent encore ici des cris d'approbation.

Tome X.   O

Attendez-vous, Antoine, des nouvelles plus accablantes? On porte jusqu'au ciel ... qui a levé une armée contre vous ... ... en termes distingués les légions ... ... abandonné, que vous aviez app... ... consul, et qui, si vous n'eussiez ... ... notre ennemi, marcheroient sous vos ...

Ce jugement des légions, aussi ... courageux, est confirmé par le sénat ... ... par tout le (1) Peuple..... A moins peut-... Romains, que vous ne jugiez Antoine ... consul et non votre ennemi. J'étois ... que vous pensiez comme vos cris ... l'annoncent.

Et les villes municipales, les coloni... les (2) préfectures, croyez-vous qu'elles pen... sent autrement d'Antoine? Tous conviennent généralement que quiconque désire le salut de l'état, doit s'armer contre celui qui en est le fléau.

Et le jugement de Décimus Brutus que vo...

(1) Il y a après le mot *Peuple* une suspension; l'orateur demande leur avis aux Romains, qui le donnent avec de grandes acclamations.

(2) Préfectures, villes dans lesquelles on envoyoit des *praefecti* pour rendre la justice.

avez pu voir dans son édit qu'on vient de
publier, paroît-il méprisable à quelqu'un de
vous ? Vous dites (1) non, Romains, et c'est
avec justice, avec vérité. Car c'est par un bienfait et une faveur des Dieux immortels que les
Brutus ont été donnés à la République pour
établir ou pour recouvrer la liberté du Peuple
Romain. Qu'a donc jugé Décimus Brutus de
Marc Antoine ? Il l'écarte de sa province, il
lui ferme le passage avec ses troupes, il anime
à la guerre toute la Gaule déjà excitée par
elle-même et par ses propres sentimens. Si
Antoine est consul, Brutus est ennemi ; Antoine est l'ennemi de la République, si Brutus en est le conservateur. Lequel des deux est
ennemi, peut-on en douter? Mais si, d'un
accord unanime et d'une même voix (2), vous
criez tous ensemble que vous n'en doutez pas,
les sénateurs aussi viennent de prononcer que
Brutus se montroit le bienfaiteur de la République en défendant l'autorité de leurs décrets,
la liberté du Peuple Romain et son empire : et

(1) Les Romains témoignent encore ici leur sentiment
par des cris.

(2) Les Romains manifestent encore ici par des cris
ce qu'ils pensent.

contre qui les a-t-il défendus ? sans doute contre
un ennemi ; car quelle autre défense mérite
des éloges ? Le même sénat loue ensuite la
Gaule, et cet éloge est conçu, comme il
devoit l'être, dans les termes les plus distingués;
il loue cette province de résister à Antoine.
Si la Gaule regardoit Antoine comme consul
et qu'elle refusât de le recevoir, elle se rendroit coupable d'un grand crime, parce que
toutes les provinces doivent être soumises à
l'autorité et aux ordres du consul.

Décimus Brutus, impérator, consul désigné,
citoyen né pour sa patrie, lui refuse (1) ce titre,
la Gaule le lui refuse, l'Italie, le sénat, vous-
mêmes. Qui sont donc ceux qui le jugent
consul, sinon des brigands? et ces brigands
même ne pensent pas comme ils parlent.
Tout criminels et tout pervers qu'ils sont,
ils ne peuvent combattre le sentiment universel.
Mais l'espoir du pillage et des rapines aveugle
les esprits de ces hommes avides et insatiables,
que les distributions de terres, que toutes les
largesses du vainqueur, et ses immenses con-

_____

(1) Latin, *negat hoc*, sans doute *provincias debere
esse in Antonii consulis jure et imperio.*

fiscations (1), n'ont pu assouvir; de ces hommes qui se sont adjugé pour proie et la ville et les fortunes des citoyens, qui croient que rien ne leur manquera tant qu'ils auront à prendre et à piller. Antoine leur a promis (Dieux immortels, éloignez, je vous en conjure, et détournez ce malheur!) Antoine leur a promis les dépouilles de Rome.

Que vos vœux (2) soient exaucés, Romains, et que la peine de ses fureurs retombe sur lui et sur sa maison! comme il arrivera, sans doute. Non-seulement les hommes, mais les Dieux me semblent s'être réunis pour conserver la République. Car enfin, ou l'on dira que les immortels nous dévoilent l'avenir par des prodiges et par des signes extraordinaires; et alors cet avenir clairement révélé, nous annonce comme prochaines la punition d'Antoine et la liberté de Rome : ou l'on prétendra qu'un accord des

(1) Mot à mot, *et cette pique infinie*. L'orateur fait sur-tout ici allusion aux biens de Pompée vendus à l'encan. On sait qu'une pique fichée en terre étoit l'annonce d'une vente publique. J'ai suivi les éditions qui suppriment *Pompeii* après *infinita*.

(2) Les Romains annoncent encore ici par des cris quels sont leurs vœux.

O 3

hommes si unanime ne sauroit être que l'effet de l'inspiration des Dieux ; et alors pouvons-nous douter de la volonté du ciel ....

Il ne vous reste, Romains, qu'à persévérer dans les sentimens que vous manifestez ce jour. Je ferai donc ce qu'ont coutume de faire les généraux quand leur armée est rangée en bataille. Quoiqu'ils voient leurs soldats animés et tout prêts à combattre, ils les exhortent cependant, je vous exhorterai moi aussi, quoique vous soyez pleins d'ardeur et de feu pour le recouvrement de la liberté. Vous n'avez pas, Romains, vous n'avez pas à combattre un ennemi avec lequel on puisse conclure des conditions de paix. Ce n'est plus maintenant votre liberté qu'il attaque, sa rage est altérée de votre sang. Il n'est point pour lui de passe-tems plus doux que le sang et le carnage, que le massacre de citoyens égorgés sous ses yeux. Enfin, ce n'est pas un méchant, un scélérat, que vous avez pour ennemi, mais un animal farouche. Puisqu'il est tombé dans de piège, accablons-le ; s'il se relève, attendons-nous de sa part aux plus cruels supplices. Mais nous tenons notre ennemi, nous le serrons, nous le pressons avec les troupes que nous avons maintenant, nous le presserons bientôt avec celles qui vont être levées par les nouveaux consuls.

Continuez, Romains, continuez à signaler la même ardeur; vous ne montrâtes jamais en aucune circonstance un si parfait accord entre vous, une union si étroite avec le sénat. Et qu'y a-t-il d'étonnant? Il s'agit pour nous de savoir, non pas à quelle condition nous vivrons, mais si nous vivrons, ou si nous périrons dans les supplices et au sein de l'opprobre. La nature, il est vrai, nous marque à tous la mort comme un terme inévitable; mais une mort cruelle et déshonorante, elle doit être repoussée par cette vertu magnanime, inhérente au nom et au sang Romain. Conservez-la donc cette vertu, le plus noble héritage que vous aient laissé vos ancêtres. Tout le reste est incertain, mobile, périssable; la vertu seule reste attachée par de longues et profondes racines, sans que nulle violence puisse la renverser, ni même l'ébranler. C'est par cette vertu que nos ancêtres ont d'abord subjugué toute l'Italie, qu'ensuite ils ont détruit Carthage, ruiné Numance, qu'enfin les rois les plus puissans, les nations les plus

O 4

belliqueuses, ils les ont assujettis aux loix de
cet empire. Vos ancêtres combattoient un
ennemi qui avoit une République, un sénat,
un trésor, des citoyens unis d'intérêts entre
eux, et qui, dans l'occasion, savoit respecter un
traité de paix. Votre ennemi actuel attaque votre
République sans en avoir aucune ; il brûle de
détruire le sénat, ce premier conseil de l'univers,
lui qui ne préside aucun conseil ; il a épuisé
votre trésor, et n'en a point à lui : comment
peut avoir des citoyens unis d'intérêts celui
qui ne connoît pas de cité ? et quel respect
aura pour un traité de paix un homme aussi
perfide que cruel ? Le Peuple Romain, vainqueur de toutes les nations, n'a donc en tête
qu'un brigand, un assassin, un Spartacus (1) ?
Il se compare à Catilina ! il lui est égal en
perversité, inférieur en talent. Catilina, qui
n'avoit point d'armée, en a formé une tout-
à-coup : celle qu'il avoit, Antoine l'a laissée
dissiper. Vous avez su triompher de l'un par
ma vigilance, par l'autorité du sénat, par
votre ardeur et votre bravoure ; vous appren-

_____

(1) Spartacus, gladiateur, chef d'esclaves révoltés,
dont nous avons parlé plus haut.

drez bientôt que le brigandage de l'autre est étouffé par votre union avec le sénat, la plus étroite qui fut jamais, par le bonheur et le courage de vos armées et de vos chefs.

Pour moi, je consacre à votre liberté tous mes efforts, mes soins, mes conseils, mes travaux, mes veilles, toute la considération que m'ont acquise quelques vertus ; je ne puis la trahir sans crime, cette liberté si précieuse, après les bienfaits inestimables dont vous m'avez comblé. C'est aujourd'hui pour la première fois, après un trop long intervalle, c'est aujourd'hui que, sur le rapport de Servilius (1), ce tribun ferme qui vous est dévoué, et sur celui de ses collègues, citoyens excellens, en qui le mérite égale la vertu, d'après mes exhortations et d'après mon exemple, nous nous sommes enflammés tous au seul espoir de la liberté.

(1) Marcus Servilius, alors tribun du Peuple.

CINQUIÈME PHILIPPIQUE

DE CICÉRON.

Sommaire.

ENFIN les calendes de janvier, après lesquelles
on attendoit, étoient arrivées ; les nouveaux
consuls Caïus Fansa et Aulus Hirtius étoient
entrés en exercice, l'an 710 de Rome ; ils tenoient le sénat aux calendes ou premier jour
de janvier, suivant l'usage ; ils avoient fait leur
rapport, comme on en étoit convenu dans
l'assemblée du 19 décembre, sur les honneurs
et les récompenses qu'il falloit décerner aux
chefs et aux soldats qui avoient bien servi la
République en arrêtant les projets d'Antoine ;
Quintus Fufius Calenus, beau-père du consul
Pansa, premier opinant, avoit été d'avis
d'envoyer des députés à Antoine, qui conti-
nuoit d'assiéger Décimus Brutus renfermé dans
Modène.

Cicéron, quand ce fut son tour à opiner,
après s'être plaint qu'on eût attendu les ca-

lendes de janvier, après avoir applaudi au discours des consuls, attaque avec force l'avis du premier opinant. Il montre combien il est absurde d'envoyer des députés à un homme déclaré ennemi par les premiers arrêtés du sénat, par la conduite des légions à son égard, par ses propres excès depuis la mort de César. L'orateur rapporte tous ces excès, abus de pouvoir, malversations, violences, cruautés, injustices énormes, il les détaille d'une manière non moins étendue que véhémente. Il prouve qu'une députation, outre qu'elle seroit absurde et déraisonnable, seroit inutile et même nuisible ; Antoine ne se soumettra à rien de juste, et l'on aura perdu un tems précieux. Il faut recourir aux armes, prendre les habits de guerre, fermer les tribunaux comme dans un éminent péril de la République, faire par-tout des levées rigoureuses ; c'est là comme la première partie du discours, qui est traitée avec la plus grande vigueur, du style le plus vif et le plus pressant.

Dans la seconde partie, Cicéron propose de décerner des honneurs et des récompenses à Décimus Brutus, à Lépide, au jeune César, au questeur Egnatuléius ; et aux légions qui ont si bien secondé l'ardeur des chefs. Il fait un article pour chacun, offre pour chacun un modèle de décret, et expose les raisons qui le motivent. Il s'arrête sur-tout au jeune César, pour lequel il demande un titre de commandement et des distinctions extraordinaires; il se rend sa caution, il promet pour lui et assure qu'il n'abusera jamais des honneurs qu'on lui accorde, qu'il sera toujours un citoyen tel qu'on peut desirer qu'il soit.

Cette Philippique et les suivantes ont été prononcées l'an 710 de Rome, dans la 64e. de Cicéron.

CINQUIÈME PHILIPPIQUE

DE CICÉRON.

NUL terme, P. C., ne m'a jamais paru si lent à venir que ces calendes de janvier, après lesquelles je vous voyois attendre avec la même impatience que moi. Ceux qui font la guerre à la République n'attendoient point après ce jour: et nous, lors même que le salut commun réclamoit le plus nos conseils, nous ne songions pas à nous assembler au sénat. Mais ce que

viennent de dire les consuls a ôté tout sujet
de se plaindre du passé : ils ont parlé assez
bien pour que le terme attendu paroisse
plutôt s'être fait desirer, qu'être arrivé trop
tard. Non, je n'ai pu les entendre sans être
rempli d'assurance, sans espérer le salut de
la patrie, et même le rétablissement de notre
ancienne splendeur : j'aurois été allarmé néanmoins par l'avis du sénateur (1) premier opinant,
si je ne comptois sur votre fermeté et sur
votre courage. Voici le jour, P. C., où vous
pouvez donner au Peuple Romain des preuves
de l'un et de l'autre, et lui montrer combien
les décisions de cet ordre ont de poids. Rappellez-vous ce que vous avez fait il y a treize
jours (2), avec quel concert, quelle ardeur
et quelle suite vous avez agi, quels éloges
et quels applaudissemens vous avez obtenus
du Peuple Romain. Telles ont été vos décisions dans ce grand jour, que vous n'avez

(1) Quintus Fufius Calenus, beau-père du consul
Pansa.

(2) Lorsque, dans le courant de décembre, les nouveaux tribuns du Peuple convoquèrent le sénat.
Voyez la troisième Philippique.

plus à choisir qu'entre une paix honorable
et une guerre nécessaire.

Antoine veut-il la paix ? qu'il mette bas
les armes, qu'il la demande, qu'il nous supplie
de la lui accorder : il ne trouvera personne
mieux disposé que moi-même, quoiqu'en voulant plaire aux méchans, il ait mieux aimé
être mon ennemi que mon ami. Il n'obtiendra
jamais rien, s'il continue la guerre ; on pourra
lui accorder quelque chose quand il se soumettra.
Mais envoyer des députés à un homme contre
lequel vous avez rendu il y a treize jours le
décret le plus sévère, il n'y auroit pas sim-
plément de la légéreté, mais, disons-le sans
détours, il y auroit de la démence. En effet
vous avez loué d'abord les chefs qui ont
entrepris contre lui la guerre de leur autorité
privée, ensuite les soldats vétérans qui, conduits par Antoine en colonie, ont préféré à
ses faveurs la liberté du Peuple Romain. Et
la légion martiale, la légion quatrième, pourquoi leur donne-t-on des louanges ? Si c'est
leur consul qu'elles ont abandonné, elles sont
blâmables : si c'est l'ennemi de la République,
on a raison de les louer. Cependant, quoique
vous n'eussiez pas encore de consuls, vous

avez statué qu'on délibéreroit au premier jour
sur les récompenses des soldats et sur les
honneurs des généraux. Veut-on, en même
tems, décerner des récompenses pour ceux qui
ont pris les armes contre Antoine, et envoyer
à Antoine des députés, avoir à rougir que
des soldats aient mis plus de dignité dans
leurs décisions que le sénat même? Les légions
ont décidé de défendre le sénat contre Antoine ; et le sénat décide qu'on enverra à Antoine des députés ! est-ce là fortifier ou abattre
le courage des soldats ? Quels changemens en
douze jours ! celui qui n'a trouvé que Cotyla (1)
pour défenseur, sera-t-il défendu à présent même
par des consulaires ? Ah ! combien je voudrois
qu'on leur demandât à tous avant moi leur
avis ! Je devine ce que diront quelques-uns
de ceux à qui on le demandera après moi,
je les réfuterois néanmoins plus facilement
sur le point que je jugerois à propos.

Le bruit court que quelqu'un d'entre nous
veut décerner à Antoine la Gaule ultérieure

(1) Lucius Varius Cotyla, ancien édile, qui étoit
alors au sénat, qui partit ensuite pour aller rejoindre
Antoine devant Modène, et qu'enfin celui-ci renvoya
au sénat comme député.

que gouverne Plancus. Ne seroit-ce pas là
fournir à l'ennemi de la patrie tout ce dont
il a besoin pour la combattre ? d'abord des
sommes immenses d'or et d'argent qui lui
manquent et qui sont le nerf de la guerre;
ensuite autant de cavalerie qu'il voudra. Je
dis cavalerie ? Oui, sans doute, craindra-t-il
d'amener avec lui des troupes barbares ? Il faut
être dépourvu de sens pour ne pas voir ces
conséquences : si on les voit, il faut être
ennemi de la patrie pour décerner la Gaule
à Antoine. Comment ? un scélérat, un citoyen
pervers, vous le mettrez en forces, vous lui
donnerez une armée de Gaulois et de Germains,
de l'argent, de l'infanterie, de la cavalerie,
tout ce qui lui est nécessaire ? En vain direz-
vous pour excuse ; c'est mon ami. Qu'il le
soit de la patrie d'abord ! C'est mon parent
proche. Peut-il y avoir de parenté plus proche
que celle de la patrie, qui embrasse dans
son étendue même les auteurs de nos jours ?
J'en ai reçu de l'argent. J'attends celui qui
oseroit en convenir. Quand j'aurai exposé le
vrai point de la délibération, il sera facile
à chacun de déterminer l'avis qu'il doit donner
ou suivre. Il s'agit de décider si l'on donnera
ou

ou non à Antoine les moyens d'opprimer la
République, de massacrer les gens de bien,
de piller Rome, d'en abandonner le territoire (1) à des brigands, de réduire le Peuple
Romain en servitude. Hésitez, oui, hésitez
sur le parti que vous avez à prendre. Mais,
dit-on, Antoine n'est point capable de ces
attentats. Cotyla même n'oseroit le dire.

Eh! de quoi n'est pas capable un homme
qui se donne pour défenseur des actes de César,
et qui parmi les loix de César renverse celles
qui pouvoient mériter le plus notre approbation? César vouloit dessécher (2) les marais de
l'Italie : Antoine abandonne le partage de toute
l'Italie à un homme plein de modération, à
Lucius son frere. Mais le Peuple Romain a-t-il
adopté cette loi? les auspices permettoient-ils
de la porter? en augure scrupuleux et timide
il a interprété les auspices sans ses collègues (3).
Toutefois les auspices alors n'avoient pas besoin
d'interprétation : car qui ne sait pas qu'il est

(1) *Agrorum condonandi* pour *condonandorum* :
remarquez cette locution extraordinaire dont il y a
des exemples.

(2) Voyez Suétone.

(3) *Sine collegis*, sous-entendez *agit et interpretatur.*

défendu par la religion de traiter d'affaires avec
le Peuple lorsque le tonnerre se fait entendre?
César restreignoit à deux années (1) le gouvernement des provinces consulaires ; Antoine
les étend à six, en vertu d'une loi qu'il fait
porter par les tribuns au mépris des actes de
César. Le Peuple Romain a-t-il encore adopté
cette loi? que dis-je? a-t-elle même été (2)
affichée? n'a-t-elle pas été portée avant que
d'être rédigée? la chose n'étoit-elle pas faite
avant qu'on soupçonnât qu'elle dût se faire?
qu'étoient devenues la loi Cæcilia Didia (3),
l'obligation d'afficher pendant trois marchés
consécutifs, les peines imposées récemment par
la loi Junia Licinia? Les loix d'Antoine peuvent-
elles subsister sans entraîner la ruine des autres?
Qui est-ce qui a pu pénétrer dans la place
publique lorsqu'on les portoit? quels tonnerres
ne se sont pas fait entendre? quel orage et

(1) *Ille biennium*, sous-entendez *tulerat*. *Iste
sexennium*, sous-entendez *tulit*. Des éditions portent
biennii et *sexennii*.

(2) *Affichée*, pour être examinée.

(3) Loi qui marquoit le tems pour porter les loix.
——*Les peines imposées*, contre ceux qui n'observoient
point les délais convenables en portant des loix.

quelle tempête? Quand la violation même des
auspices n'auroit fait aucune impression sur
Antoine, on étoit surpris qu'il pût tenir contre
une tempête si affreuse, contre un tel déchaînement des vents et de la pluie. Une loi
que lui augure dit avoir portée lorsque le
tonnerre grondoit, lorsque la voix du ciel
sembloit s'y opposer, pourra-t-il disconvenir
qu'elle n'ait été portée contre les auspices?
Mais ne l'a-t-il pas encore portée conjointement avec son collègue (1) dont il avoit
rendu lui-même l'élection défectueuse en annonçant des auspices contraires? Cet habile augure
a t il cru que cette circonstance étoit indiffé-
rente pour les auspices? mais on nous prendra
peut-être pour expliquer les auspices, nous
ses collègues : cherchera-t-on aussi des hommes
pour justifier la voie des armes qu'il a em-
ployée ? D'abord toutes les issues du forum
étoient si bien fermées (2), que, sans parler
des gardes qui en défendoient l'entrée, on
ne pouvoit y avoir accès qu'en arrachant les

(1) Dolabella, dont il est parlé dans les discours
qui précèdent.
(2) Pour empêcher qu'on vînt annoncer des auspices
contraires, ou faire une opposition.

barrières. Des troupes de soldats étoient pla-
cées dans des fortifications et dans des ouvrages
qu'on avoit construits pour éloigner le Peuple
et les tribuns, pour les empêcher d'entrer
dans la place publique, comme on empêche
les ennemis d'entrer dans une ville.

D'après ces raisons, les loix qu'on dit avoir
été portées par Antoine, j'estime qu'elles ont
toutes été portées par la violence et contre
les auspices, qu'elles n'obligent pas le Peuple.
Celles même dans lesquelles il a eu pour but
de confirmer les actes de César, d'abolir la
dictature, d'établir de nouvelles colonies, je
suis d'avis qu'on les porte de nouveau en ob-
servant les auspices, afin qu'elles obligent le
Peuple. Car même les loix utiles portées contre
les règles et par la violence, ne doivent pas
être regardées comme des loix; et l'autorité
du sénat doit anéantir tout ce qu'a produit
l'audace d'un gladiateur forcené.

Mais peut-on souffrir en aucune manière
cette dissipation des deniers publics, qui lui
a fait détourner sept cents millions de sesterces (1) par de fausses signatures, par de

_____

(1) 87,500,000 livres.

fausses donations ; et n'est-ce pas une chose
prodigieuse que de si grands fonds du Peuple
Romain aient pu disparoître en si peu de
tems ? Peut-on souffrir ces trafics dont la seule
maison d'Antoine a englouti les produits
énormes ? Il vendoit de faux décrets ; il faisoit
graver sur l'airain pour de l'argent des donations de royaumes, de droits de cité et d'exemptions. En tout cela il agissoit, disoit-il, d'après
les actes de César, qu'il avoit fabriqués lui-
même. L'intérieur de sa maison étoit un
marché toujours ouvert où l'on trafiquoit de
toute la République : une (1) femme, plus
heureuse pour elle que pour ses époux, y
mettoit à l'enchère les provinces et les royaumes. Les exilés étoient rappellés en apparence par une loi, en effet sans loi. Si tous
ces abus de pouvoir ne sont abolis par l'autorité du sénat, puisque nous avons enfin conçu
l'espoir de recouvrer la République, il ne
nous restera pas même une ombre de liberté.
Et ce n'est pas seulement en supposant des
registres, en fabriquant des écritures vénales,

(1) Fulvie. —— *Que pour ses époux* : Clodius et
Curion, qui avoient été tués.

P 3

qu'Antoine a entassé dans sa maison des
sommes immenses, lorsque les graces qu'il
vendoit il les accordoit, disoit-il, d'après les
actes de César; mais encore il publioit à prix
d'argent de faux sénatus-consultes. On faisoit
signer (1) des conventions, on faisoit porter
sur les régistres des décrets que le sénat n'avoit
jamais rendus : les nations étrangères étoient
même témoins de cette infamie. Cependant des
édits qui annonçoient des royaumes donnés,
les plus beaux priviléges prodigués à des
Peuples et à des provinces, étoient affichés
dans tout le Capitole, et faisoient gémir
le Peuple. Ces moyens honteux ont accumulé dans une seule maison des sommes si
considérables, que, si on en faisoit une masse
pour les transférer au trésor, l'argent ne
manqueroit pas sitôt au Peuple Romain.

(1) *On faisoit signer*, par ceux qui achetoient, par
les députés du roi Déjotarus et par d'autres.—*Porter
sur les régistres.* Mot à mot, *porter au trésor.* Les
sénatus-consultes étoient rédigés dans le sénat, ensuite gravés sur l'airain, puis affichés dans le Capitole, enfin déposés dans le trésor.——*Les plus beaux
priviléges.....* Mot à mot, *des Peuples et des provinces mis en liberté.*

Cet homme pur et intègre, ce réformateur de la jurisprudence et des tribunaux, a aussi porté une loi pour l'élection de nouveaux juges (1). En quoi, certes, il nous trompa fort. Il nous annonçoit pour juges de simples soldats de la légion Alaudienne ; et il a choisi des joueurs, des exilés, des Grecs. O le beau tribunal! ô la compagnie majestueuse! je brûle de défendre un accusé devant ce conseil auguste. Nous y voyons un Cyda, Crétois, l'opprobre de son isle, le plus audacieux et le plus pervers des hommes. Mais je suppose qu'il n'est pas tel que je dis ; sait-il parler notre langue ? est-il d'état et de condition à être juge ? et, ce qu'il y a de plus essentiel, connoît-il nos loix et nos usages ? connoît-il seulement nos (2) Romains ? La Crète, P. C., vous est plus connue que Rome ne l'est à Cyda. Même parmi nos citoyens on choisit ceux qui peuvent être juges ; on ne prend pas tout le monde indistinctement : mais qui

(1) Pour ces nouveaux juges, pour la légion alaudienne, et pour d'autres passages qui suivent. Voyez la première Philippique.

(2) Le latin dit *homines* ; il faut sous-entendre *nostros*.

P 4

de nous a connu ou peut connoître le juge
Crétois. Quant à l'Athénien Lysiade, nous
le connoissons pour la plupart. Il est fils de
Phèdre (1), ce fameux philosophe ; c'est d'ailleurs un homme agréable, qui peut fort bien
aller de pair avec Curius, dont il sera en
même tems le confrère au tribunal et le com-
pagnon au jeu. Je le demande donc, si Lysiade
appellé pour juger ne répond pas, s'il s'excuse
sur ce qu'il est Aréopagite, et qu'il ne doit
pas juger en même tems à Rome et à Athènes,
le président du tribunal recevra-t-il l'excuse
d'un personnage méprisable qui prendra tour
à tour le manteau grec et la toge romaine ?
ou bien Lysiade ne fera-t-il aucun cas des
plus anciennes loix (2) d'Athènes ? Quel tribunal, grands Dieux ! on y verra un Crétois
pour juge ; et le plus vil des Crétois. Par qui
l'accusé le fera-t-il supplier ? comment l'abor-
dera-t-il ? les Crétois sont durs : mais les Athé-
niens sont compatissans. A mon avis, Curius
lui-même n'est pas cruel, lui qui risque tous

(1) Phèdre, philosophe épicurien ; Cicéron en parle
dans une de ses lettres.
(2) Qui défendoient à un juge de l'Aréopage d'être
juge dans une autre ville.

les jours sa fortune (1). Parmi les juges choisis,
il en est qui s'excuseront peut-être. Ils ont
une excuse légitime : nous nous sommes retirés, pourront-ils dire, dans le lieu de notre
exil, et depuis nous n'avons pas été rappellés.
L'insensé ! auroit-il choisi de tels juges ? auroit-il porté leurs noms sur les registres ? leur
eût-il confié une partie importante de la République, s'il eût pensé qu'il subsistoit un
simulacre de République ? Et je n'ai parlé
que des juges qui sont connus ; je n'ai pas
voulu nommer ceux que vous ne connoissez
pas : sachez que des musiciens, des danseurs,
enfin toute la troupe des compagnons de débauche d'Antoine, ont été jettés dans la troisième classe des juges. Voilà ce qui a fait
porter cette belle et excellente loi, malgré le
plus affreux déchaînement des vents et de
la pluie, malgré la plus violente tempête, au
milieu de la foudre et des tonnerres : on vouloit placer dans nos tribunaux des hommes
que nul de nous ne voudroit recevoir à sa table.

(1) Curius risque tous les jours sa fortune dans des
jeux de hasard, et par conséquent il sera touché du
sort de ceux qui courront de grands risques dans les
tribunaux.

C'est l'énormité des crimes et des forfaits d'Antoine que lui reprochoit sa conscience, c'est la dissipation de cet argent dont il avoit forgé l'emploi dans le temple de Cybèle, qui lui ont fait imaginer cette troisième classe de juges ; et il n'a cherché des juges infâmes que quand les coupables ont craint de ne pouvoir échapper devant des juges honnêtes. Mais quelle impudence, quelle indignité dans cette ame de boue (1), d'oser élire des juges dont l'élection imprimoit à la République le double déshonneur , d'avoir des juges infâmes , et de faire connoître à toute la terre combien il y avoit de gens infâmes dans la ville de Rome? Oui, quand même la loi dont je parle et d'autres semblables auroient été portées sans violence , conformément aux auspices , je serois d'avis de les abolir. Mais pourquoi opinerois-je à ce qu'elles soient abolies , quand je pense qu'elles n'ont pas même été proposées ?

Ne devons-nous pas flétrir par des arrêts diffamans, qui passent à la postérité comme

(1) Latin , *sed illudos*.... sous-entendez *fieri ne potest.* Ces locutions ne sont pas rares. Au lieu de *fuisse* , des éditions portent *fecisse*.

des monumens mémorables, l'audace d'Antoine
qui seul dans Rome, depuis que Rome existe,
s'est fait accompagner publiquement de soldats
armés; ce que n'ont fait ni les rois, ni,
depuis l'expulsion des rois, ceux qui ont voulu
s'arroger une autorité royale? Je ne connois
Cinna que d'après l'histoire, j'ai vu Sylla,
et après lui César. Ce sont les trois hommes
qui, depuis que le premier Brutus a mis la
ville en liberté, ont eu plus de puissance que
la République entière. J'aurois tort de dire
qu'ils n'étoient pas entourés d'épées; je dis
qu'elles étoient cachées et en petit nombre.
Mais Antoine, ce fléau de l'état, étoit suivi
de tout un bataillon. Classitius, Tiron, Mustela, faisoient briller leurs épées, et condui-
soient à travers la place publique une troupe
d'hommes qui leur ressemblent. Des archers
barbares avoient une place marquée dans la
troupe. Lorsqu'on étoit arrivé au temple de
la Concorde, Antoine en faisoit occuper les
degrés, il faisoit déposer les boucliers dans
des litières, non pour qu'ils fussent cachés,
mais pour que ses bons amis fussent déchargés
de ce poids. Et, ce dont le spectacle, ce dont
le simple récit étoit une horreur, on voyoit

des soldats armés, des brigands et des assassins, portés jusque dans le sanctuaire du temple de la Concorde, un temple converti en prison, les sénateurs donnant leurs avis les (1) portes fermées, au milieu d'assassins placés entre leurs bancs.

Antoine menaça même d'envoyer des ouvriers armés de haches pour renverser ma maison, si je ne me rendois au sénat le premier jour de septembre. Il étoit, sans doute, question de quelque objet important : il ne s'agissoit que de décerner des prières (2). Je me rendis le lendemain au sénat, où Antoine ne se trouva point lui-même. J'y parlai de la République, moins librement que je n'avois coutume, mais plus hardiment que ne sembloit le permettre le péril dont j'étois menacé. Cet homme violent et emporté, qui vouloit nous ravir la liberté de la parole, parce que, sans

(1) Apparemment que ce n'étoit pas l'usage de fermer les portes quand le sénat étoit assemblé. C'est parce que les portes du temple étoient fermées et qu'il y avoit des gens armés, que Cicéron dit que le temple étoit converti en prison.

(2) En l'honneur de César mort. —— *Je me rendis au sénat;* où je prononçai la première **Philippique.**

doute, Pison s'étoit couvert de gloire il y
avoit trente jours en s'expliquant avec franchise, se déclara mon ennemi, et me fit
signifier de me rendre au sénat le dix-sept
du mois (1). Lui cependant, dans la maison
de campagne de Scipion à Tivoli, passa dix-
sept jours à composer contre moi une déclamation, pour allumer sa soif; car c'est la
raison pour laquelle il s'exerce dans ce genre.

Arrive le jour auquel il m'avoit fait signifier de me rendre au sénat; il se rend lui-même,
suivi de son bataillon, au temple de la Concorde,
où de sa bouche impure il vomit contre moi
en mon absence un torrent d'invectives. Si mes
amis se fussent prêtés à mes desirs, et m'eussent
permis de me rendre en ce jour au sénat,
cet homme cruel, d'après le dessein qu'il en
avoit formé, auroit commencé par moi le massacre : et son glaive une fois essayé au crime,
il n'auroit cessé le carnage que fatigué et ras-
sasié de meurtres. Lucius, son frère, le secon-
doit, Lucius, ce gladiateur d'Asie, qui avoit

(1) Mot à mot, *le treizième avant les calendes
d'octobre.* —— *A composer une déclamation.* On appelloit *déclamation* dans les écoles, un sujet quelconque
auquel on travailloit pour s'exercer.

combattu à Mylase (1), qui, prodigue de
son sang dans ce fameux combat où il se
donnoit en spectacle, étoit altéré du nôtre.
Ce misérable faisoit l'estimation de nos biens,
il marquoit nos possessions, soit à la ville, soit
à la campagne : son indigence aussi extrême
que son avidité brûloit d'envahir nos fortunes :
il partageoit les terres qu'il vouloit et à qui
il vouloit. Aucun particulier n'avoit accès
auprès de lui ; on ne pouvoit lui faire aucune
remontrance. Il ne restoit à chacun de ses
possessions que ce qui lui avoit été laissé par
la distribution de Lucius. De tels partages, sans
doute, ne peuvent subsister, si vous annulez
les loix de son frère ; je crois néanmoins que
vous devez les noter nommément et à part,
prononcer que l'autorité des septemvirs (2) étoit
nulle, et qu'aucune de leurs opérations ne
doit être confirmée.

Est-il quelqu'un qui puisse regarder An-

(1) Mylase, ville d'Asie dans la Carie, où l'on dit
qu'étoit né le roi Mausole. Je n'ai vu que dans Cicéron
ce combat de gladiateur qu'il reproche ici et ailleurs
à Lucius Antonius. Il en parle comme d'un fait connu.

(2) Chargés du partage des terres : Lucius Antonius
étoit un de ces septemvirs.

toine comme un citoyen, et non plutôt comme
un ennemi atroce et barbare; Antoine, qui
siégeant devant le temple de Castor, a dit
en présence de tout le Peuple, qu'il n'y
auroit d'épargné que les vainqueurs? Croyez-
vous qu'il l'ait dit simplement par menace,
sans dessein d'en venir à l'exécution? Et lorsqu'il a osé dire en pleine assemblée, que
sorti du consulat, il se tiendroit avec des troupes
aux portes de Rome, qu'il entreroit toutes
les fois qu'il voudroit, n'étoit-ce pas menacer
le Peuple Romain de la servitude?

Que dirai-je de son voyage à Brindes? quelle
précipitation! quel étoit son projet, sinon
d'amener une puissante armée près de Rome
ou plutôt dans Rome? Comment a-t-il choisi
les centurions (1) qu'il vouloit mettre à mort?
Quels ont été ses fureurs et ses emportemens?
Les légions courageuses ayant accueilli ses promesses par des cris d'indignation, il manda
les centurions qu'il savoit être bien intentionnés pour la République, et les fit égorger
à ses pieds, aux pieds de son épouse, que

(1) L'orateur ne parle ici que des centurions, quoiqu'il dût aussi y avoir des soldats : il y avoit trois
cens hommes, dit-il ailleurs.

ce grave général avoit emmenée avec lui à
la guerre. Quels auroient été, croyez-vous,
ses sentimens envers nous qu'il haïssoit, puisqu'il s'est montré si cruel envers des hommes
qu'il n'avoit jamais vus ? Avec quelle avidité
n'auroit-il pas envahi la fortune des riches,
lui qui étoit si altéré du sang des pauvres ?
Le peu de biens qu'avoient possédé les centurions, il le distribua sur le champ à ses
bons amis, à ses compagnons de table.

Furieux, il avoit quitté Brindes, et marchoit en ennemi vers Rome, lorsque César,
par une faveur des immortels, par un effet de
son grand cœur, de son génie divin et de
sa rare prudence, alla, de lui-même sans
doute et obéissant à son courage, mais aussi
déférant à mes conseils, il alla visiter les colonies de son père (1), rassembla les soldats
vétérans, et en peu de jours composa une
armée, avec laquelle il ralentit la fougue impétueuse de ce brigand. Dès que la légion
martiale se vit un chef aussi illustre, elle
ne travailla plus qu'à nous remettre enfin

(1) Des éditions portent *patrias*, mais je préfère
patris.

en

en liberté. La légion quatrième suivit son exemple.

Antoine avoit convoqué le sénat et chargé un consulaire d'ouvrir un avis tendant à déclarer César ennemi de l'état, lorsqu'il apprit tout-à-coup cette nouvelle, dont il fut saisi et consterné. Bientôt après, sans avoir fait les sacrifices ordinaires, sans avoir formé les vœux (1) d'usage, il s'enfuit plutôt qu'il ne partit avec les ornemens de général. Et où se retira-t-il ? dans la province de citoyens fermes et courageux, qui, supposé même qu'Antoine ne fût pas venu avec l'intention de leur déclarer la guerre, n'auroient pu supporter un homme violent, emporté, fier, outrageux, toujours demandant, toujours pillant, toujours ivre. Mais cet infâme, dont on ne pourroit soutenir les débauches qui ne seroient même suivies d'aucune hostilité, a porté la guerre dans la Gaule, a investi Modène, une des plus puissantes et des plus illustres colonies du Peuple Romain : il assiège

(1) Cicéron, dans la troisième Philippique, dit qu'Antoine avoit fait des vœux; mais il les regarde ici comme non faits, parce qu'ils avoient été faits contre la règle, avant le jour.

Tome X.   Q

Décimus Brutus, impérator (1), consul désigné, citoyen né non pour lui, mais pour
nous et pour la République. Annibal étoit-il
donc ennemi, et Antoine est-il citoyen ? Quelles
hostilités a faites Annibal que n'ait faites Antoine, qu'il ne fasse encore, ou (2) qu'il ne
médite de faire ? Qu'a-t-on vu sur tous les pas
des Antoines que ravages, que dévastations,
que massacres, que rapines ? Annibal étoit
plus modéré en pillant, parce qu'il réservoit
beaucoup de choses pour son usage : au lieu
que les Antoines, qui vivent sans songer au
lendemain, loin d'épargner les fortunes d'autrui, ne ménageoient pas même leurs propres
avantages.

Est-ce à de tels hommes, grands Dieux !
que vous êtes d'avis d'envoyer des députés ?
Connoissent-ils donc la forme de la République, les droits de la guerre, les exemples de
nos ancêtres ? Savent-ils ce que demandent
la majesté du Peuple Romain et la gravité
du sénat ? Vous décidez qu'on enverra des
députés à Antoine ! est-ce pour le prier ? il
les méprisera ; pour lui commander ? il ne

(1) Voyez plus haut.
(2) J'ai suivi la leçon *aut moliatur*.

les écoutera pas. Enfin, quelque sévères que soient les ordres donnés aux députés, le nom seul de députation éteindra l'ardeur du Peuple Romain, abattra le courage de nos villes municipales et de toute l'Italie. Sans parler de ces inconvéniens qui ne sont pas médiocres, la députation au moins causera du retard et apportera des lenteurs dans nos opérations. On a beau dire, comme diront, sans doute, quelques-uns : Que les députés partent, qu'on se prépare toujours à la guerre ; le seul nom de députés amollira les courages et ralentira nos préparatifs. Les moindres causes, P. C., peuvent opérer de grands changemens dans toutes les conjonctures ; mais sur-tout dans la guerre, et dans la guerre civile, sur laquelle la renommée et l'opinion ont ordinairement une si grande influence. On ne demandera pas de quels ordres nous aurons chargé les députés, le nom seul d'une députation que nous aurons faite les premiers, paroîtra un signe de crainte. Qu'il se retire, dit-on, de devant Modène, qu'il cesse d'attaquer Brutus, qu'il abandonne la Gaule. Il ne faut pas l'en prier avec des paroles, il faut l'y contraindre avec les armes.

Q 2

Non, ce n'est point à Annibal que nous envoyons signifier de se retirer de devant Sagonte (1). Le sénat jadis avoit envoyé à ce général Flaccus et Tampilus, avec ordre d'aller à Carthage, s'il refusoit ce qu'on lui demandoit. Où iront nos députés, si Antoine refuse d'obéir ? Quoi ? c'est à notre citoyen que nous envoyons signifier de ne pas attaquer un général et une colonie de la République. Est-ce donc là une chose à demander par des députés ? Quelle différence y a-t-il, grands Dieux ! entre attaquer Rome, ou un rempart de Rome, une colonie située pour être la défense du Peuple Romain ? Le siège de Sagonte fut cause de la seconde guerre punique qu'Annibal entreprit contre nos ancêtres. On fit bien alors d'envoyer des députés. On les envoyoit à un Carthaginois ; on les envoyoit pour les ennemis d'Annibal, pour nos alliés. Qu'y a-t-il ici de semblable ? Nous envoyons des députés à notre citoyen pour qu'il cesse d'investir et d'attaquer un général, une armée, une colonie de la République, pour qu'il renonce à ravager nos

(1) Personne n'ignore cette partie de l'histoire romaine, que l'on peut voir dans Tite-Live.

domaines, pour qu'il ne soit pas notre ennemi.

Supposons qu'il obéisse, voulons-nous ou
pouvons-nous le traiter en citoyen ? Dans une
assemblée du dix-neuvième jour de décembre (1)
vous l'avez écrasé par vos décrets. Vous avez
ordonné pour les calendes de janvier le rapport qu'on vous fait en ce jour sur les honneurs et les récompenses de ceux qui ont bien
servi et qui servent bien la République. Vous
avez mis à la tête, comme il y étoit en effet,
le jeune César qui, réprimant les efforts criminels d'Antoine, a détourné sur la Gaule l'orage
que ce perfide vouloit élever sur Rome. Vous
avez nommé ensuite les soldats vétérans qui
les premiers ont suivi César, et après eux ces
légions divines, la martiale et la quatrième,
auxquelles vous avez promis des honneurs et
des récompenses, quoiqu'elles eussent abandonné leur consul, et même qu'elles le pour-
suivissent les armes à la main. Le même jour
où l'on vous apporta l'édit de l'illustre Décimus
Brutus, où l'on vous en fit lecture, vous avez

(1) Latin, *du treizième jour avant les calendes de janvier.*

Q 3

applaudi unanimement à sa démarche ; et la guerre qu'il avoit entreprise de son propre mouvement, vous l'avez marquée du sceau de l'autorité publique. Qu'avez-vous fait autre chose en ce jour, sinon déclarer Antoine ennemi de l'état? Après de tels décrets de votre part, pourra-t-il vous voir d'un œil favorable ? Et vous, pourrez-vous le regarder sans horreur? Ce n'est pas seulement le crime de ce pervers, c'est encore, à ce qu'il me semble, c'est la fortune de Rome, qui l'a exclus de la République, qui l'en a séparé et retranché. S'il obéissoit aux députés, s'il revenoit à Rome, croyez-vous que les mauvais citoyens n'auroient-pas dès-lors un chef et un étendard ?

Mais ce n'est pas là ce que j'appréhende ; j'ai d'autres sujets de réflexion et de crainte (1). Jamais il n'obéira aux députés ; je connois l'extravagance et l'arrogance du personnage, je connois les conseils violens des amis qui le gouvernent. Lucius, son frère, comme ayant combattu en pays étranger (2), conduit la

(1) C'est-à-dire, je pense qu'il ne se retirera pas de devant Modène, et qu'il faudra prendre des mesures en conséquence.

(2) Voyez plus haut.

(247)

troupe : et Antoine pût-il de lui-même revenir à de bons sentimens, ce qui n'est pas possible, ceux qui l'environnent ne le permettront pas. Cependant, P. C., nous perdrons du tems, les préparatifs de la guerre se ralentiront. Qu'est-ce qui a prolongé la guerre jusqu'à ce jour, sinon les lenteurs et les délais ? Après le départ, disons mieux, après la fuite précipitée du brigand, aussitôt qu'il fut libre au sénat de s'assembler, je ne cessai de demander une convocation. Dès le jour où elle eut lieu, quoique les consuls désignés ne fussent pas présens, je posai par mon avis, auquel vous applaudites tous d'une voix unanime, je posai la base de nos opérations publiques, beaucoup plus tard qu'il ne convenoit, parce que je ne pouvois plutôt. Mais enfin si, depuis cette époque, on n'eût perdu aucun jour, nous n'aurions plus de guerre. On étouffe sans peine le mal dans sa naissance ; il se fortifie pour l'ordinaire quand on le laisse vieillir. Mais alors on attendoit les calendes de janvier que peut-être on avoit tort d'attendre. Quoi qu'il en soit, ne songeons plus au passé. Apporterons-nous encore des délais, en faisant partir des députés et en attendant qu'ils reviennent ? Ce nouveau retard rendra la

Q 4

guerre incertaine ; et dans cette incertitude comment faire les levées avec ardeur ?

Ainsi, P. C., je suis d'avis qu'on ne parle point de députation, qu'on agisse sur-le-champ et sans délai, qu'on ferme les tribunaux, qu'on annonce que la République est dans un éminent péril ; j'ajoute qu'il nous faut prendre l'habillement de guerre, faire une levée rigoureuse, sans égard aux dispenses, dans Rome et dans toute l'Italie, excepté dans la Gaule (1). Si vous exécutez ce que je dis, un gladiateur furieux et coupable se verra accablé par l'idée seule, par le seul bruit de votre sévérité. Il sentira que c'est contre la République qu'il a entrepris la guerre ; il éprouvera la force et la vigueur du sénat quand tous ses membres sont d'accord : car pour le présent il affecte de publier que deux partis nous divisent. Quels partis veut-il dire ? L'un a été vaincu ; l'autre est composé des partisans même de César : à moins que nous ne pensions que le parti de César est attaqué par César son fils, par les

(1) *Excepté dans la Gaule,* dont les troupes étoient occupées à défendre Modène. J'ai suivi la leçon *praeter Galliam, totâ.*

consuls Pansa et Hirtius (1). Non, ce n'est
point l'esprit de parti qui a allumé cette guerre,
ce sont les prétentions criminelles de citoyens
désespérés, de scélérats qui ont marqué nos
biens et nos fortunes, qui se les sont déjà par-
tagés dans leurs desirs avides.

J'ai lu une lettre d'Antoine écrite à un certain septemvir son collègue (2), homme digne
de tous les supplices. *C'est à vous*, lui dit-il,
*de voir ce qui pourroit vous convenir ; car vous
l'aurez certainement.* Eh ! voilà celui à qui nous
enverrions des députés, à qui nous hésiterions
de faire la guerre ; un homme qui n'a pas
même abandonné nos fortunes à l'incertitude
du sort, mais qui nous a tellement adjugés
nous et nos biens à la cupidité de tous ses
satellites, qu'il ne lui reste plus rien à promettre. Avec un tel homme, P. C., c'est le
fer, oui, c'est le fer qui doit décider, et cela

(1) Pansa et Hirtius étoient dévoués à César pendant sa vie, et avoient été comblés de ses bienfaits.

(2) Antoine étoit donc septemvir conjointement avec
Lucius Antonius, son frère, que l'on sait par Cicéron
lui-même avoir été aussi septemvir, c'est-à-dire, chargé
avec son frère et cinq autres de faire le partage des
terres.

sur-le-champ : il faut rejetter les lenteurs d'une députation. Ainsi, pour nous épargner tous les jours des arrêtés nouveaux, je suis d'avis qu'on abandonne aux consuls toute la République, qu'on les laisse libres de la défendre, et de pourvoir à sa sûreté par tous les moyens (1) : je suis d'avis qu'on n'inquiète pas ceux qui sont dans l'armée d'Antoine, s'ils s'en séparent avant les calendes de février. Faites, P. C., ce que je vous propose ; et en peu de tems le Peuple Romain sera libre, votre autorité sera rétablie. Si vous agissez avec mollesse, vous en reviendrez toujours à mon avis, mais trop tard peut-être.

Voilà ce qui suffit, selon moi, pour la délibération concernant la République : je vais parler maintenant d'un autre objet, des honneurs qu'il faut décerner à des guerriers courageux. Je garderai, en décernant ces honneurs,

(1) Latin, *provideantque ne quid respublica . . . .* c'est la formule dont on se servoit dans des dangers extrêmes, et par laquelle on accordoit toute autorité aux consuls. Dans ce qui précède, je préférerois avec un savant, *committendam* à *commendandam.*

le même ordre qu'on a coutume d'observer en demandant les opinions (1).

Commençons donc, suivant l'usage de nos ancêtres, par Brutus, consul désigné. Sans parler de ses actions précédentes, actions vraiment sublimes, mais jusqu'à présent plus applaudies dans l'opinion des hommes que dans les décrets publics, quelles expressions peuvent égaler la gloire qu'il s'est acquise en ces derniers tems ? Une si grande vertu ne demande point d'autre récompense que l'honneur et la gloire. Et en fût-elle privée, elle se contenteroit d'elle-même ; aussi satisfaite de vivre dans les cœurs de citoyens reconnoissans, que d'être célébrée par toutes les bouches. Nous devons donc à Brutus un témoignage honorable et authentique. Ainsi je suis d'avis que nous fassions un sénatus-consulte en ces termes :

Attendu que Décimus Brutus, impérator, consul désigné, tient la province de Gaule dans la dépendance du sénat et du Peuple

(1) Les consuls désignés étoient les premiers à qui on demandoit l'avis dans le sénat : on commençoit par celui qui avoit été désigné le premier. — *De ses actions précédentes*, sur-tout de celle par laquelle il a mis sa patrie en liberté par le meurtre de César,

Romain ; que secondé par le zèle ardent des villes municipales et des colonies de la province de Gaule, laquelle a bien servi et sert bien la République, il a levé et formé en peu de tems une puissante armée : le sénat prononce qu'il a agi suivant les règles et pour l'avantage de la République ; que ce service signalé rendu à la République par Décimus Brutus, est et sera agréable au sénat et au Peuple Romain ; qu'au jugement du sénat et du Peuple Romain, les travaux, les soins, la sagesse, le courage de Décimus Brutus, impérator, consul désigné, et aussi l'ardeur incroyable et le concert de la province de Gaule, ont sauvé la République dans des conjonctures difficiles.

Par quel honneur assez marqué, P. C., peut-on récompenser une si grande action de Brutus, un si grand service rendu à la République ? Supposons la Gaule ouverte à Antoine ; supposons que, nos villes surprises et n'étant pas sur leurs gardes, il eût pu pénétrer dans la Gaule ultérieure (1), de quelle allarme la République ne seroit-elle pas investie ? Ce for-

(1) Que commandoit Plancus, et dont les Peuples étoient plus belliqueux.

céné qui , dans toutes ses démarches , se précipite en aveugle , hésiteroit apparemment à
nous déclarer la guerre , suivi de toutes ses
troupes , et même des peuples les plus barbares , sans que les Alpes fussent un rempart
suffisant contre sa fureur. C'est donc une obligation insigne que nous devons avoir à Brutus,
qui , de son propre mouvement , sans être
encore autorisé par nous , loin de recevoir
Antoine comme consul , l'a éloigné de la
Gaule comme ennemi , et a mieux aimé se voir
assiégé dans Modène que de laisser assiéger
Rome. Il faut donc , par un sénatus-consulte,
rendre un immortel hommage à cette action
admirable : il faut accorder de justes louanges
à la Gaule qui a toujours veillé et veille encore à la conservation de cet empire et de la
liberté commune ; il faut louer cette province
de ce que , loin de se livrer elle et ses forces à
Antoine , elle les lui oppose avec courage.

Je demande aussi qu'on décerne à Lépide (1)
les honneurs les plus distingués pour les ser-

(1) Proconsul de l'Espagne citérieure , Lépide ne
s'étoit pas encore rendu dans sa province ; mais ayant
appris les troubles de la République , il s'arrêtoit
dans la Gaule Narbonnoise.

vices rares qu'il a rendus à la République. Ce citoyen généreux ne soupira jamais que pour la liberté du Peuple Romain ; et il en donna une preuve non équivoque le jour où Antoine mettant le diadême sur la tête de César, il détourna les yeux, il annonça par ses gémissemens et par sa profonde tristesse combien il détestoit la servitude, combien il désiroit que le Peuple Romain fût libre, combien il n'avoit souffert le passé que par la nécessité des conjonctures, et non par systême. Qui de nous peut oublier quelle fut sa modération dans le tems qui a suivi la mort de César ? Voilà de grandes choses ; je me hâte de passer à de plus grandes encore. Pouvoit-il rien arriver, Dieux immortels ! de plus propre à ravir l'admiration de tous les Peuples, à remplir les vœux du Peuple Romain, que, dans le tems où la guerre civile étoit la plus violente (1), où nous en craignions tous les suites, elle fût éteinte

(1) Lorsqu'après la mort de César, Sextus Pompéius combatfoit en Espagne contre les généraux de ce dictateur. Je voudrois avec Paul Manuce, que dans le latin au lieu d'*etiam* qui n'a aucun sens, on lit *et humanitate*. Au lieu d'*adducere*, Lambin propose *adduci*, que j'adopterois volontiers.

par des moyens de douceur et de sagesse, plutôt
que commise à la décision dangereuse du fer et
des armes ? Si Jules César eût suivi le même
système dans une guerre affreuse et déplorable;
sans parler de Pompée, ce grand homme, ce
rare personnage, nous aurions encore ses deux
fils (1), qui certes ne devoient pas être punis
de leur tendresse filiale. Plût aux Dieux que
Lépide eût conservé tous les citoyens que nous
regrettons ! Il a montré, autant qu'il étoit en
lui, qu'il l'auroit fait, en rendant à Rome
Sextus Pompéius (2), la vivante preuve de sa
clémence, le plus bel ornement de la République. C'est un malheur bien sensible pour le
Peuple Romain, une destinée bien fatale,
que la même violence qui lui avoit ravi Pompée, la lumière de cet empire, lui ait enlevé
un de ses fils, la parfaite image d'un père illustre. Mais les Dieux immortels, ce me semble,
ont tout réparé, puisque Sextus Pompéius a
été conservé à la République. D'après cette
raison solide et légitime, et parce que la

(1) Cnœus Pompéius, un des fils de Pompée, avoit
péri à la bataille de Munda, vaincu par César.

(2) Lépide avoit conseillé de rappeller Sextus Pompéius, et de lui rendre les biens de son père.

douceur et la sagesse de Lépide ont fait succé-
der la paix et la concorde à la guerre civile la
plus violente et la plus désastreuse, je suis
d'avis qu'on rédige un sénatus-consulte en cette
forme :

Attendu que Marc Lépide, impérator, souverain pontife, a souvent illustré la République par d'heureux et glorieux exploits ;
que le Peuple Romain a reconnu combien il
détestoit l'empire d'un maître ; que par ses
soins, son courage, sa sagesse, sa clémence
et sa douceur singulière, la guerre civile la
plus cruelle s'est trouvée éteinte ; que Sextus
Pompéius Magnus, fils de Cnæus, a quitté les
armes par l'autorité du sénat, et que Marc Lépide, impérator, souverain pontife, à la grande
satisfaction du sénat et du Peuple Romain,
l'a rendu à cette ville : vu tous les services essentiels que la République a reçus de Marc Lépide,
le sénat et le Peuple Romain fondent sur son
courage, sur sa réputation et sur son bonheur
la plus grande espérance du repos, de la paix,
de la concorde, de la liberté ; le même sénat
et le même Peuple seront reconnoissans de
ses services, et en vertu d'un sénatus-consulte,
on lui érigera une statue équestre dorée, aux
rostres,

rostres, ou dans telle autre partie du forum
qu'il voudra.

Cet honneur, P. C., me paroît fort écla-
tant, d'abord parce qu'il est mérité ; car on
le décerne, et parce qu'on espère des services
à l'avenir, et parce qu'on (1) en a déjà reçu
de remarquables : ajoutons qu'on ne sauroit
citer d'exemple que cet honneur ait jamais été
décerné par le sénat avec une liberté pleine
et entière.

Je viens maintenant, P. C., au jeune César :
s'il n'eût pas existé, qui de nous existeroit
encore? de Brindes, accouroit à Rome un furieux,
enflammé de colère, ennemi juré de tous les gens
de bien, Antoine avec une armée. Que pouvoit-on
opposer à son audace et à sa scélératesse ?
Nous n'avions encore ni troupes, ni généraux :
il n'y avoit plus de conseil public, plus de
liberté : il falloit subir le joug d'une tyrannie
cruelle : nous méditions tous la fuite ; et elle
ne nous offroit aucune issue. Tous les passages
étoient ouverts à un citoyen pernicieux qui

(1) Après *sed* en latin, il faut ajouter, ou du moins
sous-entendre, *etiam.*——*On ne sauroit citer....* On
avoit bien décerné cet honneur à César et à Sylla,
mais c'est lorsqu'ils étoient les maîtres.

Tome X.   R

arrivoit pour nous perdre ; quel Dieu nous offrit
alors un défenseur à nous et au Peuple Romain ? Qu'il parut subitement et contre l'attente de tout le monde, ce jeune et divin
héros, qui créa une armée pour l'opposer
à la fureur d'Antoine, avant même qu'on
soupçonnât qu'il avoit cette pensée !

On a rendu de grands honneurs à (1)
Pompée encore très-jeune ; et il les méritoit,
puisqu'il a défendu la République. Mais il étoit
bien plus affermi par l'âge que César, il
trouvoit des soldats plus empressés de le suivre
et demandant un chef ; il faisoit une guerre
d'une espèce différente : car le parti de Sylla
ne plaisoit pas à tous également ; la multitude
des proscrits et les malheurs affreux de tant
de villes le prouvent assez. César, beaucoup
plus jeune, a fait prendre les armes aux vétérans, qui ne soupiroient plus qu'après le
repos : il a embrassé un parti qui réunissoit
les vœux du sénat, du Peuple, de toute
l'Italie, un parti agréable aux Dieux et aux

(1) Pompée avoit 23 ans, Octave n'en avoit que 19.
—— *Des soldats* .... Les habitans du Picenum, qui
avoient été sous la protection de son père. —— *Le
parti de Sylla*, dans lequel Pompée s'étoit rangé.

(269)

hommes. Pompée s'est appuyé de toute la puissance de Sylla et de son armée victorieuse : César ne s'est joint à personne ; lui-même, de son propre mouvement, a créé une armée et disposé toutes ses forces. Le premier a trouvé le Picenum ennemi du parti des adversaires (1) : le second a composé une armée, contre Antoine, de ceux même qui étoient amis d'Antoine, mais plus amis de la liberté. Sylla fonda son pouvoir avec le secours de l'un ; les troupes de l'autre ont abattu la domination d'Antoine.

Il faut donc accorder à César le titre de commandant ; titre sans lequel on ne peut ni conduire la guerre, ni avoir une armée, ni tenir la campagne. Qu'il soit propréteur avec les droits les plus étendus : c'est un grand honneur à son âge, mais plus nécessaire pour la suite des opérations que pour l'illustration de la personne. Cherchons donc pour lui des distinctions que nous aurons peine à (2) obtenir en ce jour. Mais le sénat et le Peuple auront souvent, j'espère,

(1) J'ai lu avec quelques-uns, *ille adversariorum partibus agrum Picenum habuit infricum.*

(2) *Que nous aurons peine.... parce que peut-être nous trouverons dans le sénat des opposans.*

R 2

occasion d'honorer ce jeune Romain ; pour le moment, voici le modèle de sénatus-consulte que je propose :

Considérant le sénat que Caïus César, fils de Caïus, pontife (1), propréteur, dans des circonstances essentielles pour la République, a exhorté les vétérans à défendre la liberté du Peuple Romain, qu'il les a enrôlés, que les légions martiale et quatrième, avec la plus grande ardeur et un concert admirable, ont défendu et défendent la République et la liberté du Peuple Romain par les conseils et sous la conduite de Caïus César ; que Caïus César, propréteur, est parti avec une armée au secours de la province de Gaule, qu'il a réduit sous sa puissance et sous celle du Peuple Romain tout ce qu'il a trouvé de cavalerie, d'archers, d'éléphans ; et que, dans des conjonctures critiques, il a pourvu à la conservation et à la majesté du Peuple Romain : à ces causes, le sénat ordonne que Caïus César, fils de Caïus, pontife, propréteur, sera membre du sénat, qu'il donnera son avis comme s'il étoit préteur, que, quelque magistrature qu'il sollicite, on aura

(1) Simple pontife, et non grand pontife. C'étoit Jules César, son père adoptif, qui l'avoit fait décorer d'un sacerdoce.

égard à ses sollicitations , comme on auroit pu
y avoir égard en vertu des loix, s'il eût été questeur l'année précédente. Pourquoi , P. C. , ne
pas désirer que César obtienne au plûtôt les
premières magistratures ? Lorsque les loix
annaires (1) ont fixé pour le consulat un âge
un peu avancé, elles craignoient , sans doute ,
l'imprudence de la jeunesse : César, presque au
premier âge , a montré qu'un excellent naturel
n'attendoit pas le nombre des années. Aussi nos
premiers ancêtres , ces hommes si simples (2) ,
n'avoient pas de loix annaires. Ce n'est que
dans une époque assez reculée que la brigue
d'une foule de concurrens y a donné naissance :
on a voulu prescrire à des hommes qui pouvoient également prétendre aux magistratures,
un âge fixe auquel chacune devoit être deman-

(1) Loix qui fixoient l'âge auquel on pouvoit demander les différens honneurs : elles furent portées
par Villius Annalis, qui prit de-là son surnom.

(2) Latin , *admodùm antiqui. Vir antiquus* , un
homme simple , sans ruse et sans finesse.——Un peu
plus bas, j'ai donné à *inter acquales* un sens qui
n'est pas le plus ordinaire : mais il me paroît qu'on
peut en général lui donner ce sens, et qu'on doit le
lui donner ici.

déc. Par-là une vertu rare a souvent été enlevée à la République avant que d'avoir pu lui être utile. Mais chez nos premiers aïeux, les Rullus (1), les Decius, les Corvinus et plusieurs autres, plus récemment le premier Africain, Flamininus, qui ont été faits consuls fort jeunes, se sont distingués par des exploits qui ont étendu l'empire et illustré le nom du Peuple Romain. Et Alexandre, roi de Macédoine, qui, dès sa première jeunesse, avoit commencé à faire de grandes choses, n'est-il pas mort dans sa trente-troisième année, plus jeune de dix ans (2) qu'on ne doit l'être, suivant nos loix, pour être consul : exemple qui prouve que la vertu souvent va plus vîte que l'âge.

En vain appréhenderions-nous, ce qu'affectent de craindre les envieux de César, qu'il ne puisse se modérer et se contenir, et qu'enflé par nos honneurs il n'abuse de sa puissance. Il est dans la nature, P. C., que celui qui a une fois

(1) Rullus, Décius, Corvinus, Scipion l'Africain, Flamininus; tous ces hommes, distingués par de grands exploits, et qui pour la plupart furent plusieurs fois consuls, étoient parvenus fort jeunes au consulat.

(2) Suivant les loix, on ne pouvoit être consul qu'à quarante-trois ans.

goûté la vraie gloire , qui a senti que le sénat ,
les chevaliers et le Peuple le regardent comme
un citoyen précieux , ami de la République , ne
trouve rien de comparable à cette gloire. Plût
aux Dieux que César (je parle du père) eût eu
le bonheur dans sa jeunesse d'être chéri du sénat
et des citoyens les plus estimables ! Trop peu
jaloux de cet avantage , il consuma tout son
génie (et l'on sait quel étoit ce génie) dans le
vain talent de plaire à la multitude. Ainsi ,
négligeant trop de se tourner vers le sénat et les
bons citoyens , il s'ouvrit , pour accroître sa
puissance , une route que ne put souffrir le
courage d'un Peuple libre. Son fils suit des maximes bien différentes. Il est chéri de tout le monde,
et sur-tout des plus honnêtes citoyens. C'est
sur lui qu'est fondé l'espoir de notre liberté ;
c'est lui qui nous a déjà sauvés ; c'est pour lui
qu'on cherche et qu'on prépare des honneurs
extraordinaires. Nous admirons sa rare sagesse,
craindrons-nous qu'il ne montre de la folie ?
Qu'y auroit-il, en effet, de plus insensé que de
préférer à une gloire certaine , à une gloire
vraie et solide , un pouvoir odieux et funeste,
une ambition téméraire et périlleuse ? Ce qu'il
a compris étant jeune, ne le comprendra-t-il pas

R 4

dans un âge mûr ? Mais, dit-on, il est ennemi de quelques (1) citoyens illustres et vertueux. Ne craignons rien à cet égard. César a sacrifié à la République toutes ses inimitiés : il a pris la République pour juge et pour règle de toutes ses pensées et de toutes ses actions (2) : il s'est joint à elle pour l'affermir et non pour la détruire. Tous les sentimens de ce jeune Romain me sont connus. Il n'est rien pour lui de plus sacré que la République et que votre autorité, rien de plus précieux que l'estime des gens de bien, rien de plus doux que la vraie gloire. Loin donc qu'il doive vous inspirer quelque crainte, vous devez en attendre de plus grandes vertus, de plus grands services, et ne pas appréhender que celui qui est parti pour délivrer Décimus Brutus, garde dans son cœur un ressentiment particulier auquel il sacrifie le salut de Rome. J'oserai même, P. C., me donner pour garant et pour caution au sénat, au Peuple, à la République (ce que je n'oserois point, certes, n'y étant pas contraint ; je craindrois dans un

(1) Des meurtriers de César.

(2) Des livres portent *omnium atque factorum*. Paul Manuce propose d'ajouter *consiliorum* avant *omnium*. J'ai traduit d'après cette conjecture.

objet de cette conséquence de m'exposer au reproche de témérité) : j'assure, je promets, je
réponds que Caïus César sera toujours un
citoyen tel qu'il est aujourd'hui, tel que nous
devons sur-tout vouloir et desirer qu'il soit.
Ainsi, P. C., je n'en dirai pas davantage pour
le moment sur ce qui regarde César.

Je ne crois pas qu'on doive oublier
Egnatuléius, ce citoyen ferme et courageux,
dévoué à la République. On doit rendre un
témoignage honorable à cette rare vertu qui
lui a fait amener à César la quatrième légion
pour la défense de la République, des consuls,
du sénat et du Peuple Romain. Le sénat en conséquence doit décider que Lucius Egnatuléius
pourra demander les charges, les posséder et
les gérer trois années (1) avant le tems fixé par
les loix. Et c'est moins, P. C., un avantage réel
qu'on accorde à Egnatuléius, qu'un simple
honneur, puisqu'après tout il suffit d'être
nommé en son tems.

Pour ce qui est de l'armée de César, le sénat

(1) Je voudrois lire avec Lambin *triennio* au lieu
de *triennium*. —— Un peu plus bas, j'ai ajouté *en son
tems*, pour entrer dans l'esprit de l'orateur, et rendre
sa pensée.

doit statuer , c'est mon avis , que les soldats
vétérans qui ont marché à la suite de César ,
pontife (1) , qui ont défendu et qui défendent
l'autorité de cet ordre , soient exemptés du
service eux et leurs enfans ; que les consuls Caïus
Pansa , Aulus Hirtius , l'un des deux ou tous
les deux ensemble , comme ils le jugeront à
propos , examineront quel étoit le territoire assigné aux soldats vétérans pour y être envoyés
en colonie , territoire que des particuliers pos-
sédoient contre la loi Julia ; ils s'en assureront ,
afin de le distribuer aux soldats vétérans. Ils examineront spécialement le territoire de la Campanie , et prendront les moyens d'augmenter
les avantages des soldats vétérans. Quant à la
légion martiale , à la quatrième légion , et aux
soldats des légionss econde et trente-cinquième ,
qui sont venus joindre les consuls Caïus Pansa ,
Aulus Hirtius , et ont prêté serment entre
leurs mains ; comme ils ont eu à cœur l'autorité
du sénat et la liberté du Peuple , ils seront
exemptés du service eux et leurs enfans ,

(1) Je crois avec Manuce, qu'après *pontificis* il manque ces mots, *voluntatem secuti sint.*

(267)

excepté dans les guerres (1) subites de Gaule et d'Italie ; les légions après la guerre seront licenciées, et on donnera à chaque soldat tout l'argent que leur à promis Caïus César, pontife, propréteur : en outre, les consuls Caïus Pansa, Aulus Hirtius, ou l'un des deux ou tous les deux ensemble, comme ils le jugeront à propos, examineront les terres qui pourront être distribuées sans faire tort aux particuliers ; on en donnera et assignera aux légions martiale. et quatrième autant qu'on en a jamais donné et assigné à des soldats.

J'ai parlé, consuls, sur tous les objets sur lesquels vous avez fait votre rapport. Si ce que je propose est exécuté au plutôt et sans aucun retard, vous aurez moins de peine à régler ce qu'exigent la conjoncture et le besoin. Mais il faut de la promptitude : si nous en avions usé, je l'ai déjà dit souvent, nous n'aurions plus de guerre.

(1) Ces guerres étoient toujours exceptées dans les exemptions de service.

SIXIÈME PHILIPPIQUE

DE CICÉRON.

Sommaire.

LE discours que Cicéron avoit prononcé dans le sénat, aux calendes de janvier, avoit paru faire impression, et on paroissoit décidé à déclarer Antoine ennemi de la République. Il ne fut rien décrété ce jour-là. Le lendemain on étoit près d'aller aux avis, et l'opinion de notre orateur l'ouroit emporté probablement ; mais un tribun du Peuple s'opposa à ce qu'on prît les voix. Il paroît qu'on accorda à peu près à Cicéron toute sa demande pour les honneurs et récompenses qu'il étoit d'avis de décerner aux chefs et aux soldats. Il se tint une assemblée le surlendemain, la veille des nones ou le 4 janvier, dans laquelle il fut arrêté qu'on enverroit une députation à Antoine.

Le même jour, Cicéron, présenté à l'as- semblée du Peuple par le tribun **Publius**

Apuléius, y rend compte de ce qui s'est passé
dans le sénat. Il commence par expliquer ce qui
l'amène dans l'assemblée du Peuple. Il rappelle
aux Romains ce qui a été arrêté, d'après son
avis, dans la première assemblée du sénat, le 19
de décembre, et comment ils ont écouté le rapport qu'il leur a fait lui-même. Il expose et
motive en peu de mots l'avis qu'il avoit ouvert
dans l'assemblée du premier de janvier, avis qui
a prévalu pendant trois jours, et qui ensuite
a été abandonné. Quoiqu'il n'approuvât point la
décision du sénat au sujet de la députation,
cependant il montre qu'elle n'avoit rien de
foible. Il proteste devant le Peuple, comme il
avoit fait devant le sénat, qu'Antoine ne
satisferoit point les députés, qu'on auroit perdu
un tems précieux, mais que du moins ses partisans ne pourroient plus alléguer de vains
prétextes. Il exhorte les Romains à se disposer
à prendre les armes et les habits de guerre,
parce que certainement il faudroit les prendre.
Après avoir jetté du ridicule sur Lucius,
frère d'Antoine, et sur ses principaux chefs,
il annonce qu'il se mettra à la tête des défenseurs de la liberté, il fait valoir son zèle et
son expérience, applaudit à l'ardeur dont sont

animés tous ceux qui l'écoutent pour repousser la servitude, et les engage à persister dans ces sentimens.

SIXIÈME PHILIPPIQUE

DE CICÉRON.

SANS doute, Romains, les bruits publics vous ont déjà appris quelle a été la décision du sénat, et l'avis de chaque sénateur. L'affaire agitée depuis les calendes de janvier, vient d'être terminée, avec moins de vigueur, à la vérité, qu'il ne convenoit, mais cependant sans foiblesse. La guerre n'est que (1) différée, la cause en subsiste toujours. Apuléius, homme qui vous est dévoué, et avec qui des bons offices réciproques m'ont lié étroitement, m'a sommé en votre nom de paroître devant vous, et de vous instruire de l'arrêté du sénat; je vais me conformer à vos vues, et tâcher

(1) Différée de vingt jours; tems que devoient employer les députés pour se rendre à Modène et pour en revenir. —— *La cause en subsiste toujours;* parce que Antoine n'obéira pas aux députés.

que vous soyez parfaitement instruits de ce
que vous desirez connoître (1).

Si d'excellens consuls, aux calendes de janvier, ont fait leur rapport sur l'état de la
République, c'est à l'arrêté du sénat qu'on le
doit, à cet arrêté fait, d'après mon avis, le
dix-neuvième jour de décembre (2). Ce fut
alors, Romains, que l'on commença à poser la
base des opérations publiques. Trop long-
tems asservi, le sénat n'a repris sa liberté que
pour rétablir enfin la vôtre. Qu'aurois-je eu
à regretter, s'il eût été le dernier de ma vie ce
jour où vous vous écriates (3) tous ensemble,
d'un même esprit et d'une même voix, que
Rome me devoit, pour la seconde fois, sa conservation ? Animé par ce grand et glorieux
témoignage, je me rendis le premier de janvier au sénat, tout occupé du rôle important
que vous me donniez à soutenir. Voyant donc

(1) J'ai traduit tout cet endroit un peu en le com-
mentant, pour bien faire entendre la pensée de l'orateur.

(2) Latin, le treizième jour avant les calendes de
janvier.

(3) Lorsque Cicéron prononça la quatrième Philippique. — *Pour la seconde fois :* car il l'avoit déjà
sauvée dans le tems de la conjuration de Catilina.

qu'on faisoit à la République une guerre atroce, je proposai de poursuivre sans aucun délai Antoine, cet audacieux qui, pour mettre le comble à tous ses crimes, attaquoit un général du Peuple Romain, assiégeoit une de vos colonies distinguée par son courage et par une inviolable fidélité. Je proposai encore de fermer les tribunaux, d'annoncer que la République étoit dans un éminent péril, et de prendre l'habillement de guerre : tous les citoyens, je n'en doutois pas, se porteroient avec plus de zèle et de chaleur à venger les injures de la République, quand ils verroient le sénat montrer sur leurs personnes les signes manifestes d'une guerre violente. Cet avis prévalut pendant trois jours ; et quoiqu'on n'eût pas encore été aux opinions, il sembloit néanmoins que tous, excepté quelques-uns, s'y rangeroient avec empressement. Mais aujourd'hui, je ne sais (1) pourquoi, le sénat s'est ralenti, et la plupart

(1) Latin, *nescio quâ eis objectâ re. Eis* sans doute *senatoribus.* Ce mot ne se trouve pas dans plusieurs livres : j'aimerois mieux le supprimer. —— *Par une députation.* Ceux qui composoient cette députation étoient Lucius Piso, Lucius Philippus, Servius Sulpicius, tous trois consulaires.

ont

ont embrassé l'avis de tenter, par une députation ; quel effet feront sur Antoine l'autorité du sénat et votre accord unanime.

Je le comprends, Romains, vous (1) désapprouvez cet avis ; et vous n'avez pas tort. Car à qui envoie-t-on des députés? à celui qui, après avoir pillé et consumé l'argent de l'état, a imposé des loix au Peuple Romain avec violence et malgré les auspices, qui a dissipé l'assemblée du Peuple, assiégé le sénat, appellé de Brindes des légions pour opprimer la République ; à celui qui, abandonné par ces légions, a pris le parti de se jetter dans la Gaule avec une troupe de brigands, d'attaquer Brutus, d'investir Modène. Comment traiter avec ce gladiateur? quel droit invoquer? quelles conditions lui proposer? quels députés lui envoyer? Quoiqu'après tout, Romains, c'est moins une députation qu'on lui a faite, qu'une déclaration de guerre, s'il refuse d'obéir. Le décret ne seroit pas conçu autrement, si on envoyoit des députés à un Annibal. On lui fait signifier de ne point attaquer un consul désigné, de ne point investir Modène, de ne point

(1) Le Peuple témoigna son mécontentement par quelque signe ou par quelque cri.

ravager la Gaule, de ne point faire de levées, de se remettre à la disposition du sénat et du Peuple. Lui qui n'eut jamais d'empire sur lui-même, se déterminera-t-il sans peine à recon-noître le pouvoir du Peuple et du sénat? Car enfin toujours entraîné du côté où l'emportent la passion, la légèreté, l'ivresse et la fureur, fit-il jamais rien librement? Livré sans cesse à deux espèces d'hommes différentes, à des vo-leurs et à des débauchés, il se plaît telle-ment dans les brigandages (1) publics et dans les infamies secrettes, qu'il obéira plutôt à une femme avare, qu'au sénat et au Peuple de Rome.

Je ferai donc devant vous, Romains, ce que je viens de faire en présence du sénat. Je le proteste, je l'annonce, je l'assure d'avance; Antoine n'exécutera aucun de vos ordres dont les députés sont chargés; il ravagera vos cam-pagnes, investira Modène, levera des troupes par-tout où il le pourra : car toujours il se fit une loi de mépriser et l'autorité du sénat et la puissance du Peuple. Obéira-t-il au décret qui lui enjoint de ramener son armée en-deçà du

(1) *Brigandages*; voilà comme j'ai traduit *parrici-diis* : peut-être faudroit-il lire *latrociniis*.

Rubicon, frontière de la Gaule, de ne point s'approcher de Rome plus près de deux cents (1) milles? Se rendra-t-il à l'ordre qui lui en sera signifié? Se laissera-t-il assigner pour limites le Rubicon et un espace de deux cents mille pas? Non, ce n'est point là Antoine. Autrement, auroit-il réduit le sénat à lui prescrire, comme on le prescrivit à Annibal au commencement de la seconde guerre punique, *de ne point assiéger Sagonte?* Mais être arraché de Modène, être repoussé de Rome comme un flambeau funeste, quel arrêt! quelle ignominie! Les députés ont commission de joindre Brutus et ses soldats, de leur déclarer que les importans services qu'ils ont rendus à la République sont agréables au sénat et au Peuple, qu'ils leur mériteront les plus beaux éloges et les plus grands honneurs. Pensez-vous qu'Antoine laisse entrer les députés dans Modène, qu'il les en laisse sortir? non, certes, croyez-moi. Je connois sa violence, je connois son impudence, je connois son audace. Ayons de lui l'idée qu'on doit avoir, non d'un homme,

___

(1) Environ 68 de nos lieues. —— *Et un espace.* Après *Rubicone*, quelques savans ajoutent un *et.* J'adopte cette addition et j'ai traduit en conséquence.

mais d'un monstre féroce. Le sénat n'a donc point été si foible dans ses décisions, la députation renferme donc quelque sévérité : puisse-t-elle ne causer aucun délai! Dans la plupart des affaires, toute lenteur, tout retardement est fâcheux ; mais cette guerre sur-tout exige de la promptitude. Il faut secourir Brutus, lever de tous côtés des troupes : quand il s'agit de délivrer un tel citoyen, perdre une heure est un crime. Brutus ne pouvoit-il pas, s'il eût vu dans Antoine un consul, et dans la Gaule une province d'Antoine, lui livrer les légions et la province, revenir à Rome, obtenir l'honneur du triomphe, opiner le premier (1) dans le sénat jusqu'à ce qu'il fût entré en exercice? étoit-ce une chose difficile ? Mais se rappellant qu'il étoit Brutus, né pour votre liberté et non pour son repos, il a fait de son corps une barrière qui fermât à votre ennemi le passage de la Gaule. À un Antoine, étoient-ce des députés ou des légions qu'il falloit envoyer ?

Mais ne parlons plus du passé. Que les dé-

(1) Nous avons déjà observé que les consuls désignés étoient les premiers à qui on demandoit leur avis dans le sénat.

putés se hâtent, comme ils le feront sans doute ; vous, Romains, disposez-vous à prendre les habits de guerre. Il a été décidé qu'on les prendroit, si Antoine refusoit d'obéir au sénat. Il n'obéira point : on les prendra, et nous regretterons la perte de tant de jours précieux. J'ai affirmé dans le sénat et devant le Peuple qu'Antoine ne se remettra jamais au pouvoir du sénat ; il le saura, sans doute ; mais je n'appréhende pas qu'il change de dessein pour me confondre, et qu'afin de tromper ma pénétration, il se détermine à lui obéir. Il n'en fera rien, il ne m'enviera pas cette gloire, il aimera mieux que je passe dans vos esprits pour un homme sage que lui pour un homme modéré. Et quand il le voudroit, Lucius, son frère, le souffrira-t-il ? On dit que dernièrement ce Lucius, auprès de Tivoli, si je ne me trompe, menaça de tuer Antoine, parce qu'il lui paroissoit balancer. Ne faudra-t-il pas que les députés aillent porter les ordres du sénat à ce gladiateur d'Asie (1), et qu'ils lui adressent une harangue ? Eh ! comment

_____

(1) *Ce gladiateur d'Asie*, et plus bas, *parce qu'en Asie* .... Voyez plus haut.

S 3

le séparer de son frère, lui sur-tout qui jouit
d'une si grande considération parmi les siens?
C'est le Scipion de la famille. Il est plus estimé
que Trébellius, plus que Titus (1) Plancus,
jeune homme d'une grande naissance. Antoine
méprise lui-même, comme s'il le voyoit encore
exilé, ce Plancus qui, condamné tout d'une
voix à votre grande satisfaction, s'est jetté,
je ne sais comment, dans la foule des amis
de César, et est revenu si triste, qu'il sembloit
plutôt ramené de force que rappellé par grace.
Il dit même quelquefois qu'il ne doit pas y
avoir de place dans le sénat pour celui qui en
a été l'incendiaire. Quant à Trébellius (2), il

(1) J'ai lu *Titus* au lieu de Lucius. C'est l'avis de
plusieurs savans, et la chose même le demande. C'est
le Titus Munatius Plancus Bursa, qui, ayant mis le
feu à la salle du sénat, en brûlant le corps de Clodius, fut accusé de violence et condamné à l'exil.
César le rappella après la victoire de Pharsale. ——
Plancum, c'est le même Plancus. Cet accusatif est
gouverné par *contemnit*, qui se rapporte à Antoine.
Ainsi il faut ajouter, ou du moins sous-entendre,
Marcus Antonius.

(2) Trébellius s'étoit opposé à Dolabella qui pro-
posoit une abolition de dettes. On lui avoit en conséquence donné le surnom de *Fides.*

le chérit maintenant : il le haïssoit dans le
tems où il le voyoit s'opposer à l'abolition des
dettes ; mais depuis qu'il le voit lui-même hors
d'état de se rétablir sans cette ressource, il le porte
dans son cœur. En effet, Romains, vous l'avez
oui dire, vous avez même pu le voir, Trébellius étoit visité (1) tous les jours par des répondans et des créanciers. *O Bonne-foi !* (c'est le
surnom, je pense, qu'a pris Trébellius) *quelle
bonne-foi* que de frustrer ses créanciers, d'abandonner sa maison, de courir aux armes pour ne
point payer ses dettes ? Où sont ces applaudissemens qui lui ont été prodigués dans le
triomphe de César (2) et si souvent répétés
dans les jeux ? Où est cette édilité que les
gens de bien lui ont déférée avec tant d'ardeur ? Peut-on croire que ce ne soit point par
hasard qu'il ait fait une bonne action ? *Vil
scélérat, homme sans principes* ; voilà les qua-
lifications qui lui conviennent.

(1) Le verbe *convenire* est sans régime ; il faut sous-
entendre *ipsum*, qui manque peut-être au texte.

(2) J'ai ajouté dans ma traduction *de César*, parce
que Trébellius n'avoit jamais triomphé : mais il avoit
accompagné pour lui faire honneur, le triomphe de
César.

S 4

Mais je reviens aux amours et aux délices
de Rome, à ce Lucius qui vous a pris tous
sous sa (1) protection. Est-ce que vous refusez
d'en convenir? Est-il quelqu'un de vous qui
n'appartienne à une tribu? aucun assurément.
Eh bien! les trente-cinq tribus l'ont adopté
pour protecteur. Vous vous récriez encore?
Regardez à gauche cette statue équestre, cette
statue dorée; quelle inscription porte-t-elle?
LES TRENTE-CINQ TRIBUS A LEUR PROTECTEUR.
Lucius Antonius est donc le protecteur du
Peuple Romain! Que les Dieux l'exterminent
avec ses prétentions outrageuses; car j'approuve
vos cris d'indignation. Sans parler de ce brigand
insigne que personne ne voudroit même avoir
pour client, qui jamais compta assez sur son
crédit et sur ses exploits pour oser se dire le protecteur du Peuple Romain, de ce Peuple vainqueur et maître de toutes les nations? On voit
donc dans le forum la statue de Lucius Antonius,
comme devant le temple de Castor celle de
Quintus Trémulus, qui a subjugué les Herni-

(1) Tout le Peuple se récrie à ces mots, *Qui vous
a pris tous sous sa protection.* Il se récrie encore
quand Cicéron dit que les trente-cinq tribus ont
adopté Lucius Antonius pour protecteur.

ques. O comble d'impudence! croit-il mériter
une telle distinction, parce qu'en Asie, dans
un vrai combat de gladiateur, il a égorgé son
ami intime ? Eût-on pu le supporter, s'il eût
combattu dans la place publique en votre
présence ? Mais est-ce la seule statue qu'on lui
ait érigée ? les chevaliers Romains, à qui l'état
fournit un cheval, lui en ont aussi érigé une
avec la même inscription, AU PROTECTEUR DE
L'ORDRE ÉQUESTRE. Cet ordre avoit-il jamais
pris de protecteur ? S'il en eût pris, ç'eût été
moi (1), assurément. Mais, sans parler de
moi, est-il un censeur, est-il un impérator
sous la protection duquel se soient mis les
chevaliers Romains ? Lucius leur a distribué
des terres (2). Quelle bassesse de les avoir re-

(1) Cicéron étoit originairement de l'ordre des chevaliers Romains. Il avoit une singulière affection
pour cet ordre qui lui avoit toujours témoigné beaucoup d'attachement. Au reste, il n'y avoit que ceux
à qui l'état fournissoit un cheval, qui fussent vraiment
equites Romani. Ceux qui servoient avec un cheval
à eux étoient *equites*, mais non *equites Romani.*

(2) Lorsqu'il fut nommé septemvir avec Nucula et
d'autres. Les actes de ces septemvirs, comme nous
verrons plus bas, avoient été abolis. — *Des deux*

çues ! quelle audace de les avoir données!. Les tribuns de soldats des deux armées de César lui ont encore élevé une statue. Quel droit en avoient-ils? Quoiqu'il y ait eu une infinité de tribuns durant un grand nombre d'années et dans un grand nombre de légions, ils n'ont jamais formé un ordre dans la République. Lucius a partagé entre eux les terres de Sémurie (1). Il lui restoit à distribuer le Champ de Mars, s'il ne se fût pas sitôt enfui avec son frère. Mais ces distributions de terres viennent d'être déclarées nulles sur le rapport de Lucius Cæsar, personnage illustre et sénateur distingué. D'après son avis, nous avons infirmé les actes des septemvirs. Les bienfaits de Nucula n'ont plus aucun prix, le crédit du protecteur Lucius est tombé. Les possesseurs des terres les abandonneront avec d'autant moins de peine qu'ils n'ont fait aucune dépense, qu'ils ne les ont point encore mises en

armées de César. Manuce explique ces deux armées, celle dont César s'étoit servi dans les Gaules, et celle qu'il avoit dans la guerre civile. —— *Leur ont élevé une statue.* Latin, *statuerunt* est pour *statuam posuerunt.*

(1) Sémurie, territoire voisin de Rome.

valeur, les uns parce qu'ils manquoient de
fonds, les autres parce qu'ils ne comptoient
pas qu'elles leur resteroient. Mais la statue prin-
cipale, c'est la première dont j'ai parlé : si
les circonstances n'étoient pas aussi tristes,
je ne pourrois m'empêcher de rire en y
mettant cette inscription : A LUCIUS ANTONIUS,
PROTECTEUR DE LA RUE JANUS (1). Comment ?
la rue Janus seroit sous la protection de Lucius
Antonius ? Eh ! qui jamais dans cette rue
voudroit lui prêter la plus modique somme ?

Mais c'est trop me livrer à la plaisanterie,
revenons à notre sujet et à la guerre présente.
Cependant il n'étoit pas hors de propos de
vous faire passer en revue certains personnages, pour que vous puissiez savoir et vous
dire à vous-mêmes contre qui vous aurez à
combattre. On pouvoit prendre, sans doute,

(1) Mot à mot, *protecteur du milieu de la rue
Janus*, car je préfère la leçon *Jani medii*. Rue Janus,
ainsi appellée, parce qu'elle étoit voisine du temple de
Janus, ou parce qu'il y avoit une statue de Janus.
Les usuriers, ceux qui prêtoient de l'argent à intérêt,
s'assembloient au milieu de la rue Janus. —— *La plus
modique somme*. Mot à mot, *une somme de mille sesterces*, environ 125 livres de notre monnoie.

un meilleur parti (1) ; toutefois, Romains, je vous exhorte à attendre avec patience le retour des députés. On a perdu du tems, mais on a gagné quelque avantage. Quand les députés auront annoncé, et ils l'annonceront certainement, qu'Antoine ne se soumet ni au sénat, ni au Peuple, quel citoyen sera assez mal-intentionné pour voir en lui un citoyen ? car il en est maintenant, peu il est **vrai**, mais trop pour l'honneur de la République, qui affectent de dire : *Mais n'attendrons-nous pas même les députés?* L'évidence de la chose (2) les forcera du moins de quitter ce langage, leur arrachera ce masque de douceur. C'est pour cela même, je vous l'avouerai, Romains, que je me suis montré aujourd'hui moins ardent et moins empressé à faire résoudre au sénat qu'on prendroit l'habillement de guerre, qu'on agiroit comme dans un éminent péril, j'ai mieux aimé attendre vingt jours pour que mon avis fût loué par tous, que de le voir

(1) On n'auroit pas dû envoyer de députés à Antoine.

(2) Quelques commentateurs seroient d'avis de lire *res ipsa* sans *publica*. Si l'on garde *publica*, il faut l'entendre, *evidens*, *palàm facta*.

blâmé aujourd'hui par quelques-uns. Ainsi,
Romains, attendez le retour des députés, et
dévorez l'ennui de quelques jours. Si les
députés apportent la paix, je la reçois avec
empressement : s'ils annoncent la guerre,
comptez sur ma vigilance. Pourrois-je ne
pas veiller aux intérêts de mes compatriotes,
ne pas m'occuper nuit et jour de votre liberté,
du salut de la République ? Que ne vous doit
pas un homme qui, ne tirant son origine
que de lui-même, a été élevé par vous à
tous les honneurs, et préféré aux citoyens
de la plus haute naissance ? Suis-je ingrat ?
Qui l'est moins que celui qui, après avoir
obtenu les premières dignités, s'est livré aux
mêmes travaux qui les lui ont fait obtenir ?
Suis-je peu exercé dans les affaires publiques ?
Peut-on l'être plus qu'un homme qui depuis
vingt ans fait la guerre aux mauvais citoyens ?
Ainsi donc, fidèle à mon poste, je veillerai et
j'agirai pour vous, par mes lumières autant que
je pourrai, par mon travail plus même que je ne
pourrai. Eh ! quel citoyen, sur-tout dans le rang
où vous m'avez placé, seroit assez insensible à
vos bienfaits, assez indifférent pour la patrie,
assez peu jaloux de son honneur pour n'être point

excité , pour n'être point enflammé par le
concert admirable de tout le Peuple? J'ai
présidé souvent à de grandes assemblées étant
consul , j'ai assisté à plusieurs ; je n'en ai
jamais vu d'aussi nombreuse que celle de ce
jour. Vous avez tous les mêmes sentimens ,
vous avez tous le même desir , sans doute d'éloigner Antoine de la République , de réprimer
ses efforts , d'éteindre sa fureur , d'étouffer
son audace ; c'est le vœu de tous les ordres ,
c'est le but des villes municipales , des colonies , de l'Italie entière. Aussi le sénat, déjà
ferme par lui-même, a-t-il été plus affermi
par votre exemple. C'est encore le tems d'agir,
quoiqu'on ait plus attendu qu'il ne convenoit
à votre gloire; mais l'occasion presse, et l'on
ne peut plus différer d'un moment. Il fut une
crise violente et fatale (1) que nous avons
supportée malgré nous, de quelque manière
qu'il fallût la supporter ; un état pareil seroit
aujourd'hui volontaire. L'esclavage n'est pas
fait pour le Peuple Romain, pour un Peuple
destiné par les Dieux à être l'arbitre et le

(1) *Une crise violente et fatale*, la domination de
César.

maître de toutes les nations. Notre position actuelle est vraiment critique. Nous combattons pour la liberté : il vous faut, ou la victoire, dont vous répondent votre union parfaite et votre amour pour la patrie, ou tout plutôt que d'être esclaves. Que les autres Peuples endurent la servitude ; la propriété inaliénable du Romain est la liberté.

SEPTIÈME PHILIPPIQUE

DE CICÉRON.

Sommaire.

LES députés étoient partis ; Cicéron avoit vu avec peine la députation décrétée, il s'en plaint encore aujourd'hui dans ce discours prononcé au sénat ; il se plaint des amis et partisans d'Antoine qui lui prêtoient des réponses et qui les défendoient. Hirtius, un des consuls, étoit allé se mettre à la tête de ses troupes ; l'orateur adresse la parole à Pansa son collègue.

il l'exhorte à défendre avec zèle les intérêts
de la République dans la conjoncture la plus
critique et la plus importante. Il déclare
nettement qu'il ne veut pas de paix avec Antoine, parce que la paix seroit honteuse, parce
qu'elle seroit dangereuse, parce qu'elle est impossible. Il prouve l'une après l'autre ces trois
propositions, et conclut par engager les pères
conscripts à être toujours prêts et armés dans
le cœur en attendant le retour des députés : Antoine ne se soumettra point au sénat,
et sans cette soumission il ne peut y avoir de
paix. Il exhorte de nouveau le consul Pansa
à profiter de l'union et de l'ardeur de tous
les ordres pour délivrer à jamais la République de ses périls et de ses craintes.

SEPTIÈME PHILIPPIQUE

DE CICÉRON.

Nous délibérons, PÈRES CONSCRIPTS , sur
des objets peu intéressans , mais peut-être nécessaires. Un consul fait son rapport sur la
voie Appienne et sur le temple de Junon
Monéta.

Monéta (1), un tribun du Peuple sur les Lupercales. La discussion de ces objets est facile ; mais
occupé de soins plus importans , j'abandonne
le sujet de la délibération.

Nous sommes réduits, P. C. , à l'état le
plus critique ; le péril est extrême. Ce n'est
pas à tort que j'ai toujours craint , toujours
blâmé la députation. J'ignore ce que produira
le retour des députés , mais qui ne voit combien l'attente de ce retour fait languir les courages ? Ils ne restent pas oisifs ces citoyens qui
voient avec peine la vigueur nouvelle et l'autorité renaissante du sénat , l'union du Peuple
avec cet ordre , l'unanimité de l'Italie , l'ardeur
troupes et le zèle des chefs.

Ils prêtent déjà à Antoine des réponses dont
ne ils prennent la défense. Il demande ,
nt les uns , que l'on congédie les armées.
oute , nous lui avons envoyé des dépu-
n pour qu'il obéisse et qu'il se soumette

étoit question de réparer cette voie et co
On pourroit entendre *moneta* de la monnoie
s̃t refondre sous un meilleur titre. —— *Sur*
ercales. Mot à mot, *sur les Luperques*. Les
, *Luperci*, étoient des espèces de prêtres
s , établis en l'honneur du Dieu Pan.

X.   T

au sénat, mais pour qu'il nous fasse des conditions, qu'il nous impose des loix, qu'il nous
ordonne de laisser l'Italie ouverte aux nations
étrangères, et cela du vivant d'Antoine dont
nous avons plus à craindre que d'aucune nation. Suivant d'autres, il nous abandonne la
Gaule citérieure, il demande l'ultérieure. Fort
bien ; afin que de cette province, il fasse
marcher contre Rome, non-seulement des légions romaines, mais des peuples barbares.
D'autres enfin le trouvent très-modéré dans ses
prétentions. Il se borne à demander la Macédoine (1), qu'il pense lui appartenir de droit,
parce que son frère Caïus en a été rappellé.
Mais est-il une province d'où ce boute-feu ne
puisse exciter des embrâsemens ? Et ces hommes
perfides jouent le rôle de citoyens zélés, de
sénateurs (2) vigilans : ils m'accusent d'avoi

(1) Antoine s'étoit fait décerner par le Pe
Macédoine destinée d'abord à Marcus Brutus ; il
ensuite abandonnée pour prendre la Gaule ci,
comme plus propre à ses desseins, et avoit fait
la Macédoine à Caïus, son frère. Le séna
rappellé Caïus de cette province, Antoine c
avoir des droits d'après une première nomina

(2) J'ai lu avec de bonnes éditions senator
de foeneratores, et pacis au lieu de par

donné le signal de la guerre, ils plaident pour
la paix. Il ne falloit pas, disent-ils, irriter
Antoine : c'est un méchant homme, c'est un
présomptueux. Il est d'autres méchans qu'Antoine ; et ceux qui tiennent ce discours peuvent
se compter les premiers (1). Ils nous avertissent
de craindre tous ces gens-là. Mais faut-il donc
être plus attentif à ne pas irriter des citoyens
criminels qu'à les réprimer quand on le peut ?

Au reste, les hommes qui tiennent aujour-
d'hui ce langage, vouloient autrefois par légéreté passer pour populaires ; preuve qu'ils
furent toujours intérieurement opposés à la
meilleure forme de gouvernement, que leur
cœur n'étoit point populaire. En effet, des
hommes qui se sont montrés populaires contre
les intérêts du Peuple, comment aiment-ils
mieux être mauvais citoyens que populaires,
dans une occasion (2) où la liberté du Peuple

_____

(1) Voici comme je ponctue tout cet endroit : _im-
probi ; quos quidem à se p. n. p. q. loquuntur. Eos
cavendos esse._.... Depuis _eos_ jusqu'à _loquuntur_, c'est
une réflexion de la part de ceux que l'orateur fait
parler. _Utrùm igitur_.... C'est la réponse de l'orateur. _Eos_, sans doute _Antonianos._

(2) J'ai traduit comme si on lisoit, _populari, quòd_

T 2

et, son salut sont particuliérement intéressés.
Pour moi qui, comme vous savez, résistai
toujours aux caprices de la multitude, la
cause présente, cette cause si belle, m'a rendu
partisan du Peuple. On donne à ces mêmes
hommes, ou plutôt ils se donnent le nom de
consulaires, nom qu'on ne mérite qu'autant
qu'on en peut soutenir la dignité. Quoi ? vous
favoriserez notre ennemi, il vous écrira les heureux succès qu'il espére obtenir, vous produirez
ses lettres avec satisfaction, vous les lirez,
vous les ferez même transcrire par des méchans,
vous exciterez l'ardeur de ceux-ci, vous affoi-
blirez les espérances et le courage des bons ; et
vous vous direz consulaire, sénateur, ou
même citoyen !

Pansa, ce consul ferme et vertueux, ne
s'offensera pas de ce que je vais lui dire, je le
dirai avec la franchise de l'amitié. Non, lui-
même, quoiqu'il soit mon ami le plus cher,
s'il n'étoit consul à se dévouer tout entier pour

ea salutaris Populo Romano sit. Sans doute, ideò
res maximè erat popularis, quòd Populo Romano
salutaris esset. Des éditions portent Populo Romano.
N'ayant pu traduire la lettre de cette phrase, j'en ai
rendu l'esprit le mieux qu'il m'a été possible.

le salut de la République , à lui consacrer ses
soins , ses pensées , ses veilles , je ne le re-
garderois pas comme consul. Nous avons été
liés depuis notre jeunesse par l'habitude de
nous voir et de nous fréquenter , par la conformité des goûts et des études ; ses tendres attentions (1) pour moi au milieu des plus affreux
orages de la guerre civile, m'ont appris combien
il étoit zélé pour la conservation de mes jours ,
et même de ma gloire : eh bien ! je le répète ,
s'il n'étoit un consul tel que je le demande , je
ne craindrois pas de lui refuser ce titre. Mais
je dis qu'il est consul , et le plus excellent
consul , le plus distingué de ceux dont je
puisse me rappeller le souvenir. Ce n'est pas
que d'autres n'aient été animés des mêmes sentimens et d'un courage égal , mais ils n'ont pas
trouvé une pareille occasion de signaler leur
courage et leurs sentimens. La grandeur d'ame ,
la fermeté et la sagesse de Pansa ont rencontré
des conjonctures difficiles et orageuses. Et ce
qui fait la gloire du consulat , c'est de gou-

(1) Pansa avoit été intime ami de César pendant
qu'il vivoit , et assez étroitement lié avec Cicéron ,
dont il n'avoit jamais oublié les intérêts auprès de son
ami.

T 3

verner dans une circonstance, sinon agréable,
du moins importante : or, P. C., quelle circonstance plus importante s'offrit jamais à la
vertu d'un consul ? Aussi moi-même qui toujours conseillai la paix, moi pour qui la
paix, et sur-tout la paix entre les citoyens,
desirable pour tous les cœurs honnêtes, le fut
plus que pour aucun d'eux ; n'est-ce pas en
effet dans le sénat, dans le forum, n'est-ce
pas au barreau dans la défense de mes amis,
que mes foibles talens ont trouvé de l'exercice ? C'est par-là que je suis parvenu aux
premiers honneurs, c'est par-là que j'ai acquis
le peu de crédit et de gloire dont je jouis ;
moi donc, l'élève, pour ainsi dire, de la paix,
qui dois à la paix le peu que je puis être,
car je n'ai garde de m'en faire trop accroire :
je parle avec crainte, P. C., et je tremble
sur la manière dont vous recevrez ce que
je vais dire ; mais au nom du désir ardent
que j'ai toujours eu de conserver et d'étendre
votre autorité, quelque dure que puisse paroître ma proposition, quelque incroyable
qu'elle soit de la part de Marcus Tullius,
recevez-la, P. C., je vous en conjure, recevez-la sans vous en offenser, ne la rejettez

pas avant que je vous en aie exposé les raisons :
moi donc, je le répète encore, qui vantai
toujours la paix, qui la conseillai toujours,
je ne veux pas de paix avec Antoine.

Je vais poursuivre avec confiance, puisque
j'ai passé l'endroit critique sans être interrompu.
Pourquoi donc rejetté-je la paix ? parce qu'elle
seroit honteuse, parce qu'elle seroit dangereuse,
parce qu'elle est impossible. Je vais développer
ces trois propositions ; et je vous en conjure,
P. C., écoutez-moi avec la bienveillance dont
vôus avez coutume de m'honorer.

Quoi de plus fait pour décrier un homme
seul, et particulièrement tout un sénat, que
l'inconstance, le changement et la légéreté ?
Or, quoi de plus inconstant que de vouloir
tout-à-coup faire la paix avec celui que vous
avez déclaré il y a peu de jours (1) ennemi
de l'état, non par des paroles, mais par des
effets, par nombre de décrets ? Quoi donc ?
en décernant au jeune César des honneurs
bien dus et bien mérités sans doute, mais
extraordinaires et immortels, en les lui décer-

_____

(1) Le 19 de décembre, lorsque Cicéron prononça
la troisième Philippique.

nant par la seule raison qu'il avoit levé une armée contre Antoine, n'avez-vous pas déclaré Antoine ennemi de la République ? ne l'avez-vous pas encore jugé ennemi, soit lorsque vous avez loué dans un de vos arrêtés les soldats vétérans qui ont suivi le même César, soit lorsque vous avez promis des exemptions de service, de l'argent et des terres, à de braves légions, pour avoir abandonné, parce qu'il étoit ennemi, celui qui avoit le nom de consul ? et lorsque vous avez comblé des plus magnifiques éloges Brutus qui, par son nom d'heureux augure, semble être né pour délivrer la patrie, lorsque vous avez associé à ces éloges son armée qui combattoit contre Antoine pour la liberté du Peuple Romain, que vous y avez fait participer la Gaule, cette province fidèle et zélée, n'avez-vous pas alors déclaré Antoine ennemi de l'état ? Et lorsque vous avez statué que l'un des deux consuls ou tous deux ensemble partiroient pour la guerre, où étoit la guerre, si Antoine n'étoit pas ennemi ? Pourquoi donc le consul Hirtius, cet homme courageux, mon collègue dans l'augurat et mon ami intime, est-il parti malgré les restes d'une maladie longue, malgré sa maigreur extrême, et sans que la foiblesse de son corps ait pu ralentir l'ardeur de son courage ? Il a cru, sans doute, qu'une vie dont il étoit redevable aux vœux du Peuple Romain (1), devoit être exposée pour la liberté de ce même Peuple. Et lorsque vous avez donné des ordres pour qu'on fît des levées dans toute l'Italie sans avoir égard à aucune exemption, n'étoit-ce pas déclarer Antoine ennemi de Rome? On forge des armes dans la ville, le consul se fait suivre de soldats armés, pour sa garde en apparence, en effet pour la nôtre ; soumis à vos décisions, tous les citoyens s'enrôlent sans aucune résistance, ou plutôt avec le plus vif empressement: et Antoine n'a pas été déclaré ennemi !

Mais nous lui avons envoyé des députés. Hélas ! pourquoi me vois-je réduit à blâmer ce sénat que j'ai toujours loué ? Croyez-vous donc, P. C., que le Peuple Romain ait approuvé votre députation ? ne sentez-vous pas, ne voyez-vous pas qu'on redemande mon avis ? Vous l'aviez tous ensemble adopté la

(1) Hirtius avoit été dangereusement malade, et le Peuple Romain avoit fait des vœux pour sa santé.

veille, et le lendemain vous retombez dans le vain espoir d'une paix déshonorante. Combien donc n'est-il pas honteux que des légions (1) envoient des députés au sénat et le sénat à Antoine ? Quoiqu'enfin ce n'est pas une députation que vous lui avez faite, mais une déclaration que sa perte est certaine, s'il n'obéit à vos ordres. Qu'importe ? la décision du moins est sévère. Tous sont témoins de l'envoi des députés, mais tous ne sont pas instruits des termes de notre décret. Ne nous départons point de nos principes, soyons-y fidèles, persistons-y constamment : reprenons notre ancienne gravité, puisqu'à l'autorité du sénat sont attachées la décence, l'honneur, la gloire et la dignité, dont cette compagnie ne s'est vue privée que trop long-tems (2). Mais op-

---

(1) Non les légions d'Antoine, comme pensent quelques-uns, mais les légions qui avoient embrassé le parti de la République contre Antoine. Elles avoient probablement envoyé des députés au sénat pour le prier de confirmer leur démarche. Ainsi les légions envoient des députés au sénat pour faire la guerre à Antoine, et le sénat envoie à Antoine des députés pour faire la paix.

(2) Sous la domination de César.

primée comme elle l'étoit, elle avoit une excuse
aussi triste que légitime. Elle n'en a plus
aujourd'hui. Nous paroissions alors n'avoir
été délivrés du joug de la tyrannie que pour
être plus cruellement attaqués au séin de Rome
par les armes d'Antoine. Nous avons éloigné
ces armes; il faut les lui arracher. Si nous
ne pouvons réussir, que dirai-je? ce que doit
dire un sénateur, un Romain; mourons.
Quelle honte, en effet, pour Rome, quel
déshonneur, quelle ignominie, que Marc
Antoine donne son avis parmi nous au rang
de consulaire? sans parler des crimes (1) innombrables qu'il a commis dans la ville étant
consul, des fonds immenses de l'état qu'il a
dissipés, des exilés qu'il a rappellés sans être
autorisé par aucune loi, des impôts qu'il a
vendus, des provinces qu'il a soustraites à
la République, des royaumes qu'il a livrés
pour de l'argent, des loix qu'il a imposées
par force à ses concitoyens, du sénat qu'il
a investi de soldats armés, ou éloigné par la
violence, sans parler de tous ces excès, recevoir celui qui a attaqué Modène, colonie

_____

(1) Il est parlé de ces crimes dans la première
Philippique.

inviolablement attachée à cet empire, qui a
assiégé un *impérator*, un consul désigné du
Peuple Romain, qui a ravagé nos domaines,
le recevoir, dis-je, dans cette même compagnie
qui, pour ces mêmes raisons, l'a tant de fois déclaré ennemi de l'état, ne seroit-ce point, croyez-
vous, un opprobre, le comble de l'infamie ?

En voilà assez sur la honte (1), je vais
parler du péril, comme je l'ai annoncé. Encore
qu'on doive moins fuir le péril que la honte,
il fait cependant plus d'impression sur la plupart des hommes.

Pourrez-vous donc compter sur la paix,
quand vous verrez dans la ville Antoine, ou
plutôt les Antoines ? à moins peut-être que
vous ne méprisiez Lucius ; pour moi, je ne
méprise pas même Caïus (2). Mais, comme
je le vois, c'est Lucius qui dominera. Protecteur
des trente-cinq tribus, qu'il a privées de leurs
suffrages (3) en vertu d'une loi dont il est l'au-

(1) *Sur la honte*, sans doute qu'il y auroit à faire
la paix avec Antoine.

(2) Caïus Antonius, qui étoit moins dépravé et
moins cruel que ses deux autres frères.

(3) Lucius Antonius avoit porté une loi du vivant
de César, en vertu de laquelle celui-ci, à la veille de

teur, loi par laquelle il a partagé avec Jules
César l'élection des magistrats ; protecteur des
centuries de l'ordre équestre qu'il a aussi
privées de leurs suffrages ; protecteur des
anciens tribuns de soldats ; protecteur des
négocians de la rue Janus ; qui pourra, bons
Dieux ! tenir contre sa puissance ? sur-tout
après qu'il a fait distribuer des terres à ses (1)
protégés. Qui jamais a eu pour soi toutes les
tribus, tout l'ordre équestre, les tribuns de
soldats ? Croyez-vous que la puissance des
Gracques ait jamais été aussi étendue que le
sera celle de ce gladiateur ? Je ne l'ai pas
appellé gladiateur (2) comme on appelle quel-

partir pour la guerre des Parthes, désigneroît les
magistrats pour deux années. Apparemment que César
avoit désigné plusieurs des amis de Lucius Antonius,
et que par-là celui-ci avoit partagé en quelque sorte
l'élection des magistrats avec César. Par rapport aux
quatre statues érigées dans le forum avec l'inscription
de protecteur, voyez la Philippique précédente.

(1) *Eosdem*, sans doute *qui ipsi statuam posuerunt.*
—— *Quis unquam omnes tribus ?* sous-entendez, dit
Paul Manuce, *aequè habuit in suâ potestate.*

(2) Cicéron parle ici un peu plus en détail de ce
combat de gladiateur dont il a déjà parlé souvent ;

quefois Marc Antoine lui-même : ce n'est point
un terme méthaphorique, c'est le mot propre,
et le plus propre qu'on puisse employer.
L'Asie a vu en lui un gladiateur véritable.
Après avoir armé pour le combat son com-
pagnon, son ami intime, il égorgea ce malheureux qui fuyoit. Il reçut toutefois en combattant une blessure considérable dont il porte
encore la cicatrice. S'il a égorgé son meilleur
ami, que fera-t-il dans l'occasion à son ennemi ? S'il a tué un homme pour son plaisir,
que ne fera-t-il pas, croyez-vous, pour son
intérêt ? N'enrôlera-t-il pas encore les mauvais
citoyens ? ne soulevera-t-il pas encore ceux
qui ont reçu de lui des terres ? ne rappellera-t-il
pas les exilés ? Et dès que Marc Antoine paroîtra, les citoyens pervers ne se mettront-ils
point en mouvement ? n'accourront-ils point de
tous côtés ? Quand il n'auroit avec lui que ceux
qui le suivent, et ceux qui dans Rome favo-
risent ouvertement son parti, aura-t-il peu

mais il ne s'exprime pas encore aussi clairement qu'on
pourroit le désirer. —— *Après avoir armé.... Threcidicis,* sous-entendez *armis. Armis Threcidicis,* c'est-
à-dire, *armis gladiatoriis.* Car il y avoit des gladiateurs qui s'appelloient *Thraces,* ou *Threces.*

de monde ? sur-tout les bons ayant quitté
leur poste , et les méchans n'attendant qu'un
signe de sa part. Pour moi je crains que, si
nous faisons aujourd'hui une fausse démarche,
le nombre des méchans ne tarde point à
s'accroître. Ce n'est pas que je rejette la paix,
mais j'appréhende la guerre cachée sous le nom
de paix. Si donc nous voulons jouir de la paix,
il faut faire la guerre : si nous renonçons à la
guerre, jamais nous ne jouirons de la paix.

Il est de votre sagesse, P. C. , de prendre
du plus loin que vous pourrez des mesures
pour l'avenir. Nous sommes maintenant dans
un poste, comme en sentinelle, pour ôter
tout sujet de crainte au Peuple Romain par
notre sollicitude et notre prévoyance. Il seroit
honteux que, dans un objet aussi clair, on
vît le premier conseil de l'univers manquer
d'intelligence ? Telle est l'ardeur du Peuple
Romain et l'unanimité de l'Italie ; tels sont
nos consuls, nos chefs et nos armées, que
la République ne peut éprouver de malheur
que par la faute du sénat. Pour moi je ne
m'épargnerai pas, j'annoncerai tout, j'avertirai
et préviendrai de tout, je prendrai les Dieux
et les hommes à témoins de mes sentimens.

Je ne me contenterai point de la fidélité,
qui pourroit paroître suffisante, mais qui ne
suffit pas dans un citoyen d'un rang distingué:
je vous aiderai de mes soins, de mes conseils,
de ma vigilance.

Je viens de prouver que la paix seroit dangereuse; je vais montrer qu'elle est même
impossible : c'est la dernière des trois propositions que j'ai avancées.

Et d'abord quelle paix peut-il exister entre
Antoine et le sénat? de quel œil pourra-t-il
être regardé par vous ou vous par lui? Qui
de vous ne le déteste ou n'en est détesté?
Mais êtes-vous les seuls avec Antoine dans
ces sentimens réciproques? ceux qui investissent Modène, qui font des levées dans la
Gaule, qui menacent d'envahir nos fortunes,
seront-ils jamais nos amis ou nous les leurs?
Antoine s'attachera-t-il aux chevaliers Romains? Ils ont, en effet, bien caché leurs
dispositions à son égard, et le jugement qu'ils
portoient de lui, eux qui se sont assemblés
en foule sur les degrés du temple de la Concorde (1), qui vous ont animés à recouvrer

(1) Lorsque Antoine assembla le sénat dans ce
temple, et qu'il se déchaîna contre Cicéron.

la

(3o5)

la liberté, qui ne respiroient que la guerre
et les armes; qui m'ont appellé à l'assemblée
du Peuple Romain de concert avec ce Peuple.
Aimeront-ils Antoine? Antoine conservera-t-il
la paix avec eux? Que dirai-je du Peuple
Romain qui, réuni en corps et d'une voix
unanime, m'a appellé deux fois (1) au forum,
m'a fait paroître devant une assemblée nombreuse, et a témoigné le plus grand desir
de recouvrer la liberté? Ce que nous souhai-
tions le plus auparavant, c'étoit de voir le
Peuple marcher à notre suite: aujourd'hui, il
est à notre tête. Peut-on se flatter que ceux
qui investissent Modène, qui assiégent le
général et l'armée du Peuple Romain, soient
jamais en paix avec le Peuple Romain? Le
seront-ils avec les villes municipales, ces villes
si ardentes à porter des décrets, à fournir des
soldats, à promettre des subsides, et dont l'ardeur fait retrouver au Peuple Romain, dans
chaque ville, un sénat de Rome? Il faut louer,
au nom de cet ordre, les habitans de Firmo. (2)

(1) Les jours où Cicéron prononça sa quatrième et
sa sixième Philippique.

(2) Firmo, Marruca, villes municipales d'Italie.

Tome X.   V

qui, les premiers de tous, nous ont promis
des subsides. Il faut répondre en termes honorables à ceux de Marruca, qui ont statué qu'on
noteroit d'infamie quiconque refuseroit de
servir. Telle est la conduite de l'Italie entière.
Il règne, sans doute, entre Antoine et ces
Peuples une bien solide paix. Une plus grande
discorde peut-elle régner entre eux? Or, la
paix ne sauroit compatir avec la discorde.
Pour ne parler que des particuliers, Visidius,
chevalier Romain, homme d'un mérite rare,
qui s'est toujours montré citoyen vertueux,
et qui, pendant mon consulat, m'a donné
des preuves de la plus exacte vigilance pour
la garde de ma personne, Visidius a exhorté
ses voisins à prendre les armes, il les a même
aidés de sa fortune. Antoine pourra-t-il être
en paix avec cet homme digne de tous les
éloges du sénat? Pourra-t-il l'être avec Caïus
César qui l'a éloigné de cette ville? Pourra-t-il
l'être avec Décimus Brutus qui l'a écarté de
la Gaule? Pourra-t-il prendre des sentimens
de paix et de douceur pour la province de
Gaule qui l'a repoussé et rejetté? Vous verrez,
P. C., si vous n'y donnez attention, s'allumer par-tout la haine, la discorde, et de-là les

(307)

guerres civiles. Cessez donc de vouloir ce qui est impossible, et prenez garde, au nom des Dieux, que l'espoir d'une paix actuelle et momentanée ne vous prive d'une paix solide et durable.

Mais quel est le but de tout le discours que vous venez d'entendre ? Nous ignorons encore ce qu'ont fait les députés : nous n'en devons pas moins être debout, prêts à marcher, armés déjà dans le cœur, disposés à ne nous laisser tromper, ni par la douceur d'une réponse soumise, ni par une apparence d'équité. Avant de faire aucune proposition, il faut qu'Antoine se soit soumis à nos ordres et à nos défenses, qu'il ait cessé d'assiéger Brutus et son armée, de ravager les villes et les campagnes de la Gaule, d'empêcher nos députés de joindre Brutus ; il faut qu'il ait ramené ses troupes en-deçà du Rubicon, qu'il les tienne au moins à deux cents mille pas de Rome, qu'il se soit remis au pouvoir du sénat et du Peuple. S'il remplit ces conditions, nous pourrons commencer à délibérer: s'il n'obéit point au sénat, ce ne sera point le sénat qui lui aura déclaré la guerre, mais lui qui l'aura déclarée au Peuple Romain.

V 2

(308)

Je vous en avertis, P. C., il s'agit de la liberté publique qui vous est confiée : il s'agit de la fortune et de la vie des citoyens les plus vertueux, contre lesquels Antoine dirige depuis long-tems les vues d'une insatiable cupidité et d'une cruauté inouie : il s'agit de votre autorité qui est perdue sans ressource, si vous ne la sauvez maintenant. Cet animal farouche, ce monstre altéré de carnage, est enfermé et enchaîné ; prenez garde qu'il n'échappe. Je vous en avertis vous-même, Pansa; vous êtes assez prudent pour n'avoir pas besoin d'avis, toutefois dans de violentes tempêtes les plus habiles pilotes reçoivent les avis des passagers. Ne souffrez pas que tous vos grands et brillans préparatifs deviennent inutiles. L'occasion ne fut jamais aussi belle. Avec la fermeté du sénat, l'ardeur du Peuple et le zèle des chevaliers Romains, vous pouvez délivrer pour toujours la République de ses périls et de ses craintes. Quant aux objets sur lesquels vous avez fait votre rapport (1), je suis de l'avis de Servilius.

(1) Sur la voie appienne et sur le temple de Junon Monéta.

HUITIÈME PHILIPPIQUE

DE CICÉRON.

Sommaire.

DES trois députés envoyés à Antoine, Servius Sulpicius étoit mort peu de tems après être arrivé au lieu de sa destination, Lucius Piso et Lucius Philippus étoient revenus, et avoient rapporté de la part d'Antoine des propositions qui n'étoient pas recevables ; le sénat en conséquence lui avoit déclaré la guerre, mais sans employer le mot de guerre, et se servant de celui de tumulte.

Cicéron commence par se plaindre de la douceur du consul et des pères conscripts à l'égard d'un homme qui, comme il le dit par la suite, avoit bravé et insulté le sénat, en faisant presser le siège avec plus de vigueur, les députés présens. Il montre l'absurdité de cette distinction de guerre et de tumulte, lorsqu'il existe une guerre réelle, comme il le prouve par les faits même. Il compare

V 3

la guerre présente aux autres guerres civiles , et fait voir qu'elles ne se ressemblent pas. Calénus , personnage consulaire , avoit exalté les avantages de la paix ; il s'étoit annoncé comme jaloux de conserver les citoyens : Cicéron le réfute d'une manière assez étendue , en montrant quelle est la Paix qu'il faut rechercher , quels sont les citoyens qu'il faut conserver. Il se plaint vivement des autres consulaires , et sur-tout de ceux qui avoient conseillé d'envoyer une seconde fois des députés à Antoine : il blâme en général leur conduite comme foible , comme lâche , comme peu digne de la noble fierté de leurs ancêtres. Il rapporte plusieurs des propositions d'Antoine , qu'il entremêle de ses réflexions ; il s'étonne que les députés aient pu les entendre sans être révoltés. Il revient sur les sénateurs , personnages consulaires , et finit par proposer en forme qu'on assigne un terme au-delà duquel tous ceux qui resteront attachés à Antoine , seront regardés comme ennemis de la République.

HUITIÈME PHILIPPIQUE

DE CICÉRON.

Vous vous conduisites hier, Pansa, avec moins d'assurance que ne le demandoit le plan que vous vous êtes tracé pour votre consulat. Vous me parutes mal soutenir les attaques de ceux à qui vous ne cédez pas ordinairement. Le sénat avoit montré sa fermeté accoutumée ; la guerre n'étoit que trop réelle, tout le monde le voyoit ; le mot seulement, suivant quelques-uns, devoit être écarté ; lorsqu'on fut aux opinions, vous inclinates vers le parti de la douceur. Notre avis ne passa donc point, d'après votre sentiment, à cause de la dureté du mot. On adopta l'avis de Lucius César (1), qui, évitant ce que le mot avoit de dur, fut plus

(1) Lucius César, frère de la mère d'Antoine, étoit d'avis de poursuivre Antoine avec les armes, mais il évitoit d'employer le nom de guerre. Lentulus, un des conjurés que le sénat fit périr dans la prison, avoit épousé une sœur du même Lucius César. A *Lucii Caesaris* le texte ajoute *viri amplissimi*, que j'ai cru pouvoir omettre en françois.

doux dans ses paroles que dans son opinion.
Toutefois, avant que d'opiner, il s'excusa sur sa
parenté avec Antoine. Durant mon consulat,
il avoit fait pour son beau-frère ce qu'il fait
aujourd'hui pour son neveu : il avoit tâché
d'allier ce qu'il croyoit devoir à l'affliction de sa
sœur, avec ce qu'exigeoit de lui le salut de la
République. Au reste, P. C., César vous a avertis
en quelque sorte de ne point embrasser son avis:
il en auroit donné un autre, disoit-il, digne
de lui et de la République, s'il n'en eût été
empêché par les liens du sang. César est oncle
d'Antoine ; êtes-vous donc aussi ses oncles vous
qui avez embrassé l'opinion de César?

Mais sur quoi a roulé la dispute? quelques-
uns ne croyoient pas devoir employer dans leur
avis le terme de *guerre* ; ils préféroient celui de
tumulte (1) ; par ignorance non seulement des
choses, mais encore des termes, puisqu'il peut
y avoir guerre sans tumulte, mais non point
tumulte sans guerre. Qu'est-ce, en effet, que le
tumulte, sinon une allarme si forte qu'il en
résulte une plus grande frayeur? et c'est cela

___

(1) *Tumulte* : il faut prendre ce mot dans le sens
que donne Cicéron à celui de *tumultus*, qu'il explique
ici suffisamment. J'ai cru devoir franciser le mot.

même qui l'a fait appeller du nom de *tumulte* (1).
Aussi nos ancêtres ont-ils donné ce nom à
la guerre d'Italie, parce qu'elle étoit domestique,
et à la guerre de Gaule, parce que la Gaule est
voisine de l'Italie : ils ne l'ont donné à aucune
autre guerre. Une preuve que le tumulte est
quelque chose de plus formidable que la guerre,
c'est que dans la guerre on a égard aux exemptions de service, et non dans le tumulte. Il
arrive de là, comme j'ai dit, qu'il peut y
avoir guerre sans tumulte, et non tumulte sans
guerre. En effet, comme il n'y a point de
milieu entre la guerre et la paix, si le tumulte
n'appartient pas à la guerre, il faut nécessairement qu'il appartienne à la paix : or peut-on
rien dire, peut-on rien penser de plus absurde ?

Mais c'est trop s'arrêter sur le mot : voyons
plutôt, P. C., la chose même à laquelle le mot
nuit quelquefois. Nous ne voulons pas qu'il y ait
maintenant de guerre ! Nos villes peuvent-elles
donc se croire autorisées par nous à fermer leurs
portes à Antoine ; à lever des soldats qui s'enrôlent sans contrainte, d'eux-mêmes, de leur propre
volonté, sans qu'on exige d'amende ; à promet-

(1) *Tumultus* peut s'expliquer *timor multus.*

tre des secours d'argent pour les besoins de la
République ? Supprimons-nous le terme de
guerre, plus de zèle dans nos villes : nous verrons bientôt, si nous agissons avec mollesse,
cet empressement unanime du Peuple Romain,
qui prend parti dans notre cause, tomber en
langueur.

Disons plus encore. Décimus Brutus est attaqué. Ce n'est pas une guerre : Modène est assié-
gée. Ce n'est pas une guerre que cela même : la
Gaule est ravagée. Peut-il y avoir de paix plus
réelle ? Mais qui peut appeller guerre ce que je
vais dire ? Nous avons envoyé à la tête d'une
armée un consul (1) courageux, qui à peine
relevé d'une maladie longue et dangereuse, n'a
cru devoir alléguer aucune excuse, lorsqu'il étoit
appellé pour défendre la République. Caïus
César, malgré sa jeunesse, n'a pas attendu nos
délibérations : il a entrepris la guerre contre
Antoine de son propre mouvement. Ce n'étoit
pas encore le tems de s'assembler pour délibérer;
mais il voyoit que, s'il laissoit échapper celui
de faire la guerre, la République une fois opprimée, toute délibération devenoit impossible.
Ces généraux et leurs armées sont donc actuel-

(1) Hirtius. Voyez la précédente Philippique.

lement en paix. Celui-là n'est pas ennemi dont Hirtius a chassé la garnison de Claterne (1) : celui-là n'est pas ennemi qui s'oppose au consul les armes à la main , qui attaque un consul désigné. Ce ne sont pas des termes hostiles , des termes de guerre , ceux que Pansa a extraits de la lettre de son collègue et qu'il vient de lire : *J'ai chassé la garnison , je me suis rendu maître de Claterne ; la cavalerie a été mise en déroute ; le combat s'est engagé ; quelques-uns ont été tués.* Peut-il y avoir une paix plus solide ? On a ordonné qu'on feroit des levées dans toute l'Italie , sans égard aux exemptions de service ; on prendra demain les habits militaires ; le consul a déclaré qu'il viendroit (2) au sénat avec une escorte : n'est-ce pas là une guerre , et même une guerre telle qu'il n'y en eut jamais ?

Dans les autres guerres , je dis guerres civiles , c'étoient les affaires publiques qui faisoient naître les disputes. Sylla disputoit avec

(1) Ville d'Italie , près la voie Emilienne. Au consul , à Hirtius ; un consul désigné , Décimus Brutus.

(2) *Qu'il viendroit.* Mot à mot , *qu'il descendroit.* Les citoyens d'un certain rang habitoient sur les hauteurs , d'où il falloit descendre pour venir à la place publique.

Sulpicius (1) sur la validité de loix qui, suivant
Sylla, avoient été portées par la violence ;
Cinna étoit en démelé avec Octavius sur les
suffrages des citoyens nouveaux ; Sylla avoit
une violente querelle avec Carbon et le jeune
Marius, pour empêcher des citoyens méprisables de dominer, et pour venger le meurtre
indigne des plus illustres personnages. Ce sont
des disputes sur les affaires publiques qui ont
occasionné toutes ces guerres. Je ne veux point
parler de la dernière guerre civile (2) ; j'en
ignore la cause, j'en déteste l'évenement.

(1) Sulpicius, tribun du Peuple, partisan de Marius, avoit porté plusieurs loix contre Sylla, une
entre autres, qu'on ôteroit à Sylla le soin de la guerre
de Mithridate pour en charger Marius. Sylla, de retour
à Rome, en chassa Marius et fit mourir Sulpicius.
Cinna, aussi partisan de Marius, vouloit que les
nouveaux citoyens, c'est-à-dire, les affranchis, eussent
droit de suffrage dans les tribus : Octavius, son collègue, s'y opposoit. Carbon, consul pour la troisième
fois, s'étoit ligué contre Sylla avec son collègue le
jeune Marius. — Pour venger.... Punior est ici
verbe déponent, et puniretur est pour puniret. Il y
en a un exemple dans la Milonienne.

(2) Entre César et Pompée. Cette guerre civile
étoit la quatrième. La troisième entre Sylla et le jeune

Voici la cinquième des guerres civiles, qui
toutes se sont allumées dans notre siècle. Ce
que celle-ci a de particulier, c'est que, loin de
diviser et de désunir les citoyens, elle établit
entr'eux la plus grande unanimité et le plus
parfait accord. Tous veulent, tous soutiennent,
tous pensent la même chose. Quand je dis tous,
j'excepte ceux que personne ne juge dignes du
titre de citoyens. Quelle est donc de part et
d'autre la cause de la guerre ? Nous, ce sont
les temples des Dieux immortels, nos murs,
nos maisons, les demeures du Peuple Romain,
nos Pénates, nos autels, nos foyers, les tombeaux de nos ancêtres ; ce sont les loix, les
tribunaux, la liberté, nos femmes, nos enfans,
c'est la patrie que nous défendons. Pour An-

Marius ; la seconde, entre Cinna et Octavius ; la première, entre Sylla et Marius : la guerre présente
étoit donc la cinquième. —— *Ce que celle-ci a de particulier.* Voici comme il faut entendre le *primum* du
latin. La guerre présente est la cinquième dans l'ordre
des tems ; mais elle est la première en ce que les
citoyens, loin d'être désunis, sont parfaitement d'accord. Au reste, l'orateur a dit qu'il ignoroit la cause
de la guerre entre César et Pompée, c'est-à-dire, qu'il
ne vouloit ni l'examiner, ni en parler,

toine, que veut-il , que prétend-il , sinon renverser et détruire tout , sinon dissiper une
partie de nos fortunes et distribuer l'autre à des
parricides , sinon trouver dans le projet de piller la République un juste sujet de lui faire
la guerre ?

Tels sont les motifs différens qui ont fait
prendre les armes de part et d'autre ; et ce
qu'il y a de plus triste, c'est qu'Antoine promet
à ses brigands , d'abord de leur donner nos
maisons ; car il assure qu'il leur partagera la
ville : ensuite de les conduire où il leur plaira,
de quelque porte de Rome qu'ils veuillent
sortir. Tous les Caphons, tous les Saxa , et
autres pestes publiques dévouées à Antoine,
s'adjugent les plus beaux édifices, les jardins ,
les lieux de plaisance d'Albe et de Tusculum.
Ces hommes grossiers, ou plutôt ces brutes
dépourvues de raison , portent leurs vaines
espérances jusque sur les bains de Pouzzoles.
Antoine a donc de quoi repaître l'avidité de
ses satellites. Et nous , pouvons-nous rien faire
promettre de semblable à nos soldats? Aux
Dieux ne plaise! notre vœu est de rendre à
jamais impossibles de pareilles promesses. Je
le dis malgré moi , mais il faut le dire : les

confiscations de César (1) donnent de l'espérance et inspirent de la hardiesse à une foule
de méchans ; ils ont vu que de pauvre on
devenoit tout-à-coup riche. Aussi ceux qui
convoitent nos fortunes, soupireront toujours
après de semblables confiscations. Antoine
promet tout à ses satellites : et nous, que
promettons-nous à nos soldats? des avantages
bien plus précieux, bien plus importans : car
les récompenses du crime sont aussi pernicieuses à ceux qui les attendent qu'à ceux
qui les promettent. La liberté, les privilèges
de citoyens, les loix, les tribunaux, l'empire
de l'univers, l'honneur, la paix, la tranquillité, voilà ce que nous promettons à nos
soldats. Les promesses d'Antoine sont donc
cruelles, affreuses, abominables, horribles aux
yeux des Dieux et des hommes ; l'effet n'en
sauroit être que nuisible et peu durable : les
nôtres, au contraire, sont honnêtes, pures,
glorieuses, ne respirent que joie, amour de la
patrie.

(1) Mot à mot, *la pique de César*. Nous avons déjà
vu que la pique étoit la marque et l'annonce des ventes
à l'encan. César avoit fait vendre à l'encan tous les
biens de Pompée.

Et un homme ferme, actif, Calénus, mon ami, viendra encore nous vanter les avantages de la paix. Comme si je ne pouvois pas, s'il en étoit besoin, faire de la paix un éloge non moins magnifique. Oui, sans doute, je n'ai parlé qu'une seule fois (1) pour la paix ; je n'ai pas toujours recherché la tranquillité, utile à tous les gens de bien, et à moi plus qu'à personne. Eh ! quel exercice auroient trouvé mes foibles talens, sans les affaires du barreau, sans les loix, sans les jugemens enfin, qui ne peuvent subsister au milieu des discordes civiles ?

Mais, je vous le demande, Calénus, donnez-vous à la servitude le nom de paix ? Nos ancêtres prenoient les armes, non-seulement pour être libres, mais encore pour commander. Vous, vous êtes d'avis que nous les quittions pour nous rendre esclaves. Quel motif plus légitime de faire la guerre que d'avoir à repousser le joug d'un maître ? Quand même ce maître ne seroit pas dur et difficile, il est triste cependant qu'il puisse le devenir, s'il le veut. Disons-le donc ; les autres motifs de

(1) *Une seule fois* ; lorsque je m'efforçai d'amener Pompée à la paix.

prendre

prendre les armes peuvent être légitimes, celui-ci est indispensable. A moins que vous ne pensiez, Calénus, que le danger ne vous regarde point, parce que vous espérez partager la domination d'Antoine. En cela vous êtes doublement dans l'erreur : d'abord c'est préférer vos intérêts propres à ceux de l'état ; ensuite c'est vous persuader qu'on puisse jouir sous un maître d'un bonheur solide et durable. Si vous y avez trouvé votre avantage par le passé, vous ne l'y trouverez pas toujours. Bien plus, je me le rappelle, vous vous êtes plaint plus d'une fois de César ; que devez-vous donc penser d'Antoine, d'un monstre ?

Vous dites : j'ai toujours désiré la paix, j'ai toujours voulu la conservation de tous les citoyens. C'est là le langage d'un homme vertueux ; mais il faut supposer que tous les citoyens soient bons et amis de la République. Car si vous voulez la conservation de ceux qui sont citoyens par la naissance, et ennemis par les sentimens, quelle différence entre eux et vous ? Votre père, ce respectable vieillard qui a daigné accueillir ma jeunesse, cet homme plein de gravité et de prudence, mettoit au-dessus de tous les citoyens le meurtrier de

Tibérius Gracchus, Publius Scipio Nasica. Il
vantoit son courage, sa sagesse, sa grandeur
d'ame ; la République, disoit-il, lui devoit
son salut. Nos pères nous ont-ils laissé de
lui une autre idée? Si vous aviez vécu dans
ces tems-là, ce citoyen n'auroit donc pas eu
votre approbation, parce qu'il n'auroit pas
voulu la conservation de tous les citoyens?
Lorsque le consul Opimius eut fait son rapport
sur le danger de la République, les sénateurs
décidèrent qu'Opimius, consul, défendroit la
République. Ainsi l'avoit arrêté le sénat;
Opimius prit les armes. Si vous aviez vécu
alors, auriez-vous condamné Opimius comme
un citoyen téméraire ou cruel? auriez-vous
condamné aussi Métellus, dont les quatre
fils ont été honorés du consulat; Lentulus,
prince du sénat; plusieurs autres grands hommes
qui, conjointement avec le consul, poursuivi-
rent, les armes à la main, Gracchus (1) sur le

(1) Caïus Gracchus, qui fut tué par le consul
Opimius et par les autres personnages ci-nommés.
Marcus Fulvius Flaccus, partisan de Caïus Gracchus,
fut enveloppé avec lui dans la même ruine : il périt
avec ses deux fils.

(8₂3)

mont Aventin? Dans ce combat, Lentulus reçut une blessure mortelle, Gracchus fut tué, ainsi que Fulvius, personnage consulaire, et ses deux fils, encore très-jeunes. Ces hommes étoient donc condamnables, puisqu'ils n'ont pas voulu la conservation de tous les citoyens. Passons à des faits plus récens. Le sénat remit aux consuls Marius et Valérius la défense de la République (1). Saturninus, tribun du Peuple, et Glaucia, préteur, furent mis à mort. En ce jour, les Scaurus, les Métellus, les Claudius, les Catulus, les Scévola, les Crassus, prirent tous les armes. Croyez-vous que ces consuls ou ces personnages illustres soient condamnables? Je voulois la mort de Catilina : vous qui voulez la conservation de tous les citoyens, vouliez-vous que Catilina vécût? Il y a cette différence, Calénus, entre votre manière de penser et la mienne, moi je désire qu'aucun citoyen ne commette de fautes qui méritent la mort; vous pensez, vous, qu'on doit conserver la vie à un citoyen, quelques fautes qu'il ait commises. Si dans

(1) Ce fait est plus développé dans le plaidoyer pour Rabirius.

X 2

notre corps il est une partie qui nuise au
reste, nous souffrons qu'on y applique le fer
et le feu; nous consentons à voir périr un
de nos membres plutôt que le corps entier.
De même, veut-on sauver le corps entier de
la République; tout sujet gâté, qu'on le retranche. Ces paroles sont dures; celles-ci le
seroient bien davantage; que les méchans,
que les pervers, que les scélérats soient conservés; que les citoyens honnêtes, vertueux,
intègres périssent avec toute la République.
Il est un seul homme, Calénus, pour lequel,
je l'avoue, vous avez mieux vu (1) que moi. Moi,
je ne voyois dans Clodius que scélératesse,
débauche, impiété, audace, forfaits, les vices
les plus funestes; vous, au contraire, vous
n'avez vu en lui qu'intégrité, chasteté, religion,
modération, des vertus précieuses qu'on devoit craindre de perdre. J'accorde donc que vous
avez été fort clair-voyant pour ce seul homme,
et moi que j'ai été grandement dans
l'erreur.

(1) On voit bien que tout cet endroit est ironique.
Lorsque Clodius fut accusé d'avoir profané les sacrés
mystères, Calénus avoit pris sa défense, tandis que
Cicéron avoit rendu témoignage contre lui.

Vous me reprochez de m'emporter toujours quand je vous parle; le reproche tombe à faux. Je vous parle avec force, j'en conviens, mais non avec emportement. Non, on ne me voit jamais m'emporter contre mes amis sans de grandes-raisons, pas même lorsqu'ils le méritent. Je puis donc vous voir dans des sentimens opposés aux miens sans vous attaquer avec outrage, mais non sans éprouver un déplaisir extrême.

En effet, notre opposition est-elle légère, et l'objet en est-il peu important? sans doute, je favorise celui-ci, et vous celui-là. Ah! plutôt je favorise moi Décimus Brutus, et vous, Marc-Antoine; je souhaite moi qu'une colonie du Peuple-Romain lui soit conservée, et vous qu'elle lui soit enlevée de force. Pouvez-vous le nier, lorsque vous apportez tous les retardemens capables d'affoiblir Brutus et de fortifier Antoine? Jusques à quand direz-vous: je désire la paix? le siège est commencé; on a fait (1) avancer des machines; on combat

_____

(1) Latin, *conductae*, c'est-à-dire ici *simul ductae*. — *On a envoyé....* le ton de cette phrase est ironique. — *Trois des principaux*, Lucius Piso, Lucius Philippus, Servius Sulpicius.

X 3

avec chaleur ; nous avons envoyé trois des
principaux de la ville pour séparer les com-
battans ; Antoine les a méprisés, rejettés, dé-
daignés : toutefois vous persistez à montrer en
vous le plus ardent défenseur d'un tel homme.
Et afin de paroître meilleur sénateur, il ne
doit pas, dit-il, être ami d'Antoine. Antoine
lui a été opposé dans une cause, quoiqu'il
lui eût de grandes obligations (1). Voyez jusqu'où va son amour pour la patrie. Tout
irrité qu'il est contre la personne d'Antoine,
il le défend pour l'intérêt de la République.

« Il ne m'est pas possible, Calénus, lorsque
vous êtes si acharné contre les Marseillois,
de vous écouter tranquillement. Jusqu'à quand
attaquerez-vous (2) Marseille ? Le triomphe

(1) *Venisse eum contra se*, sous-entendez *dicit*.
Remarquez *venire contra aliquem*, qui se trouve
avec le même sens dans la seconde Philippique. —
Cum suo magno beneficio esset, expression singulière
et rare. On lit dans une épître familière du même
Cicéron, *Acilius maximo meo beneficio est*, Acilius
m'a les plus grandes obligations.

(2) Marseille avoit toujours été dévouée à Pompée
et à son parti. César prit cette ville, et en fit porter

même ne met-il pas fin à la guerre? ce
triomphe où l'on a porté l'image d'une ville
sans laquelle nos ancêtres ne triomphèrent
jamais des nations transalpines. Alors, sans
doute, le Peuple Romain ne put s'empêcher
de gémir: Tout le monde ressentoit ses propres peines; et cependant il n'y avoit pas de
citoyen qui crût étrangers pour lui les malheurs
d'une ville aussi fidèle. César lui-même, qui
avoit été si animé contre les Marseillois, touché
de leur constance et de leur fidélité rare,
sentoit tous les jours son courroux s'adoucir:
et vous, Calénus, toutes les infortunes d'une
ville fidèle n'ont pu assouvir votre haine. Vous
direz peut-être encore que je m'emporte contre
vous. Je vous parle sans emportement, comme
je fais toujours, mais non pas sans douleur.
Selon moi, un ennemi de Marseille ne sauroit
être ami de Rome. Je ne puis, Calénus,
expliquer votre conduite. Auparavant nous ne
pouvions vous empêcher de vous prêter à
toutes les volontés du Peuple; maintenant
nous ne pouvons gagner sur vous que vous
agissiez d'après son vœu et ses desirs.

l'image dans son triomphe: c'étoit l'usage de faire
porter dans les triomphes les images des villes prises.

X 4

J'ai assez parlé à Calénus, toujours sans haine, et jamais sans douleur. Lui qui souffre modérément les plaintes d'un gendre (1), souffrira, je crois, sans peine celles d'un ami.

Parlons des autres consulaires. Il n'en est aucun, je puis le dire, qui n'ait avec moi quelque liaison plus ou moins étroite. Que le jour d'hier fut honteux pour nous, je dis pour les consulaires, une seconde fois des députés! Eh! Antoine feroit-il même une trève? Il a fait battre Modène avec des machines sous les yeux des députés; et du consul il affectoit de montrer aux députés ses travaux et ses fortifications; l'attaque n'a pas été interrompue d'un seul instant, en présence même des députés. Des députés à un tel homme! pourquoi? est-ce pour qu'à leur retour vous éprouviez de plus vives allarmes? Dès le commencement, je n'étois pas d'avis qu'on envoyât des députés à Antoine; une chose néanmoins me consoloit: je pensois qu'à

(1) Du consul Pansa, qui étant son gendre lui demandoit à lui le premier son avis dans le sénat. Apparemment qu'il s'étoit plaint quelquefois de son trop grand attachement pour Antoine.

leur retour, lorsqu'on verroit qu'ils n'avoient
essuyé de la part d'Antoine que des mépris et
des refus, lorsqu'ils auroient appris au sénat
qu'Antoine, loin d'abandonner la Gaule suivant
notre décision, ne levoit pas même le siège
de Modène, qu'il ne leur avoit pas permis
de parler à Décimus Brutus, je pensois, dis-je,
qu'enflammés de haine, excités par le ressentiment, nous nous porterions tous à
secourir Décimus Brutus, d'armes, de chevaux,
de soldats. Mais nous n'agissons qu'avec plus
de mollesse, depuis que l'audace et la perversité
d'Antoine, depuis que son insolence et son
orgueil ne nous sont que trop bien connus.
Plût aux Dieux que Lucius César jouît
d'une santé meilleure et que Sulpicius (1) vécût
encore ! cette cause seroit beaucoup mieux
plaidée par ces hommes qu'elle ne l'est
aujourd'hui par un seul. Je le dis avec douleur, plutôt que par reproche : nous avons été
abandonnés P. C., oui, nous avons été abandonnés par les principaux du sénat. Mais,
je l'ai dit souvent, tous ceux qui, dans un si

_____

(1) Sulpicius étoit mort dans le cours de sa députation : c'est pour lui que Cicéron a fait sa neuvième
Philippique.

grand péril, opineront avec force et avec
sagesse, seront, pour nous des consulaires. Les
députés auroient dû nous donner du courage,
ils nous ont inspiré de la crainte ; non pas à moi
certes, malgré la grande opinion qu'ils ont
de celui à qui ils ont été envoyés, de celui
dont ils ont reçu des propositions ou plutôt
des ordres.

Dieux immortels ! que sont devenues les
maximes et la fermeté de nos ancêtres ? Du
tems de nos aïeux, Popilius (1) avoit été envoyé
en ambassade vers le roi Antiochus pour lui
signifier de la part du sénat qu'il eût à se
retirer de devant Alexandrie ; le prince diffé-
roit de répondre ; l'ambassadeur, sans le laisser
sortir de sa place, traça autour de lui un
cercle avec une baguette, et lui dit qu'il le
dénonceroit au sénat, s'il ne lui déclaroit ses
intentions avant de sortir du cercle qu'il avoit
tracé. Popilius agissoit en vrai Romain ; il
portoit en lui seul l'image du sénat et du
Peuple, il en représentoit toute la puissance :
dès qu'un homme refuse de leur obéir, ses

_____

(1) Caïus Popilius Lénas. Le trait dont parle Cicéron est raconté dans le trente-quatrième livre de
Tite-Live.

propositions doivent être rejettées, ou plutôt sa personne toute entière doit être pros-
crite.

Recevrois-je moi les propositions d'un homme qui mépriseroit les ordres du sénat? penserois-je que le sénat ait rien de commun avec un homme qui, malgré les défenses du sénat, assiégeroit un général du Peuple Romain? Mais quelles sont ses propositions? Avec quelle hauteur, avec quelle fierté, avec quelle arrogance, il ose les offrir? Pourquoi en chargeoit-il nos députés, lorsqu'il nous envoyoit Cotyla, la gloire et le soutien de ses amis, ancien édile? si pourtant on devoit regarder comme édile un misérable que des esclaves publics, par l'ordre d'Antoine, ont accablé de coups de fouet dans un festin (1).

Mais que les propositions sont modérées ! Il faut que nous soyons bien durs, P. C., pour rien refuser à Antoine. *Je remets*, dit-il, *l'une et l'autre province* (2); *je congédie mon armée*;

____

(1) Cicéron rappelle le même fait dans la treizième Philippique : on ignore à quelle occasion Antoine avoit ainsi traité Cotyla.

(2) La Gaule citérieure et la Macédoine, sur les-

Je consens à vivre sans titre.... Car tels sont ses
propres termes. Il paroît rentrer en lui-même:
j'oublie tout, je me réconcilie (1). Mais
qu'ajoute-t-il ? *pourvu que vous donniez à mes*
six légions, à ma cavalerie et à ma cohorte prétorienne, le butin et des terres. Il demande encore
des récompenses pour ceux dont il ne pourroit
demander le pardon sans un excès d'effronterie.
Il ajoute encore que *ceux à qui lui et Dolabella*
auront donné des terres les garderont. Ce sont
les terres de la Campanie et des Leontini
que nos ancêtres regardoient comme nos ressources dans la disette. Il est trop bon de
stipuler pour des joueurs et des dissipateurs ;
il n'oublie pas même Caphon ou Saxa, ces
braves et vigoureux centurions qu'il a confondus avec les troupes de ses comédiens et
de ses comédiennes. De plus il demande
que l'on ratifie les décisions faites ou par lui ou par
Jules César, son collègue, consignées dans des
.... sur .... (2) ....
quelles Antoine pourroit avoir des droits, comme nous
l'avons déjà observé plus haut.

(1) *Omnia obliviscor, in gratiam redeo.* Dans toutes
les éditions, ces mots sont regardés comme faisant
partie de la lettre. Il m'a semblé que c'étoit là la
de ce que dit Cicéron, et j'ai traduit en conséquence.

livres et dans des registres (1). Pourquoi s'embarrasser que chacun garde ce qu'il a acheté, pourvu que lui vendeur garde ce qu'il a reçu? Il demande encore *qu'on ne touche pas aux comptes trouvés dans le temple de Cybèle* ; c'est-à-dire, qu'on ne recouvre point sept cens millions de sesterces : *qu'on n'inquiète pas les septemvirs* (2) *pour leurs opérations.* C'est, sans doute, Nucula qui lui a donné cette idée ; il craignoit peut-être de perdre une nombreuse clientèle. Antoine veut même *qu'on mette à l'abri les gens de sa suite, quoi qu'ils aient fait contre les loix.* Il pourvoit aux intérêts de Mustela et de Tiron, il ne songe pas aux siens propres. En effet, a-t-il jamais lui-même (3) agi contre les loix? a-t-il touché à l'argent du trésor? a-t-il commis un meurtre? s'est-il fait escorter de gens armés? Mais pourquoi s'inquiéter pour ceux de sa suite? Il demande *qu'on n'abroge pas sa loi*

(1) Sous prétexte que le sénat maintenoit les actes de César, Antoine avoit forgé des livres et des registres pour s'approprier et donner ce qu'il vouloit. —— *Aux comptes trouvés....* dont il est parlé précédemment.

(2) Nucula étoit un de ces septemvirs, de ces hommes chargés du partage des terres.

(3) On sent l'ironie de tout cet endroit.

concernant les juges : or, s'il obtient cette clause, qu'aura-t-il à craindre ? appréhendera-t-il que quelqu'un des siens ne soit condamné par (1) Cyda, par Lysiade, par Curius ? Au reste, il ménage les demandes et les propositions, il se relâche, et veut céder quelque chose. *Je remets*, dit-il, *la Gaule citérieure, je demande* (2) *l'ultérieure.....* Il préfère, sans doute, de mener une vie paisible. *Avec six légions*, ajoute-t-il,

(1) Cyda, Lysiade, Curius, trois hommes dont il est parlé dans une des précédentes Philippiques, et qui faisoient partie d'une troisième classe de juges.

(2) Latin, *Galliam togatam, comatam.* La Gaule citérieure étoit appellée *togata*, parce que les Peuples de cette province portoient la toge romaine. La Gaule ultérieure étoit nommée *comata*, parce que les Gaulois de cette contrée avoient de longs cheveux. Ils étoient fort belliqueux; et par conséquent cette province étoit propre à qui vouloit faire la guerre. Nous devons donc entendre ironiquement ces mots, *de mener une vie paisible.* Au reste, il faut observer que Cicéron ne lit pas toute la lettre : ainsi, quand Antoine a dit au commencement qu'il consentoit à vivre particulier, sans titre, il ajoutoit, sans doute, outre les récompenses qu'il demandoit pour son armée, que Brutus et Cassius ne seroient pas consuls : dans le cas où ils le seroient, il demandoit la Gaule ultérieure pour cinq ans.

lesquelles seront complettées sur l'armée de Décimus Brutus, non simplement par ses propres levées. *Et je garderai cette province tout le tems que Marcus Brutus et Caïus Cassius commanderont dans des provinces en qualité de consuls ou de proconsuls.* **Dans les comices (1) annoncés par Antoine, Caïus, son frère, qui doit demander le consulat la même année que Brutus et Cassius,**

(1) J'ai lu, avec plusieurs éditions, *hujus comitiis Caïus frater, ejus est enim annus, jam repulsam tulit.* Pour entendre ce passage, où il ne manque rien, quoi qu'en disent certains commentateurs, il faut savoir que Marcus Brutus, Caïus Cassius et Caïus Antonius étoient ensemble préteurs, et qu'ils devoient demander le consulat après les deux ans qu'il falloit mettre entre la préture et le consulat. Antoine ne vouloit pas être particulier et sans titre, lorsque Brutus et Cassius commanderoient comme consuls ou comme proconsuls. Il suppose donc qu'ils soient consuls, et d'après cela il demande de garder sa province pendant cinq ans. Cicéron accepte l'augure pour le consulat de Brutus et de Cassius, qui devoit entraîner le refus de Caïus Antonius. Il faut se rappeler que, d'après la disposition de César, Hirtius et Pansa étoient consuls après Antoine, et que Décimus Brutus et Lucius Plancus devoient l'être après eux. —— *La loi de César*, qui défendoit de garder plus de deux ans les provinces consulaires.

a donc déjà essuyé un refus. *Je garderai*, dit-il, *ma province pendant cinq ans.* Mais la loi de César s'y oppose : et vous, Antoine, vous défendez les actes de César.

Avez-vous bien pu, Pison et Philippus, vous les principaux de la ville, je ne dis pas supporter, je dis même, écouter de pareilles propositions ? Mais, à ce que je soupçonne, vous avez éprouvé devant Antoine une certaine impression de terreur; vous ne l'avez abordé ni comme envoyés du sénat, ni comme personnages consulaires; vous n'avez pu soutenir ni votre dignité propre, ni celle de la République. Toutefois, je ne sais comment, sans doute par un effort de sagesse dont je ne serois pas capable, vous n'êtes point revenus trop courroucés. Antoine ne vous a rendu aucun honneur, à vous, personnages illustres, députés du Peuple Romain : et nous, que n'avons-nous pas accordé à Cotyla (1), député d'Antoine ? Un homme à qui nous devions fermer les portes de la ville, nous lui avons ouvert celles de ce sanctuaire auguste;

(1) Lucius Varius Cotyla, député au sénat par Antoine, dont il est parlé plus haut.

il

il a eu entrée dans le sénat ; hier il portoit sur son journal nos opinions, nos expressions même. Des citoyens qui ont passé par les premiers honneurs lui faisoient même la cour, sans respect pour eux-mêmes.

Dieux immortels ! qu'il est difficile aux chefs de la République de soutenir dignement ce personnage ! Il faut que nous ménagions, non-seulement les esprits, mais encore les regards des citoyens. Accueillir dans sa maison le député des ennemis, l'admettre à son audience, le tirer seulement à l'écart, c'est la conduite d'un homme qui oublie sa dignité, qui songe trop au péril. Mais enfin quel péril ? en supposant que l'on coure les plus grands risques, vainqueur, on conserve sa liberté ; vaincu, il faudra subir la mort : on doit désirer l'un, on ne peut éviter l'autre. Mourir même dans les tourmens est moins triste qu'échapper au trépas par des moyens honteux. Je ne puis non plus me persuader qu'il s'en trouve parmi nous capables de porter envie à la fermeté et aux travaux d'un citoyen, de voir avec peine que le sénat et le Peuple approuvent le zèle qui l'applique sans relâche à la défense de la République. Nous devrions tous agir de

Tome X. Y

même; et c'etoit, je ne dis pas seulement du tems de nos ancêtres, je dis même dans les derniers tems, le grand mérite d'un ancien consul, de veiller sans cesse, d'être attentif à tout, de penser, d'agir ou de parler toujours pour le bien de la République.

Je me le rappelle, P. C., l'augure Scévola, dans la guerre des Marses (1), malgré son extrême vieillesse et sa foible santé, ouvroit tous les jours sa porte à tout le monde dès avant le lever du soleil : on ne le vit jamais au lit pendant cette guerre : quoique vieux et infirme, il venoit le premier au sénat. Je voudrois que les hommes appellés à suivre son exemple imitassent son ardeur, ou que du moins ils ne fussent jaloux de l'activité de personne. En effet, P. C., puisqu'après six ans (2) nous commençons enfin à concevoir.

(1) Guerre des Marses, autrement appellée, guerre d'Italie ou guerre sociale.

(2) Depuis le consulat de Marcellus et de Lentulus, où César devint le maître de Rome, jusqu'au tems présent. — *Plus long-tems....* On conclut de cet endroit, comme il paroît assez naturel de le conclure, que quand un prisonnier devenu esclave se conduisoit bien et contentoit son maître, on ne le tenoit pas six

l'espérance de redevenir libres, puisque nous avons souffert la servitude plus long-tems qu'on ne la fait souffrir à des prisonniers actifs et sages; est-il des veilles, des inquiétudes, des travaux auxquels nous devions nous refuser pour rendre la liberté au Peuple Romain ?

Pour moi, P. C., quoique je voie les consulaires dans l'usage de garder les habits de paix quand toute la ville prend les habits de guerre; toutefois, dans des conjonctures aussi déplorables, au milieu de l'horrible confusion où se trouve la République, j'ai résolu de ne pas différer pour le vêtement de vous et des autres citoyens. Car nous, anciens consuls, nous ne nous conduisons pas dans cette guerre avec assez de fermeté pour que le Peuple Romain voie sans peine les marques de nos distinctions. Oui, sans doute, parmi nous, les uns sont si timides, qu'ils ont perdu tout souvenir des bienfaits du Peuple ; les autres témoignent toute leur aversion pour la République, au point de favoriser ouvertement votre ennemi, de souffrir sans peine que nos députés aient essuyé

ans en servitude, on lui accordoit la liberté avant ce terme.

Y 2

les dédains et les mépris d'Antoine, de vouloir prendre la défense de son député : car ils prétendoient qu'on ne devoit pas l'empêcher de retourner vers son général, et ils attaquoient mon opinion lorsque je conseillois de ne pas le recevoir. Je vais me prêter à leurs désirs. Que Cotyla retourne vers Antoine, mais à condition qu'il ne reviendra jamais à Rome. Quant aux autres, s'ils renoncent à leurs erreurs, et s'ils se réconcilient avec la République, il faut, je pense, leur accorder leur pardon et leur grace.

A ces causes, voici quel est mon avis : Si les hommes à la suite d'Antoine mettent bas les armes, s'ils se joignent avant les premières ides de mars aux consuls Caïus Pansa et Aulus Hirtius, ou à Décimus Brutus, impérator, consul désigné, ou à Caïus César, propréteur, on ne leur fera pas un crime d'avoir été à la suite de Marc Antoine ; si quelqu'un des hommes maintenant à la suite de Marc Antoine fait à l'avenir quelque action digne d'honneur ou de récompense, les consuls Caïus Pansa, Aulus Hirtius, ou l'un des deux, ou tous les deux ensemble, comme ils le jugeront à propos, feront au plutôt leur rapport au sénat sur l'honneur ou la récompense qu'il faudra lui accorder. Si, après ce sénatus-consulte, quelqu'un, autre que Lucius Varius Cotyla (1), se rend auprès d'Antoine, il sera jugé par le sénat avoir agi contre la République.

NEUVIÈME PHILIPPIQUE

DE CICÉRON.

Sommaire.

SERVIUS SULPICIUS, un des trois personnages députés vers Antoine, étoit mort peu de tems après être arrivé au lieu de sa destination. Le consul Pansa ayant fait son rapport sur l'honneur qu'on devoit lui décerner, Publius Servilius étoit d'avis de lui accorder la sépulture publique, mais non pas une statue, parce qu'il étoit mort de maladie, et non par l'effet de sa députation. Cicéron pense le contraire, et il prouve

(1) Il étoit venu à Rome de la part d'Antoine, et il pouvoit retourner vers son général, pour lui porter la réponse du sénat.

Y 3

dans ce discours par tous les détails qui ont pré-
cédé et accompagné la députation ; que Sulpi-
cius n'est mort que parce qu'il l'a acceptée, qu'il
est parti malade, qu'il n'a pris aucun soin de
sa santé, qu'il n'a succombé que par la fatigue
du voyage, que par l'empressement d'arriver à
son but. Il fait un superbe éloge des qualités de
son esprit et de son âme. On doit un monument
simple, mais remarquable, au zèle patriotique
du père, aux vertus et à la tendresse du fils ;
un monument de gloire pour l'un et pour l'autre,
et d'opprobre pour Antoine. L'orateur finit par
un modèle de décret, dans lequel il accorde à
Servius Sulpicius l'honneur d'une statue et d'une
sépulture publique.

L'avis de Cicéron fut suivi, comme on le voit,
par le témoignage du jurisconsulte Pomponius,
qui assure que cette statue subsistoit encore de
son tems.

NEUVIÈME PHILIPPIQUE

DE CICÉRON.

QUE les Dieux immortels ne nous ont-ils
accordé l'avantage de pouvoir témoigner notre

reconnoissance à Sulpicius vivant, plutôt que de chercher comment nous l'honorerons quand il n'est plus! Non, P. C. , je n'en doute pas, s'il eût pu nous faire le rapport de sa députation ; son retour nous eût été aussi agréable que salutaire à la République. Ce n'est point que, dans une fonction aussi importante, l'exactitude ou le zèle aient manqué à Philippus et à Pison ; mais ayant perdu tout-à-coup dans Sulpicius un homme qui l'emportoit sur eux par l'âge et sur tous par ses profondes connoissances (1), ils se sont vus privés en quelque sorte d'un père et d'un solide appui.

Si jamais on accorda de justes honneurs à un député, qui les mérita mieux que Sulpicius? D'autres, qui ont subi la mort dans leur députation, n'avoient à leur départ aucune crainte de mourir, ils ignoroient si leur vie étoit en danger : Sulpicius est parti avec quelque espérance d'arriver à l'armée d'Antoine, mais sans aucun espoir de revenir. Il étoit dans un état à craindre pour ses jours, si au dépérissement de sa santé se joignoient les

(1) J'ai suivi la leçon, *aetate illis anteiret, sapientiâ omnibus.*

Y 4

fatigues d'un voyage ; il ne refusa pas néanmoins de tenter si même son dernier soupir
ne pourroit pas être utile à la République.
Aussi rien ne put-il l'arrêter, ni les rigueurs
de l'hiver, ni l'abondance des neiges, ni la
longueur de la route, ni les difficultés des
chemins, ni l'accablement du mal. Arrivé
enfin au lieu de sa destination, près d'avoir une
entrevue avec celui vers lequel on l'envoyoit,
la mort le surprit occupé des moyens de remplir dignement son ministère.

Ici, Pansa, comme dans tout le reste, votre
conduite mérite des éloges : vous avez eu raison
de nous exhorter à honorer Sulpicius, et de
vous étendre sur ses louanges. Après ce que
vous venez de dire, je me contenterois de
donner mon avis, si je ne croyois devoir
répondre à Servilius. On ne doit, dit-il, accorder l'honneur d'une statue qu'à celui qui,
dans sa députation, a péri par le fer. Suivant
moi, P. C., nos ancêtres pensoient qu'il
falloit examiner la cause, et non le genre de
la mort. Ils ont voulu qu'on érigeât un
monument à celui dont la mort avoit été la
suite de sa députation, et cela afin que, dans
les guerres périlleuses, les députés s'acquit-

tassent de leur fonction avec plus d'assurance.
Ce ne sont donc point les exemples de nos
ancêtres qu'il faut examiner, mais expliquer
l'intention de ceux qui ont laissé ces exemples.

A Fidènes, quatre députés du Peuple Romain périrent victimes de la cruauté de Tolumnius (1), roi des Veiens : il leur fut érigé
aux Rostres des statues qui ont subsisté jusqu'à
nos jours. Honneur bien mérité : des citoyens
qui avoient subi la mort pour la République,
nos ancêtres ont cru devoir les dédommager
de la perte d'une vie passagère par un monument durable. Nous voyons encore aux Rostres
la statue de cet illustre Octavius, qui le premier
fit passer le consulat dans une famille féconde
depuis en grands hommes. Personne alors ne
portoit envie aux hommes nouveaux, tous
honoroient le mérite. Quant à la députation
d'Octavius, ou ne soupçonnoit pas qu'il pût
courir aucun péril. Le sénat l'avoit envoyé
pour pénétrer les sentimens des Monarques
et des Républiques, et sur-tout pour empêcher
le petit-fils de cet Antiochus qui avoit soutenu
la guerre contre nos ancêtres, d'entretenir des

(1) Voyez Tite-Live, livre IV.

flottes et de nourrir des éléphans : il fut tué dans le gymnase de Laodicée par un certain Leptine. Nos ancêtres l'ont dédommagé de la vie par une statue, titre d'honneur pour sa race pendant bien des années, et maintenant la seule chose qui reste pour perpétuer le souvenir de cette branche considérable d'une famille illustre (1). Toutefois ni lui, ni les quatre députés, Cluvius, Roscius, Antius et Fulcinius, que le roi des Véiens a fait mourir, n'ont été honorés pour le sang qu'ils ont versé dans leur mort, mais pour la mort même qu'ils ont subie au service de la République.

Si donc, P. C., Sulpicius nous eût été enlevé par un accident, j'en serois affligé comme d'un coup sensible porté à la patrie ; mais son trépas, suivant moi, devroit être honoré seulement par nos larmes, et non par un monument public. Eh ! qui peut douter que ce ne soit la députation même qui lui ait ôté la vie ? Il est parti, en effet, portant la mort dans son sein ; mort qu'il eût pu

(1) La famille Octavia subsistoit encore, mais la branche dont étoit l'Octavius ici mentionné se trouvoit éteinte. *Gens*, famille ; *familia*, branche d'une famille.

éviter, s'il fût resté parmi nous, par des ménagemens, par les attentions d'un fils chéri et
d'une épouse fidèle. Ou il se démentoit lui-
même en ne se prêtant pas à vos vues, ou
s'il vouloit s'y prêter, la fonction dont il se
chargeroit au nom de la République devoit
mettre fin à ses jours; convaincu de cette al-
ternative, il aima mieux mourir dans le péril
extrême où il voyoit l'état, que de ne pas
rendre à la patrie tous les services dont il étoit
capable. Il pouvoit, dans plusieurs villes de
son passage, travailler à se rétablir; ses hôtes
lui offroient leurs maisons avec tout l'empressement et les égards dus à un aussi grand
homme; ses collègues l'exhortoient à prendre
du repos et à ménager sa santé : mais avare
d'un tems précieux, jaloux d'exécuter prompte-
tement vos ordres, il lutta contre le mal, et
poursuivit sa route jusqu'au bout.

Troublé et déconcerté par l'arrivée d'un sénateur, sur l'avis duquel on avoit arrêté ce
qui devoit lui être signifié, Antoine fit connoître toute son aversion pour le sénat, par la
joie insolente qu'il fit éclater en apprenant la
mort de celui même qui avoit entraîné le sénat
dans son avis. Ce n'est donc pas plus Leptine

qui a tué Octavius ; ni le roi des Véiens ceux
que je viens de nommer, qu'Antoine le vertueux Sulpicius : car celui-là, certes, a donné
la mort qui l'a causée. Il est donc à propos,
je pense, qu'il existe un monument qui apprenne à la postérité le jugement du sénat sur
cette guerre. La statue elle-même attestera l'importance d'une guerre qui a fait honorer la
mort d'un député, en érigeant un monument à
sa mémoire.

Veuillez vous rappeler, P. C. comment
Sulpicius s'excusoit d'accepter la députation, et
vous ne balancerez pas à réparer le coup qu'on
lui a porté pendant sa vie en l'honorant après sa
mort. C'est vous, P. C. (il est dur de le dire,
mais il ne faut pas le taire) oui, c'est vous qui
avez ôté la vie à Sulpicius. Il étoit suffisamment
excusé par sa foiblesse même ; on n'avoit besoin
que de le voir : vous n'avez pas été cruels (le
sénat seroit-il capable de cruauté ?) mais persuadés qu'il n'y avoit rien que son nom seul et sa
sagesse ne pussent faire réussir, vous avez résisté
plus fortement à ses excuses, vous avez fait
changer d'avis à celui qui fut toujours respec-
tueusement soumis aux décisions de tout l'ordre.
Mais lorsqu'il eut entendu les sollicitations du

consul Pansa trop fortes pour **ne pas** émouvoir
vivement une ame telle que la sienne, alors nous
prenant à part son fils et moi, il nous dit qu'il
étoit déterminé à sacrifier ses jours au desir de
remplir vos vœux. Pleins d'admiration pour
son courage, nous n'osames point nous opposer
à sa volonté. Son fils étoit troublé par de pro-
fonds sentimens de tendresse, ma douleur ne
le cédoit guère à son trouble; mais l'un et l'autre
nous étions contraints de céder à sa grandeur
d'ame et à la force de ses discours : il promit
alors, et tous ensemble vous applaudites à ce
dévouement magnanime, il promit de se conformer à vos desirs, et de courir tous les risques
d'un avis qu'il avoit ouvert lui-même. Empressé
d'exécuter vos ordres, il partit dès le lendemain
matin, et nous lui fimes jusqu'aux portes un
cortège honorable. Les dernières paroles qu'il
m'adressa en me quittant, sembloient être un
presage du destin qui l'attendoit.

Rendez donc, P. C., rendez la vie à celui
à qui vous l'avez ôtée : car c'est dans le souvenir des vivans que ceux qui ne sont plus re-
trouvent la vie. Vous l'avez, contre votre intention, envoyé à la mort ; faites qu'il reçoive de
vous l'immortalité. En lui décernant une statue

aux Rostres, vous sauverez sa députation de
l'oubli des siècles. Quant aux autres parties de la
vie de Sulpicius, elles se trouveront consignées
dans une foule d'écrits célèbres qui en trans-
mettront la mémoire à tous les âges. Sa gravité,
sa constance, sa droiture, son zèle aussi ardent
qu'éclairé pour la défense de la République,
seront publiées sans cesse par toutes les bouches.
On ne se taira jamais sur son habileté merveilleuse et presque divine à interpréter les loix,
à expliquer les formes de la justice. Tous les
hommes de tous les temps qui, dans cette ville,
ont eu la connoissance du droit romain, dût-on
les rassembler en un même lieu, ne seroient
point comparables à Sulpicius. Aussi ami (1) de
l'équité et de la douceur qu'habile jurisconsulte,
il rapportoit toujours à ces deux vertus les décisions des loix et les règles du droit civil ; il
n'aimoit pas moins à terminer les démêlés qu'à
rédiger des formules. Il n'a donc pas besoin
d'une statue pour vivre dans la mémoire des
hommes ; il existe pour lui d'autres (2) monu-

(1) *Neque enim ille magis......* Il m'a été impossible de rendre littéralement tout cet endroit : j'ai
rendu l'esprit plutôt que la lettre.

(2) *D'autres monumens*, sans doute ce que les

mens plus magnifiques. Si l'une doit attester sa mort honorable, les autres rappelleront sa vie glorieuse ; ensorte que la statue sera plutôt un monument de la reconnoissance du sénat que du mérite d'un grand homme.

Un motif non moins puissant pour honorer le père, c'est la tendresse du fils. Ce fils désolé est absent ; vous devez toujours être affectés de même que s'il étoit présent. Telle est sa tristesse profonde qu'on n'a jamais été plus sensible à la perte d'un fils unique que lui à la mort d'un père. De plus, il importe, je crois, à la réputation du fils d'avoir fait rendre à son père l'honneur qu'il mérite : eh ! que parlé-je d'honneur rendu ? Sulpicius pouvoit-il laisser un monument plus illustre qu'un fils l'image de ses mœurs, de sa fermeté, de sa vertu, de sa piété, de son génie ? Si l'honneur accordé par le sénat ne soulage pas la douleur d'un fils si tendre, rien ne sera capable de la soulager.

Pour moi, lorsque je me rappelle tous mes entretiens familiers avec Sulpicius, il me semble, s'il reste quelque sentiment après la mort,

autres ont écrit à sa louange, et les écrits qu'il a laissés lui-même.

qu'une statue pédestre et d'airain , une statue
telle que la première qu'on a érigée à Sylla , lui
sera plus agréable qu'une statue équestre et
dorée. Sulpicius avoit un goût merveilleux pour
la simplicité de nos ancêtres ; il condamnoit
le faste (1) de notre siècle. Ainsi donc , comme
si je prenois son avis , je lui décerne , d'après
son opinion et sa volonté, une statue pédestre
d'airain. En honorant un illustre mort , ce monument adoucira la douleur et le vif regret des
citoyens qui survivent.

Servilius , P. C. , ne peut se dispenser d'approuver cet avis. Il veut qu'on décerne à Sulpicius au nom de l'état un tombeau , et lui refuse
une statue. Mais si la mort d'un député qui n'a
pas été massacré , qui n'a pas péri par le fer , ne
demande aucun honneur, pourquoi décerne-t-il
à Sulpicius le plus grand honneur de la (2) sépulture qu'on puisse rendre à un mort ? S'il accorde

_____

(1) Le latin *insolentiam* doit s'expliquer *sumptus
nimios insolentes.*

(2) *Le plus grand honneur de la sépulture,* c'est-
à-dire, un tombeau ; car on peut inhumer un homme ,
lui rendre les devoirs de la sépulture , sans lui décerner de tombeau , sans marquer un emplacement où
l'on dépose son corps, et ceux de ses enfans après lui :

a

à Sulpicius ce qui n'a pas été donné à Octavius ?
pourquoi ce qui a été donné à l'un ne l'accorde-
t-il pas à l'autre ? nos ancêtres ont décerné beaucoup de statues et très-peu de tombeaux. Des
statues peuvent être détruites par les injures du
tems ou des hommes : la sainteté des tombeaux
est dans le sol même qui ne sauroit être déplacé
ni ruiné par aucune violence. Le tems qui
détruit tout, rend les tombeaux plus vénérables
par leur antiquité même. Ajoutons donc encore
l'honneur d'un tombeau public pour un homme
que l'on ne peut assez dignement honorer.
Signalons notre reconnoissance en honorant la
mort d'un citoyen à qui nous ne pouvons plus
témoigner notre gratitude d'une autre manière.
Flétrissons aussi la coupable audace d'Antoine
qui fait à la patrie une guerre sacrilège. Les honneurs rendus à Sulpicius, témoignage toujours
subsistant de cet orgueil d'Antoine qui a méprisé
et rejetté notre députation, imprimeront à sa
mémoire un éternel opprobre.

A ces causes, voici quel est mon avis : considérant le sénat que Servius Sulpicius Rufus,

car c'est là ce qu'entend ici Cicéron par *sepulcrum*
qu'il distingue de *sepultura*.

Tome X.   Z

fils de Quintus, de la tribu de Lémonie,
dans des circonstances critiques, et attaqué
d'une maladie dangereuse, a préféré à sa vie
les ordres du sénat et le salut de la République;
qu'il a combattu la force du mal pour se rendre
au camp d'Antoine où le sénat l'envoyoit ; que
près d'arriver dans ce camp, il a succombé par
la violence de la maladie, et a fini ses jours dans
une fonction importante pour l'état ; que sa mort
a répondu à une vie intègre et irréprochable,
durant laquelle Servius Sulpicius s'est rendu
utile à la République, lorsqu'il étoit simple
particulier ou dans les magistratures : considérant qu'un tel homme a subi la mort pour la
République dans sa députation, le sénat ordonne que, de l'avis de cet ordre, on érigera
aux Rostres, à Servius Sulpicius, une statue
pédestre d'airain, et qu'autour de cette statue
ses enfans et ses descendans auront une place
de cinq pieds en tout sens, aux jeux et aux combats des gladiateurs, parce qu'il a subi la mort
pour la République ; il ajoute que la cause en
sera gravée sur la base de la statue : il ordonne
en outre que Caïus Pansa et Aulus Hirtius,
consuls, l'un des deux, ou tous les deux
ensemble, comme ils le jugeront à propos, en-

joindront aux questeurs de la ville de faire poser
la statue et la base aux Rostres , et de remettre
à l'entrepreneur toute la somme qui aura été
convenue ; et puisque par le passé le sénat a
déjà signalé sa reconnoissance en faisant célébrer avec appareil les funérailles de plusieurs
grands hommes , il ordonne qu'on célébrera
avec la plus grande pompe celles de Sulpicius,
pour honorer son dernier jour ; puisque d'ailleurs Servius Sulpicius Rufus , fils de Quintus,
de la tribu de Lémonie , a servi la République
avec un zèle qui lui mérite ces distinctions , le
sénat est d'avis et juge important pour la République que les édiles enchérissent sur les frais
réglés pour les funérailles, en faveur de Servius
Sulpicius Rufus , fils de Quintus , de la tribu de
Lémonie ; et que Caïus Pansa , consul , assigne
dans les champs Esquilins , ou dans tout autre
lieu qu'il jugera à propos , un espace de trente
pieds en tout sens , où soit déposé le corps de
Servius Sulpicius , et qui lui serve de sépulture.
Ce sera aussi celle de ses enfans et de ses descendans ; elle jouira des plus beaux privilèges
attachés aux sépultures publiques.

Z 2

DIXIÈME PHILIPPIQUE

DE CICÉRON.

Sommaire.

MARCUS BRUTUS, obligé de quitter Rome, s'étoit retiré à Athènes, avec le dessein de s'emparer de la province de Macédoine qui lui avoit été destinée d'abord, et qu'Antoine avoit fait tomber à Caïus, son frere. Il forma, en peu de tems, une armée des anciens soldats de Pompée, qui, ayant combattu à Pharsale, se trouvoient encore répandus dans le pays, et prirent volontiers parti avec un chef qui défendoit la même cause. Une légion commandée par Lucius Pison, lieutenant d'Antoine, se donna au fils de Cicéron. Sans parler d'autres troupes, trois légions que commandoit Vatinius vinrent se joindre à l'armée de Brutus. Mais ce qui augmenta sur-tout ses forces, ce fut la démarche du proconsul Hortensius qui gouvernoit la Macédoine, et qui, au lieu de la garder à Caïus Antonius, y reçut Brutus, lui céda le commandement des troupes qu'il avoit sous ses ordres, et en leva de nouvelles. Brutus écrivit au consul Pansa une lettre par laquelle il lui faisoit part de tous ces succès. Le consul s'empressa de lire la lettre au sénat en l'accompagnant d'éloges pour celui qui l'écrivoit. Calénus, qui donna le premier son avis, parla contre les deux Brutus, et chercha à inspirer pour eux de la défiance.

Cicéron, après avoir loué le consul de son empressement à lire la lettre, et des louanges données à celui dont il l'avoit reçue, reproche à Calénus son affectation à penser toujours autrement que le consul, à se déclarer toujours contre les bons citoyens et en faveur des méchans. Pour réfuter ce qu'il a dit contre Marcus Brutus, il expose d'une manière assez étendue et fort éloquente toute la conduite de ce citoyen vertueux, sa patience, sa modération, la sagesse de ses mesures. Il donne la substance de la lettre de Brutus, qui marquoit, entre autres choses, que Caïus Antonius étoit à Apollonie avec sept cohortes, n'osant approcher de la Macédoine. Quelques-uns craignoient que les vétérans ne vissent avec peine Brutus à la tête d'une armée. Cicéron cherche à dissiper

Z 3

*ces craintes par des raisons solides, et d'ailleurs
il déclare qu'il vaudroit mieux subir la mort
que de se conduire au gré des vétérans, que
de se rendre esclave de leurs caprices. Il anime
ceux qui l'écoutent par l'amour de la liberté
et l'horreur de la servitude. Il oppose à la
perversité des Antoines et de leurs partisans,
les vertus et les actions de Marcus Brutus
dont il fait l'éloge. Un modèle de décret pour
autoriser la conduite de ce grand homme,
pour confirmer et étendre son pouvoir, pour
légitimer la démarche d'Hortensius, termine
cette Philippique.*

DIXIÈME PHILIPPIQUE

DE CICÉRON.

QUELS remerciemens, ô Pansa, ne vous
devons-nous pas, puisque aussitôt après avoir
reçu la lettre de Marcus Brutus, cet illustre
citoyen, vous avez, contre notre attente, fait
assembler le sénat, dans la crainte de différer
d'un moment notre joie et notre vive satisfaction. On vous doit donc des actions de grâces

pour cette démarche, et sur-tout pour le discours dont vous avez accompagné la lecture de la lettre. Vous l'avez fait voir, et je l'ai toujours pensé; rien n'est plus vrai que, quand on se sent soi-même des vertus, on ne sauroit porter envie aux vertus d'un autre. Aussi, Pansa, quoique uni étroitement avec Brutus par une foule de bons offices réciproques, et par des liaisons intimes, je dirai peu de chose de ce grand homme : vos éloges ont prévenu ceux que je lui destinois moi-même. Mais je me trouve obligé de m'étendre un peu davantage pour répondre au sénateur qui a opiné avant moi. Ces diversités si fréquentes dans nos opinions, commencent à me faire craindre que notre amitié, ce qui ne doit pas être, ne soit altérée par nos oppositions perpétuelles.

Quel est donc votre dessein, Calénus, quelles sont vos vues, depuis les calendes de janvier, de n'avoir jamais pensé comme celui (1) qui vous demande le premier votre avis? Pourquoi, quelque nombreux qu'ait été le sénat, aucun sénateur ne s'est-il jamais

_____

(1) Pansa, consul, gendre de Calénus. —— Après *senatus*, je lis *fuit ut unus*.

Z 4

rangé de votre opinion? pourquoi vous déclarer toujours pour des hommes auxquels
vous ressemblez si peu? pourquoi, lorsque
votre conduite et votre fortune vous appellent
à un état tranquille et honorable, ne suivez-
vous dans vos avis et dans vos décisions que
les partis contraires à la tranquillité publique
et à votre dignité personnelle? Sans parler du
passé, je ne puis taire ce qui me cause une
surprise extrême. Quelle guerre avez-vous
déclarée aux Brutus? D'où vient que seul vous
attaquez ceux pour qui nous devons tous,
je dirai presque, avoir de la vénération?
L'un est assiégé, et vous le voyez sans douleur; vous voudriez qu'on enlevât à l'autre
les troupes que lui-même, sans aucun secours,
par ses travaux et à ses périls, il a for-
mées pour la défense de la République, et
non pour la sûreté de ta personne. Quelle
est votre intention? quelle est votre idée?
Quand vous n'aimeriez pas les Brutus, devez-
vous aimer les Antoines? haïrez-vous ceux
que tout le monde chérit? Aurez-vous une
amitié constante pour ceux à qui les autres
portent la haine la plus vive? Vous jouis-
sez d'une brillante fortune, du rang le plus

distingué (1); votre fils, à ce que j'entends
dire, et comme je l'espère, est né pour les
grandes choses. J'applaudis à son mérite autant
pour l'intérêt de la République que pour le
vôtre. Je vous demande donc auquel de
Brutus ou d'Antoine vous aimez mieux qu'il
ressemble. Je vous permets de choisir parmi
les trois Antoines celui que vous voudrez.
Aux Dieux ne plaise, direz-vous, qu'il ressemble à aucun des trois! Pourquoi donc ne
pas favoriser, ne pas louer ceux dont vous
désireriez que votre fils fût la parfaite image?
Par-là vous travailleriez pour le bien de la
République, en même-tems que vous pro-
poseriez à ce jeune homme d'illustres modèles.

Je suis bien aise, Calénus, sans que cela
nuise à notre amitié, de vous adresser mes
plaintes avec le sang-froid d'un sénateur qui
seulement est d'un autre avis que vous. Vous
l'avez dit, et même vous l'avez écrit; je croi-
rois que c'est une simple erreur de style, si
je ne connoissois votre talent pour la parole:
vous avez dit que la lettre de Brutus vous

(1) C'est-à-dire, du rang de consulaire : car voilà
ce que l'orateur entend ici par *summus honoris gradus.*

paroissoit écrite en bons termes et avec mé-
thode. N'est-ce point là louer le secrétaire (1)
de Brutus, et non Brutus ? Vous devez et pouvez, Calénus, avoir une grande connoissance
de nos usages ; avez-vous jamais vu opiner de
la sorte ? Parmi ce grand nombre de décrets
donnés par le sénat, en existe-t-il un de cette
nature, un décret qui annonce qu'une lettre
est bien écrite? Ce mot ne vous est pas échappé
par hasard, comme il arrive souvent ;. vous
l'avez écrit, réfléchi, médité. Qu'on retranche
chez vous l'usage où vous êtes d'attaquer
presque toujours l'avis des bons citoyens,
il n'y restera plus que ce qu'on desire de
voir chez soi. Rentrez donc en vous-même,
modérez cette fureur de contredire ; écoutez
tous les gens de bien avec qui vous êtes lié ;
prenez conseil d'un homme sage, votre
gendre (2), plus souvent que de vous-même ;

(1) On voit par cet endroit, et on sait d'ailleurs,
que les grands de Rome avoient avec eux des secré-
taires pleins d'esprit et de connoissances, quoique
bien souvent ils fussent encore esclaves.

(2) Du consul Pansa. —— *Le titre que donne la
première des magistratures*, c'est-à-dire, le titre de
consulaire.

et alors vous mériterez le titre que donne
la première des magistratures. Comptez-vous
pour rien, ce que mon amitié ne peut voir
sans plaindre votre sort ; qu'il se répande dans
le public et que le Peuple Romain apprenne
que personne ne s'est rangé de l'avis du sénateur premier opinant? ce qui, je pense,
arrivera encore aujourd'hui. Vous ôtez à
Brutus ses légions : et quelles légions? celles
que, de son propre mouvement, il a enlevées à la scélératesse de Caïus Antonius (1)
pour les ramener sous l'obéissance de la République. Vous voulez donc que la République le voie de nouveau éloigné d'elle
sans troupes et sans défense ?

Mais vous, P. C., si vous trahissez, si vous
abandonnez Brutus, quel citoyen honorerez-
vous? pour qui vous intéresserez-vous? à
moins que vous ne croyez devoir conserver
ceux qui ont mis le diadême sur la tête du
tyran, et abandonner ceux qui ont détruit
jusqu'au nom de la tyrannie. Ne parlons pas
de cette illustre et immortelle action de

(1) Qui vouloit s'emparer de la Macédoine destinée
d'abord à Marcus Brutus.

Brutus, action consignée dans le souvenir
de tous les citoyens reconnoissans., quoique
non encore marquée du sceau de l'autorité
publique : quelle patience, grands Dieux !
quelle modération ; quelle tranquillité d'ame
et quelle retenue quand on lui faisoit injure ?
Il étoit préteur de (1) la ville ; et il s'est
privé de l'aspect de la ville : il n'a pas
rendu la justice , lui qui nous avoit rétablis
dans le droit de la rendre. Il pouvoit être
soutenu des forces de toute l'Italie , de cette
foule incroyable de tous les gens de bien
qui accouroient vers lui tous les jours ; et
il a mieux aimé être honoré de l'estime
des gens de bien étant absent , que d'être
défendu par leurs armes étant présent. Les
jeux Apollinaires, pour lesquels il avoit fait
des préparatifs dignes de lui et du Peuple
Romain , il ne les a pas même célébrés en
personne, pour éviter de fournir un prétexte
aux attentats des pervers. Toutefois y eut-il

---

(1) Deux des préteurs rendoient la justice, *jus di-
ebant,* le préteur de la ville et le préteur étranger ,
praetor urbanus et praetor peregrinus. —— *Qui nous
avoit rétablis....,* en tuant le tyran,

jamais des jeux ou des jours plus brillans
que ceux où à chaque vers le Peuple Romain
accueilloit le nom de Brutus, avec des cris
et des applaudissemens unanimes? Le libérateur étoit absent ; mais le souvenir de la liberté, présent à tous les cœurs, sembloit offrir
l'image de Brutus. Pour lui, je le voyois ces
jours-là même dans la maison de Lucullus (1),
son parent, cet illustre jeune homme, je le
voyois n'ayant que des sentimens de paix et
de concorde. Je l'ai vu depuis à Vélie quitter
l'Italie, dans la crainte d'allumer une guerre
civile. Spectacle bien douloureux ; non-seulement pour les hommes, mais pour les ondes

(1) Le fils du fameux Lucullus : celui-ci, d'après
Plutarque, avoit épousé en secondes noces, une Servilia, sœur de Caton d'Utique. Brutus étoit fils, ou
de la même Servilia, ce qui est plus probable, ou
d'une autre Servilia aussi sœur de Caton. Lucullus,
fils, soit qu'il fût né de la première femme de son
père, ou de la seconde, étoit censé parent de Brutus.
Le mot latin *insula* est une grande et vaste maison
où plusieurs peuvent loger. La maison dont parle ici
Cicéron, étoit un château magnifique que Lucullus
avoit fait bâtir près de Naples, au retour de l'Asie et
de la guerre de Mithridate. ——*Je l'ai vu depuis à
Vélie*. Voyez la première Philippique.

même et pour les rivages ! On voyoit s'éloigner de la patrie son conservateur, et les destructeurs de cette même patrie rester dans son sein. La flotte de Cassius suivit quelques jours après ; ensorte, P. C., que je rougissois de revenir dans une ville abandonnée par ces grands hommes. Mais je vous ai dit dès le commencement, et vous avez éprouvé ensuite quel a été le motif de mon retour. Brutus a donc attendu une circonstance favorable. Tant qu'il vous a vus tout souffrir, il a montré lui-même une patience merveilleuse : instruit de votre ardeur à recouvrer la liberté, il a cherché aussitôt des forces pour soutenir vos desseins généreux.

Mais de quel affreux malheur ne nous a-t-il point garantis ? Si Caius Antonius eût pu exécuter ce qu'il méditoit (et il l'auroit pu, si le courage de Brutus ne se fût opposé à son attentat) nous aurions perdu la Macédoine, l'Illyrie, la Grèce. La Grèce seroit un asyle pour Antoine repoussé, ou lui serviroit de forteresse pour attaquer l'Italie. Mais aujourd'hui, non-seulement fortifiée, mais encore honorée par le nom de Brutus et par les troupes qu'il commande, elle tend la main

à l'Italie, et lui promet son secours. Retirer
à Brutus l'armée qu'il a sous ses ordres, c'est
ôter à la République sa plus magnifique ressource et sa plus solide défense.

Puisse Antoine apprendre au plutôt cette
nouvelle! Il tient Décimus Brutus enfermé
dans un retranchement; puisse-t-il savoir que
ce n'est pas Décimus Brutus, mais lui-même
qui est assiégé! Il ne possède que trois
villes (1) dans tout l'univers; la Gaule est
son ennemie mortelle; les habitans d'au-delà
du Pô, sur lesquels il comptoit, lui sont entièrement opposés; toute l'Italie est déclarée
contre lui; les nations étrangères, depuis la
première côte de la Grèce jusqu'à l'Egypte,
sont occupées par les troupes que commandent
de braves et excellens citoyens. Il n'avoit d'espérance que dans Caïus, qui, tenant le milieu
pour l'âge entre ses deux frères, le disputoit
pour les vices à l'un et à l'autre. On le voyoit
courir comme si le sénat l'eût contraint de
partir pour la Macédoine, comme si, au contraire, il ne l'en eût pas empêché. Quelle tempête, grands Dieux! ne seroit point venu

_____

(1) Boulogne, Rège et Parme.

fondre sur la Grèce ? Quel incendie, quel
ravage, quel fléau ne l'auroit pas désolée,
si une rare et sublime vertu (1) n'eût réprimé
les efforts et l'audace de ce furieux ? Quelle
a été la diligence de Brutus, ses soins et son
courage ? Cependant la promptitude de Caïus
n'étoit pas à mépriser. Si des successions
vacantes ne l'eussent retardé dans sa route,
il ne marchoit pas, il voloit. Pour l'ordinaire,
ceux que l'on charge d'aller s'acquitter d'une
commission publique, il faut presque les contraindre de partir : c'est en le retenant que
nous avons fait partir Caïus. Mais qu'avoit-il
de commun avec Apollonie, avec Dyrrachium (2), avec l'Illyrie, avec l'armée de

(1) Marcus Brutus. — Des successions vacantes,
caducae haereditates; c'étoient des biens, qui n'ayant
pas d'héritier légitime, devoient revenir au fisc.

(2) Apollonie et Dyrrachium, deux villes de l'Illyrie, province de Vatinius. C'est le Vatinius, ennemi
de Cicéron, que cet orateur n'a point épargné dans
ses harangues. César lui avoit donné l'Illyrie pour
département; à la mort du dictateur, ayant éprouvé
un échec contre les Illyriens, il s'étoit renfermé avec
ses troupes dans Dyrrachium. Ses soldats vouloient
se donner à Brutus; il prit son parti de bonne grace,

Vatinius ?

Vatinius ? Il succédoit à Hortensius, disoit-il lui-même. La Macédoine a ses limites, ses loix, et même ses troupes, supposé qu'il y en eût. Caïus n'avoit rien de commun avec l'Illyrie, ni avec les légions de Vatinius.

Ni Brutus lui-même, dira peut-être quelque méchant. Toutes les légions, toutes les troupes, en quelque lieu qu'elles soient, appartiennent à la République. Dira-t-on que les légions qui ont abandonné Antoine, appartenoient à Antoine plutôt qu'à la République ? On perd tout droit de commander une armée, quand on attaque la République avec l'armée que l'on commande. Si la République prononçoit elle-même, ou si tous les droits étoient réglés par ses décisions, est-ce à Antoine ou à Brutus qu'elle adjugeroit les légions du Peuple Romain ? L'un étoit accouru à grands pas pour piller et ruiner les alliés, pour tout ravager et tout saccager sur son passage, pour employer l'armée du Peuple Romain contre le Peuple Romain lui-même. L'autre s'étoit fait une règle de faire luire par-tout où il passeroit

et il lui livra lui-même son armée. Hortensius gouvernoit la Macédoine en qualité de proconsul.

Tome X.   A a

des espérances de bonheur, de salut et de vie.
Enfin, l'un cherchoit à rassembler des forces
pour détruire la République, et l'autre pour
la conserver. C'est ce qu'ont vu, aussi-bien
que nous, les soldats eux-mêmes, à qui
on ne devoit point demander tant de dis-
cernement.

Caïus est à Apollonie avec sept cohortes,
ainsi que nous le mande Brutus. Il est déjà pris,
comme je le désire ; ou du moins, en homme
modéré, il n'approche pas de la Macédoine,
dans la crainte de paroître agir contre les
ordres du sénat. Hortensius a fait des levées
en Macédoine avec beaucoup d'ardeur et
d'activité. Vous avez pu voir par la lettre de
Brutus quels sont les sentimens admirables
de ce jeune Romain, vraiment dignes de lui-
même et de ses ancêtres. La légion que commandoit Lucius Piso, lieutenant d'Antoine,
s'est livrée à Cicéron mon fils (1). Des deux

____

(1) Brutus le tira d'Athènes où il achevoit ses
études, et lui donna un commandement dans son
armée. —— *Des deux corps de cavalerie* .... lesquels
alloient joindre en Syrie le lieutenant de Dolabella
qui avoit le gouvernement de cette province. *Le*

corps de cavalerie conduits en Syrie, l'un a
abandonné en Thessalie le questeur qui le
conduisoit, et a passé sous les drapeaux de
Brutus; Domitius, jeune homme distingué par
son courage, par sa sagesse et sa fermeté, a
enlevé l'autre au lieutenant de Syrie. Vatinius,
à qui j'ai déjà donné et à qui je dois donner
encore aujourd'hui les louanges qu'il mérite,
a ouvert à Brutus les portes de Dyrrachium
et lui a livré son armée.

Le Peuple Romain tient donc sous sa puissance la Macédoine et l'Illyrie, il tient la
Grèce sous bonne garde. Les légions sont
à nous, les troupes légères, la cavalerie, et
sur-tout Brutus, Brutus qui sera toujours à
nous, Brutus que l'excellence de sa vertu,
et une certaine destinée propre aux deux fa-
milles (1) dont il sort, ont voué absolument
à la République. Eh! peut-on craindre la guerre
de la part d'un homme qui, avant que nous

---

lieutenant de Syrie, sous Dolabella : nous verrons
dans la Philippique suivante qu'il s'appelloit Alliénus.

(1) Brutus, par son père, descendoit de Lucius
Brutus qui avoit chassé Tarquin le Superbe, et par
sa mère de Servilius Ahala, lequel tua de sa propre
main Spurius Mélius qui aspiroit à la royauté.

ayons été forcés de prendre les armes, a préféré à la guerre qui auroit donné de l'exercice à sa vertu, une paix qui la faisoit languir dans le repos? que dis-je languir? ce mot n'est pas fait pour une vertu telle que la sienne. Il faisoit les regrets de toute la ville, le sujet de tous les entretiens, il étoit dans toutes les bouches; mais il avoit un tel éloignement pour la guerre, que, dans le tems même où l'Italie étoit enflammée du désir de la liberté, il se refusa à l'empressement de ses concitoyens plutôt que de les exposer à l'incertitude des armes. Aussi, ceux même qui ont pu reprocher de la lenteur à Brutus, ne peuvent s'empêcher du moins d'admirer sa modération et sa patience.

Mais j'entends ce qu'ils objectent; ils n'en font point un mystère. Ils craignent, disent-ils, que les vétérans ne voient avec peine Brutus à la tête d'une armée. Comme s'il y avoit quelque différence entre les armées d'Aulus Hirtius, de Caïus Pansa, de Décimus Brutus, de Caïus César, et celle de Marcus Brutus. Si on estime les quatre premières pour avoir pris les armes en faveur de la liberté du Peuple Romain; d'où vient que celle de Marcus Brutus n'auroit pas le même avantage ? Mais le nom de Marcus Brutus n'est pas agréable aux vétérans. L'est-il moins que celui de Décimus? je ne le pense pas. L'action des Brutus est la même, ils en partagent également la gloire; cependant ceux à qui cette action déplaisoit étoient plus irrités contre Décimus, parce que, disoient-ils, il lui convenoit moins qu'à tout autre d'y prendre part (1). Quel est donc l'objet de toutes nos armées, sinon de faire lever le siège et de délivrer Décimus Brutus? Et les généraux de ces armées? ce sont apparemment des hommes qui veulent abolir les actes de César et trahir la cause des vétérans. Si César vivoit encore, il défendroit, sans doute, ses actes avec plus de vigueur que ne les défend Hirtius (2), ce vaillant homme. Oui, sans doute, on peut trouver quelqu'un plus attaché au parti de César que le fils de César. Le premier, rétabli à peine d'une maladie

(1) César, pendant sa vie, avoit comblé de bienfaits Décimus Brutus ; il ne l'avoit pas même oublié dans son testament.

(2) Hirtius avoit été un des plus intimes amis de César pendant qu'il vivoit, et il étoit après sa mort un des plus ardens défenseurs de ses actes.

Aa 3

longue et dangereuse, a employé tout ce qu'il
avoit de forces à défendre la liberté d'un Peuple
aux vœux duquel il croyoit être redevable de
la vie : l'autre, plus fort de son courage que
du nombre des années, est parti avec les vétérans eux-mêmes pour délivrer Decimus Brutus.
Ainsi ces défenseurs aussi ardens que bien
décidés des actes de César, font la guerre,
suivis des vétérans, pour la délivrance d'un
Brutus : car ils voient qu'ils ont pris les
armes et qu'ils ont à combattre pour la liberté du Peuple Romain, et non pour leurs
propres avantages. Pourquoi donc l'armée de
Marcus Brutus seroit-elle suspecte à des hommes
qui se portent de tout leur pouvoir à sauver
Decimus Brutus ?

S'il y avoit quelque chose à craindre de
Marcus Brutus, Pansa pourroit-il ne pas le
voir, ou ne pas s'en inquiéter, s'il le voyoit ?
Est-il quelqu'un plus sage pour lire dans
l'avenir tout ce qui peut être un sujet d'alarme,
ou plus attentif pour le dissiper ? Toutefois
vous avez vu quels étoient ses sentimens et son
affection pour Marcus Brutus. Il nous a pré-
venus par son discours, et nous a marqué ce
que nous devions penser et décider au sujet

de ce même Brutus, de ce grand homme dont l'armée, loin de lui paroître à craindre pour la République, lui a semblé au contraire le plus ferme et le plus noble soutien de la République. Oui, assurément, ou Pansa ne voit point la vérité faute d'intelligence, ou il n'en tient aucun compte. Il ne s'embarrasse point de ratifier les actes de César, lui qui, d'après un arrêté du sénat, doit porter une loi dans des comices par centuries pour les confirmer. Que ceux donc qui ne craignent pas réellement, cessent d'affecter des craintes sous prétexte de pourvoir aux intérêts de la République; ou que ceux qui craignent tout, ne se livrent pas à un excès de timidité : les feintes alarmes des uns, ou les lâches fraveurs des autres, ne pourroient que nous nuire.

Mais pourquoi, au nom des Dieux, opposer toujours le nom des vétérans aux meilleures entreprises? Je rends justice à leur courage et je le respecte; mais je ne pourrois souffrir leur fierté, s'ils étoient insolens. Occupés à rompre les liens de la servitude, serons-nous arrêtés, parce qu'on nous dira que les vétérans s'y opposent? Apparemment qu'il n'en est pas une infinité d'autres qui prennent les armes pour

la liberté commune ; il n'y a que les vétérans
qu'une noble indignation excite à repousser
la servitude. La République peut-elle donc se
soutenir avec les seuls vétérans, sans des levées
considérables de nouvelles troupes ? Autant
nous devons les chérir, s'ils se déclarent les
défenseurs de la liberté, autant nous devons
être éloignés de les suivre, s'ils s'annoncent
les chefs et les auteurs de la servitude.

En un mot, (qu'elles sortent enfin de ma
bouche ces paroles vraies et dignes de moi)
si le sénat se gouverne au gré des vétérans,
si nous réglons tous nos discours et toutes nos
actions sur leur volonté, que nous reste-t-il,
sinon de souhaiter la mort ? la mort que des
citoyens Romains préférèrent toujours à la
servitude. Toute servitude est un malheur ;
mais enfin je veux que ce malheur ait été
une fois comme nécessaire (1), quand com-
mencerons-nous à devenir libres ? Après n'avoir
pu supporter une calamité fatale et presque
inévitable, supporterons-nous une oppression
dont nous serions maîtres de nous affranchir ?

(1) Cicéron veut parler ici de la domination de
César.

Toute l'Italie est enflammée du désir de la
liberté : Rome ne sauroit être plus long-tems
esclave ; nous avons donné au Peuple Romain
les habits de guerre et des armes, trop tard
au gré de son ardeur. C'est avec de fortes espérances , des espérances presque infaillibles ,
que nous avons pris en main la cause de la liberté. Mais je le veux, les évènemens de la
guerre sont incertains, le sort des armes est dou-
teux , en devons-nous moins combattre pour la
liberté aux risques de nos jours? Ce n'est pas
dans le souffle qui nous anime que réside la
vie; on ne vit plus dès qu'on est esclave.
Les autres nations peuvent supporter la servitude, la nôtre ne le peut pas. Quelle en est
la cause? c'est que les autres Peuples fuient
le travail et la peine , disposés à tout endurer
pour s'en affranchir : au lieu que nous, nos
ancêtres nous ont formés et accoutumés à rapporter toutes nos pensées et toutes nos actions
à l'honneur et à la vertu. Il est si beau de recouvrer la liberté, qu'on ne doit pas même
fuir la mort pour arriver à ce terme. Quand
la fuite du péril présent nous rendroit immortels, ne devrions-nous pas fuir une immortalité
qui ne feroit que prolonger la servitude? Mais

puisque de tous côtés et à chaque instant nos
jours sont menacés du coup fatal, il n'est pas
d'un homme, encore moins d'un Romain, de
ne pas sacrifier avec joie à la patrie une vie
qu'il sera toujours obligé de rendre à la
nature.

On accourt de tous côtés pour éteindre
l'incendie commun : les vétérans sont les premiers qui, entraînés et conduits par le jeune
César, ont repoussé les efforts d'Antoine :
la légion martiale ensuite a réprimé sa fureur,
la légion quatrième l'a entièrement abattue.
Jugé et condamné par ses propres légions, il
s'est jetté dans la Gaule, dont il a senti qu'il
avoit à combattre et les armes et la haine. Les
armées d'Hirtius et de César n'ont pas tardé à
le poursuivre. Puis, les levées de Pansa ont
réveillé Rome et toute l'Italie. Antoine est
l'ennemi de tous. Cependant il a pour lui
Lucius, son frère, ce citoyen chéri du Peuple
Romain, dont la ville ne peut supporter plus
long-tems l'absence. Est-il un plus odieux personnage ? est-il un monstre plus horrible ? il
semble être né uniquement pour que Marc
Antoine ne soit pas le plus infâme des
hommes.

Il a encore pour lui Trébellius[1] , qui s'est
réconcilié avec l'abolition des dettes ; il a
Titus Plancus, et autres gens de même espèce,
dont toutes les actions paroissent avoir pour
but de faire croire qu'ils ont été rappellés
contre les intérêts de la République. La tourbe
ignorante est soulevée par les Saxa et les
Caphon , gens eux-mêmes grossiers et rusti-
ques, qui n'ont jamais vu et ne veulent pas
voir la République affermie , qui défendent
les actes d'Antoine et non ceux de César. Les
possessions immenses qu'ils ont dans le territoire de la Campanie les attachent au parti
d'Antoine ; mais je suis étonné qu'ils ne
rougissent pas de ces possessions, en se voyant
des comédiens et des comédiennes [2] pour
voisins.

C'est pour exterminer ces fléaux publics, que
l'armée de Brutus s'est jointe à nos autres
troupes ; d'où vient donc en serions-nous
affligés ? Apparemment la conduite de Brutus

____

(1) Il est parlé de Trébellius et de Titus Plancus
dans la sixième Philippique.

(2) *Des comédiens et des comédiennes*, auxquels
Antoine avoit aussi donné des possessions dans la
Campanie.

est celle d'un emporté et d'un brouillon.
Mais plutôt n'a-t-il pas été trop patient? Que
dis-je, trop patient? non, P. C., il n'y eut
jamais rien que de mesuré dans les projets et
dans les démarches de ce grand homme. Tous
les désirs de Brutus, toutes ses pensées, son
ame toute entière n'est occupée que de la
dignité du sénat et de la liberté du Peuple;
c'est là son but, c'est là ce qu'il se propose
de défendre. Il a essayé ce que pouvoit la
patience ; ne gagnant rien, il a cru devoir
tenter ce que pouvoit la force contre la force.
Vous devez faire aujourd'hui, P. C., pour
Marcus Brutus ce que vous avez fait, d'après
mon avis (1), le dix-neuvième jour de décembre, pour Décimus Brutus et pour Caïus César.
Les démarches auxquelles ils s'étoient portés
l'un et l'autre, de leur propre mouvement, pour
le bien de la République, vous les avez approu-
vées et scellées de votre autorité. Vous devez
faire la même chose pour Marcus Brutus,
qui a procuré à la République un secours
soudain, et inespéré de légions et de cavalerie,

(1) Lorsque Cicéron prononça la troisième Philippique. Le 19 de décembre, latin, le 13 avant les
calendes de janvier.

qui a levé pour elle de puissantes troupes
auxiliaires. Il faut lui joindre Quintus Hortensius qui, gouvernant la Macédoine, a aidé
Brutus à lever une armée sûre et fidèle. .
Quant à Marcus Apuléius, je pense qu'on doit
délibérer séparément pour ce qui le regarde ;
Brutus nous apprend par sa lettre qu'Apuléius
a été le chef de l'entreprise à laquelle nous
devons une puissante armée.

A ces causes, d'après le discours du consul
Caïus Pansa au sujet de la lettre envoyée par
Quintus Cæpio Brutus (1), proconsul, et lue
dans le sénat, voici quel est mon avis : Puisque, par les soins, la prudence, l'activité,
le courage de Quintus Cæpio Brutus, proconsul, dans des conjonctures critiques, la
province de Macédoine, l'Illyrie, toute la
Grèce, avec les armées, les légions et la cavalerie, ont été mises en la puissance des
consuls, du sénat et du Peuple Romain, le
sénat prononce que Quintus Cæpio Brutus,
proconsul, a agi comme il devoit pour le bien
de la République, pour sa dignité propre et

(1) Marcus Brutus avoit été adopté par le frère de
sa mère Servilia, Quintus Servilius Cæpio ; en conséquence, Brutus avoit pris les noms de Quintus Cæpio.

celle de ses ancêtres, conformément à l'usage,
où il fut toujours de bien servir la République ; que le sénat et le Peuple Romain lui en
savent et lui en sauront gré : il prononce encore
que Quintus Cæpio Brutus, proconsul, gar-
dera, protegera, défendra, mettra à l'abri de
tout péril, la province de Macédoine, l'Illyrie et toute la Grèce, qu'il commandera
l'armée levée et formée par lui-même, qu'il
levera et emploiera tout l'argent de la République dont il aura besoin pour les frais de la
guerre, qu'à cet effet il empruntera de l'argent
à ceux qu'il jugera à propos, qu'il exigera
du blé de ceux qui en doivent, qu'enfin il
s'approchera de l'Italie le plus qu'il pourra
avec ses troupes : et puisqu'on voit par la lettre
de Quintus Cæpio Brutus, proconsul, que la
République a été vivement secondée par les
soins et le courage de Quintus Hortensius,
proconsul, qu'Hortensius s'est concerté en tout
avec Quintus Cæpio Brutus, proconsul, que cette
union a été fort utile à la République, le sénat
prononce en outre que Quintus Hortensius,
proconsul, s'est conduit selon l'ordre et la
règle, pour le bien de la République, que
Quintus Hortensius, proconsul, gouvernera

la province de Macédoine avec ses questeurs, ses proquesteurs et ses lieutenans, jusqu'à ce que le sénat lui ait nommé et envoyé un successeur.

ONZIÈME PHILIPPIQUE

DE CICÉRON.

Sommaire.

NOUS avons vu comment Brutus s'étoit formé une armée puissante, et avoit enlevé la Macédoine à Caïus Antonius, frère d'Antoine : Cassius ne fut pas moins heureux dans la Syrie qui lui avoit été destinée d'abord, et qu'il enleva à Dolabella qui l'avoit obtenue à son préjudice. Il se trouva à la tête de douze légions le sept mars de l'année où Hirtius et Pansa étoient consuls, jour duquel est datée la lettre qu'il écrivit à Cicéron pour lui rendre compte de ces heureux événemens. Dolabella, encore consul, étoit parti d'Italie assez tôt pour le prévenir. Mais il ne hâta point sa marche ; il traversa lentement la Grèce, la

Macédoine, la Thrace ; il s'arrêta sur-tout dans
l'Asie mineure qu'il entreprit d'envahir sur Trébonius qui la gouvernoit actuellement. Ne
pouvant réussir dans ce projet par la force,
il recourut à la fraude. Par mille caresses et
mille témoignages d'amitié, il amena Trébonius
au point, sinon de prendre en lui une pleine
confiance, du moins de ne s'en pas défier comme
d'un ennemi de qui il avoit tout à craindre.
Au moment donc que Trébonius se croyoit bien
en sûreté dans Smyrne, Dolabella entra de
nuit dans la ville et se saisit de sa personne.
Il fit tourmenter cruellement pendant deux jours
ce personnage consulaire, pour le forcer de lui
découvrir le dépôt des deniers publics ; après
quoi, il lui fit trancher la tête. Les soldats,
aussi inhumains que leur général, traînèrent
indignement le cadavre jusqu'à la mer : la tête
fut portée par eux au bout d'une pique et leur
servit de jouet. Ces nouvelles furent annoncées
au sénat, et l'on y délibéra sur ce qu'il y avoit à
faire. Les uns étoient d'avis de charger extraor-
dinairement Publius Servilius de poursuivre
Dolabella ; les autres de décerner aux deux
consuls actuels les provinces de Syrie et de
Macédoine.

Cicéron

Cicéron pensoit bien différemment , comme on le voit par cette Philippique. Après avoir exhalé ses plaintes du ton le plus véhément et le plus pathétique contre les cruautés exercées sur Trébonius ; après avoir dépeint des traits les plus odieux et Dolabella et Antoine son ancien collègue ; après avoir montré que l'un n'avoit exécuté que ce que méditoit l'autre ; l'orateur réfute victorieusement les deux avis qui avoient été ouverts dans le sénat ; il donne le sien ; c'est de laisser Brutus attaché à la Macédoine et à la Grèce , pour attaquer Caïus Antonius, maître de plusieurs villes dans ces contrées ; c'est de charger Cassius de poursuivre Dolabella , en lui donnant le pouvoir le plus étendu. Cicéron loue la conduite de ces deux illustres Romains , et propose un modèle de décret en faveur de Cassius. Il exalte le mérite de ce général , les forces dont il dispose déjà et celles qui se joindront bientôt à lui. Il finit par dissiper les craintes qu'on pourroit avoir des vétérans.

ONZIÈME PHILIPPIQUE

DE CICÉRON.

Dans la vive douleur, disons mieux, dans la consternation où nous jette la cruelle et déplorable mort de Trébonius, citoyen excellent, homme sage et modéré, je trouve, P. C., pour la République un insigne avantage. Nous avons au moins reconnu à quels excès pouvoient se porter ceux qui ont tourné contre la patrie leurs armes sacrilèges. Non jamais, de mémoire d'homme, on ne vit deux personnages aussi odieux, aussi infâmes, que Dolabella et Antoine. L'un a exécuté ce qu'il souhaitoit; on ne voit que trop bien ce que l'autre médite. Cinna étoit cruel, Marius inexorable, Sylla violent; leur ressentiment néanmoins s'est borné à la mort de leurs ennemis: vengeance qui même a paru trop cruelle envers des citoyens. Mais voici en scélératesse un couple prodigieux, monstrueux, féroce, barbare. Ces deux hommes que vous vous rappellez d'avoir vus animés et divisés par la haine la plus vive (1), se faire

(1) Voyez seconde Philippique. — *Se faire une guerre atroce*, c'est-à-dire, avoir de violens démêlés.

une guerre atroce, vous les voyez aujourd'hui
d'un parfait accord, liés étroitement par la
conformité d'un naturel pervers et d'une vie
déshonorée. La barbarie que Dolabella vient
d'exercer sur un seul, Antoine nous en menace
tous. Eloigné des consuls et de nos armées,
ignorant encore le concert qui régnoit entre le
sénat et le Peuple, Dolabella, comptant sur
les troupes d'Antoine, a commis les crimes dont
il croyoit que l'associé de ses fureurs avoit
déjà donné l'exemple dans Rome.

Pensez-vous donc qu'Antoine ait d'autres
vues, d'autres desirs que Dolabella, qu'il ait
une autre raison pour nous faire la guerre? tous
ceux d'entre nous qui se sont expliqués librement sur la République, qui ont donné des
avis dignes de leur rang, qui veulent la liberté
du Peuple Romain, il les regarde, non simplement comme des adversaires, mais comme des
ennemis déclarés. Je dis plus ; il nous réserve
des supplices qu'on épargne aux ennemis même.
La mort, selon lui, n'est qu'une loi de la (1)
nature ; les tortures et les tourmens sont le

____

(1) Latin, *naturae poenam*. Plusieurs commentateurs
croient qu'il faudroit supprimer *poenam*, dont réellement la phrase pourroit se passer.

privilège de la vengeance. Comment donc
doit-on envisager un ennemi, de qui on ne
peut espérer pour grace, après la victoire, qu'une
mort exempte de supplices cruels ? Ainsi, P. C.,
quoique vous n'ayez pas besoin qu'on vous
anime, enflammés de vous-mêmes comme vous
l'êtes du desir de recouvrer la liberté ; je vous
exhorte toutefois à la défendre avec d'autant
plus de courage et d'ardeur, que, si vous êtes
vaincus, on vous réserve de plus grands supplices, les supplices des esclaves.

Antoine a envahi la Gaule, Dolabella l'Asie,
provinces qui ne leur appartiennent ni à l'un ni
à l'autre. Décimus Brutus s'est opposé à l'un,
il a réprimé au péril de sa vie les efforts d'un furieux qui vouloit tout piller, tout ravager ; il ne
lui permet ni d'aller en avant, ni de retourner en
arrière ; il se laisse assiéger lui-même pour le
retenir et l'enchaîner de toutes parts. L'autre s'est
jetté sur l'Asie (1) : pourquoi ? S'il vouloit aller
en Syrie, il avoit un chemin aussi court que sûr.
S'il ne vouloit que conférer avec Trébonius,

(1) J'ai suivi la leçon *irrupit. Cur ? si ut in Syriam,
patebat via certa, neque longa.* Après *longa*, il
manque certainement quelque chose ; j'ai suivi Lambin
qui ajoute dans son édition *sin ut ad Trebonium.*

qu'avoit-il besoin d'une legion ? Il avoit envoyé devant lui un je ne sais quel Octavius Marsus (1), brigand scélérat et indigent ; il l'avoit envoyé pour ruiner les villes et dévaster les campagnes. Il n'espéroit point que par là Octavius s'établiroit dans une fortune qu'il ne pourroit conserver, si l'on en croit ceux qui le connoissent (je ne connois pas moi ce sénateur), mais il vouloit qu'il repût dans le moment son avide indigence.

Dolabella suivit sans aucune apparence d'hostilité ; eh ! pouvoit-on en avoir le moindre soupçon ? entretiens familiers avec Trébonius, embrassemens affectueux, serremens de main, symbole ordinaire de la bonne-foi ; tous ces indices sacrés (2) d'une amitié étroite, sous lesquels Dolabella avoit masqué sa haine, on les a vus profanés par une perfidie atroce. Il est entré de nuit

(1) Lieutenant de Dolabella.

(2) Quelques commentateurs voudroient supprimer dans le texte *falsi* comme inutile, parce qu'il y a ensuite *in amore simulato*. Mais c'est à cause de cela même qu'il faut le conserver comme étant nécessaire. Car pour m'exprimer en latin, *ideò falsi erant indices quia amor erat simulatus.* Au reste, je me suis un peu écarté de la lettre dans ma traduction, pour rendre mieux l'esprit de l'orateur.

dans Smyrne , comme dans une ville ennemie ,
dans Smyrne , ville de nos plus anciens et plus
fidèles alliés. Trébonius a été surpris : il a manqué de prudence , si Dolabella étoit ouvertement
ennemi ; il n'a été que malheureux , s'il avoit encore un extérieur de citoyen. La fortune a voulu
nous apprendre par son malheur ce que nous
avions à craindre , si nous étions vaincus. Un
ancien consul , gouvernant la province d'Asie
avec l'autorité consulaire , s'est vu livré entre
les mains d'un misérable banni , d'un Samiarius.
Son vainqueur ne l'a pas fait mourir sur le
champ , sans doute pour ne point paroître trop
généreux dans la victoire. Après avoir de sa
bouche impure déchiré par des discours outra-
geans les oreilles d'un homme vertueux , il l'a
fait battre de verges pendant deux jours ; lui
a fait endurer toutes les douleurs de la torture
pour en extorquer l'argent de l'état : ensuite le
faisant expirer sous la hache , il a fait porter sa
tête sanglante au bout d'une pique. Les tristes
restes de son corps ont été traînés , lacérés ,
jettés dans la mer.

C'est là l'ennemi que nous avons à combattre,
un ennemi dont l'horrible cruauté surpasse tout
ce qu'il y eut jamais de plus barbare. Que dirai-je

du massacre des citoyens Romains ? du pillage des temples ? Qui pourroit déplorer de tels désastres comme ils méritent de l'être ? Et maintenant il se promène dans toute l'Asie, il la parcourt en souverain : il nous croit occupés à une autre guerre, comme si nous ne faisions pas une seule et même guerre à un couple impie et sacrilège. Vous voyez dans la cruauté de Dolabella une image de celle d'Antoine, l'une a été formée sur l'autre : c'est d'Antoine que Dolabella a reçu des leçons de crime. Qu'Antoine ne trouve pas d'opposition, je vous le demande, se montrera-t-il plus doux en Italie que Dolabella ne s'est montré en Asie ? Pour moi il me semble que l'un s'est porté jusqu'où pouvoit le conduire l'égarement d'un naturel féroce, et que l'autre, s'il a le pouvoir en main, épuisera sur nous tous les supplices.

Représentez-vous, P. C., ce spectacle affreux et lamentable, mais nécessaire pour enflammer vos courages ; cette irruption nocturne dans une des villes les plus célèbres de l'Asie, cette foule de gens armés forçant la maison de Trébonius, ce malheureux appercevant les épées des assassins avant que d'apprendre la cause du tumulte, l'entrée de Dolabella

B b 4

furieux, sa voix impure et sa figure odieuse, les chaînes, les fouets, le chevalet et le bourreau Samiarius. Trébonius, dit-on, a vu toutes ces horreurs d'un œil ferme et tranquille. C'est un grand mérite, et un des plus grands, selon moi. Car le sage doit se préparer à supporter courageusement tous les accidens de la vie humaine; et s'il faut un esprit plus éclairé pour prévoir et prévenir le malheur, il ne faut pas un cœur moins magnanime pour le soutenir fermement.

Mais Dolabella s'est tellement dépouillé de tous sentimens d'humanité, s'il en eut jamais, qu'il a exercé son insatiable cruauté sur Trébonius vivant, je dis même sur Trébonius mort, et que ne pouvant assouvir sa haine en faisant tourmenter et déchirer son cadavre, il a voulu repaître ses yeux de ce spectacle. O malheureux Dolabella, et mille fois plus malheureux que celui que tu as voulu rendre le plus infortuné des humains! Trébonius a enduré de grandes douleurs, combien d'autres n'en ont pas enduré de plus grandes dans des maladies aiguës! Cependant nous ne disons pas que ce sont des êtres malheureux, mais des êtres qui souffrent. Une souffrance de deux jours a été bien longue, mais beaucoup d'autres ont

souffert plusieurs années de suite ; et les tourmens des bourreaux ne sont pas plus cruels
quelquefois que les douleurs des maladies. Il
est, oui, hommes pervers et forcenés, il est des
douleurs bien plus cuisantes que celles des supplices. Car autant l'ame l'emporte sur le corps,
autant les douleurs de l'une sont plus poignan-
tes que celles de l'autre. Celui qui conçoit un
crime dans son cœur, est donc plus malheureux
que celui qui souffre dans sa personne du forfait d'autrui.

Trébonius a été indignement tourmenté par
Dolabella, Régulus l'a été par les Carthaginois ;
Régulus étoit leur ennemi, et nous les traitons
de barbares ; que penser de Dolabella, bourreau
d'un concitoyen ? Y a-t-il quelque compa-
raison ? Peut-on douter lequel est plus malheureux, ou celui dont le sénat et le Peuple desi-
rent de venger la mort, ou celui que le sénat
déclare ennemi de Rome d'une voix unanime ?
les comparer dans les autres parties de leur vie,
ce seroit pour Trébonius un trop sanglant
outrage. On sait quelle étoit la sagesse de l'un,
son génie, sa douceur, son intégrité, son
courage magnanime dans la délivrance de sa
patrie. Pour Dolabella, la cruauté a fait les

délices de son enfance ; telles furent ensuite ses
honteuses dissolutions ; que toujours il s'est
applaudi de faire ce qu'un ennemi avec de la
pudeur rougiroit de lui reprocher. Et cet
homme, grands Dieux ! est entré dans ma
famille. Je ne connoissois pas, faute de l'avoir
examiné de près, toute sa perversité : et peut-être
serois-je encore son ami, s'il ne se fût déclaré
l'ennemi du sénat, des murs de la patrie, de
cette ville, des Dieux pénates, de nos autels,
de nos foyers, de la nature enfin et de l'humanité entière.

Instruits par cet exemple, soyons plus vigilans, plus attentifs à nous précautionner
contre Antoine. Dolabella n'avoit point avec
lui une si grande foule de brigands insignes
et connus ; vous voyez en quel nombre
et de quelle espèce sont ceux qui suivent
Antoine. A la tête de tous est Lucius son frère :
quel tison de discorde, grands Dieux ! quelle
audace ! quelle scélératesse ! quel gouffre ! quel
abîme ! Que ne dévore-t-il pas en esprit ? que
n'absorbe-t-il pas en idée ? de quel sang ne
se gorge-t-il pas en espérance ? sur quelles propriétés et quelles fortunes, dans ses folles prétentions, n'attache-t-il pas ses regards impudens ?

Que dirai-je de Censorinus, qui s'annonçoit comme aspirant à la préture, mais qui au fond n'y pensoit pas ? que dirai-je de Bestia (1) qui se dispose à remplacer Brutus dans la dignité de consul ? Nous préserve Jupiter d'un pareil malheur ! mais n'est-il pas absurde que n'ayant pu obtenir la préture, il demande le consulat ? à moins que le refus ne lui semble tenir lieu de la dignité même. C'est un autre (2) César que ce fameux Vopiscus, un homme dont le génie égale le pouvoir : il veut passer de l'édilité au consulat : dispensons-le des loix. Que dis-je ? les loix ne sont pas faites pour lui ; son mérite, sans doute, l'en dispense. Je l'ai pourtant défendu cinq fois, cinq fois il a été absous. Il est difficile même à un gladiateur de remporter dans Rome six victoires de suite (3). S'il a été enfin

(1) Il paroît que ce Bestia est le même que le Vopiscus ci-après nommé, et que Vopiscus étoit un de ses surnoms.

(2) Caïus Julius César, du tems de Marius et de Sylla, vouloit devenir consul avant que d'avoir été préteur, il vouloit passer de l'édilité au consulat, ce qui n'étoit pas permis par les loix. Le tribun Sulpicius s'opposa fortement à ses prétentions. C'est à ce trait de l'histoire que l'orateur fait ici allusion.

(3) Comme les plus fameux gladiateurs se trouvoient

condamné, c'est la faute des juges, et non la
mienne. Je l'ai défendu avec zèle ; les juges
doivent retenir dans la ville un sénateur aussi
illustre et aussi recommandable. Quoi qu'il en
soit, il ne semble occupé qu'à vouloir justifier
les anciennes sentences de condamnation que
nous avons (1) révoquées. Et il n'est pas le
seul : le camp d'Antoine en renferme d'autres
condamnés avec justice et rétablis par des voies
honteuses. Croyez-vous que ces ennemis de
tous les gens de bien ne forment pas les plus
cruelles résolutions ? ajoutez un je ne sais
quel Saxa, que César a tiré du fond de la
Celtibérie pour en faire un tribun du Peuple.
Il distribuoit autrefois les logis du camp ; il
espère aujourd'hui distribuer les maisons (2)

à Rome, il étoit difficile d'y remporter plusieurs victoires de suite. Quoique je n'aie vu nulle part cette
particularité, il paroît d'après le passage de Cicéron,
qu'un gladiateur qui remportoit six victoires de suite,
obtenoit son congé, ou quelque autre avantage considérable.

(1) *Que nous avons révoquées*, en confirmant les
actes de César, qui avoit rappellé tous les citoyens
exilés d'après la loi de Pompée, excepté le seul Milon.

(2) *De Rome*, dont il deviendra le maître, si Antoine y entre en vainqueur.

de Rome. Étranger pour nous, puissent les malheurs dont il nous menace tomber sur sa tête, et non sur les nôtres ! ajoutez le vétéran Caphon, détesté des autres vétérans. Antoine, comme par surcroît des largesses qu'ils ont reçues pour prix des maux de la guerre civile, leur a abandonné les terres de la Campanie, pour nourrir et engraisser leurs autres terres (1). Plût aux Dieux qu'ils s'en contentassent ! nous le supporterions. Nous n'aurions pas dû le permettre ; mais il a fallu tout souffrir pour éviter les maux d'une guerre affreuse.

Ne vous représentez-vous pas encore les brillantes lumières du camp d'Antoine ? d'abord les deux collègues des Antoines et de Dolabella, Nucula et Lenton (2), qui ont partagé les terres d'Italie en vertu d'une loi que le sénat a jugé l'ouvrage de la violence ; ces deux grands personnages, dont l'un a composé des farces, et l'autre a joué des

(1) On sait que les terres de la Campanie étoient très-fertiles : le produit de ces terres pouvoit donc servir à en faire valoir d'autres.

(2) Ainsi, d'après ce passage et d'autres, les septemvirs étoient Marcus Antonius, Lucius Antonius, Dolabella, Nucula, Lenton, Mustela, Tiron.

comédies. Que dirai-je d'Apulus Domitius, dont j'ai vu dernièrement les biens affichés ; tant est grande la négligence de ses hommes d'affaires ? c'est lui dernièrement qui a fait avaler de force du poison à son neveu. Mais comment ne seroient pas prodigues, des hommes qui comptent sur nos biens lorsqu'ils dissipent les leurs ? J'ai vu aussi la vente de Publius Décius (1), cet homme d'une illustre race, qui, marchant sur les traces de ses ancêtres, s'est dévoué pour l'acquit de ses dettes : et cependant il ne s'est pas trouvé un seul acquéreur. Qu'il est ridicule de croire qu'on pourra s'acquitter en vendant le bien d'autrui ! Que dirai-je de Trébellius, dont il semble que les furies des débiteurs se soient vengées ? il s'étoit opposé à l'abolition des dettes ; et nous avons vu ses biens vendus à l'encan pour acquitter les siennes (2). Que

---

(1) On connoît dans l'histoire romaine Décius, père et fils, qui se dévouèrent généreusement pour le salut de l'armée et de l'empire. Cicéron fait ici une allusion badine à ce dévouement.

(2) On peut expliquer ainsi le texte *vindicem enim....* *Vidimus tabulam novam*, c'est-à-dire, *vidimus proscripta Trebellii bona quae debito solvendo non suf-*

dirai-je de Titus Plancus, que le généreux
Aquila a chassé de Pollence, et qui ne s'en
est retiré que la cuisse rompue ? que cet accident ne lui est-il arrivé plutôt ! que ne l'a-t-il
empêché de revenir ici ! J'ai presque oublié
l'ornement et la gloire de l'armée d'Antoine,
Caïus Annius Cimber, fils de Lysidicus, vrai
Lysidicus lui-même, puisque foulant aux pieds
tous les droits de la nature, il s'est souillé par
le meurtre de son frère (1).

ficerent; vindicem tabularum novarum, sans doute
*quae ulciscebatur tabulas novas quibus adversatus
erat.* —— J'ai lu *Titus Plancus* au lieu de *Lucius
Plancus* qui est visiblement une faute. Il est question
ici d'un Titus Munatius Plancus Bursa, dont nous
avons déjà parlé dans une des précédentes Philippiques.
Au reste, la circonstance d'avoir été chassé de Pollence
par Aquila, et de n'en être sorti que la cuisse rompue,
(circonstance répétée et rapportée un peu plus au long
dans la Philippique treizième) étoit une de ces anecdotes connues dans le tems, mais que l'orateur n'explique pas assez pour que nous en ayons une idée claire.

(1) Cicéron joue sur le mot de *Lysidicus*, sur celui
de *Cimber* et de *Germanus*. Lysidicus en grec veut
dire *qui viole tous les droits*. Les Cimbres étoient
ennemis des Germains ; il étoit donc permis à un
Cimbre de tuer un Germain. Je doute que la plaisanterie soit du goût de beaucoup de monde.

Chef d'une pareille troupe, quel crime ne commettra pas Antoine, puisque Dolabella s'est rendu coupable de tant de parricides sans être soutenu d'une aussi grande foule de brigands ? Calénus m'a souvent trouvé contraire à ses avis, mais j'embrasse ici bien volontiers son opinion. D'où l'on doit conclure que ce n'est jamais la personne, mais le sentiment que je combats. Aussi, non-seulement j'embrasse l'avis de Calénus, mais j'y applaudis. L'avis qu'il a donné est sévère, digne d'un sénateur, digne de la République. Il déclare ennemi Dolabella, il veut que ses biens soient confisqués au profit du trésor. On ne pouvoit rien faire de plus, on ne pouvoit opiner avec plus de force et de rigueur ; il a dit toutefois que, si quelqu'un après lui ouvroit un avis plus rigoureux, il s'y rangeroit. Qui n'approuvera pas une telle sévérité ? Mais puisque Dolabella est déclaré ennemi de Rome, poursuivons-le les armes à la main, d'autant plus qu'il ne reste pas oisif. Il a avec lui une légion, il a une troupe de fugitifs et de citoyens pervers. Lui-même est un audacieux, un emporté, un de ces (1) gla-

_____

(1) *Gladiatorio generi mortis addictus*, c'est-à-dire,
diateurs

diateurs qui combattent à outrance. Ainsi
donc puisque nous l'avons hier déclaré ennemi
de l'état , et qu il doit être poursuivi comme
tel , choisissons un géneral

On a proposé deux (1) partis ; je les rejette
tous deux egalement , le premier , parce que
je le crois toujours dangereux, s'il n'est indispensable ; le second , parce qu'il est deplacé dans la
conjoncture présente.

Qu'un Peuple vain et léger défère à un particulier un commandement extraordinaire , je
ne m'en etonne pas ; mais cela ne pourroit
convenir à la gravité de notre ordre. Dans la
guerre d'Antiochus , l'Asie étant échue à Lucius
Scipio , fils de Publius , le sénat, qui ne lui
croyoit point assez de nerf et de vigueur pour
cette guerre importante , vouloit en charger
Caïus Lélius , son collègue , père de Lélius ,
surnommé le sage. Scipion l'Africain ; frère

addictus ei gladiatorum generi qui ad mortem usque
depugnant.

(1) Deux partis ; le premier, de choisir extraordi-
nairement Servilius pour le charger de la guerre
contre Dolabella ; le second , de faire tirer au sort
l'Asie et la Syrie aux deux consuls , afin qu'ils poursuivent le même Dolabella.

Tome X.   C c

aîné de Lucius, prit la parole et demanda
qu'on ne fît point cet affront à sa famille :
son frère joignit un grand courage à une grande
prudence ; lui-même d'ailleurs, malgré son
âge et ses exploits, lui serviroit de lieutenant.
Ces representations firent qu'on n'ôtât pas à
Lucius ce que le sort lui avoit donné. L'on
ne défera pas de commandement extraordinaire dans la guerre d'alors, ainsi qu'on n'en avoit
pas déféré auparavant dans les deux premières
guerres puniques, guerres sanglantes qui furent conduites et terminées par des consuls et
des dictateurs : on n'en défera pas non plus,
ni dans celles de Pyrrhus et de Philippe, ni
dans celle des Achéens, ni dans la troisième
guerre punique : pour cette dernière, le Peuple
Romain choisit Publius Scipio comme le général le plus habile, mais ne l'en chargea
qu'en qualité de consul. On eut une guerre à
soutenir contre Aristonicus (1), sous le con-

(1) Aristonicus, fils naturel d'Eumène, roi de Pergame, s'empara du trône, et fut vaincu par les Romains. Le Crassus qui fut envoyé d'abord contre lui,
périt misérablement. L'histoire observe qu'il fut le
premier souverain pontife à qui on donna un commandement hors de l'Italie. Elle ne dit rien du fait rapporté par Cicéron, qui n'est pas très-clair.

sulat de Flaccus et de Crassus. On demanda au
Peuple à qui des citoyens il vouloit confier
cette guerre. Crassus, consul et souverain pontife, défendit, sous peine d'une amende, à
Flaccus son collègue, flamine de Mars, d'abandonner les fonctions de son sacerdoce. Le
Peuple, en lui remettant l'amende, lui or-
donna d'obéir au souverain pontife : mais il ne
déféra pas même alors le commandement à un
homme qui ne fût revêtu d'aucune magistrature.
Oui, quoique Scipion l'Africain eût triomphé
de Numance l'année d'auparavant, quoiqu'il
fût supérieur à tous par ses talens et ses exploits
militaires, il n'obtint les suffrages que de deux
tribus ; et le Peuple aima mieux charger de
la guerre Crassus qui étoit consul, que le grand
Scipion qui ne possédoit alors aucune charge.
Ce furent des tribuns (1) du Peuple brouillons
qui firent accorder des commandemens extraordinaires à Pompée, cet illustre personnage,

_____

(1) Gabinius et Manilius, tous deux tribuns du
Peuple, firent décerner à Pompée, l'un la guerre contre
les pirates, l'autre celle contre Mithridate. Mais il
est bien étonnant que Cicéron blâme ici Manilius, lui
qui a prononcé un discours pour appuyer la loi de
Manilius ; c'est la harangue intitulée *pro lege Maniliâ*.

ce premier homme de la République : car pour
la guerre de Sertorius , il n'en fut chargé par
le sénat , quoique alors simple particulier ,
qu'au refus des consuls : c'est ce qui donna lieu
à Philippus de dire qu'on l'envoyoit à la place
des deux consuls , et non pas d'un seul (1).

Quels nouveaux comices , quel nouveau
sujet de brigue , a donc introduit dans le sénat
Lucius César , ce personnage d'une fermeté
et d'une gravité reconnues ? Il a déféré le commandement à un citoyen aussi illustre qu'intègre , mais qui n'est revêtu d'aucune magistrature. Il nous met par-là dans une position
fort embarrassante. Que je me range de son avis,

(1) Cicéron , dans la harangue *pro lege Manilia*,
rapporte le même mot de l'orateur Philippus. Lorsqu'on
envoyoit quelqu'un avec l'autorité proconsulaire , on
disoit, *mittere aliquem proconsule* : Philippus disoit
qu'il falloit envoyer Pompée, non *proconsule*, mais *pro-
consulibus*. Il y a une grace dans le latin qu'il est impossible de transporter en françois.—*Quels nouveaux comices.* Les comices appartenoient au Peuple et non au
sénat ; c'étoit dans les comices qu'on donnoit les magistratures et les commandemens. C'étoit donc introduire
les comices dans le sénat , que d'attribuer au sénat le
privilège de donner des magistratures et des commandemens.

j'introduis dans le sénat un sujet de brigue :
que je m'y oppose, je paroîtrai, comme dans
les comices, avoir refusé mon suffrage à mon
meilleur ami et l'avoir frustré d'un honneur.
Que si on veut tenir les comices dans le sénat,
demandons et briguons ici les magistratures,
qu'on nous remette la tablette des suffrages
comme on la remet au Peuple. Pourquoi nous
exposer, César, à faire essuyer, ou un refus
à un homme du premier mérite, si on n'embrasse pas votre avis ; ou une espèce d'affront
à chacun de nous, si, dans le même rang,
on ne nous croit pas dignes du même honneur ?

Mais, m'objectera-t-on, vous avez fait
donner par votre avis au jeune César un commandement extraordinaire. Mais il m'avoit
donné à moi un secours extraordinaire. Quand
je dis à moi, j'entends au sénat et au Peuple
Romain. La République recevoit de lui un secours inespéré, d'où dépendoit son salut ; et
je ne lui aurois pas fait donner un commandement extraordinaire ! il falloit, ou lui ôter
l'armée, ou lui donner le commandement.
Car enfin quel parti prendre ? Est-il possible
de tenir une armée sans le titre de comman-

dant ? ce qui n'est pas ôté, le regardera-t-on comme donné ? Ne pas donner le commandement au jeune César, ç'eût été certes le lui ôter. Les soldats vétérans, qui en prenant les armes pour la République, ont suivi ses ordres, son nom, son exemple, vouloient être commandés par lui. La légion martiale et la quatrième légion, en se dévouant à l'autorité du sénat et à la majesté du Peuple, demandoient le jeune César pour commandant et pour chef. La nécessité des conjonctures lui a donc donné le commandement, le sénat lui a donné les faisceaux. Mais, je vous le demande, Lucius César, je parle à un homme versé dans nôtre histoire, quand le sénat a-t-il déféré le commandement à un particulier oisif, non actuellement occupé pour l'état ? Mais en voilà assez sur cet article ; je ne veux point paroître m'opposer à ce qu'on décerne un honneur à un ami intime, qui m'a rendu les plus signalés services. Que dis-je m'opposer ? loin de demander cet honneur, Servilius le refuse.

L'autre avis, qui veut que les consuls tirent au sort l'Asie et la Syrie, afin de poursuivre Dolabella, je le trouve aussi contraire à la dignité des consuls qu'à l'importance des conjonctures. Je dirai bientôt pourquoi ce parti seroit nuisible à la République, voyez auparavant combien il seroit peu honnête pour les consuls.

Quoi ? un consul désigné est assiégé , le salut de l'état demande qu'il soit délivré du siège ; des citoyens pernicieux et parricides se sont déclarés contre le Peuple Romain ; nous nous trouvons engagés dans une guerre où nous combattons pour l'honneur , pour la liberté , pour la vie ; on n'a à attendre d'Antoine, si on tombe en sa puissance , que tourmens et supplices ; d'excellens et braves consuls sont chargés de combattre pour de si grands intérêts ; et l'on viendra nous parler d'Asie et de Syrie , pour fournir matière aux soupçons ou aux reproches du public !

Mais ils ne poursuivront Dolabella qu'après avoir délivré Brutus. Il vaudroit mieux que Brutus fût laissé , négligé , abandonné. Pour moi, je dis qu'on a parlé de provinces dans un tems absolument contraire. En effet , Pansa , quoique vous ayez intention de délivrer un illustre et courageux citoyen, telle est la nature des choses , qu'il vous faudra nécessairement songer quelquefois à poursuivre Dolabella , et transporter une partie de vos soins et de votre

C c 4

attention à l'Asie et à la Syrie. S'il étoit possible, je voudrois que vous eussiez plusieurs
ames pour les diriger toutes vers Modène ; mais
on n'en a qu'une, et cette ame excellente
dont vous êtes doué, nous voulons qu'elle
ne soit occupée que de Brutus. Vous le faites,
et même avec zèle ; mais, loin de pouvoir à
la fois exécuter deux projets importans, on ne
sauroit même les développer à la fois dans
toute leur étendue. Nous devons exciter, nous
devons enflammer votre ardeur généreuse, et
non la partager entre plusieurs objets. Ajoutez
encore, Pansa, les discours, les soupçons et
les reproches du public. Vous m'avez toujours
loué, imitez-moi. Le sénat m'avoit décerné
une province (1) qu'il avoit eu soin de munir de
toutes les choses nécessaires ; je n'ai pas hésité
à m'en démettre pour m'appliquer uniquement
à éteindre l'incendie de la patrie. Personne,
excepté moi, à qui, sans doute, vous auriez
fait part de vos vrais sentimens, comme à votre
ami intime, personne ne croira qu'on vous ait

(1) La province de Gaule, dont Cicéron se démit,
pour s'occuper tout entier de la conjuration, qui menaçoit Rome de sa ruine.

décerné une province malgré vous. Consultez,
je vous en supplie, votre rare sagesse, pré-
venez les discours du Peuple, et faites ensorte
de ne point paroître désirer ce que vous n'am-
bitionnez point.

Vous devez y penser d'autant plus sérieuse-
ment, que le soupçon ne peut tomber sur votre
illustre collègue. Il ne sait rien, il ne soupçonne rien de ce qui se passe. Il fait la guerre,
il est sous les armes, il expose sa personne ; il
apprendra qu'on lui a décerné une province
avant de s'être douté qu'on y songeât. Et nos
guerriers qui, par l'impulsion de leur zèle,
plutôt que par la nécessité d'un enrôlement,
ont embrassé la defense de la République, ne
pourront-ils pas se décourager, quand ils croi-
ront que nous pensons à autre chose qu'à la
guerre actuelle ? Nos consuls peuvent désirer
des provinces, de grands hommes en ont désiré souvent; mais rendez-nous d'abord Brutus,
l'ornement et la gloire de Rome, que nous
devons conserver comme cette statue (1),
tombée du ciel et gardée dans le temple de

(1) Le Palladium, ou petite statue de Pallas, que
l'on prétendoit être tombée du ciel, étoit gardée dans
le temple de Vesta.

Vesta : rendez-nous Brutus dont le salut assurera le nôtre. Alors, s'il est possible, nous
vous éleverons dans nos bras jusqu'au ciel,
nous vous choisirons du moins des provinces dignes de vous. Mais occupons-nous maintenant
du grand objet en question (1) ; or il est question
de vivre libres, ou de subir la mort, mille fois
préférable à la servitude.

Mais je dis plus, l'avis que j'attaque retar-
dera même la poursuite de Dolabella. Car enfin
quand arrivera le consul ? Attendrons-nous
qu'il ne reste aucun vestige des villes d'Asie ?
Mais les consuls enverront quelqu'un de leurs
lieutenans. J'approuverai fort cet avis, moi qui
ai refusé un commandement extraordinaire à
un illustre personnage, parce qu'il n'étoit revêtu d'aucune magistrature. Mais ils enverront
un homme capable. Le sera-t-il plus que Servilius ? est-il quelqu'un dans Rome qui le soit
davantage ? Approuverai-je donc qu'un homme
seul défère ce que Servilius lui-même n'a pas
cru pouvoir être donné par le sénat en corps ?

(1) *Du grand objet en question ;* de la délivrance
de Decimus Brutus. Si Antoine sortoit vainqueur de
cette guerre, il ne manqueroit pas d'accourir à Rome
avec ses troupes et de l'asservir.

Il nous faut , **P. C.** , un homme qui soit en activité et sur les lieux , qui soit revêtu d'un pouvoir légal , qui outre cela ait de l'autorité , un nom , une armée, un zèle reconnu pour la liberté publique. Quel est-il cet homme ? Marcus Brutus, ou Caïus Cassius (1) , ou tous les deux ensemble. J'opinerois pour l'un des deux ou pour tous les deux , comme plusieurs ont opiné pour l'un des deux consuls ou pour l'un et l'autre , si nous n'eussions attaché Brutus à la Grèce , si nous n'eussions mieux aimé qu'il tournât ses forces du côté de l'Italie que du côté de l'Asie , moins pour nous fortifier par le voisinage de son armée que pour être en état de lui envoyer nous-mêmes des secours par mer. Ajoutez , **P. C.** , que Brutus est maintenant retenu par Caïus Antonius , lequel est maître d'Apollonie , ville considérable et importante. Il est encore maître , je pense , de Byllis, d'Amantia , il attaque l'Epire , il presse l'Illyrie , il a avec lui quelques troupes d'infanterie et de cavalerie. Si on tire Brutus de son poste pour l'occuper d'une autre guerre , nous ,

(1) Je lis et ponctue ainsi : *aut Caius Cassius , aut uterque. Décernerem planè* (sous-entendez *alterum aut utrumque*) *sicut multi consulem* . . . .

perdrons certainement la Grèce. Nous devons
aussi pourvoir à Brindes, et à toute cette côte
d'Italie. Mais je suis étonné que Caïus reste si
long-tems dans le même endroit : il n'attend
pas ordinairement qu'on l'assiège ; il prend son
manteau (1) et déloge.

Si Brutus termine de ce côté, et qu'il se croie
plus utile à la République en poursuivant Dolabella qu'en restant dans la Grèce, il prendra
son parti de lui-même, comme il a déjà fait ;
et au milieu de tant d'incendies auxquels il faut
courir sur le champ ; il n'attendra point les
ordres du sénat : car Brutus et Cassius ont été
à eux-mêmes leur sénat dans plusieurs circonstances. Au milieu de tant de changemens et de
révolutions, il faut de toute nécessité obéir
aux conjonctures plutôt qu'aux usages. Et ce
n'est pas la première fois que le salut et la
liberté de la patrie ont été pour Brutus et
Cassius la loi la plus sacrée, l'usage le plus
saint. Ainsi, quand même on ne mettroit pas

(1) *Son manteau*, mot à mot *ses manches*. L'habillement militaire laissoit les bras nuds ; on prenoit
des manches lorsqu'on se mettoit en marche. — *Si
Brutus termine de ce côté*, c'est-à-dire, s'il défait
Caïus Antonius.

en délibération si on doit poursuivre Dolabella , je tiendrois la chose décidée , puisque
nous avons pour cette expédition d'aussi grands
hommes , des hommes dont la naissance , le
courage et la réputation sont au plus haut
degré ; des hommes dont nous connoissons
les armées (1) , celle de l'un par nous-mêmes ,
celle de l'autre par de sûrs rapports. Instruit
de nos sentimens, Brutus n'a donc pas attendu
nos décisions. Il n'est point parti pour la
Crète (2) , sa province , il a volé en Macédoine , province d'un autre. Il a regardé comme
à lui tout ce que vous souhaitiez être à vous , il
a enrôlé de nouvelles légions , en a reçu d'anciennes. Il s'est approprié la cavalerie de Dolabella qu'il a jugé lui-même ennemi de la
patrie, avant qu'il se fût souillé du plus affreux
parricide. Autrement , de quel droit se fût-il
approprié la cavalerie d'un consul? Et Cassius,
qui ne lui cède ni pour le courage , ni pour les
grandes vues , n'est-il point parti de l'Italie

(1) L'armée de Brutus étoit près d'Italie ; celle de
Cassius en étoit éloignée , dans la Syrie.

(2) Qui lui avoit été donnée au lieu de la Macédoine , ainsi que Cyrène à Cassius au lieu de la Syrie,
d'après les arrangemens d'Antoine.

dans le dessein d'éloigner Dolabella de la Syrie?
de quel droit? en vertu de quelle loi? en
vertu de celle qu'a établie Jupiter lui-même,
loi qui rend juste et légitime tout ce qui est
utile à la République. Car la loi n'est autre
chose que la saine raison émanée des Dieux,
laquelle commande ce qui est honnête et
défend ce qui ne l'est pas. C'est à cette loi qu'a
obéi Cassius quand il est parti pour la Syrie,
province d'un autre, si on obéissoit aux loix
écrites, mais puisque celles-ci étoient oppri-
mées, la sienne par la loi de la nature.

Mais pour ajouter à ce droit de la nature
l'autorité de nos décisions, voici mon avis :
Attendu que Publius Dolabella et ses complices,
ministres de son affreuse barbarie, ont été
jugés par le sénat ennemis de la République,
qu'il a été arrêté par le même sénat qu'on poursuivra Publius Dolabella, les armes à la main,
afin qu'après avoir violé toutes les loix divines
et humaines par un crime nouveau, inoui,
inexpiable, après s'être rendu coupable envers
la patrie du plus noir parricide, il subisse de
la part des Dieux et des hommes la peine qu'il
mérite ; le sénat ordonne que Caïus Cassius
retiendra, en qualité de proconsul, la pro-

(.415)

vince de Syrie , comme s'il l'avoit obtenue au
meilleur droit ; que les troupes lui seront re-
mises par Quintus Marcius Crispus, proconsul ,
par Lucius Statius Murcus, aussi proconsul (1),
par Aulus Alliénus, lieutenant ; qu'avec ces
troupes et celles qu'il pourra encore lever , il
poursuivra Publius Dolabella les armes à la
main sur terre et sur mer ; que pour soutenir
cette guerre , il pourra exiger de ceux qu'il
voudra dans la Syrie , dans l'Asie , dans la
Bithynie , dans le Pont, des navires , des ma-
telots , de l'argent , enfin tout ce qui est nécessaire ; qu'en quelque province que cette
guerre le conduise , le pouvoir de Caïus Cassius
sera supérieur à celui de quiconque occupera
cette province lorsque Caïus Cassius, proconsul,
y entrera : si le roi Déjotarus père et le roi
Déjotarus fils , qui , dans plusieurs guerres ,
ont secouru le Peuple Romain , fournissent
à Caïus Cassius, proconsul , des secours d'argent et d'hommes , le sénat et le Peuple en
seront reconnoissans ; si les autres rois et

(1) Crispus et Murcus avoient été envoyés avec
des légions pour attaquer Bassus dont il sera parlé
tout-à-l'heure, et pour se joindre en conséquence au
lieutenant de Dolabella , Alliénus.

princes suivent leur exemple, le sénat et le Peuple garderont la mémoire de leurs services. Le sénat ordonne enfin que les consuls Caïus Pansa et Aulus Hirtius, ou l'un des deux ou tous les deux ensemble, comme ils le jugeront à propos, feront sans délai, dès que la République sera rétablie, leur rapport à la compagnie sur les provinces consulaires et prétoriennes, et que cependant les provinces seront retenues par ceux qui les occupent jusqu'à ce que le sénat leur ait donné des successeurs.

Ce sénatus-consulte enflammera le courage de Cassius, lui fournira de nouvelles armes. Vous connoissez le général et l'armée. Le général, vous savez par vous-mêmes quelle est son ardeur : l'armée, que vous connoissez sur les rapports d'autrui, est sous la conduite d'un homme ferme et courageux, qui, même avant la fin misérable de Trébonius, eût fermé l'entrée de la Syrie au brigandage de Dolabella. Alliénus, mon ami intime, qui a abandonné Dolabella depuis la mort de Trébonius, ne voudra pas même être appellé son lieutenant. Cécilius Bassus (1), qui est maintenant sans

(1) Cécilius Bassus, zélé partisan de Pompée, titre,

titre, mais dont le mérite égale la bravoure,
commande des troupes aguerries et victorieuses.
Les rois Déjotarus ont une armée puissante,
et disciplinée comme les nôtres. Le fils donne
de grandes espérances; l'esprit, dans ce jeune
prince, répond au courage. Que dirai-je du
père, dont l'attachement pour le Peuple Romain a commencé avec la vie; qui, dans les
guerres, non-seulement s'est associé à nos
généraux, mais encore a commandé ses propres
troupes? Quels éloges n'ont pas fait de ce
monarque en plein sénat, Sylla, Muréna,
Servilius, Lucullus, éloges conçus dans les
termes les plus forts et les plus magnifiques?
Que dirai-je de Pompée? il regardoit Déjotarus comme le plus sincère ami des Romains,
comme le roi de l'univers qui leur étoit le
plus fidèle et le plus dévoué. Nous avons
commandé, Bibulus et moi, dans les provinces
voisines de son royaume; il nous a aidés de

simple chevalier Romain, et sans aucun titre de commandement, avoit formé une armée assez considérable,
avec laquelle il s'étoit emparé d'une partie de la Syrie,
et avoit remporté de grands avantages contre plusieurs
généraux. Il céda ses troupes à Cassius, mais un peu
par force et contre son gré.

Tome X.   D d

sa cavalerie et de son infanterie. La guerre
civile est survenue, guerre déplorable et désastreuse. Que devoit faire Déjotarus ? Il est
inutile de dire ce qu'il pouvoit faire de mieux,
sur-tout puisque la victoire a décidé autrement
qu'il ne pensoit. S'il s'est trompé dans le choix,
il s'est trompé avec le sénat : s'il a bien
choisi, le parti qui a succombé ne mérite
point de blâme. Aux troupes dont je viens
de parler, se joindront celles des autres rois
et les levées du proconsul lui-même. On ne
manquera point de flottes : les Tyriens ont
une trop grande opinion de Cassius, son nom
est trop respecté dans la Syrie et dans la
Phénicie. La République a dans Cassius contre
Dolabella un général en activité et sur les
lieux, un général aussi habile que brave. Il
s'est signalé par de grands exploits avant
l'arrivée de l'illustre Bibulus, lorsqu'il mit
en déroute (1) les meilleurs généraux de Pa-
corus et ses nombreuses armées, lorsqu'il
délivra la Syrie des cruelles irruptions des
Parthes. Je ne parle pas de la plus impor-

(1) Etant questeur de Crassus. *De la plus admirable de ses actions*, du meurtre de César.

tante et de la plus admirable de ses actions.
Comme en la louant je ne plairois pas encore
à tout le monde, conservons-la dans notre
souvenir sans la publier dans nos éloges.

J'ai remarqué, P. C., que quelques-uns
me reprochoient de prodiguer les louanges
à Brutus et à Cassius, d'accorder à Cassius
dans mes avis une autorité souveraine. Mais
ceux que j'honore ne sont-ils pas eux-mêmes
l'honneur de la République ? N'avez-vous pas
toujours souscrit unanimement aux louanges
que j'ai données à Brutus? Me blâmez-vous de
l'avoir loué ? devois-je louer les Antoines,
ces hommes le déshonneur et l'opprobre,
non-seulement de leur famille, mais du nom
Romain ? devois-je louer Censorinus, ennemi
de l'état dans la guerre et de nos propriétés
dans la paix ? Perdrai-je le tems à ramasser
les autres débris de toute cette horde de brigands? Pour moi, loin que je loue ces ennemis de la paix, de la concorde, des loix,
des tribunaux, de la liberté, je ne puis m'empêcher de les détester autant que je chéris
la République.

Prenez garde, me dit-on, d'offenser les
vétérans ; c'est ce qu'on me répète sans cesse.

Je dois, sans doute, ménager les vétérans ;
mais, certes, je ne dois pas redouter ceux
qui pensent bien. Les vétérans qui ont pris
les armes pour la République, qui ont suivi
le jeune César par reconnoissance pour les libé-
ralités de son père, et qui s'exposent actuellement à de grands périls pour défendre la
République, je dois non-seulement les ménager, mais les combler de récompenses. Ceux
qui restent tranquilles, comme les huitième
et sixième légions, méritent, à mon avis,
de la considération et des égards. Quant aux
vétérans qui accompagnent Antoine, qui,
après avoir dévoré les bienfaits de César,
tiennent assiégé un consul désigné, menacent
de tout embrâser, de tout égorger dans Rome,
qui se sont livrés à Saxa et à Caphon, ces
deux hommes nés pour le crime et pour le
pillage, doit-on les ménager ? Ainsi donc nos
soldats sont, ou zélés pour la République,
et ils méritent nos éloges ; ou des particuliers
tranquilles, et nous leur devons protection ;
ou des forcenés, des citoyens pervers, et
nous avons pris contre eux justement les
armes. Quels sont donc les vétérans que nous
craignons d'offenser ? Seroient-ce ceux qui

veulent délivrer Décimus Brutus ? Puisqu'ils veulent sauver Brutus, peuvent-ils haïr Cassius? Seroient-ce ceux qui n'ont pris aucun parti ? Je ne crains pas des citoyens qui chérissent leur repos. Quant à cette autre espèce, qui sont non des soldats vétérans, mais des ennemis odieux, loin de me prêter à leurs desirs, je voudrois leur causer le déplaisir le plus amer.

Mais enfin, P. C., jusques à quand ne donnerons-nous nos avis qu'au gré des vétérans? quel orgueil, quelle arrogance d'exiger de nous que nous ne choisissions nos généraux que d'après leurs idées? Il faut déclarer ici mes vrais sentimens : suivant moi, nous devons moins nous occuper des vétérans, que songer à ce que pensent de notre fermeté toute l'Italie, les jeunes soldats qui en sont la fleur, et les nouvelles légions qui ne respirent que la liberté de la patrie. Tout passe, les générations se succèdent ; les légions de César ont été long-tems en honneur ; aujourd'hui ce sont celles de Pansa, celles d'Hirtius, celles du jeune César, celles de Plancus. Ces légions nouvelles l'emportent par le nombre, elles l'emportent par la jeunesse, elles l'emportent même par la considération ; car la guerre qu'elles soutiennent est approuvée de tous les Peuples. On leur a promis une récompense, les vétérans ont reçu la leur. Que les uns jouissent de celle qu'ils ont reçue, que les autres reçoivent celle qui leur est promise. J'ai la confiance que les Dieux immortels approuvent cette conduite.

Dans cet état des choses, je demande, P. C., que mon avis soit adopté.

DOUZIÈME PHILIPPIQUE

DE CICÉRON.

Sommaire.

IL avoit été décidé pour la seconde fois, sur le rapport du consul Pansa, qu'on enverroit des députés à Antoine. Ses amis et ses partisans, ceux qui avoient conservé pour lui quelque amitié, et les autres, sans en excepter Cicéron, persuadés qu'Antoine se rendroit enfin et feroit des propositions raisonnables ; tous les sénateurs en un mot, à ce qu'il paroît, avoient décidé de lui envoyer cinq personnages consulaires, parmi lesquels étoit Cicéron lui-même.

Cet orateur ne fut pas long-tems sans revenir sur ses pas et sans chercher à faire revenir le sénat. Il convient franchement de son erreur, il en explique les causes. Il démontre par beaucoup de preuves qu'on ne peut espérer de paix avec Antoine, que la paix avec un tel homme seroit inutile, qu'elle scroit honteuse, qu'elle est impossible, qu'on doit absolument y renoncer. Il prouve, ce qui n'étoit pas difficile, que du moins il ne devoit pas être choisi pour député, pour médiateur de la paix : il expose tous les périls qu'il auroit à courir pour ses jours dans une pareille députa-tion, sans aucun fruit pour la République.

DOUZIÈME PHILIPPIQUE

DE CICÉRON.

SANS doute, Pères Conscripts, il est bien peu convenable que celui même dont vous adoptez souvent l'avis dans les plus importantes

affaires, se méprenne, s'abuse, tombe dans
l'erreur ; je me console néanmoins par l'idée
que cette erreur m'est commune avec vous et
avec le plus sage consul. Deux personnages
consulaires (1) nous avoient flattés de l'espérance d'une paix honorable : amis intimes
d'Antoine, et, pour ainsi dire, de sa maison,
ils nous paroissoient connoître dans sa position
actuelle quelque vice qui nous étoit inconnu.
L'un avoit chez soi la femme et les enfans
d'Antoine : l'autre lui écrivoit tous les jours,
en recevoit des réponses, le favorisoit ouvertement. Ils avoient été long-tems sans parler
de paix ; nous ne pouvions croire qu'ils n'eussent
pas une raison pour nous y exhorter tout-à-
coup. Un consul se joignoit à leurs exhortations ; et quel consul ! Cherche-t-on des lumières, un homme qui est à l'abri de toute
surprise ; veut-on du courage, un homme qui
rejetteroit toute idée de paix, s'il ne voyoit
Antoine soumis et désarmé ; demande-t-on de
la grandeur d'ame, un homme qui préféreroit
la mort à la servitude. Vous-mêmes, P. C., si

(1) Pison et Calénus. — L'un, Calénus ; l'autre,
Pison.

vous paroissiez un peu fléchir, ce n'est pas
que vous eussiez oublié la sévérité de vos décrets, mais espérant qu'Antoine se rendroit
enfin (ce que ses amis appelleroient faire la
paix), vous vous prépariez à imposer des
conditions, et non à en recevoir. Ce qui forti-
fioit mon espérance, et sans doute la vôtre,
c'est qu'on me disoit que la maison d'Antoine
étoit dans la désolation, sa femme dans les
pleurs. Ici même je voyois la tristesse se
peindre sur les visages des partisans d'Antoine,
ces visages que mes yeux ne quittent point. Si
je me trompois dans mes conjectures, pourquoi
Pison, et sur-tout Calénus ont-ils parlé de paix
dans la circonstance présente? pourquoi si subitement, pourquoi si inopinément? Pison dit
qu'il ne sait rien, qu'il n'a rien appris; Calénus,
que rien de nouveau n'est venu à sa connoissance : et ils le disent à présent qu'ils nous
voient liés par un projet de députation pour
la paix. Est-il donc besoin d'une résolution
nouvelle, s'il n'est rien survenu de nouveau?

Nous avons été trompés, P. C., oui, nous
avons été trompés. Les amis d'Antoine ont
plaidé sa cause, et non celle de la République.
Je le voyois moi-même, mais comme à travers

un nuage. L'envie de sauver un Brutus me faisoit illusion. Oui, si c'étoit l'usage dans la
guerre de donner un substitut, je me lais-
serois assiéger volontiers à la place de Brutus,
pour le délivrer. Nous avons été séduits par ces
paroles de Calénus : Quoi, disoit-il, n'écouterons-nous pas Antoine, même s'il lève le siège
de Modène, même s'il consent à se remettre au
pouvoir du sénat ? Cela paroissoit dur : nous
nous sommes donc laissé fléchir, nous avons
cédé. Mais Antoine lève-t-il le siège de Modène?
Je l'ignore, dit Calénus. Se soumet-il au sénat?
je le pense, mais pourvu qu'il ne compromette
point son honneur. En effet, P. C., je vous y
engage, compromettez vous-mêmes l'honneur
si précieux d'une compagnie auguste, ménagez
celui d'Antoine qui n'existe ni ne peut exister,
faites ensorte qu'il le recouvre par vos soins
quand il l'a perdu par sa faute. S'il traitoit avec
vous en suppliant, je l'écouterois peut-être.
Quoiqu'après tout.... Mais je reviens à mon
premier mot; oui, je l'écouterois. Puisqu'il
nous oppose de la résistance, il faut lui résister
nous-mêmes, ou, avec notre honneur, lui abandonner notre liberté.

On ne peut plus revenir, dira-t-on ; la dépu-

tation est arrêtée. Le sage peut toujours revenir quand il peut réparer sa faute. Tomber
dans l'erreur est le partage de l'homme; y
persévérer n'appartient qu'à un insensé. Les
dernières réflexions sont pour l'ordinaire les
meilleures. Le nuage est dissipé, le jour brille,
la vérité se montre; nous la voyons, non-
seulement par nous-mêmes, mais par les représentations de nos amis. Vous venez d'entendre
les paroles d'un illustre personnage (1) : *J'ai
trouvé*, disoit-il, *toute ma maison consternée,
ma femme et mes enfans plongés dans la tristesse.
Les gens de bien s'étonnoient que, dans l'espérance
de la paix, je me fusse chargé de la députation;
mes amis m'en faisoient un reproche.* Et cela ne
me surprend pas, Servilius; car ce sont vos
avis, aussi judicieux que sévères, qui ont fait
perdre à Antoine sa considération, je dis même
tout espoir de salut. Qui ne s'étonneroit pas
de vous voir aller en députation vers Antoine?
Je l'éprouve moi-même; je sens combien mon
avis, qui étoit le vôtre, est blâmé. Sommes-
nous les seuls que l'on blâme? Et Pansa, cet

(1) De Servilius, un de ceux qui étoient députés
avec Cicéron vers Antoine.

homme si ferme, est-ce sans motif qu'il vient
de prononcer un si long discours, dont toutes
les expressions étoient si mesurées? Que
vouloit-il, sinon écarter tout soupçon d'intelligence, même tombant à faux? et pourquoi
le soupçonneroit-on? sans doute parce qu'il
a embrassé subitement le parti de la paix,
séduit par la même erreur que nous. Que si
les fausses lueurs d'une espérance trompeuse
nous ont égarés, revenons sur nos pas.
Changer de parti est le seul recours du
repentir.

Car enfin, notre députation peut-elle être
utile à la République? Je dis utile? ne lui seroit-elle pas nuisible? Que dis-je? ne lui a-t-elle
pas nui déjà? Croyez-vous que la nouvelle
d'une députation n'ait pas refroidi le Peuple
Romain, n'ait pas affoibli et ralenti cette
passion si ardente et si courageuse de recouvrer sa liberté? Les villes municipales, les
colonies, l'Italie entière conservera-t-elle cette
ardeur dont elle étoit animée pour éteindre
l'incendie commun? Les Peuples qui nous
ont promis de l'argent et des armes, qui se
sont dévoués tout entiers au salut de la
République, ne se repentiront-ils pas d'avoir

déclaré et signalé leur haine contre Antoine ? Capoue (1) approuvera-t-elle votre résolution, Capoue en qui nous voyons aujourd'hui une seconde Rome ? Elle a condamné, rejetté, chassé sans retour les citoyens pervers. C'est elle, oui, c'est elle qui faisoit contre Antoine les plus généreux efforts ; mais on l'a arraché de ses mains.

Notre démarche ne détruit-elle pas tout le nerf de nos légions ? Quel est le soldat dont le courage sera enflammé pour la guerre, s'il s'attend à la paix ? A cette nouvelle, la légion martiale elle-même, cette légion céleste et divine, sentira tout son feu se ralentir, et perdra son beau nom de martiale : les bras n'auront plus la force de tenir les épées ; les armes échapperont des mains. Combattant sous les auspices du sénat, elle ne croira pas que sa haine pour Antoine doive être plus vive que celle du sénat lui-même. Je rougis

(1) Capoue avoit toujours été ennemie d'Antoine : nous voyons, dans la seconde Philippique, qu'il eut peine à se sauver de cette ville. Probablement elle s'étoit encore déclarée contre lui dans la circonstance présente, avoit chassé tous ses partisans, et cherché à le perdre.

quand je pense à cette légion ; quand je pense
à la légion quatrième, qui, souscrivant avec
le même zèle à nos volontés, a déserté les
drapeaux d'Antoine, a cessé de voir en lui son
consul et son général, n'y a plus vu que
l'ennemi et l'oppresseur de la République ;
je rougis quand je pense à cette brillante
armée, formée de deux autres (1), qui a déjà été
passée en revue, qui est partie pour Modène.
Lorsqu'elle apprendra la nouvelle de la paix,
ou plutôt de notre frayeur, si elle ne recule
pas, avancera-t-elle ? Qui est-ce qui sera
empressé de combattre, quand le sénat rap-
pellera les troupes, quand il sonnera la retraite ?

D'ailleurs, nos guerriers sont sous les armes ;
quoi de plus injuste que de résoudre la paix à
leur insu, disons mieux, contre leur gré ?
Quoi donc ? Aulus Hirtius, cet illustre consul,
le jeune César, suscité par le ciel pour les
conjonctures présentes, ces deux hommes
dont les lettres, que j'ai en main, nous annoncent une victoire prochaine, pensez-vous

(1) Formée de l'armée d'Hirtius et de celle du
jeune César.

qu'ils veuillent la paix ? ils brûlent de vaincre ;
et la paix, dont le nom est si doux et si
beau, ils la veulent, non par un traité, mais
par la victoire. Et la Gaule, quels seront,
croyez-vous, ses sentimens quand elle apprendra
dra cette nouvelle ? Nous la voyons donner
l'exemple aux autres provinces, repousser les
ennemis, soutenir leurs efforts, fournir tout
ce qui est nécessaire pour les combattre. Oui,
la Gaule, au premier signe de Brutus, sans
attendre ses ordres, lui a donné, pour commencer
mencer la guerre, des armes, de l'argent, des
hommes. Elle s'est exposée elle - même toute
entière à la cruauté d'Antoine ; elle se laisse
épuiser, dévaster, ravager, subit sans se
plaindre toutes les horreurs de la guerre,
contente d'éloigner à ce prix toute crainte
de la servitude. Sans parler des autres parties
de la Gaule, qui toutes méritent les mêmes
louanges, comment les habitans de Padoue
ont-ils reçu les envoyés d'Antoine ? ils ont
chassé les uns, fermé leurs portes aux autres :
ils ont aidé nos généraux d'argent, de soldats,
et principalement d'armes qui nous manquoient.
Les autres Peuples ont suivi leur exemple,
encore qu'ils eussent eu autrefois une même

raison de nous faire la guerre (1), et qu'on
les crût mal disposés pour le sénat, dont ils
avoient eu à se plaindre pendant plusieurs
années. Maintenant devons-nous être surpris
de les voir fidèles, qu'ils participent aux privilèges de nos citoyens, eux qui nous ont
témoigné une inviolable fidélité dans le tems
même qu'ils n'en jouissoient pas ? Tous ces
guerriers et tous ces Peuples sont animés
par l'espoir de vaincre ; irons-nous donc
leur annoncer que nous voulons la paix,
c'est-à-dire que nous désespérons de la victoire ?

Mais une paix quelconque est-elle même
possible ? Quelles conditions fera-t-on avec
celui à qui on ne peut rien accorder ? Nous
avons fait plusieurs démarches pour amener
Antoine à la paix ; il a préféré la guerre.
On lui a envoyé des députés ; c'étoit contre

(1) *Une même raison de nous faire la guerre*, parce
que nous leur refusions le titre de citoyens Romains.
Ce refus alluma une guerre violente, appellée *guerre
sociale*, ou *guerre italique*. Lorsque la guerre fut
terminée, on récompensa du titre de citoyens les
Peuples qui étoient restés fidèles : c'est de ces Peuples
que parle ici l'orateur.

mon

mon avis ; mais on l'a fait. On lui a porté
les ordres du sénat : il n'a point obéi. On
lui a signifié de s'éloigner de Modène, de
ne point assiéger Brutus : il l'a attaqué plus
vivement encore. Et nous enverrons parler
de paix à celui qui a rejetté les médiateurs
de la paix ? Croit-on que devant nous il sera
plus modéré dans ses demandes, qu'il ne l'a
été lorsqu'il envoya ses propositions au sénat ?
Cependant, tout odieuses que paroissoient alors
ses demandes, on voyoit quelque possibilité
à les lui accorder. Vous ne l'aviez pas encore
noté et flétri par tant de sévères et infamantes
décisions. Il demande aujourd'hui ce que
nous ne pouvons absolument lui donner sans
nous confesser vaincus. Nous avons déclaré
faux les sénatus-consultes publiés (1) par lui :
jugerons-nous qu'ils sont véritables ? nous
avons jugé que ses loix étoient portées par
la violence et contre les auspices, qu'elles
n'obligeoient aucun ordre de l'état : peut-on
leur rendre l'autorité ? Vous avez déclaré
qu'Antoine avoit détourné d'un argent public

(1) *Publiés par lui*. Mot à mot, *portés par lui*,
sans doute, au trésor, où l'on portoit les loix et
sénatus-consultes.

Tome X.   –   E e

sept cens millions de sesterces : peut-il être
purgé du crime de péculat ? il a vendu des
exemptions (1) , des droits de cité , des
dignités sacerdotales , des royaumes : ferez-
vous publier de nouveau (2) des édits que
vous avez proscrits par vos décisions ? Quand
nous voudrions anéantir les décrets que nous
avons rendus , pourrions-nous abolir la
mémoire des faits ? la postérité la plus reculée
oubliera-t-elle celui dont les attentats nous ont
réduits à prendre ces lugubres (3) vêtemens ?
Quand on pourroit effacer ce sang répandu
à Brindes , le sang des centurions de la légion
martiale, effacera-t-on le souvenir de sa cruauté ?
Je tranche sur les faits intermédiaires ; l'éloignement des tems fera-t-il disparoître les monumens horribles du siège de Modène , ces

(1) J'ai suivi la leçon , *immunitates ab eo* , *civitates*,
sacerdotia.

(2) Mot à mot , *ferez-vous attacher de nouveau*
des tables que vous avez détachées par vos décisions.
Des tables, sans doute, sur lesquelles étoient gravés
les édits par lesquels Antoine vendoit les exemptions,
etc.

(3) *Ces lugubres vêtemens* , c'est-à-dire , les habits
de guerre qu'il n'étoit pas d'usage de prendre dans la
ville.

indices de son crime, ces traces de son
brigandage ?

Au nom des Dieux, que pouvons - nous
abandonner à cet infâme et cruel parricide ?
La Gaule ultérieure et une armée ? mais ne
seroit-ce pas suspendre la guerre plutôt que
faire la paix, et non-seulement prolonger la
guerre, mais encore accorder la victoire ? Eh !
ne sera-ce pas une victoire pour Antoine d'entrer dans Rome avec sa troupe armée, à quelque condition qu'il y entre ? Maintenant nous
sommes maîtres de tout, nous avons toute
l'autorité que nous pouvons avoir, la ville se
trouve purgée de tous ces scélérats qui ont
suivi leur chef. Cependant nous ne pouvons
encore supporter la présence et les discours de
ceux d'entr'eux qui restent. Que sera-ce lorsque tous à la fois ils fondront dans Rome,
eux gardant leurs armes, et nous ayant posé
les nôtres ? Ne serons - nous pas d'après nos
propres mesures vaincus pour toujours ? Représentez-vous Antoine au rang des consulaires ;
figurez-vous encore Lucius son frère aspirant
au consulat, et tous les autres qui ne se conten-
teront point des honneurs et des dignités de
notre ordre. Ne méprisez pas même les Tiron,

les Numisius , les Mustela , les Saxa (1). La
paix faite avec eux ne sera pas une paix , ce
sera un traité de servitude.

C'est avec raison , Pansa , que vous avez
loué dans cette compagnie et dans une assemblée du Peuple ; ces belles paroles de l'illustre
Pison : *Je sortirois de l'Italie* , disoit-il , *j'aban-
donnerois mes Dieux Pénates et la demeure de mes
pères , si Antoine (aux Dieux ne plaise !) opprimoit
la République.* Je vous le demande donc , Pison ,
la République ne sera-t-elle pas opprimée , si
nous recevons au milieu de nous toute cette foule
de scélérats , d'hommes audacieux , de citoyens
dénaturés ? Nous les supportions à peine
lorsqu'ils n'étoient pas encore souillés de tels
forfaits ; pensez-vous que nous puissions les
supporter aujourd'hui qu'ils sont noircis et
chargés de crimes ? Il faut , croyez-moi , ou
suivre votre conseil , sortir de Rome , l'abandonner pour toujours , traîner une vie pauvre
et vagabonde , ou présenter la gorge à des
brigands et mourir dans notre patrie. Où sont ,
Pansa , ces exhortations véhémentes , par les-

(1) Les Tiron , etc. tous hommes méprisables attachés à Antoine. J'ai lu *Mustelas* au lieu de *Mus-
tellas*.

quelles excitant le sénat et enflammant le
Peuple, vous leur avez dit, vous leur avez
prouvé, que rien n'étoit plus affreux pour un
Romain que la servitude? Quoi donc? nous
aurons pris les armes et l'habillement militaire,
nous aurons épuisé toute l'Italie de sa jeunesse,
nous aurons formé la plus brillante et la plus
nombreuse armée, et tout se réduira à envoyer des députés pour la paix? Est-ce pour
la recevoir? que ne nous la demande-t-on?
Est-ce pour la demander? qu'avons-nous à
craindre (1)?

Dois-je être, moi, du nombre des députés,
dois-je être admis à un conseil où je puis combattre les opinions diverses sans que le Peuple
Romain soit instruit de la mienne? Il arrivera
de là que, si on se relâche de quelque chose,
si on accorde trop, les excès d'Antoine envers
la République me seront imputés, parce qu'il
semblera que je lui ai fourni le moyen de les
commettre. S'il doit être question de paix avec
ce brigand, encore n'étoit-ce pas moi qu'il
falloit choisir pour la négocier. C'est moi qui ai

(1) Paul Manuce et Lambin lisent en transposant,
*si accipiendam, cur non rogamur? si postulandam,
quid timemus?* J'ai traduit d'après cette transposition.

toujours combattu les projets de députation ;
moi qui ai osé dire, avant le retour des députés,
que, s'ils apportoient la paix, on devoit la
rejetter comme cachant la guerre sous une
apparence de paix ; moi qui ai conseillé le
premier de prendre les habits militaires ; moi
enfin qui ai toujours traité Antoine d'ennemi
de l'état, lorsque les autres ne voyoient en lui
que le chef d'un parti opposé, qui ai appellé
guerre ce que les autres appelloient simplement
tumulte (1). Et tout cela je l'ai fait, non-
seulement dans le sénat, mais devant le Peuple.
Je me déchaînai toujours non seulement contre
Antoine lui-même, mais contre les complices
et les ministres de ses crimes qui sont dans
Rome ou avec lui, enfin contre toute sa maison.
Aussi ces méchans, qui flattés de l'espoir d'une
paix prochaine, triomphoient déjà et se féli-
citoient entr'eux comme d'une victoire, me
rejettoient comme opposé à la paix, se plai-
gnoient de moi, se défioient même de Servilius :
ils se rappelloient que ses avis n'avoient pas épargné Antoine. Ils voyoient dans Lucius César un
ferme et intrépide sénateur, mais enfin son oncle ;
dans Calénus, un homme chargé de ses intérêts ;

(1) Voyez plus haut.

dans Pison, un ami intime ; dans vous-même, Pansa, un consul sévère et courageux, mais qu'ils croyoient s'être un peu adouci. Non que cela soit ou puisse être ; mais comme vous aviez opiné pour la paix, on vous soupçonnoit de n'avoir plus la même sévérité. Les amis d'Antoine me voient avec peine parmi ces personnages (1). Il faut leur complaire, puisque nous avons commencé à être généreux. Que les députés partent sous d'heureux auspices, mais que ceux-là partent qui ne choqueront point les regards d'Antoine.

Si Antoine ne vous paroît pas mériter cette attention, vous devez du moins avoir quelque ménagement pour moi. Epargnez au moins mes yeux, ayez quelque indulgence pour mon juste ressentiment. De quel œil verrai-je, je ne dis pas l'ennemi de la patrie (à ce titre ma haine se confond avec la vôtre) : mais comment pourrai-je envisager celui qui, dans ses décla-

(1) Il paroît par cette phrase et par ce qui précède, que les six députés vers Antoine étoient Cicéron, Servilius, Lucius César, Pison, Calénus ; à ces cinq étoit joint le consul Pansa, qui devoit se mettre aussitôt à la tête de ses troupes, si Antoine ne faisoit pas des propositions raisonnables.

mations sanglantes, s'est annoncé comme mon ennemi implacable, un ennemi acharné contre moi seul ? Me croyez-vous une ame insensible, une ame de fer, pour voir en face, pour écouter un homme qui dernièrement, dans une assemblée convoquée par lui pour distribuer des récompenses aux plus audacieux de ses satellites, faisoit présent de mes biens à un habitant d'Urbinum (1), à un Pétissius qui, après le naufrage d'un patrimoine immense, est allé échouer au camp d'Antoine? Pourrai-je envisager Lucius, à la cruauté de qui je n'aurois pu échapper, si je n'eusse opposé à sa rage les murs et les portes de ma ville d'Arpinum, le zèle de tous les habitans ? Ce gladiateur d'Asie, ce brigand de l'Italie, ce collègue de Nucula et de Lenton, disoit au centurion Aquila, en lui donnant des pièces d'or, qu'il lui donnoit de mon bien ; s'il eût dit du sien, Aquila lui-même ne l'en eût pas cru (2). Non, mes yeux ne

(1) Urbinum, ville capitale de l'Ombrie.

(2) *Ne l'en eût pas cru*, parce que Lucius Antonius étoit un dissipateur qui n'avoit rien et ne gardoit rien. Cicéron joue sur le nom d'*Aquila* qui signifie *aigle*, étendard de la légion. Au mot latin *primipili* il faut sous-entendre *centurioni*; centurion de la première

pourront supporter ni Saxa, ni Caphon, ni les deux préteurs, ni le tribun du Peuple, ni les deux tribuns désignés, ni Bestia, ni Trébellius, ni Plancus. Je ne puis soutenir la vue de tous ces scélérats, de tous ces ennemis cruels de la patrie; et cela non par un sentiment d'orgueil, mais par amour de la République.

Enfin, je le suppose, je vaincrai ma répugnance, je commanderai à mon juste ressentiment; si je ne puis l'étouffer, je le renfermerai en moi-même. Mais la vie, croyez-vous, P. C., que j'en doive prendre quelque soin? je n'y suis plus attaché, sur-tout depuis que Dolabella m'a rendu la mort désirable, pourvu que cette mort ne soit pas accompagnée de supplices et de tourmens. Mes jours toutefois ne doivent être indifférens ni à vous, ni au Peuple Romain. Si je ne m'abuse moi-même, c'est moi qui, par mes sollicitudes, ma vigilance, et les dangers sans nombre auxquels m'a exposé la

compagnie. — *Les deux préteurs*, Censorinus et Calvisius. —*Le tribun du Peuple*, Ventidius. —*Les deux tribuns désignés*, Tullus Hostilius et Viséius. Bestia avoit été préteur, Trébellius édile, Plancus étoit frère du consul désigné.

haine implacable des citoyens pervers ; c'est
moi, pour ne rien dire de plus , qui ai empêché
les méchans de traverser la République. D'après
cela , ne pensez-vous pas que je dois veiller
à ma sûreté ? On a souvent attenté à ma vie,
dans Rome , dans ma maison , où je suis
gardé , non seulement par une troupe d'amis
fidèles , mais encore par les yeux de tous les
citoyens attentifs à ma conservation ; que sera-ce
quand j'aurai entrepris un voyage , et un long
voyage ? n'aurai-je à craindre aucun péril pour
mes jours ?

Il est trois chemins (1) qui conduisent à
Modène , cette ville où je vole en esprit , impa-
tient de voir Décimus Brutus, ce gage précieux
de la liberté du Peuple Romain. Ce seroit pour
moi une satisfaction de rendre les derniers
soupirs entre les bras de celui vers lequel
toutes les opérations de ces derniers mois ,
tous mes avis et tous mes discours , se sont
dirigés comme vers leur terme. Il est trois
chemins , comme je viens de le dire , qui con-

_____

(1) Je n'ajouterai rien à ce que Cicéron dit de ces
trois chemins. Si on veut en savoir davantage, on
peut consulter ceux qui ont traité de cette partie de
la géographie.

duisent à Modène : vers la mer supérieure, la voie Flaminia ; vers la mer inférieure, la voie Aurélia ; et au milieu, la voie Cassia. Or examinez, je vous prie, si mes conjectures sont vaines, si mes alarmes sont chimériques. La voie Cassia borne l'Etrurie. Savons-nous donc, Pansa, en quels lieux le septemvir Lento Cæsennius exerce son autorité ? il n'est avec nous certainement ni d'esprit ni de corps. Est-il dans sa maison ? en est-il près ? il est dans l'Etrurie, c'est une chose certaine ; c'est-à-dire dans la voie Cassia. Mais qui me répondra que Lenton se contente de m'ôter la vie ? Dites-moi de plus, Pansa, où séjourne Ventidius dont j'ai toujours été l'ami, avant qu'il se fût déclaré l'ennemi de la République et de tous les gens de bien. Je puis éviter la voie Cassia et prendre la voie Flaminia. Mais si, comme on le dit, Ventidius vient à Ancone, pourrai je approcher en sûreté de Rimini ? reste la voie Aurélia. Certes, j'y trouverai des secours, sur les terres de Publius Clodius (1). On viendra en foule au-devant de moi, on m'offrira un logement ; je suis, comme on sait, si lié avec cette famille.

(1) C'étoit le grand ennemi de Cicéron ; il avoit été tué par Milon. On doit sentir l'ironie de cet endroit.

M'exposerai-je dans ces chemins , moi qui dernièrement, aux fêtes du Dieu Terme, n'a point osé sortir de Rome pour revenir le même jour ? J'ai assez de peine à me défendre par les murs de ma maison, sans le secours de mes amis. Aussi je reste dans la ville, et (1) j'y resterai, si on m'y laisse. C'est ma demeure propre : c'est le centre de mes travaux ; c'est le poste d'où j'observe tout, d'où je veille et pourvois à tout. Que d'autres habitent des camps, qu'ils régissent des provinces, qu'ils commandent des armées , qu'ils poursuivent l'ennemi ; pour nous , nous le disons et nous l'avons toujours fait , nous défendrons avec vous la ville, nous gouvernerons avec vous l'intérieur de Rome. Je ne refuse pas toutefois la députation, quoique le Peuple Romain la refuse pour moi. Nul n'est moins timide que moi, nul n'est plus prudent. La chose est notoire. Depuis vingt années, je suis seul en butte à la fureur de tous les scélérats ; et cepen-

(1) J'ai traduit comme si après *maneo* il y avoit un *et*. —— Un peu plus bas, au lieu d'*oderint* qui n'offre aucun sens , il faut lire *adeant*, ou *adierint*, ou *viderint*. — J'entends *regna* de l'autorité absolue que les gouverneurs Romains exerçoient dans les provinces.

dant le sort qu'ils ont subi m'a vengé, ou
plutôt a vengé la République : la patrie m'a
conservé jusqu'à présent pour elle. Je crains
de le dire, parce que, sans doute, il n'est
pas d'accident qu'un homme ne puisse éprouver;
mais enfin investi par une troupe nombreuse
de brigands d'élite (1), je ne suis tombé une fois
volontairement que pour me relever avec plus
de gloire.

Puis-je donc, sans une témérité indiscrète,
m'engager dans un voyage des plus péril-
leux ? Ceux qui s'occupent des affaires publiques, doivent mourir avec honneur, sans laisser après eux le reproche d'une faute et le
blâme d'une imprudence. Quel citoyen honnête ne pleure la mort de Trébonius ? qui
ne regrette un tel homme, un tel citoyen ?
Cependant vous entendrez dire (cela est dur,
mais on le dit) qu'il est moins à plaindre, parce
qu'il ne s'est pas défié d'un infâme et d'un
scélérat. Suivant la maxime des sages, quand
on veut veiller au salut des autres, on doit
veiller d'abord à sa propre conservation. Mais,
me diront quelques-uns, sous la garde des loix,

(1) Par Clodius et ses satellites.

défendu par la crainte des tribunaux ; devez-
vous appréhender tous les périls , vous précautionner contre tous les pièges ? Osera-t-on
attaquer en plein jour (1) , dans un grand chemin , un citoyen illustre et bien accompagné ?
Ces raisons ne sont bonnes ni pour moi , ni
dans la circonstance présente. Celui qui m'at-
taquera , loin de craindre le supplice , se flat-
tera d'obtenir de tout ce ramas de brigands ,
des éloges et même des récompenses. Dans
Rome , je pourvois aisément à ma sûreté :
je vois sans peine autour de moi ce qui est à
droite , ce qui est à gauche , d'où je sors , où
je vais. Pourrai-je faire la même chose dans
les défilés de l'Apennin ? il sera très-facile d'y
attenter à mes jours ; mais quand on n'y atten-
teroit pas , l'inquiétude m'empêchera de m'occuper du succès de la députation.

Mais soit ; j'ai évité tous les périls , j'ai franchi
l'Apennin , il faut avoir avec Antoine une entrevue et une conférence : quel lieu prendra-
t-on ? si c'est hors du camp , mes collègues pourront échapper ; pour moi ma mort est certaine. Je
connois la fureur du personnage , je connois la

---

(1). *Luci* se disoit anciennement pour *luce.*

violence de ses emportemens. Le vin même et
la joie des festins ne peuvent adoucir son naturel barbare et son caractère farouche. Enflammé
de colère et de rage, animé par un monstre
cruel, par son frère Lucius, il portera certainement sur moi ses mains impies et sacrilèges.

Ma mémoire me rappelle quelques entrevues
d'ennemis ardens et de citoyens violemment
divisés. Cnæus Pompéius (1), fils de Sextus, consul, dans l'armée duquel je faisois mes premières campagnes, s'aboucha entre les deux camps
avec Vettius Scato, général des Marses. J'étois
présent, et je me rappelle que Sextus Pompéius, frère du consul, homme sage et fort instruit, vint de Rome exprès pour cette entrevue.
Scaton l'ayant salué, comment dois-je vous
regarder, lui demanda-t-il? Comme votre ami
par inclination, lui répondit Sextus, et votre
ennemi par nécessité. Il régna beaucoup
d'honnêteté dans cette entrevue, sans aucune
crainte, sans aucune défiance. La haine étoit
modérée entre les deux partis. Les alliés ne

(1) Cnæus Pompéius Strabo, alors consul, père du
grand Pompée. Il commanda dans la guerre appellée
sociale, *italique*, ou *marsique*, parce que les Marses
furent les premiers qui l'entreprirent.

cherchoient pas à détruire Rome, mais à devenir ses citoyens. Sylla et Scipion, secondés, l'un par l'élite de la noblesse, l'autre par les alliés de la République, eurent une entrevue entre Calès et Théano (1) pour régler ensemble les prérogatives du sénat, les suffrages du Peuple et les droits de cité : cette conférence n'offrit point toute la bonne foi possible ; on y fut cependant à l'abri de tout péril et de toute violence. Pouvons-nous donc avoir la même sûreté au milieu du brigandage d'Antoine ? non, nous ne le pouvons pas ; ou si les autres ont espérance d'échapper, moi j'en désespère.

Si l'entrevue se passe dans un camp, quel camp prendrons-nous ? il ne viendra jamais

(1) Calès et Théano, villes de la Campanie. — *Les suffrages du Peuple :* Sylla vouloit que les affranchis n'eussent droit de suffrage que dans quatre tribus, les partisans de Marius demandoient qu'ils l'eussent dans les trente-cinq tribus : ceux-ci demandoient encore le droit de cité romaine pour les alliés. Au reste, voici comment se termina l'entrevue : les troupes de Scipion l'abandonnèrent, et passèrent du côté de Sylla, qui, maître de la personne de son ennemi, le laissa aller avec la vie sauve. Dans le texte, je voudrois lire avec un savant, *leges inter se conditionesque tulerunt.*

dans

dans le nôtre, nous irons encore moins dans le sien. Le seul parti qui reste, c'est de traiter par écrit, et de demeurer chacun dans notre camp. Sur toutes les demandes qu'il peut faire, je n'ai qu'un avis ; quand je vous l'aurai exposé, c'est comme si j'avois fait le voyage et que je fusse revenu ; j'aurai rempli ma députation. Je ferai passer au sénat toutes les demandes d'Antoine ; voilà mon avis. Nous ne pouvons faire autrement ; nous n'avons point reçu du sénat un pouvoir absolu, ni des ordres précis, comme les dix députés (1) qu'on envoie quand une guerre est terminée.

D'ailleurs, mon opinion, discutée dans un conseil particulier, pouvant trouver des contradicteurs, n'est-il pas à craindre que la multitude des soldats peu instruite ne s'imagine que je mets obstacle à la paix ? Je veux que les nouvelles légions approuvent ma con-

_____

(1) Lorsqu'une guerre étoit terminée, on envoyoit ordinairement dix députés avec un plein pouvoir, pour donner des loix aux vaincus, et pour régler comment le pays seroit gouverné par la suite. Je mets une simple virgule après *majorum*, après *accepimus* un point qui termine la phrase, et j'en recommence une autre à *quae cum*.

Tome X.   F f

duite ; quant aux légions martiale et quatrième, elles n'approuveront rien qui ne soit
conforme à votre gloire et à votre dignité ;
j'en réponds. Mais les vétérans, ne faut-il
pas qu'on les ménage ? ils n'exigent pas,
sans doute, eux-mêmes qu'on les craigne.
Comment prendront-ils ma sévérité ? ils
ont entendu beaucoup de faux bruits sur mon
compte ; les méchans leur ont fait beaucoup
de rapports. Vous m'en êtes témoins, j'ai
toujours défendu leurs intérêts par mes avis,
par mon crédit, par mes discours ; mais ils
donnent leur confiance à des méchans, à
des brouillons, à des hommes de leur corps.
En convenant de leur bravoure, ne craignons
pas de le dire : le souvenir de ce qu'ils ont
fait pour la liberté du Peuple Romain et le
salut de la République, leur donne une fierté
qui voudroit soumettre à leurs armes toutes
les décisions du sénat. Ce n'est pas leur réflexion que j'appréhende, c'est leur fougue que
je redoute.

Si j'échappe à tous ces périls, mon retour
sera-t-il sûr ? Lorsqu'appuyé de votre autorité,
j'aurai soutenu vos droits avec ce zèle qui m'est
ordinaire, quand j'aurai donné à la patrie

de nouvelles preuves de fermeté et de fidélité, j'aurai alors à craindre, non seulement
mes ennemis, mais encore mes envieux.

Que ma vie soit donc conservée pour la
patrie, qu'elle soit réservée pour elle, tant
que la nature ou l'honneur le permettront.
Qu'il me soit libre d'attendre du destin le
trépas, ou s'il faut l'aller chercher, du moins
que j'y trouve la gloire.

Dans cet état des choses, quoique l'avantage commun, pour ne rien dire de plus, ne
demande point cette députation (1), je par-
tirai cependant, si je puis le faire en sûreté.
En un mot, P. C., je réglerai mes résolutions, non sur mes risques personnels, mais
sur l'utilité générale. Puisqu'on me laisse le
tems de réfléchir, je crois devoir examiner
mûrement et préférer le parti que je jugerai
le plus convenable aux intérêts de la République.

(1) Je pourrois dire que le bien de l'état rejette
absolument la députation, comme lui étant contraire.

F f 2

TREIZIÈME PHILIPPIQUE

DE CICÉRON.

Sommaire.

CICÉRON, comme nous l'avons vu dans la précédente Philippique, ayant été nommé député vers Antoine, s'étoit excusé de partir ; on accepta ses excuses, les autres députés restèrent aussi à Rome, et la délibération du sénat n'eut point d'effet. Quant au consul Pansa, ayant fini tout ce qui le retenoit dans la ville, il alla se mettre à la tête des troupes levées par ses ordres, pour faire conjointement avec son collègue et avec le jeune César la guerre contre Antoine. Ce fut dans ce tems qu'on reçut une lettre de Lépide qui exhortoit le sénat à la paix. Les représentations de cet illustre citoyen étoient d'autant plus capables de faire impression, qu'il commandoit une puissante armée, et qu'il commençoit à chanceler

dans le parti de la République. Une
lettre écrite par Antoine à Hirtius et
à Octave avoit été envoyée par Hirtius
à Cicéron. Sextus Pompéius, second
fils du grand Pompée, le seul qui restoit
alors, car Cnaeus avoit été tué à la
bataille de Munda, avoit recueilli des
forces et se tenoit à Marseille. On lui
avoit envoyé des députés, lesquels avoient
rapporté de sa part qu'il offroit au sénat
et au Peuple Romain ses services et
ceux des hommes qu'il commandoit. Le
sénat avoit décidé sous le consulat
d'Antoine, qu'il seroit rétabli dans les
biens de son père, et qu'on lui remet-
troit une somme sur le trésor pour le
dédommager de ceux qu'on ne pourroit recouvrer. Lépide, comme proconsul de l'Espagne citérieure, avoit négo-
cié avec Sextus, il avoit engagé le sénat
à confirmer sa décision, et même à
augmenter la somme qui devoit lui revenir. C'est dans ces circonstances que Cicéron prononça sa treizième Philippique.

Il montre avec une nouvelle force
qu'il est impossible de faire la paix avec

Antoine, il le prouve par le caractère même d'Antoine et de ses principaux chefs, par une récapitulation vive et précise de tous ses excès depuis la mort de César. Quand on devroit succomber, il vaudroit mieux mourir que d'être esclave. Il répond à Lépide; il lui démontre son erreur, en même tems qu'il le loue par plusieurs endroits, et principalement par ce qu'il a fait pour le fils de Pompée; il l'avertit de ne point abuser de ses avantages, de se servir pour la République des forces que la République lui a confiées. Il annonce comme une nouvelle preuve, qu'il est impossible de faire aucun traité avec Antoine, la lettre que lui a envoyée Hirtius. Il rapporte cette lettre toute entière, et entre-mêle ses réflexions à mesure qu'il en lit des articles. Il conclut en disant qu'il a adopté l'avis de Servilius, au sujet de la lettre et des instructions de Lépide, et en demandant qu'on remercie le fils de Pompée des offres de services qu'il fait au sénat et au Peuple Romain.

(455)

Comme la lettre d'Antoine est fort adroitement tournée pour semer la division entre les partisans de Pompée et ceux de César, j'ai cru qu'on ne seroit pas fâché de voir de suite une pièce qui est morcelée dans le discours de Cicéron.

Lettre d'Antoine à Hirtius et au jeune César.

Antoine à Hirtius et à César.

La nouvelle de la mort de Trébonius ne m'a point donné plus de joie qu'elle ne m'a causé de tristesse. Qu'un scélérat ait été puni, que par son supplice il ait satisfait aux cendres et aux mânes d'un grand homme, qu'avant la fin de l'année les Dieux vengeurs aient fait sentir leur puissance, en punissant déjà un des parricides ou en menaçant d'en punir bientôt un autre, j'ai lieu de m'en réjouir : qu'aujourd'hui Dolabella soit jugé ennemi de Rome, parce qu'il a fait mourir un assassin, et que le fils d'un bouffon soit plus cher au Peuple Romain que César, le père de la patrie, c'est ce qui me fait gémir.

F f 4

Mais voici ce qu'il y a pour moi de
plus sensible ; vous, Hirtius, élevé aux
honneurs par les bienfaits de César,
placé par lui dans un rang qui vous
étonne vous-même ; et vous, jeune
homme, qui devez tout à son nom,
faut-il que vous travailliez l'un et l'autre à la condamnation de Dolabella,
à délivrer des rigueurs du siège une
vieille empoisonneuse, à rendre tout
puissans un Cassius et un Brutus? Vous
regardez, sans doute, les choses du
même œil que par le passé : vous donnez
le titre de sénat au camp de Pompée ;
vous avez pour chef un Cicéron vaincu ;
vous fortifiez de troupes la Macédoine ;
vous avez remis l'Afrique à Varus fait
prisonnier deux fois ; vous avez souffert
qu'un Casca exerçât la charge de tribun ; vous avez ôté aux ministres des
lupercales les revenus que leur avoit
assignés César ; vous avez supprimé les
colonies des vétérans établies en vertu
d'une loi et d'un sénatus-consulte ; vous
promettez de rendre aux habitans de
Marseille ce qui leur a été enlevé par

le droit de la guerre ; vous élevez aux honneurs les partisans de Pompée échappés à la défaite, oubliant qu'ils en sont exclus par la loi Hirtia ; vous avez, par un coup perfide, transporté à Brutus la caisse d'Apuléius ; vous avez approuvé le supplice de Pétus et de Ménédémus à qui on a fait trancher la tête, quoiqu'ils fussent hôtes et amis de César, et qu'ils eussent obtenu le titre de citoyens ; vous avez fermé les yeux sur l'injure faite à Théopompe, qui, dépouillé de ses biens et chassé par Trébonius, s'est réfugié à Alexandrie. Vous voyez dans votre camp Galba armé du même poignard dont il a tué votre bienfaiteur. Vous avez attiré à vous mes soldats et les vétérans, sous prétexte de venger la mort de César par celle de ses assassins ; et tout-à-coup, contre leur attente, vous leur avez fait attaquer leur questeur, leur général, leurs compagnons de guerre. Que n'avez-vous pas approuvé ? que n'avez-vous pas fait ? que feroit, s'il revenoit sur la terre, Pompée lui-

même, ou son fils, s'il pouvoit revenir
à Rome? vous prétendez enfin qu'il ne
peut y avoir de paix, si je ne laisse
aller Brutus et si je ne lui fournis des
vivres. Votre conduite plaît-elle aux
vétérans qui vous suivent, et qui sont
encore libres de prendre un parti?
Voient-ils d'un bon œil que vous vous
soyez vendus pour des flatteries et pour
des dons empoisonnés? Vous venez, dites-
vous, secourir des soldats assiégés.
Je ne m'oppose pas à leur conservation,
je n'empêche pas qu'ils aillent où vous
leur ordonnez d'aller, pourvu qu'ils
laissent périr celui qui a mérité de
périr. Vous m'écrivez qu'on a parlé
dans le sénat de réunion, qu'on a choisi
pour députés cinq consulaires. Il est
difficile de croire que des hommes qui
m'ont poussé à bout quand je faisois
des propositions raisonnables, quand
je songeois même à me relâcher de mes
demandes, prennent aujourd'hui un
parti doux et modéré. Il n'est guère
vraisemblable qu'après avoir déclaré
Dolabella ennemi de la République pour

une action des plus justes, ils nous épargnent nous qui pensons comme lui. Ainsi
donc examinez plutôt s'il est d'un meilleur ton et plus utile à notre parti, de
venger la mort de Trébonius que celle
de César; s'il est plus juste que nous
contribuyions à faciliter le rétablissement
du parti de Pompée tant de fois ruiné,
ou que nous nous réunissions pour n'être
pas le jouet de nos ennemis. Quels que
soient ceux d'entre nous qui périssent,
ce sera pour eux un gain. La fortune
jusqu'à présent n'a pas voulu donner
le spectacle de deux armées d'un même
parti, combattant sous les loix d'un
Cicéron, d'un vil maître d'escrime,
d'un homme assez heureux pour vous
tromper en vous faisant accorder les
mêmes honneurs, par lesquels il se vante
d'avoir trompé César. Pour moi, je suis
déterminé à ne pas souffrir qu'on m'outrage moi et les miens, à ne pas abandonner le parti auquel Pompée étoit si
contraire, à ne pas permettre qu'on
ôte aux vétérans les terres qui leur ont
été assignées, ni qu'on nous traîne au

supplice les uns après les autres ; à ne
point violer la foi que j'ai jurée à Dolabella, ni à manquer aux engagemens
pris avec Lépide, cet homme si intègre,
ni à trahir Plancus, associé à mes projets. Si les Dieux immortels secondent
la droiture de mes sentimens, comme
je l'espère, la vie aura pour moi quelque douceur ; je suis menacé d'un autre
destin, je goûte d'avance la joie des
supplices qui vous attendent. Car si les
partisans de Pompée vaincus sont si insolens, vous éprouverez plus que d'autres
de quoi ils sont capables dans la victoire.
Enfin telle est ma conclusion : je pourrois oublier les injures de ceux de mon
parti, s'ils veulent oublier eux-mêmes
ce qu'ils ont fait contre moi, et s'ils sont
disposés à venger avec nous la mort de
César. Je ne crois pas que les députés
viennent dans un lieu où les armées
se rassemblent. Quand ils seront venus,
je saurai quelles seront leurs demandes.

TREIZIÈME PHILIPPIQUE

DE CICÉRON.

DÈS le commencement de la guerre que nous avons entreprise contre des scélérats, contre des citoyens pervers, j'ai appréhendé, P. C., que des propositions insidieuses de paix n'éteignissent notre ardeur à recouvrer la liberté. Car si le seul nom de paix est doux, combien plus la paix elle-même n'est-elle pas aussi utile qu'agréable? Oui, tout homme qui se plaît dans les discordes, dans le massacre des citoyens, dans la guerre civile, ne peut chérir ni ses foyers paternels, ni les loix de son pays, ni les droits de la liberté, et je le dis hardiment, c'est un être à rejetter du milieu des hommes, à bannir de leur commerce comme étranger à leur nature. Si donc Sylla, Marius, Octavius, Cinna (1), le jeune Marius,

(1) Le texte ajoute, *Sylla pour la seconde fois :* après avoir été en guerre une première fois avec Marius le père, Sylla le fut une seconde fois avec le fils et avec Carbon, à son retour de la guerre de Mithridate.

Carbon , ou tout autre , ont desiré la guerre
civile , je les regarde comme des citoyens dé-
testables , nés pour le malheur de la République. Que dirai-je du (1) dernier, dont nous
défendons les actes et dont le meurtre est reconnu par nous comme légitime ? Rien donc
de plus affreux qu'un citoyen , qu'un homme ,
s'il mérite les noms d'homme ou de citoyen,
qui soupire après la guerre civile.

Mais il faut commencer , P. C. , par examiner si on peut avoir la paix avec toute
espèce d'hommes , ou s'il est des guerres im-
placables dans lesquelles un traité de paix seroit une loi de servitude. Soit que Sylla fît
ou feignît de faire la paix avec Scipion , Rome
pouvoit espérer, s'ils se rapprochoient (2), un
état de choses supportable. Que Cinna eût
voulu se réconcilier avec Octavius , la Répu-

(1) *Du dernier*, de Jules César. Nous avons assez
parlé, dans les discours qui précèdent, des autres
chefs et auteurs de guerres civiles.

(2) Au latin *convenisset*, il faut sous-entendre *res*
ou *pax*. Cette leçon est préférable à *convenissent*,
parce que la locution est plus latine. J'ai traduit ensuite comme si au lieu de *hominum* on lisoit *omnino*
d'après la conjecture d'un savant.

blique auroit eu quelque espérance de salut.
Dans la dernière guerre, si Pompée eût relâché un peu de sa fierté, et César retranché
beaucoup de son ambition, nous aurions pu
jouir d'une solide paix, et conserver une ombre
de République. Mais ici quelle paix peut-on
avoir avec les Antoines, avec Censorinus (1),
Ventidius, Trébellius, Bestia, Nucula, Munatius, Lenton, Saxa? J'en nomme quelques-uns, pour qu'on puisse juger du reste.
Vous voyez par vous-mêmes la multitude infinie et la férocité des autres. Ajoutez les débris
des amis de César, les Cassius Barba, les Bar-
batius, les Pollion : ajoutez les amis d'Antoine
les plus intimes, ses compagnons de jeu et de
débauche; Eutrapelus, Méla, Cœlius, Pon-
tius, Crassitius, Tiron, Mustela, Pétissius.
Je ne parle pas de la troupe des satellites,
je ne nomme que les chefs. Il faut joindre
les soldats de la légion alaudienne et les autres
vétérans, cette pépinière de la troisième (2)

___

(1) Censorinus, Ventidius, etc. tous amis d'Antoine, attachés à sa fortune.

(2) Il est beaucoup parlé de cette troisième classe
de juges dans la première Philippique, aussi bien
que de la légion alaudienne.

classe des juges, qui, après avoir dissipé leurs patrimoines et dévoré les bienfaits de César, convoitent nos fortunes. Quel gage de bonne-foi sera pour nous, cette main dont Antoine vient d'égorger une foule de citoyens! qu'il sera solide et sacré le traité que nous aurons fait avec les Antoines! Si Marcus veut l'enfreindre, la religion de Lucius l'en détournera. Ah! si nos ennemis trouvent un asyle dans Rome, Rome n'a plus d'asyle. Que les ennemis de la patrie s'offrent à vos esprits sous les traits qui leur sont propres, et sur-tout les Antoines. Peignez-vous leur démarche, leur air, leur figure, leur arrogance; imaginez-vous leurs amis, qui marchent à leurs côtés, qui les suivent, ou qui les précèdent. Quelles fumées de vin ils exhaleront! que d'injures, que de paroles menaçantes ils vomiront! Mais peut-être la paix calmera-t-elle un peu leurs fureurs; peut-être, quand ils entreront au sénat, nous salueront-ils d'un air affable, nous appelleront-ils d'un ton adouci chacun par notre nom.

Avez-vous oublié, au nom des Dieux, quels décrets vous avez rendus contre ces ennemis de l'état? vous avez annullé les actes
de

de Marc Antoine ; vous avez aboli ses loix,
annoncé qu'elles avoient été portées avec violence et contre les auspices ; vous avez appellé
sous vos drapeaux toute la jeunesse de l'Italie ;
vous avez déclaré ennemi de la patrie, son (1)
collègue, l'associé de tous ses crimes : pouvez-
vous après cela avoir la paix avec Antoine ?
Quand ce seroit un ennemi étranger, vous
pourriez à peine, après de tels actes, con-
clûre avec lui une (2) paix quelconque. Quoique séparés de lui par des mers, des mon-
tagnes, de vastes étendues de pays, vous le
haïriez sans l'avoir vu. Mais nous aurons nos
ennemis sous nos yeux, et bientôt leurs épées
sous nos gorges. Quelle barrière, en effet,
pourra nous défendre contre de tels monstres ?

Mais, dira-t-on, les événemens de la guerre
sont incertains ? En général, c'est à des hommes
aussi fermes que vous devez être, à répondre
du courage, qui seul dépend de nous, sans
redouter les torts de la fortune. Mais puisqu'on
attend de cet ordre, non-seulement le courage, mais encore la sagesse, nous ne pouvons

(1) Dolabella.

(2) Latin, *id ipsum*, sans doute *pax*. Au mot *posset*,
sous-entendez *esse*.

Tome X.   G g

guère les séparer ; séparons-les cependant. Le courage nous ordonne de combattre, il allume en nous une juste indignation, il nous met les armes à la main, il nous fait courir au péril. Et la sagesse ? plus réservée dans ses démarches, elle porte ses vues dans l'avenir, elle cherche à se garantir de toutes parts. Que nous conseille-t-elle donc ? car il faut lui obéir, et regarder comme le meilleur ce qui aura été le plus sagement réglé. Si elle me commande de ne rien estimer plus que la vie, de ne point combattre aux risques de mes jours, de fuir tout péril ; je lui demanderai si je dois suivre de tels principes, quand ils devroient me mener à la servitude. Si elle me dit que oui, je me garderai, certes, d'écouter cette sagesse, quelque éclairée qu'elle soit. Si elle me répond ; conserve ta vie et ta personne, ton rang et ton patrimoine, mais à condition que ta liberté te sera toujours plus chère et plus précieuse ; ne souhaite de posséder les autres biens qu'autant que tu pourras en jouir dans ta patrie libre ; ne leur sacrifie pas la liberté, mais sacrifie-les pour elle, abandonne-les comme de funestes gages qui t'assujettissent à l'injure : alors j'écouterai

G

G

G

G

G

G

Gsa voix comme celle de la sagesse même, je lui obéirai comme à un Dieu. Si donc en recevant les Antoines nous pouvons être libres, étouffons notre haine et souffrons la paix. Mais si notre repos est incompatible avec leur existence, félicitons-nous qu'il s'offre une occasion de les combattre. Car, ou ils seront vaincus, et alors nous partagerons le bonheur de la République triomphante: ou nous succomberons; (que le grand Jupiter en détourne le présage!) et alors si le souffle de la vie nous abandonne, il nous restera la vie de la gloire.

Mais, dit-on, Lépide, souverain pontife, honoré deux fois du titre d'imperator (1), qui, dans la dernière guerre civile, a si bien mérité de la République, Lépide nous exhorte à la paix. Nul avis n'est pour moi d'un

(1) Nous avons déjà observé que ce titre d'*imperator* étoit donné, ou par l'armée à son général après quelque exploit, ou par un décret du sénat. Il fut donné rarement d'abord, ensuite prodigué. Les troupes l'avoient, sans doute, donné deux fois à Lépide, qui, dans la cinquième Philippique, est appellé simplement *impérator*. Au reste, on voit par ce qui suit que Lépide commençoit à chanceler dans le parti de la République.

plus grand poids que le sien, soit que je consi-
dère son mérite personnel ou l'éclat de sa famille. Ajoutez encore plusieurs motifs particuliers, les services essentiels que j'ai reçus de lui,
et auxquels j'ai tâché de répondre par quelques
bons offices. Mais ce que je regarde comme le
plus grand bienfait de sa part, c'est son attachement pour la République, laquelle m'a toujours
été plus chère que la vie même. Lorsque par
le seul ascendant de son nom il amena à la
paix Sextus Pompéius, jeune homme illustre,
fils d'un grand homme, et que, sans le secours
des armes, il délivra la République d'une guerre
civile dont elle étoit fortement menacée, je
crus lui avoir plus d'obligation qu'aucun autre.
Aussi je fus d'avis (1) qu'on lui décernât les
plus grands honneurs ; et mon avis fut approuvé. Depuis ce tems, je ne cessai de bien
espérer, de bien parler de lui. Beaucoup de
gages, et des plus précieux, le tiennent inviolablement attaché à la République : sa haute
noblesse, les honneurs qu'il a obtenus, le plus
auguste sacerdoce dont il est revêtu, plusieurs
monumens dont ses ancêtres, lui et son

(1) Voyez la cinquième Philippique.

frère (1), ont décoré la ville, une respectable
épouse, des enfans vertueux, de grandes richesses, que le sang des citoyens n'a jamais
souillées ; nul Romain maltraité par lui, plusieurs sauvés par ses bienfaits et par la sensibi-
lité de son ame : un tel homme, un tel citoyen,
peut bien errer dans son opinion, mais ne
sauroit être opposé de cœur à la République.

Lépide veut la paix ! fort bien. Mais il faut
qu'elle soit telle que la paix qu'il nous a donnée dernièrement ; la paix qui procura à la
République l'avantage de revoir le fils de Pompée, de le recevoir dans son sein et entre ses
bras, de croire en le recevant qu'elle a été
rétablie avec lui. Car voilà pourquoi vous
avez (2) décerné à Lépide une statue aux
rostres avec une inscription honorable ; voilà
pourquoi vous lui avez décerné le triomphe,
quoiqu'absent. En effet, quoiqu'il se fût dis-

(1) Lucius AEmilius Paulus, frère de Lépide, avoit
fait construire une nouvelle basilique dans le forum,
et fait réparer une ancienne construite par ses ancêtres.—*Une épouse respectable*, la sœur de Marcus
Brutus.

(2) Je serois assez d'avis avec Lambin d'ajouter *ei*
dans le texte après *decerneretis.*

tingué par de grands exploits, par des exploits
dignes du triomphe, devoit-on lui accorder
ce qu'on n'accorda jamais, ni à Lucius Æmi-
lius, ni à Scipion Emilien, ni au premier
Africain, ni à Marius, ni à Pompée, tous
ces grands hommes qui avoient terminé des
guerres plus importantes ? C'est parce qu'il
a fini sans combat une guerre civile, que
vous lui avez déféré, dès que l'occasion s'est
offerte, les plus magnifiques distinctions.

Croyez-vous donc, Lépide, que les Antoines
seront dans la République des citoyens tels que
le fils de Pompée seroit pour elle ? L'un a de
l'honneur, de la sagesse, de la modération, de
l'intégrité : dans les autres, et quand je dis les
autres, j'ai intention de parler de toute la troupe
des brigands, sans en oublier aucun, dans les
autres dominent la débauche, la perversité,
une audace effrénée pour tous les crimes. D'ailleurs, je vous le demande, qui de vous ne
voit pas ce qu'a vu la Fortune qu'on dit être
aveugle ? Sans toucher aux actes de César que
nous défendons pour le bien de la paix, le fils
de Pompée rentrera dans sa maison, et n'en
donnera pas un moindre prix que n'en a donné
Antoine. Oui, le fils de Pompée rachetera la

maison de Pompée. O douleur ! mais ces tristes
fruits de nos dissentions ont été assez long-
tems, assez vivement déplorés. Vous avez
arrêté qu'on accorderoit au fils tout l'argent
qu'un ennemi victorieux (1) avoit retiré des
biens de son père dans la dissipation du butin.
Je demande qu'on me charge de l'exécution :
l'amitié intime qui m'unissoit au père échauf-
fera mon zèle. Sextus rachetera donc ses jardins,
ses maisons de ville et de campagne que possède
Antoine. Quant aux vases d'argent, aux étoffes
précieuses et aux vins qu'a dissipés cet animal
vorace, il en souffrira volontiers la perte. Il retirera à Dolabella ses maisons d'Albé et de Firmum, et même à Antoine sa maison de Tusculum. Les Ansers (2), qui attaquent maintenant
Modène, qui assiègent Décimus Brutus, seront
chassés de la maison de Falerne. Il en est peut-
être beaucoup d'autres qui ont partagé cette
proie, mais leurs noms échappent à ma mémoire. Ceux même qui ne sont pas du nombre

(1) César, vainqueur de Pompée.

(2) Antoine avoit donné une terre de Pompée à un
certain poëte nommé Anser, qui pour lors se trouvoit
dans son camp devant Modène. J'ai traduit d'après
ceux qui lisent *depellentur* au lieu de *depellantur*.

de nos ennemis, rendront les possessions de
Pompée à son fils pour le prix qu'ils les ont
achetées. Il y avoit de l'imprudence, pour ne
pas dire de la témérité, à toucher à quelque
partie de sa fortune. Mais qui pourra la retenir quand son illustre maître sera rétabli ? Ne
rendra-t-il pas les fonds de Lucanie dont il
s'est emparé, cet esclave de Pompée, affranchi de César (1), qui, embrassant le patrimoine
de son maître, le gardoit comme le dragon
de la fable garde son trésor. Les sept cens
millions de sesterces promis par vous au jeune
Sextus, lui seront assignés de manière que le
fils de Pompée aura été remis par vous-mêmes
en possession de son patrimoine. Voilà ce
qui regarde le sénat. Le Peuple Romain fera

(1) Cicéron ne dit pas, et on ne sait point d'ailleurs
quel étoit cet esclave de Pompée, affranchi de César,
et à quelle occasion il en parle comme il fait. —— *Les
sept cens millions de sesterces* : c'est la somme dé-
posée au temple de Cybèle, qu'avoit dissipée Antoine.
Il n'en appartenoit qu'une partie au fils de Pompée :
Cicéron la nomme toute entière, parce que Antoine
l'avoit dissipée toute entière. Quelques-uns croient
que le sénat avoit promis toute cette somme au fils de
Pompée, et qu'elle devoit lui être donnée toute entière. Mais cette somme me paroît bien forte.

le reste pour une famille qu'il a vue dans la
plus grande splendeur. Il accordera sur-tout
au fils la place d'augure (1) que le père a occupée. Moi-même je lui donnerai ma voix pour
l'admettre parmi nous, et par-là je lui rendrai
ce que m'a donné son père. Lequel des deux,
de Pompée et d'Antoine, le Peuple Romain
nommera-t-il donc plus volontiers augure du
grand Jupiter, dont nous sommes établis les
hérauts et les interprètes? Pour moi, je le
pense, c'est par une faveur spéciale des Dieux
immortels, que la Fortune a voulu que sans
toucher aux actes de César (2), le fils de

(1) C'étoit alors le Peuple Romain qui nommoit les
augures. Deux membres du collège choisissoient un
citoyen, que, sans doute, ils présentoient au Peuple,
et le Peuple ordinairement confirmoit ce choix. C'est
ainsi que Cicéron avoit été nommé augure par Hortensius et Pompée. Voyez la seconde Philippique.

(2) César avoit bien fait vendre les biens de Pompée;
mais l'argent provenu de cette vente, il l'avoit déposé
avec d'autre au temple de Cybèle. Le sénat avoit décidé qu'on prendroit une somme, qui seroit donnée
au fils de Pompée pour racheter les biens de son père.
La somme probablement devoit être prise sur le trésor, Antoine ayant dissipé tout l'argent déposé par
César. —— *Paulus*, *Thermus*, *Fannius*, députés par
le sénat vers Sextus Pompéius.

Pompée pût recouvrer et son rang et les biens de son père.

Vous connoissez, P. C., nos illustres députés, Paulus, Thermus, Fannius ; vous connoissez leur zèle pour la République, zèle constant et invariable. Ils annoncent, je ne dois pas vous le laisser ignorer, qu'ils ont passé à Marseille pour conférer avec le jeune Pompée, qu'ils ont su de lui qu'il étoit tout prêt à marcher vers Modène avec ses troupes, qu'il n'étoit arrêté que par la crainte d'offenser les vétérans ; digne fils d'un père qui agissoit en tout avec autant de sagesse que de courage. Vous voyez donc qu'il ne manque ni d'ardeur, ni de prudence.

Lépide doit aussi prendre garde de s'abandonner à un orgueil qui n'est pas dans son caractère. S'il veut nous effrayer avec son armée, il oublie que cette armée est celle du sénat, du Peuple Romain, de toute la République. Mais il peut s'en servir comme si c'étoit la sienne. Que s'ensuit-il de-là ? les gens de bien doivent-ils se permettre tout ce qui est en leur pouvoir, quand même cela seroit nuisible, peu honnête et nullement permis ? Or, quoi de plus indécent, quoi de moins hon-

(475)

nête, quoi de plus affreux, que de conduire une armée contre le sénat, contre ses concitoyens, contre la patrie? quoi de plus condamnable que de faire ce qui n'est pas permis? Or, peut-il être permis de conduire une armée contre sa patrie, au mépris des loix, au mépris des usages et des réglemens de nos ancêtres? Non, tout ce qu'on peut n'est pas permis; et parce qu'on ne trouve pas d'obstacle, est-ce une raison qui autorise? Oui, Lépide, la patrie vous a donné, comme à vos ancêtres, une armée pour sa défense. Vous vous en servirez pour repousser les ennemis de Rome, pour reculer les bornes de l'empire: vous obéirez au sénat et au Peuple Romain, si par hasard ils vous appellent ailleurs. Si tels sont vos sentimens, ô Lépide, vous êtes vraiment souverain pontife, arrière-petit-fils d'un souverain pontife. Mais si vous croyez que tout ce qu'on peut est permis, prenez garde de paroître préférer des exemples étrangers et récens (1) à des exemples anciens et domestiques. Sans employer les armes, vous contentez-vous de donner un avis, je vous en loue davantage; mais prenez garde que vos

(1) Les exemples de Jules César et d'Antoine.

avis maintenant ne soient inutiles. En effet,
quoiqu'ils aient tout le poids que doivent
avoir les avis d'un homme de la plus haute
naissance, le sénat cependant ne se méprise
pas lui-même. Il n'a jamais montré plus de
vigueur, de constance, de courage. Nous
brûlons tous de recouvrer la liberté : les représentations de qui que ce soit ne peuvent ralentir l'ardeur du sénat et du Peuple ; nous
combattons animés par la haine et le ressentiment ; on ne peut nous arracher les
armes des mains ; nous ne pouvons renoncer
à la guerre, ni écouter le signal de la retraite ;
nous n'avons que de grandes espérances ;
nous aimons mieux souffrir les plus dures extrémités que d'être esclaves. Le jeune César a
formé une armée invincible ; deux consuls
courageux sont à la tête d'excellentes troupes ;
Plancus, consul désigné, nous fournit de
grands secours de différentes espèces ; on combat pour délivrer Décimus Brutus ; un seul
gladiateur furieux, à la tête d'une horde de
brigands infâmes, fait la guerre à la patrie,
aux Dieux pénates de la patrie, à ses autels,
à ses foyers, à quatre consuls (1). Lui céderons-

(1) Deux en exercice, Hirtius et Pansa ; deux désignés, Décimus Brutus et Lucius Plancus.

nous ? écouterons-nous ses propositions ? croi-
rons-nous que l'on puisse faire la paix avec
un tel homme ?

Mais il est à craindre que Lépide ne nous
opprime. Non, je n'appréhende pas qu'un
homme dont la fortune brillante se trouve
liée à la conservation des citoyens honnêtes,
se trahisse lui-même. C'est la nature d'abord
qui fait les bons citoyens ; elle est secondée
ensuite par la fortune. Tous les gens de bien
sont intéressés au salut de la République, mais
cet intérêt se manifeste davantage dans
ceux dont la condition est plus fortunée. Or
quel est le citoyen, ainsi que je l'ai dit déjà,
dont la condition soit plus fortunée que celle
de Lépide ? qui pense mieux que lui ? le
Peuple Romain a vu sa douleur et ses larmes
dans la triste scène des lupercales (1) ; il a vu
son affliction extrême et son abattement, lorsqu'Antoine mettant le diâdeme sur la tête de
César, aimoit mieux être son esclave que son
collègue ! Oui, quand même Antoine ne se seroit
pas souillé d'autres crimes et d'autres infamies,
cette seule action le rendroit digne de tous les sup-

(1) Voyez la seconde et la troisième Philippiques.

plices. Eh ! s'il pouvoit souffrir la servitude, pourquoi nous donner un maître ? s'il a supporté,
pendant sa jeunesse, les caprices tyranniques
d'infâmes libertins, pourquoi avoir voulu
assujettir nos enfans au joug de la tyrannie ?

Aussi, après la mort de César, fut-il lui-
même pour les autres ce qu'i lvouloit qu'un
autre fût pour nous. Y eut-il jamais chez un
Peuple, quelque barbare qu'il fût, un tyran
aussi affreux, aussi cruel, que l'a été dans
Rome Antoine escorté de soldats barbares ?
Sous la domination de César, nous venions
au sénat, sinon avec liberté, du moins en
sûreté. Sous ce chef de pirates (car mérite-
t-il même le nom de tyran ?) les bancs des
sénateurs étoient remplis d'Ithyréens (1). Il est
parti brusquement pour Brindes, afin de revenir dans la ville à la tête de son bataillon. Il a
inondé du sang de braves soldats, Suesse, ville
opulente, autrefois colonie distinguée, et jouis-
sant aujourd'hui des plus beaux privilèges (2).

(1) Ithyréens, soldats barbares, de la ville d'Ithyre,
sur le mont Taurus. On voit ici une récapitulation
vive et précise de tous les excès d'Antoine depuis la
mort de César, assez connus par les discours précédens.

(2) Mot à mot, *maintenant ville municipale.* On

A Brindes, sous les yeux d'une épouse aussi
cruelle qu'avare, il a égorgé les principaux centurions de la légion martiale. De-là avec quelle
ardeur, avec quelle fureur accouroit-il à Rome,
c'est-à-dire, au massacre des meilleurs citoyens ?
C'est alors que les Dieux eux-mêmes, contre
toute espérance, nous ont suscité un secours
imprévu. La valeur rare et divine du jeune
César a ralenti la fougue impétueuse de ce brigand. L'insensé ! il croyoit, par les édits qu'il
a publiés, noircir la réputation de ce respectable jeune homme ; il ignoroit que tout ce
qu'il gagnoit par les traits injurieux lancés
contre la pureté de ses mœurs, c'étoit de rappeller les désordres de sa propre jeunesse.
Il est entré dans la ville, avec quel cortège,
ou plutôt avec quelle armée ? il l'a traversée au
milieu des gémissemens du Peuple Romain,
menaçant à droite et à gauche ses maîtres,
marquant les maisons qu'il vouloit envahir,
promettant ouvertement de distribuer la ville
à ses satellites. Il alla rejoindre ses soldats :
ce fut alors qu'à Tivoli il prononça sa fu-

sait que les villes municipales jouissoient des plus
beaux privilèges. Au lieu de *municipium*, Paul Manuce propose *municipum*.

neste harangue. Il revient à Rome , et tient
le sénat au Capitole ; un consulaire se pre-
paroit à flétrir César par son avis , lorsque
tout à coup on apporte la nouvelle de la
quatrième légion : il savoit déjà que la légion
martiale s'étoit arrêtée dans Albe. Ces nouvelles
le glacent d'effroi ; il renonce au dessein de faire
son rapport au sénat sur le jeune César.
Revêtu des habits de général , il sort de la
ville par les rues les plus détournées ; il'avoit
arraché ce jour-là même au sénat tous ces
décrets sans nombre qui à peine transcrits ,
furent portés dans les archives. Après quoi ,
il prit sa route , ou plutôt la fuite , du côté
de la Gaule. Il se croyoit poursuivi par César,
par la légion martiale , par la quatrième , par
les vétérans. Telle étoit sa frayeur , que leur
nom seul le faisoit trembler. Il vouloit péne-
trer dans la Gaule ; Décimus Brutus s'opposa de
front à son passage ; Brutus , qui aima mieux
essuyer tout l'orage de la guerre que de
permettre à Antoine de reculer ou d'avancer,
et qui se servit de Modène comme d'un frein
pour contenir cet animal fougueux. Antoine
avoit investi cette ville de forts et de retranchemens , sans être détourné de son attentat ,
                                                    ni

ni par la dignité d'une colonie florissante,
ni par la majesté d'un consul désigné ; ce
fut alors (je vous en atteste, vous, le Peuple
Romain, et tous les Dieux tutélaires de Rome)
ce fut alors que, malgré moi et contre mon
avis, on députa trois consulaires vers ce
brigand, vers ce chef de gladiateurs. Y eut-il
jamais homme aussi dur, aussi brutal,
aussi féroce ? il ne leur donna ni audience,
ni réponse. Il traita avec hauteur, avec le
dernier mépris, et les députés présens, et plus
encore le sénat qui les avoit envoyés. Depuis,
à quel crime, à quel forfait, ne s'est point
porté ce parricide ? il a investi votre colonie,
assiégé l'armée de la République, un impérator, un consul désigné : il dévaste les terres
des meilleurs citoyens : odieux et implacable
ennemi, il menace tous les gens honnêtes de
croix et de tortures. Peut-on, Lépide, avoir la
paix avec un homme dont le supplice, quel qu'il
soit, ne sauroit satisfaire le Peuple Romain ?

Mais si quelqu'un doute encore que le sénat et le Peuple puissent conclure un traité
avec cette bête farouche, il n'en doutera plus
assurément, quand il connoîtra la lettre que
vient de m'envoyer le consul Hirtius. Je vais

Tome X.   H h

vous la lire , P. C. , et en discuter brièvement tous les articles ; continuez-moi , je vous prie , l'attention que vous m'avez donnée jusqu'à présent.

Antoine à Hirtius et à César. Il ne prend pas le titre d'impérator , il ne donne ni à Hirtius celui de consul , ni à César celui de propréteur. C'est assez adroit. Il a mieux aimé ne point prendre le titre qui ne lui appartenoit pas, que de leur donner celui qui leur appartient. *La nouvelle de la mort de Trébonius ne m'a point donné plus de joie qu'elle ne m'a causé de tristesse.* Voyez ce qui lui a donné de la joie, ce qui lui a causé de la tristesse, et il vous sera plus facile de délibérer sur la paix. *Qu'un scélérat ait été puni , que , par son supplice , il ait satisfait aux cendres et aux mânes d'un grand homme, qu'avant la fin de l'année les Dieux vengeurs aient fait sentir leur puissance , en punissant déjà un des parricides , ou en menaçant d'en punir bientôt un autre , j'ai lieu de m'en réjouir.* Vrai Spartacus ! car quel autre nom vous donner à vous, dont les crimes affreux font trouver supportables les fureurs de Catilina ? vous osez l'écrire ; vous vous réjouissez que Trébonius ait été puni ? Trébonius un scélérat ? et quel est son crime , sinon de

vous avoir soustrait le jour des ides de mars (1),
à une mort dont vous n'étiez que trop digne?

Voilà ce qui vous réjouit; voyons ce qui vous
cause de la peine. *Qu'aujourd'hui Dolabella soit
jugé ennemi de Rome, parce qu'il a fait mourir un
assassin, et que le fils d'un bouffon soit plus cher
au Peuple Romain, que César le père de la patrie,
c'est ce qui me fait gémir.* Pourquoi gémir en
voyant Dolabella jugé ennemi de Rome ? Ne
voyez-vous pas que les levées faites dans toute
l'Italie, que le départ des consuls, que les
honneurs accordés au jeune César, que ces habits
de guerre dont nous sommes encore revêtus,
que tout enfin vous déclare vous-même ennemi de
Rome ? Avez-vous sujet, scélérat, de gémir en
voyant Dolabella déclaré ennemi par un ordre
que vous comptez pour rien ? Mais, sans doute,
c'est le prétexte que vous prenez pour nous
faire la guerre, pour anéantir le sénat, pour
envelopper le reste des gens de bien et tous les
riches dans la même ruine que cette auguste
compagnie. Il appelle Trébonius fils d'un bouf-

(1) Jour où fut tué César. Il avoit été convenu entre
les meurtriers qu'on épargneroit Antoine. Trébonius
se chargea de le tirer à l'écart, et de l'entretenir tandis
que se feroit le meurtre.

fon, comme si on ignoroit que le père de Trébonius étoit un illustre chevalier Romain. Mais comment ose-t-il reprocher à un autre la bassesse de son extraction, lui qui a eu des enfans d'une Fadia (1) ?

Mais voici ce qu'il y a pour moi de plus sensible ; vous, Hirtius, élevé aux honneurs (2) par les bienfaits de César, placé par lui dans un rang qui vous étonne vous-même.... Je ne puis désavouer qu'Hirtius n'ait été élevé aux honneurs par les bienfaits de César : mais les honneurs tirent un nouvel éclat du mérite de la personne qu'ils décorent. Vous, Antoine, qui ne pouvez disconvenir avoir été élevé aux honneurs par les bienfaits de César, que seriez-vous, s'il ne vous eût appuyé de toute sa protection ? à quoi vous auroient conduit vos vertus ou vos (3) talens ? vous auriez consumé toute votre vie dans le jeu, le vin et la crapule, comme vous faisiez

(1) Fadia, épouse d'Antoine, fille d'un affranchi, comme nous avons vu dans les Philippiques 2 et 3.

(2) Ou il faut supprimer *esse* dans le texte, ou il faut lire *et ornatum beneficiis*. Des éditions portent *et*, mais placé après *ornatum*.

(3) Au lieu de *genus*, un savant propose *ingenium* ; j'ai traduit d'après cette conjecture.

quand vous ensevelissiez et vos sens et votre raison dans le sein des comédiennes.

Et vous, jeune homme.... Il traite de jeune homme celui en qui il a déjà vu, en qui il verra toute la maturité d'une ame ferme et courageuse. Il est jeune, mais il ne devoit pas être traité de jeune homme par celui dont les folies fournissent à sa jeunesse des occasions de gloire. *Qui devez tout à son nom....* Et il s'acquitte de cette dette avec honneur : car si César est père de la patrie, comme vous l'appellez, (je sais moi ce que j'en pense), celui-là n'est-il pas à plus juste titre père de la patrie qui nous a sauvé la vie, qui nous a arrachés de vos mains coupables ? *Faut-il que vous travailliez l'un et l'autre à justifier la condamnation de Dolabella ?...* C'est, en effet, une action bien peu honnête de défendre les décisions d'un ordre respectable contre la rage d'un gladiateur cruel. *A délivrer des rigueurs du siège une vieille (1) empoisonneuse ?* Vous osez traiter d'empoisonneuse un homme, vraiment homme, qui a trouvé en quelque sorte un contre-poison à vos crimes.

(1) *Une vieille empoisonneuse,* une vieille sorcière. J'ignore à quoi Antoine fait allusion en traitant ainsi Décimus Brutus ; car c'est de lui qu'il parle.

un homme que vous n'avez su assiéger, général plus rusé encore que le célèbre Annibal, sans vous assiéger vous-même, sans vous réduire à ne pouvoir vous délivrer quand vous le voudriez ? vous retirez-vous ; vous êtes poursuivi de toutes parts : restez-vous ; vous êtes pris et enfermé. Oui, vous avez raison de traiter d'empoisonneuse celui dont le courage doit consommer votre perte et votre ruine. *A rendre tout-puissans un Cassius et un Brutus ?* Ne diroit-on pas qu'il parle d'un Censorinus, d'un Ventidius, ou des Antoines eux-mêmes ? Et pourquoi Hirtius et César ne voudroient-ils pas rendre puissans des citoyens aussi distingués par leur naissance que par leur vertu, des citoyens unis avec eux pour la défense de la République ?

Vous regardez, sans doute, les choses du même œil que par le passé. Que (1) veut-il dire ? *Vous donnez le titre de sénat au camp de Pompée.* Donnerions-nous plutôt ce titre à votre camp ?

(1) Comme la phrase qui précède n'est pas très-claire, Cicéron en demande une qui l'explique. *Vous donnez le titre* .... c'est-à-dire, vous appellez sénat le camp où l'on cherche à venger la mort de Pompée, où l'on m'attaque moi qui veux venger celle de César.

à ce camp qui renferme dans votre personne un consulaire dont le consulat est entiérement effacé de nos annales : deux préteurs (1) qui ont craint de perdre leur charge , et sans sujet , puisque nous maintenons les bienfaits de César : d'anciens préteurs , Annius Philadelphe et l'intègre Gallius : d'anciens édiles ; Bestia pour lequel j'ai en vain exercé ma voix et fatigué mes poumons ; Trébellius , ce protecteur de la bonne-foi , qui a frustré ses créanciers ; Cœlius qui est épuisé et ruiné ; cette fleur des amis d'Antoine , Cotyla Varius , que , pour s'amuser , il

(1) Censorinus et Ventidius , désignés par César et du vivant de César. *D'anciens édiles....* Voici comme je lis tout cet endroit, *aedilitii; scopulus* (au lieu de *Coricus* qui n'offre aucun sens, et pour lequel il faut lire *scopulus,* comme le propose un critique , ou quelqu'autre mot qui annonce que Cicéron avoit défendu sans succès Bestia) *laterum et vocis meae, Bestia : et fidei patronus, fraudator creditorum, Trebellius : et homo diruptus dirutusque, Q. Cœlius :* (*diruptus* qui a une hernie , *dirutus* qui est ruiné ; on voit que l'orateur joue avec les mots , jeu qu'il est impossible de transporter en françois), *columenque A. A. C. Varius, quem Antonius ....* Il est parlé dans les Philippiques précédentes de plusieurs de ceux dont il est parlé ici.

H h 4

a fait fustiger dans un repas, par des esclaves publics : Fenton et Nucula, anciens septemvirs : Lucius Antonius, les délices et les amours du Peuple Romain : deux tribuns désignés, Tullus Hostilius, qui s'est cru en droit de mettre son nom sur une porte (1) de Rome, qui a abandonné son général ne pouvant le trahir. L'autre tribun désigné, est un je ne sais quel Viséius, valeureux brigand, dit-on, et qui, au rapport des habitans de Pisaure, possède le talent de faire chauffer les bains. Viennent ensuite les anciens tribuns, dont le chef est ce Titus Plancus, qui, jamais, s'il eût aimé le sénat, n'eût mis le feu à la salle où il s'assemble. Condamné pour ce crime, il est revenu par la force des armes dans Rome, d'où l'avoient chassé les loix. Mais il a cela de commun avec plusieurs citoyens qui ne lui ressemblent guère. Ce proverbe employé à son égard, qu'il ne pouvoit mourir, si on ne lui rompoit les cuisses (2), s'est trouvé faux : car il a eu

(1) Sur la porte *Hostilia. Possède le talent....* On voit que Cicéron joue encore ici sur le mot *temperantem*, qui signifie *tempérant, modéré*, et aussi, *mettant au dégré de chaleur convenable.*

(2) Dans le supplice de la croix, on rompoit le

les cuisses rompues, et il vit encore. Quoi qu'il en soit, c'est au centurion Aquila que nous devons cet avantage ainsi que plusieurs autres. Antoine renferme encore dans son camp un Décius, qui, à ce que je pense, descend de nos anciens Décius. Ainsi cet illustre personnage, grace à César (1), fait revivre, après bien des siècles, un nom célèbre. Peut-on oublier Saxa Décidius, venu chez nous des régions les plus éloignées, pour que nous vissions tribun du Peuple, celui que nous n'avions jamais vu citoyen de Rome ? Il y a encore un des deux Saserna : je ne sais pas lequel ; car il y a entre tous ces hommes tant de ressemblance, que je me trompe à leurs prénoms (2). Il ne faut

cuisses de ceux qui le subissoient et qui tardoient trop à mourir. Il est parlé dans les discours qui précèdent de ce même Plancus, et j'ai observé que le fait de la cuisse rompue étoit une de ces anecdotes connues dans le tems, mais que Cicéron n'explique pas assez pour que nous en ayons une idée claire. Après *fracta essent,* il faut ajouter ou du moins sous-entendre *non fuit verum.*

(1) *Grace à César,* qui l'avoit rappellé d'exil, l'avoit fait parvenir aux charges, et lui avoit donné entrée dans le sénat. On sent l'ironie de la phrase.

(2) J'ai un peu commenté en traduisant. Il y avoit,

pas non plus passer sous silence Exitius , questeur, frère de Philadelphe ; je craindrois de paroître jaloux d'Antoine , si je ne faisois mention de cet illustre jeune homme. Il faut parler aussi d'un certain Asinius , *sénateur volontaire* , qui s'est nommé lui-même. Après la mort de César , il a vu la salle du sénat ouverte ; il a changé de chaussure (1) , et est devenu tout-à-coup père conscript. Sans connoître par moi-même Sextus Albédius, je n'ai trouvé personne assez méchant pour ne le pas juger digne du sénat d'Antoine. Les noms de quelques-uns ont pu m'échapper, mais je n'ai pu taire ceux qui se sont présentés à ma mémoire.

Fier de ce sénat, Antoine méprise le sénat de Pompée, où se trouvoient dix consulaires. S'ils vivoient tous , il n'y auroit pas de guerre aujourd'hui ; la considération eût triomphé de l'audace. Mais on peut voir quelle ressource on eût trouvé dans les autres , puisque , resté seul

sans doute, deux Saserna , qui n'étoient distingués que par le prénom : c'est ce qu'on peut inférer de la phrase de l'orateur , qui a un peu besoin d'être commentée.

(1) Les sénateurs avoient une chaussure particulière, dont parlent Horace, et d'autres écrivains.

d'un si grand nombre, j'ai réprimé et rompu
avec votre secours les projets téméraires de ce
brigand fougueux? pourquoi la fortune vient-
elle de nous ravir (1) Sulpicius? pourquoi
nous a-t-elle privés auparavant de son collègue
Marcellus ? Quels citoyens ! quels hommes !
pourquoi la République a-t-elle à regretter
deux consuls dévoués à la patrie, chassés ensemble de l'Italie; Afranius, ce grand capitaine;
Lentulus qui, entre autres occasions, s'est distingué dans l'affaire de mon rappel ; Bibulus en
qui on a toujours loué, et avec justice, le zèle
constant pour la République; Domitius, excellent citoyen ; Appius Claudius, dont les
sentimens répondent à la naissance; Publius
Scipio, d'une famille illustre, et qui ne dégé-
néroit en rien de ses ancêtres ? Non, sans doute,
avec de tels consulaires, le sénat de Pompée

(1) Servius Sulpicius, pour lequel est composée la
neuvième Philippique, étoit avec César, loin d'être
dans le camp de Pompée; pourquoi donc Cicéron le
nomme-t-il ? il le nomme, non comme ayant été partisan de Pompée, mais comme s'étant montré un des
plus opposés à Antoine. —— *Deux consuls*, Caïus
Marcellus, et Lucius Lentulus, différent de celui qui
est nommé après. On trouvera dix consulaires avec
Cicéron, sans compter Sulpicius.

ne devoit pas être méprisable. Lequel donc, pour eux-mêmes, et pour le bonheur de la République, devroit plutôt vivre de Pompée où d'Antoine, l'usurpateur (1) de ses biens ? Que dirai-je des anciens préteurs ? Caton étoit le premier d'entre eux, Caton, par sa vertu le premier de tous les hommes. A quoi bon citer les autres personnages de marque ? aucun ne vous est inconnu. J'appréhende de vous paroître ennuyeux en les nommant tous, plutôt qu'ingrat, si j'en oublie quelques-uns. Parlerai-je des anciens édiles, questeurs et tribuns ? en un mot, tels étoient le nombre et la distinction des sénateurs renfermés dans le camp de Pompée, qu'on a eu besoin d'une forte excuse pour ne s'être pas rendu dans ce camp.

Mais écoutez la suite de la lettre. *Vous avez pour chef un Cicéron vaincu.* Je reçois le titre de chef, d'autant plus volontiers, que certainement il me le donne malgré lui. Pour celui de vaincu, je m'en embarrasse peu : mon destin est de ne pouvoir vaincre, ni être vaincu sans la République. *Vous fortifiez de troupes la Ma-*

(1) Mot à mot, *l'acheteur à l'encan de Pompée.* Les biens de Pompée avoient été vendus à l'encan, et Antoine les avoit achetés.

cédoine. Et même nous l'avons arrachée à votre. frère , ce frère si digne de vous. *Vous avez remis l'Afrique à Varus* (1) *fait prisonnier deux fois.* Il croit entrer en discussion avec son frère Caïus. *Vous avez envoyé Cassius dans la Syrie.* Ne voit-il donc point que toute la terre est ouverte aux partisans de la liberté , et que lui il ne peut faire un seul pas hors de ses retranchemens. *Vous avez souffert qu'un Casca* (2) *exerçât la charge de tribun.* Devions-nous donc éloigner de la République , comme l'ont été Marullus et Césétius , celui qui nous a garantis pour toujours de cette violence et de beaucoup d'autres semblables? *Vous avez ôté aux ministres des Lupercales les revenus que leur avoit assignés César* (3). Luper-

(1) Sextus Quintilius Varus, que César fit prisonnier d'abord àCorfinium, et une seconde fois en Afrique après la défaite de Scipion. —— *Est ouverte.* J'ai préféré *patere* à *parere.*

(2) Servilius Casca, un des meurtriers de César. —— Marullus et Césétius , tribuns du Peuple , que César avoit déposés , parce qu'un homme du Peuple ayant mis sur sa statue une couronne de laurier avec une bandelette blanche , ils avoient fait ôter la bandelette et conduire l'homme en prison.

(3) César avoit assigné à ces ministres des revenus, qui, après sa mort, furent supprimés par le sénat. Le

cales! il ose prononcer ce nom! ne frémit-il pas au souvenir du jour, où rempli de vin, parfumé d'essences, dans une indécente nudité, il osa exhorter à la servitude le Peuple Romain, qui ne répondoit que par des gémissemens? *Vous avez supprimé les colonies des vétérans, établies en vertu d'une loi et d'un sénatus - consulte.* Loin de les supprimer, ne les avons-nous pas confirmées par une loi portée dans une assemblée solemnelle (1)? Mais prenez garde, Antoine, d'avoir perdu les vétérans, je dis ceux qui s'étoient déjà perdus par leurs vices, en les réduisant à une situation fâcheuse, d'où ils voient qu'ils ne sortiront jamais. *Vous promettez de rendre aux habitans de Marseille ce qui leur a été enlevé* (2) *par le droit de la guerre.* Je n'examine pas ce droit; l'examen seroit plus facile que nécessaire. Mais remarquez, P. C, comment An-

trait des lupercales est rapporté plus au long dans la seconde Philippique.

(1) Mot à mot, *dans une assemblée par centuries,* dans laquelle Pansa fit confirmer tous les actes de César.

(2) Lorsque César les eut vaincus et réduits. Les habitans de Marseille s'étoient montrés zélés partisans de Pompée.

toine est par caractère ennemi de la République ;
il n'a que de la haine pour une ville dont l'é-
ternel dévouement à la République lui est
connu. *Vous élevez aux honneurs les partisans de
Pompée échappés à la défaite , oubliant qu'ils en
sont exclus par la loi Hirtia* (1). Pourquoi nous
parle-t-il de la loi Hirtia , qui, je pense, ne
fait pas moins de peine à celui qui en est l'auteur qu'à ceux qui en sont l'objet? Je ne crois
point du tout qu'on puisse lui donner le nom
de loi ; mais dût-on lui donner ce nom , nous
ne devons point la regarder comme loi d'Hirtius (2). *Vous avez par un coup perfide transporté à Brutus la caisse d'Apuléius.* Eh ! quand
la République auroit remis tous ses trésors à cet
illustre personnage, quel bon citoyen l'eût vu
avec peine ? il ne pouvoit entretenir une armée
sans argent , et sans armée il ne pouvoit faire

(1) Il manque certainement quelque chose dans la
phrase; j'ai traduit comme si on lisoit, *Pompeianos
honoratis, obliti neminem....*

(2) On doit la regarder comme une loi de César,
par l'ordre duquel Hirtius l'a portée.—*D'Apuléius.*
Voyez Philippique 5. — *Subornastis ,* c'est-à-dire,
ornastis malâ et subdolâ ratione.

prisonnier votre (1) frère. *Vous avez approuvé le supplice de Pétus et de Ménédémus, à qui on a fait trancher la tête, quoiqu'ils fussent hôtes et amis de César, et qu'ils en eussent obtenu le titre de citoyens.* Nous n'approuvons pas ce dont nous n'avons pas même entendu parler. Dans les agitations présentes de la République, nous avons en effet bien le temps de penser à deux misérables Grecs. *Vous avez fermé les yeux sur l'injure faite à Théopompe, qui, dépouillé de ses biens et chassé par Trébonius, s'est refugié à Alexandrie.* C'est un grand tort du sénat. Nous avons fermé les yeux sur l'injure faite à Théopompe, cet homme de marque ? Qui est-ce qui sait ou s'embarrasse de savoir dans quel pays il est, ce qu'il fait, s'il est mort ou vivant ? *Vous voyez dans votre camp Galba armé du même poignard dont il a tué votre bienfaiteur.* Je ne vous réponds rien sur Galba ; ce ferme et courageux citoyen paroîtra lui-même devant vous, il vous répondra en personne, lui et le poignard

---

(1) Caïus Antonius, que Brutus avoit fait prisonnier. — *De Pétus et de Ménédémus.* Brutus étoit dans la Grèce ; c'est probablement lui qui avoit fait trancher la tête à ces deux hommes que Cicéron appelle deux misérables Grecs.

que

que vous accusez. *Vous avez attiré à vous mes
soldats et les vétérans, sous prétexte de venger la
mort de César par celle de ses assassins ; et tout à
coup, contre leur attente, vous leur avez fait attaquer leur questeur, leur général* (1), *leurs compagnons de guerre.* Sans doute, nous leur en avons
imposé, nous les avons séduits. La légion martiale, la quatrième légion, les vétérans, ignoroient nos desseins ; ils ne suivoient, ni l'autorité du sénat, ni le parti de la liberté ; ils
vouloient venger la mort de César, regardée
généralement comme fatale à la République.
Ils vouloient apparemment vous rendre à vos
concitoyens, vous voir dans un état de bonheur et de prospérité. Que vous êtes malheureux, et en effet, et pour cela même que
vous ne sentez pas combien vous êtes malheureux !

Mais voici le plus grave reproche. *Que n'avez-
vous pas approuvé ? que n'avez-vous pas fait ?
que feroit, s'il revenoit sur la terre... ? Qui donc ?*

(1) *Leur questeur, leur général ;* Antoine lui-même,
qui avoit été questeur de César dans la Gaule, et
qui avoit commandé ses troupes dans la guerre civile. —— *Leurs compagnons ;* les vétérans qui sont
avec moi.

Tome X.   I i

il va peut-être citer pour exemple quelque
scélérat : *Pompée lui-même ?....* Quel déshonneur
pour nous, si nous allions imiter Pompée ! *ou
son fils, s'il pouvoit* (1) *revenir à Rome ?* Il le
pourra, croyez - moi ; il rentrera dans peu de
jours en possession de la maison et des jardins
de son père. *Vous prétendez enfin qu'il ne peut y
avoir de paix, si je ne laisse aller Brutus, ou si
je ne lui fournis des vivres.* Les autres le nient,
moi je prétends que, quand même vous le
feriez, Rome ne pourroit jamais avoir de paix
avec vous. *Votre conduite plaît-elle aux vétérans
qui vous suivent, et qui sont encore libres de prendre un parti ?* S'ils sont libres, ils ne le sont
que pour attaquer sur le champ un général
qu'ils ont abandonné avec une volonté si
ardente et si unanime. *Voient-ils d'un bon œil que
vous vous soyez vendus pour des flatteries et pour
des dons empoisonnés ?* a-t-on perverti ou cor-
rompu des hommes bien résolus de faire une
guerre juste à un infâme ennemi ? *Vous venez,
dites-vous, secourir des soldats assiégés. Je ne
m'oppose pas à leur conservation, e n'empêche pas
qu'ils aillent où vous leur ordonnez d'aller, pourvu
qu'ils laissent périr celui qui a mérité de périr.*

(1) *Si domi possit,* sous-entendez *esse* ou *agere.*

Quelle bonté ! les soldats ont enfin profité de la générosité d'Antoine , ils ont abandonné leur général ; effrayés , ils ont passé dans le parti de l'ennemi , eux sans qui Antoine eût appaisé les mânes de son collègue (1) dans le même temps que Dolabella vengeoit son général.

Vous m'écrivez qu'on a parlé dans le sénat de réunion , qu'on a choisi pour députés cinq consulaires. Il est difficile de croire que des hommes qui m'ont poussé à bout quand je faisois des propositions raisonnables , quand je songeois même à me relâcher de mes demandes , prennent aujourd'hui un parti doux et modéré. Il n'est guère vraisemblable qu'après avoir déclaré Dolabella ennemi de la République , pour une action des plus justes , ils nous épargnent nous qui pensons comme lui. Antoine , P. C. , ne vous semble-t-il pas reconnoître hautement qu'il est en société de crimes avec Dolabella ? ne voyez-vous pas découler de la même source tous les forfaits ? il avoue enfin lui-même (quelle finesse dans cet aveu !) que des hommes qui ont déclaré Dolabella

(1) *Eût appaisé les mânes* de César, en tuant Décimus Brutus, *vengeoit* César, par le meurtre de Trébonius.

ennemi de la République pour une action des plus justes , comme elle paroît à Antoine , ne peuvent l'épargner lui qui pense comme Dolabella. Comment traiter un homme qui consigne dans une lettre authentique , que lui et Dolabella sont convenus ensemble de faire périr dans les plus affreux tourmens Trébonius, et même, s'ils pouvoient, Brutus et Cassius; de nous faire subir les mêmes supplices ? après un traité aussi juste et aussi honnête, c'est un citoyen à ménager ! Il se plaint encore qu'on ait rejetté ses propositions si modérées et si raisonnables; il demandoit qu'on lui abandonnât la Gaule ultérieure , cette province qui offre tant de moyens et de ressources pour recommencer la guerre ; que des vétérans de la légion alaudienne on fît une troisième classe de juges, c'est-à-dire qu'on lui accordât un refuge pour ses crimes, au grand déshonneur de l'empire ; que ses actes fussent confirmés , tandis qu'il ne reste aucune trace de son consulat. Il faisoit aussi des demandes pour son frère Lucius , qui s'étoit montré (1) le

(1) *Qui s'étoit montré* . . . . dans le partage des terres qu'il faisoit comme septemvir. Lenton et Nucula étoient aussi septemvirs.

plus équitable arpenteur des terres publiques et particulières, assisté de Lenton et de Nucula.

Ainsi donc examinez plutôt s'il est d'un meilleur ton, et plus utile à notre parti, de venger la mort de Trébonius que celle de César ; s'il est plus juste que nous contribuyions à faciliter le rétablissement du parti de Pompée tant de fois ruiné, ou que nous nous réunissions pour n'être pas le jouet de nos ennemis. Si le parti de Pompée eûtété ruiné, on ne pourroit jamais le voir rétabli ; malheur que je vous souhaite à vous et aux vôtres. *S'il est*, dit-il, *d'un meilleur ton.* Il s'agit bien de ton dans cette guerre. *Et plus utile à notre parti.* A votre parti insensé ! C'est dans le forum, c'est dans le sénat qu'il peut y avoir des partis. Quoi ? vous avez entrepris une guerre sacrilège contre la République, vous attaquez Modène, vous assiégez un consul désigné ; deux consuls, avec le propréteur César, vous font la guerre, toute l'Italie est armée contre vous : et vous vous dites chef d'un parti, quand vous êtes chef d'une rébellion contre le Peuple Romain ? *De venger la mort de Trébonius plutôt que celle de César* (1). Nous avons assez vengé la mort de

(1) Je crois que dans le texte il faudroit répéter les

Trébonius en déclarant Dolabella ennemi de Rome ; quant à celle de César, c'est par le silence et l'oubli qu'il est plus facile d'en justifier les auteurs. Mais voyez quel est son dessein en demandant qu'on venge la mort de César : il menace de la mort, non-seulement ceux qui ont fait l'action, mais encore ceux qu'elle n'a pas affligés. *Quels que soient d'entre nous ceux qui périssent, ce sera pour eux un gain. La fortune jusqu'à présent n'a pas voulu donner le spectacle de deux armées d'un même parti, combattant sous les loix d'un Cicéron, d'un vil maître d'escrime, d'un homme assez heureux pour vous tromper en vous faisant accorder les mêmes honneurs par lesquels il se vante d'avoir trompé César.* Il continue à m'accabler de reproches faux et injurieux, comme si ses premières déclamations lui eussent parfaitement réussi ; et moi je livrerai son nom flétri par de vrais reproches au souvenir éternel de la postérité. Je suis donc un maître d'escrime ! et même qui n'est pas dépourvu de sens ; puisque je désire que les méchans soient égorgés, et que les bons aient l'avantage. *Quels que soient d'entre nous ceux qui périssent*, écrit-il, *ce sera pour*

propres termes de la lettre, *Trebonii mortem persequi an Caesaris.*

eux un gain. Oui, certes, Antoine, et un *gain* immense (1), puisque si vous êtes vainqueur, aux Dieux ne plaise ! on doit estimer heureuse la mort de ceux qui seront sortis de la vie sans passer par les tourmens. Il dit que j'ai trompé par les mêmes honneurs Hirtius et César. Mais, je vous prie, quels honneurs ai-je fait accorder à Hirtius ? la plus grande partie et les plus distingués, il les doit à César. Vous osez dire que j'ai trompé celui-ci ? c'est vous, oui, c'est vous qui l'avez assassiné aux lupercales, vous, ingrat, qui, nommé son flamine (2), avez abandonné les fonctions de ce sacerdoce.

Mais voyez l'admirable fermeté de ce grave et illustre personnage. *Pour moi, je suis déter-, miné à ne pas souffrir qu'on m'outrage moi et les miens, à ne pas abandonner le parti auquel Pompée étoit si contraire ; à ne pas permettre qu'on ôte aux vétérans les terres qui leur ont été assignées, ni qu'on nous traîne au supplice les uns après les autres ; à ne point violer la foi que j'ai jurée à Dolabella....* Je m'arrête à ces dernières paroles. La foi jurée à Dolabella, cet homme si religieux, le scrupuleux Antoine ne sauroit la

(1) On sent que le ton de la phrase est ironique.

(2) Voyez la seconde Philippique.

Ii 4

violer. Mais quelle foi? est-ce le serment de
massacrer tous les gens de bien , de se partager Rome et l'Italie, d'abandonner à leurs
satellites le pillage des provinces? Car quelle
autre foi ont pu se jurer deux infâmes parricides comme Antoine et Dolabella? *Ni à
manquer aux engagemens pris avec Lépide, cet homme
si intègre...* Vous, avoir pris des engagemens
avec Lépide, ou avec un homme, je ne dirai
pas qui soit aussi bon citoyen que lui, mais qui
ait quelque bon sens! Vous voudriez faire passer Lépide pour un pervers ou pour un insensé.
Mais vous ne pouvez réussir (1) sur-tout à l'égard
d'un tel homme. Il est difficile de répondre d'un
autre que soi; je puis dire de lui que je ne le
craindrai jamais , que j'en espérerai toujours
bien tant que je ne verrai pas le contraire. Lépide
a voulu arrêter vos fureurs, et non les seconder.
Mais vous, Antoine, recommandable par une
intégrité rare , vous voulez n'avoir dans votre
parti que des hommes intègres (2). *Ni à trahir*

(1) Je mets une simple virgule après *agis*, et je
construis *de Lepido* avec *nihil agis*.

(2) Antoine se sert dans sa lettre du superlatif *piis-
simi* , que Cicéron prétend être un barbarisme. ——
Lucius Plancus, consul désigné, qui gouvernoit la

Plancus , associé à mes projets. Plancus associé
à vos projets ! Plancus dont le courage merveilleux et divin fait l'espoir et la joie de la République. A moins que vous ne pensiez qu'il
vient vous secourir avec ses braves légions ,
avec son infanterie gauloise et sa nombreuse cavalerie , lui qui à la tête de cette guerre, ven-
gera sur vous la République, si elle n'est pas
vengée avant qu'il arrive. Les premiers secours
sont les plus utiles à l'état , mais les derniers lui
sont les plus agréables.

Antoine recueille ses forces pour conclure,
et se met à philosopher vers la fin de sa lettre.
*Si les Dieux immortels secondent la droiture de
mes sentimens, comme je l'espère , la vie aura pour
moi quelque douceur; si je suis menacé d'un autre
destin , je goûte d'avance la joie des supplices qui
vous attendent. Car si les partisans de Pompée
vaincus sont si insolens , vous éprouverez plus que
d'autres de quoi ils sont capables dans la victoire.*
Vous pouvez, Antoine, goûter déjà cette joie (1).

Gaule ultérieure. —— *Lui qui....* après *Gallorum*,
je ne voudrois qu'une virgule, et lire ensuite *qui* simplement en supprimant *ille :* sans cela je ne vois pas
de construction.

(1) On voit que Cicéron détourne les paroles d'Antoine à un autre sens.

puisque ce ne sont pas les partisans de Pompée
qui sont armés contre vous, mais la République
entière. Les Dieux de tous les ordres, les hommes de tous les rangs, petits, grands, citoyens, étrangers, hommes, femmes, libres,
esclaves; tous vous détestent. Nous l'avons
vu dernièrement à l'occasion d'une fausse nouvelle; une véritable vous le fera voir au premier jour. Si vous faites attention à cette haine
générale, vous mourrez avec moins de regret
et plus de consolation.

*Enfin telle est ma conclusion : je pourrai oublier
les injures de ceux de mon parti, s'ils veulent oublier
eux-mêmes ce qu'ils ont fait contre moi, et s'ils
sont disposés à venger avec nous la mort de
César.* Croyez-vous, P. C., que les consuls
Hirtius et Pansa, instruits de ces dispositions
d'Antoine, hésitent à se joindre à lui, à
assiéger Brutus, à vouloir emporter de force
Modène? Je parle (1) d'Hirtius et de Pansa!
César, si plein de tendresse pour sa famille,
pourra-t-il s'empêcher de venger la mort de
son père par le supplice de Décimus Brutus?
aussi, après la lecture de cette lettre, n'ont-

(1) J'ai traduit en lisant *logxbr*, d'après la conjecture de Lambin.

lis pas manqué de se rapprocher (1) du camp
d'Antoine. Le jeune César est d'autant plus
grand, il est un présent d'autant plus précieux fait à la République par les Immortels,
que sa tendresse pour son père, et son nom
qu'il porte, n'ont pu le détourner de défendre la patrie ; la patrie qui, comme il le sait, a les
premiers droits à notre tendresse. On a aboli
jusqu'au nom de partis ; mais s'il en étoit
encore question, Antoine et Ventidius dé-
fendroient - ils le parti de César, plutôt que
le jeune César qui a conservé pour son père
un tendre souvenir, plutôt que Pansa et Hirtius (2) qui tenoient, pour ainsi parler, la
gauche et la droite de César, lorsqu'il existoit vraiment deux partis dans l'état? Mais
aujourd'hui quels partis veut-on dire, lorsque d'un côté on se propose d'assurer l'autorité du sénat, la liberté du Peuple, le
salut de la République ; et que de l'autre on

(1) Il m'a paru qu'il y avoit dans les paroles de
Cicéron un équivoque que j'ai tâché de rendre en
françois. *Se rapprocher*, non pour s'unir, mais pour
attaquer.

(2) On sait que Pansa et Hirtius étoient intimes
amis de César lorsqu'il vivoit.

médite le massacre des gens de bien, le pillage de Rome et de l'Italie ?

Mais passons enfin aux dernières paroles de la lettre. *Je ne crois pas que les députés viennent dans un lieu où les armées se* (1) *rassemblent.* Il me connoît bien. Non, je n'irai pas, sur-tout avec l'exemple de Dolabella sous les yeux. Il respectera apparemment des députés plus qu'il ne respecte deux consuls contre lesquels il porte les armes, le jeune César au père duquel il est consacré flamine, un consul désigné qu'il attaque, Modène qu'il assiège, la patrie qu'il menace d'embrâser et de ravager. *Lorsqu'ils seront venus, je saurai quelles seront leurs demandes.* Que les Dieux te confondent et te perdent misérablement, personnage infâme ! à moins d'être un Ventidius, qui voudroit t'aller trouver ? Lorsque l'incendie étoit dans sa naissance, nous t'avons envoyé, pour l'éteindre, les premiers hommes de la République : tu les

----

(1) J'ai traduit comme si on lisoit, *LEGATOS VENIRE NON CREDO BELLUM QUÒ VENIAT. Benè me novit, non veniam proposito.* On se rappelle que Cicéron avoit été choisi avec d'autres pour être député vers Antoine.

as rebutés. Qui enverrons-nous aujourd'hui que l'embrâsement a fait des progrès si étendus, aujourd'hui que tu t'es ôté tout moyen, je ne dis pas de faire la paix, je dis même de te rendre à discrétion?

Si je vous ai fait la lecture de cette lettre, P. C., ce n'est pas que je regardasse Antoine comme digne d'être réfuté, mais je voulois vous montrer ses attentats manifestés par son propre aveu. Lépide, ce citoyen illustre, orné de toutes les qualités du cœur et comblé des avantages de la fortune, Lépide, en voyant cette lettre, voudroit-il qu'on fît la paix avec Antoine? croiroit-il qu'elle fût possible? *L'eau s'uniroit au feu* (1), comme l'a dit un poëte, on verroit enfin tout arriver avant que de voir la République se réconcilier avec les Antoines, ou les Antoines avec la République. Ce sont pour elle des noms de mauvais augure, des êtres impurs, des monstres exécrables. Puisse, puisse Rome sortir de ses fondemens, se transporter, s'il est possible, dans un autre pays, dans un pays

(1) *Priùs undis flamma*, sous-entendez *misceatur*. Paroles d'un poëte devenues comme proverbe.—*Priùs denique omnia*, sans doute *fierent*.

où ni les excès des Antoines, ni leur nom ne viennent (1) frapper ses oreilles, plutôt que de revoir dans l'enceinte de ses murs des ennemis odieux qui ont été jettés hors de la ville par la valeur de César, et arrêtés par celle de Brutus! La première chose et la plus désirable est de vaincre; la seconde, d'être disposés à tout souffrir pour l'honneur et pour la liberté de la patrie : il n'y a point de milieu; ce qui resteroit après cela est la plus horrible extrémité, se couvrir d'opprobre par amour de la vie.

Dans cet état des choses, je pense comme Servilius sur la lettre et les instructions de l'illustre Lépide ; mais voici ce que j'ajoute à son avis : Il faut déclarer que le fils du grand Pompée a agi ainsi que le demandoient les sentimens et le zèle de son père et de ses ancêtres pour la République, son ancienne ardeur et son ancien courage, en offrant au sénat et au Peuple Romain ses services et ceux des soldats qu'il commande (2) ; que cette offre est agréable

(1) Le latin fait allusion à ce passage d'une ancienne tragédie : *Ubi nec Pelopidarum nomen, nec facta audiam.*

(2) D'après le sentiment de Paul Manuce, je vous

au sénat et au Peuple Romain, et lui obtiendra les premiers honneurs. Cet article pourra être mis dans le décret pour Lépide, ou en être séparé : on pourra l'inscrire à part, afin que le fils de Pompée trouve dans un décret particulier tous les éloges qu'il mérite.

QUATORZIÈME PHILIPPIQUE

DE CICÉRON.

Sommaire.

Modène étoit toujours vivement pressée. Il ne se fit rien de mémorable jusqu'à l'arrivée de Pansa. Ce consul devoit se rendre au camp d'Hirtius avec quatre légions de nouvelles levées. A son approche, amis et ennemis, tous se mirent en mouvement. Hirtius détacha la légion martiale avec sa garde ou cohorte prétorienne et celle d'Octave, pour assurer la

---

dvois lire dans le latin *habet et pollicitus est*, si je ne voyois que c'est ici le style de décret.

marche de son collègue. Antoine, pour empêcher la jonction, partit lui-même de son camp
où il laissa Lucius son frère chargé du commandement en son absence ; et prenant deux
de ses meilleures légions, deux cohortes prétoriennes, quelques corps de cavalerie et d'armés à la légère, il choisit le poste le plus
convenable pour son dessein. Dès que la légion
martiale apperçut les troupes du parti contraire, il ne fut pas possible de la retenir.
Pansa fut obligé de suivre le mouvement de
cette légion et d'engager une action générale
presque malgré lui. Il périt beaucoup de monde
de part et d'autre ; Antoine cependant eut
l'avantage et se regarda comme victorieux.
Pansa avoit reçu deux blessures dangereuses,
et s'étoit fait emporter du champ de bataille.
Sur la nouvelle de ce qui passe, Hirtius
accourt avec deux légions, tombe sur le vainqueur lorsqu'il s'en retournoit, et prend aisément sa revanche. Antoine voit ses troupes
taillées en pièces et mises en fuite ; il regagne
son camp à la faveur de la nuit avec ce qu'il
peut sauver de ses soldats. Hirtius remporta
deux aigles et soixante-six drapeaux des ennemis. En son absence, le camp fut attaqué par
Lucius

Lucius Antonius. Octave, qui y étoit resté avec peu de monde, fit une belle défense ; et ayant obligé les assaillans de se retirer avec perte, il prit ainsi part à la gloire de cette journée, qui n'étoit point décisive, mais dont l'honneur demeura pourtant au parti de la République. Les consuls et le propréteur écrivirent au sénat pour lui rendre compte de tous ces événemens.

Quelques-uns étoient d'avis de quitter sur le champ les habits militaires qu'on avoit pris dans la ville, ils s'obstinoient encore à ne pas vouloir qu'on appellât ennemis Antoine et ses soldats, ils décernoient bien aux vainqueurs les prières publiques, mais ils ne donnoient pas aux chefs le titre d'impérator : Cicéron les réfute avec beaucoup de solidité et de force. Il se justifie avec un ton fier et noble d'une imputation calomnieuse imaginée par des hommes malveillans. De magnifiques louanges adressées et à ceux qui avoient vaincu et à ceux qui avoient succombé en combattant pour la patrie, la manière d'honorer et de récompenser dignement les guerriers victorieux, les illustres morts et leurs proches ; tout ce morceau plein de mouvement et d'une superbe éloquence, embellit cette dernière Philippique.

Tome X.   K k

cette dernière production d'un célèbre orateur, qui est terminée par un modèle de décret.

On sait quelle fut la triste issue des derniers efforts de ce vrai républicain. Je compte, dans un précis historique, tracer un plan rapide de tous ces grands événemens (1). Personne n'ignore qu'Antoine, Octave et Lépide s'étant réunis, formèrent ce trop fameux triumvirat, et qu'alors commencèrent ces horribles proscriptions dans lesquelles le plus beau génie de Rome, vraiment digne de l'étendue de son empire, fut misérablement enveloppé.

QUATORZIÈME PHILIPPIQUE

DE CICÉRON.

SI, en m'apprenant la défaite et la déroute de nos ennemis odieux, la lettre qu'on vient de lire m'apprenoit aussi, ce que nous désirons tous ardemment, et ce qui, sans doute, doit être une suite de la victoire qu'on nous annonce, que Décimus Brutus est enfin sorti de Modène, je conseillerois sans ba-

_____

(1) Ce travail ne s'étant pas trouvé dans les papiers d'AUGER, il est présumable qu'il ne s'en étoit pas encore occupé à l'époque de sa mort. (*Note de l'édit.*)

lancer de reprendre les habits de paix,
pour célébrer la délivrance du citoyen dont
le péril nous avoit fait prendre les habits
de guerre. Mais avant qu'on nous ait apporté
la nouvelle après laquelle nous soupirons
tous, qu'il suffise de vous réjouir d'une victoire importante et glorieuse, attendez pour
reprendre vos habits ordinaires, que le succès soit complet ; et il ne le sera qu'au moment où Décimus Brutus se verra enfin délivré. Quel avis donc de vouloir que nous
quittions aujourd'hui les habits de guerre
pour les reprendre demain ? non, P. C., ne
reprenons les habits de paix, objet de nos
désirs, que quand nous serons assurés de
pouvoir les garder toujours. Il seroit honteux pour nous, et même peu agréable aux
Dieux immortels, de nous retirer, pour
reprendre le *sagum* (1), de devant leurs autels
où nous nous serions présentés avec la *toge*.
Mais je vois, P. C., ce qui engage quelques-
uns d'entre nous à favoriser cet avis. Ils
sentent que le jour où nous reprendrons nos
habits ordinaires pour célébrer la délivrance

_____

(1) Le *sagum* étoit l'habillement de guerre, la *toge*
l'habillement de paix. J'ai francisé ces deux mots pour
varier mes expressions.

de Brutus, sera pour lui un jour de triomphe. Ils veulent le priver de cet honneur, empêcher qu'on ne puisse apprendre aux siècles futurs que le Peuple Romain a pris l'habillement militaire quand il a vu en péril un seul citoyen, et qu'il l'a quitté quand il l'a vu hors de danger. Non, on ne pourroit trouver d'autre motif à un avis si peu convenable.

Pour vous, P. C., fidèles à vos décisions, persistez dans vos sentimens; souvenez-vous, comme vous l'avez déclaré plus d'une fois, que le sort de toute la guerre présente dépend d'un seul homme. C'est afin de délivrer Brutus, que vous avez député à Antoine les principaux de la ville, que vous avez signifié à cet ennemi de l'état, à ce parricide, de se retirer de devant Modène. C'est pour la conservation du même Brutus, que le consul Hirtius, choisi par le sort, est parti avec une armée, Hirtius en qui le courage et l'espoir de vaincre ont ranimé des forces abattues par la maladie. Après avoir délivré la République des premières violences d'Antoine avec des troupes levées en son propre nom, le jeune César voulant nous sauver à l'avenir de la rage de ce furieux, est parti pour délivrer le même Brutus, et a fait céder un ressentiment domestique à l'amour de la patrie. Qu'a prétendu Pansa lorsqu'il faisoit des levées d'hommes et d'argent, lorsqu'il nous faisoit rendre contre Antoine les décrets les plus sévères, lorsqu'il exhortoit le sénat et qu'il appelloit le Peuple à la défense de la liberté, qu'a-t-il prétendu, sinon délivrer Brutus? Le Peuple assemblé n'eut alors qu'un cri pour lui demander la délivrance de Brutus, sacrifiant à ce grand intérêt ses propres avantages, le soin même de sa subsistance. Nous devons espérer, j'en conviens, que Brutus est à la veille d'être délivré ou l'est déjà; mais il faut attendre, pour recueillir le fruit de nos espérances, que nous ayons des certitudes, dans la crainte de paroître, ou prévenir les bienfaits des Dieux, les leur arracher en quelque sorte par trop d'empressement, ou braver par imprudence le pouvoir de la fortune.

Mais vos signes d'approbation m'annoncent que vous êtes entièrement de mon avis; je viens donc à la lettre des consuls et du propréteur, après avoir fait auparavant quelques réflexions qui y ont rapport.

Dans les deux premiers combats livrés par les consuls, et dans le troisième soutenu par

César, les épées de nos légions se sont abreu-
vées de sang, ou plutôt elles n'en ont été que
teintes. Est-ce un sang ennemi qu'elles ont
répandu ? c'est un service insigne rendu à la
patrie : est-ce le sang des citoyens ? c'est un
horrible attentat. Jusques à quand donc épar-
gnerons-nous le nom d'ennemi à celui qui
surpasse tous les ennemis en férocité ? à moins
qu'on ne veuille que les épées de nos soldats restent suspendues dans la mêlée, trem-
blantes, et comme incertaines si c'est un ennemi qu'elles frappent ou un citoyen. Vous
décernez des prières publiques ; et vous ne
nommez pas d'ennemi? les actions de graces que
nous rendrons aux immortels, les victimes que
nous leur immolerons, leur seront en effet bien
agréables après le carnage de tant de citoyens.
Un illustre personnage (1) les traite simplement de méchans et d'audacieux. Ce sont
là de ces injures vagues usitées dans les procès
entre particuliers, et non point les qualifi-
cations flétrissantes d'une trop véritable guerre.
Ne diroit-on pas qu'ils ne font que supposer
des testamens, déposséder des voisins, tromper
une jeunesse sans expérience. Les hommes

(1) Publius Servilius, qui avoit décerné des prières
publiques.

qui se portent à ces actions ou à d'autres pareilles, voilà ceux qu'on traite de méchans et d'audacieux. Le plus infâme de tous les brigands fait une guerre implacable à quatre consuls (1), il la fait au sénat, il la fait au Peuple. Courant de défaites en défaites, il se précipite lui-même; et il nous menace tous des maux les plus affreux, nous destine à tous la famine, les ravages, les supplices et les tourmens: le forfait exécrable de Dolabella, qui étonneroit les nations les plus barbares, il se vante de l'avoir conseillé: les traitemens qu'il nous préparoit à nous-mêmes dans Rome, si ce grand Jupiter ne l'eût éloigné de son temple (2) et de nos murs, on ne l'a que trop vu dans le désastre des honnêtes et vertueux habitans de Parme, inviolablement attachés à l'autorité de cet ordre et à la majesté du Peuple Romain; ces hommes que, par un trait horrible de barbarie, a

(1) Deux en exercice, Hirtius et Pansa; deux désignés, Décimus Brutus et Lucius Plancus.

(2) Latin, *hoc templo*, annonce que le sénat étoit assemblé au Capitole dans le temple de Jupiter. En conséquence, il faut lire auparavant *hic ipse Jupiter*, en mettant *hic* au lieu de *hinc*. C'est la conjecture d'un savant que j'adopte.

massacrés impitoyablement Lucius Antonius,
ce monstre impur, cet opprobre de l'humanité, cet objet insigne de la haine de tous
les hommes, et même, si les Dieux haïssent
ce qu'il faut haïr, de tous les Dieux encore.
Mon imagination, P. C., recule, et se refuse
au détail des horreurs qu'ont éprouvées de sa
part les enfans et les femmes de ces infor-
tunés. Les Antoines s'applaudissent d'avoir
réduit les autres à subir les infamies qu'ils
ont subies eux-mêmes volontairement : et ce
qui est pour les citoyens de Parme un humi-
liant outrage souffert de la part des Antoines,
est dans ces infâmes un abominable désordre
dont est souillée toute leur vie. Se trouvera-t-il
donc quelqu'un qui n'ose appeller ennemis,
des hommes qui, de l'aveu de tout le monde,
l'emportent en perfidie et en cruauté sur les
Carthaginois ? Annibal fut-il jamais aussi cruel
dans une ville emportée d'assaut, qu'Antoine
l'a été dans Parme (1) qu'il a surprise ? à
moins qu'on ne doive pas le regarder comme
ennemi de cette colonie, et des autres aux-

_____

(1) Antoine, sans doute, avoit pris la ville de Parme,
et Lucius son frère y avoit commis tous les excès
dont vient de parler Cicéron.

quelles il destine les mêmes traitemens. Mais
s'il est incontestablement l'ennemi des colonies et des villes municipales, ne l'est-il pas
aussi de Rome qu'il a convoitée en brigand
avide pour réparer les brèches de sa fortune ;
de Rome dont Saxa, cet habile et adroit
arpenteur, a déjà partagé le sol la toise à la
main ? Rappellez-vous, au nom des Dieux,
ce que nous avons craint de nos ennemis
domestiques pendant ces deux derniers jours,
où il s'est répandu de si fâcheuses nouvelles.
Pouvoit-on regarder, sans verser des larmes,
son épouse, ses enfans, sa maison, ses foyers
et ses Dieux pénates ? nous n'avions tous que
des idées de mort honteuse ou de fuite
déplorable. Et ceux qui nous jettoient dans
de telles frayeurs, nous balancerons à les
appeller ennemis ? si on trouve un nom plus
fort, j'en userai volontiers ; satisfait à peine
de ce nom vulgaire, je n'en emploierai pas
de plus foible.

Au reste, et d'après la lettre qu'on vient de
lire, et d'après l'avis de Servilius, nous devons
sans doute décerner des prières publiques ;
j'augmenterai moi de beaucoup le nombre des
jours consacrés à ces prières, d'autant plus que
ce n'est pas pour un seul général, mais pour

trois généraux, que nous avons à les décerner. Je commencerai par décorer du titre d'*impérator* ceux dont le courage, la prudence et la fortune viennent de nous arracher aux dangers de la mort et de la servitude. Est-il, en effet, un seul exemple, dans ces vingt dernières années, d'un général pour qui on ait décerné des prières publiques sans le décorer du titre d'*impérator*, quoique plusieurs n'eussent fait que des exploits peu remarquables, ou souvent n'en eussent fait aucun ? ainsi donc celui qui a parlé avant moi, devoit, ou ne pas décerner de prières publiques, ou gratifier d'un titre vulgaire et commun des généraux qui en mériteroient même de nouveaux et d'extraordinaires. Je le demande, si un général eût tué mille ou deux mille ennemis, Espagnols, Gaulois ou Thraces, le sénat, suivant la coutume qui s'est introduite, ne lui donneroit-il pas le titre d'*impérator* ? Après la défaite de tant de légions, et la déroute entière d'une si grande multitude, je dis d'ennemis ; oui, d'ennemis, en dépit de nos ennemis domestiques ; priverons-nous nos illustres généraux du titre d'*impérator*, lorsque nous décernons pour eux des prières publiques ? Avec quelles distinctions, quels applaudissemens, quels transports d'allégresse ne doivent pas entrer dans ce (1) temple les libérateurs même de cette ville, puisque hier leurs exploits m'ont valu l'honneur d'être porté comme en triomphe par le Peuple Romain de ma maison au Capitole, et ramené du Capitole dans ma maison? C'est, à mon avis, un triomphe réel et complet, lorsque tous les citoyens d'un commun accord rendent témoignage à ceux qui ont bien mérité de la République. Que si, au milieu de la joie commune du Peuple Romain, on me félicitoit seul, c'est une grande marque de considération ; c'en est une encore plus grande, si on me rendoit graces comme à l'auteur de nos prospérités ; si c'étoit l'un et l'autre, peut-on rien imaginer de plus flatteur et de plus honorable ?

Vous vous (2) glorifiez donc vous-même, dira quelqu'un. Oui, mais c'est malgré moi. Le ressentiment d'une injure m'a rendu vain, contre ma coutume. N'est-ce donc pas assez que des citoyens qui servent l'état, soient payés d'ingratitude par des hommes qui méconnoissent

(1) Dans le temple de Jupiter au Capitole, où étoit assemblé le sénat. —— *Les libérateurs de cette ville*; Hirtius, Pansa et le jeune César.

(2) *Tu igitur ipse de te ?* sous-entendez *magnificè praedicas.*

la vertu? faut-il encore qu'on les rende odieux
et suspects quand ils consacrent tous leurs
soins au salut de la République?

Vous n'ignorez pas le bruit qui a couru
dans ces derniers jours, que le 19 d'avril (1),
jour où nous sommes, je me rendrois dans
le forum avec des faisceaux. Pouvoit-on rien forger de plus affreux contre un citoyen? C'étoit,
sans doute, contre un gladiateur, contre un
brigand, contre un Catilina, qu'on se permettoit cette calomnie, et non contre un homme
qui avoit empêché dans la République de

(1) Le texte porte le 15 de juillet. C'est visiblement
une erreur de date. D'après une lettre de Cicéron à
Brutus, la nouvelle de la victoire arriva le 18 d'avril.
Or le sénat fut convoqué le lendemain, c'est-à-dire,
le 19. Au lieu de *per idus Quintiles*, un critique
propose *pridie vinalia*, la veille de la fête appellée
Vinalia, qui se célébroit le 20 d'avril.——Après *des-
censurum*, on lit dans la plupart des livres *aliquem
ne in pejus*, mots qui ont beaucoup embarrassé les
commentateurs. Un savant croit, et je suis bien de son
avis, qu'avec une légère transposition de mots et un
point interrogatif, on a un très-bon sens. *In aliquem
ne pejus?* il faut sous-entendre *dici, excogitari
potuit.* J'ai traduit d'après cette heureuse explication,
en lisant après cela *credo hoc in gladiatorem*, et
changeant avec plusieurs savans *consultum* en *con-
fectum.*

pareilles violences. Après avoir ruiné, renversé, exterminé Catilina qui vouloit opprimer
cette ville, serois-je devenu tout à coup
un Catilina ? Sous quels auspices prendrois-je
les faisceaux moi qui suis augure ? combien de
tems les garderois-je ? à qui les remettrois-je ?
Quel scélérat a pu forger cette calomnie ? quel
insensé a pu la croire ? d'où est né ce soupçon
ou plutôt ce bruit ? Ces trois ou quatre derniers jours, comme vous savez, une nouvelle
fâcheuse, venue de Modène, s'étoit répandue
dans Rome. Transportés de joie et remplis
d'insolence, nos citoyens pervers s'étoient
rassemblés dans cet endroit du forum (1) plus
fatal à leur parti qu'à la République. Là,
méditant de nous massacrer tous, et se distri-
buant entre eux divers postes, le Capitole,
les Rostres, les portes de la ville, ils s'ima-
ginoient que tous les citoyens accourroient dans

(1) Latin, *ad illam curiam*, près de la salle du
sénat. Paul Manuce croit qu'il faut sous-entendre
Hostiliam. La *curia Hostilia*, suivant Varron, étoit
devant les Rostres ——*Plus fatal à leur parti*, parce
que, d'après le même Paul Manuce, le corps de
Clodius y avoit été brûlé, et que l'embrâsement du
sénat qui en avoit été la suite, avoit causé l'exil des
plus zélés partisans de cet ennemi des gens de bien.

ma maison. Pour me rendre odieux et même
pour exposer mes jours, ils avoient répandu
ce bruit des faisceaux, ils devoient me les
apporter eux-mêmes. Sous prétexte que je me
serois prêté à cette démarche, des assassins à
gage devoient se jetter sur moi comme sur un
tyran, et massacrer ensuite tout le sénat. Le fait
est certain, P. C. ; je vous découvrirai la source
de toute cette manœuvre quand il en sera tems.

Instruit du fait dont je parle, Apuléius,
tribun du Peuple, qui, depuis mon consulat,
a été à la fois le témoin, le confident, le com-
pagnon de tous mes périls et de toutes mes
démarches, n'a pu voir avec indifférence la
douleur dont j'étois pénétré ; il a convoqué,
pour lui en faire part, tout le Peuple dont
les sentimens se trouvoient d'accord. Dans
cette assemblée, il vouloit, eu égard à notre
liaison intime, dissiper le soupçon des faisceaux ; le Peuple Romain s'écria tout d'une
voix, que je n'avois jamais eu que d'excellentes intentions pour la République. Deux
ou trois heures après l'assemblée finie, il arriva
une lettre qui nous annonçoit une nouvelle
agréable ; et le même jour qui me déchargea
d'un soupçon injurieux, me procura les félicitations unanimes de tout le Peuple Romain.

Si je me suis permis cette digression , P. C. ,
ce n'est pas pour me justifier (1) (je serois
trop malheureux , si j'avois besoin d'apologie
auprès de vous ,) c'est pour avertir certains
esprits qui manquent d'élévation et de force,
de chercher , ainsi que moi , à imiter la vertu
des exceliens républicains plutôt que de leur
porter envie. *La République nous offre un vaste
champ*, comme disoit Crassus (2) avec beaucoup
de sagesse ; *la carrière de la gloire est ouverte à
plus d'un citoyen*. Plût aux Dieux qu'ils vécussent
encore ces chefs de la République à qui je me
reconnoissois inférieur , et qui cependant, après
mon consulat , me voyoient à leur tête sans
en être jaloux ! Mais aujourd'hui , dans une si
grande disette de consulaires courageux et
fermes , quelle doit être ma douleur quand je
vois les uns mal intentionnés , les autres absolument froids et indifférens, d'autres n'être que
foiblement attachés à leur parti, et régler leurs
avis, non sur les intérêts de la République ,
mais sur leurs espérances ou sur leurs craintes ?
La première place ne doit causer aucune dispute ;
s'il est quelqu'un néanmoins qui veuille la dis-

(1) Je voudrois avec des savans , *dicerem* au lieu
de *dixerim*.

(2) Lucius Crassus , orateur célèbre.

puter, il y a de la folie à prétendre l'emporter sur la vertu avec des vices. Dans les combats de la course, c'est par l'agilité qu'on triomphe de l'agilité ; dans ceux du courage, c'est par la vertu qu'on triomphera de la vertu. Quoi! je serai très-bien intentionné pour la République; et vous, pour avoir sur moi l'avantage, vous n'aurez que de très-mauvaises intentions! vous verrez les bons se réunir autour de moi ; et vous rassemblerez les méchans autour de vous! Je voudrois vous voir dans d'autres senti-mens, pour le bien de la République autant que pour votre honneur personnel; mais s'il étoit question de la première place, que je n'ambitionnai jamais, puis-je désirer (1) que vous agissiez autrement? On ne peut me sur-passer, si on a des intentions perverses : on le pourroit, si on en avoit de bonnes ; et je le verrois sans peine.

Quelques-uns sont fâchés que le Peuple Romain voie entre nous des différences, qu'il les remarque, qu'il nous juge: mais étoit-il possible qu'on ne portât pas sur chacun de nous le jugement qu'il mérite ? Le Peuple Romain juge, et avec vérité, de tout le corps

(1) *Quid mihi esset optatius ?* sous-entendez *quàm et malè sentires.*

du

(529)

du sénat, que cet ordre, dans aucune conjoncture, ne s'est montré plus ferme et plus
courageux ; mais aussi tout le monde s'informe
de chacun de nous, de ceux principalement
qui donnent ici leurs avis : on veut savoir
ce que chacun pense ; on a de chacun l'opinion qu'on se persuade qu'il a méritée.

Vous vous le rappellez, sans doute ; le
dix-septième jour de décembre (1), j'ai ouvert l'avis de travailler tous à recouvrer la
liberté : dès les calendes de janvier jusqu'à présent, j'ai veillé constamment aux intérêts de la
République ; ni la nuit ni le jour, ma maison
n'étoit fermée à personne ; sans cesse mon
oreille étoit ouverte aux ordres et aux conseils
de tout le monde : par mes lettres, par mes avis,
par mes discours, j'ai excité tous les citoyens,
en quelqu'endroit qu'ils fussent, à la défense
de la patrie ; dès les mêmes calendes de janvier,
je m'opposai toujours à ce qu'on envoyât
des députés à Antoine, je vis toujours dans sa
personne un ennemi public, toujours dans ses
démarches une guerre réelle ; moi qui en tout
tems avois conseillé une paix véritable, j'étois
contraire au nom d'une paix funeste ? les autres

(1) Jour où il prononça la troisième Philippique.

vouloient que Ventidius fût tribun ; ne l'ai-je pas toujours déclaré ennemi ? Si les consuls désignés (1) se fussent rangés de mon opinion, l'autorité seule du sénat eût fait tomber il y a long-tems les armes des mains de tous ces brigands.

Mais ce qui n'étoit pas alors permis, est aujourd'hui une chose non-seulement permise, mais indispensable ; il faut de toute nécessité que ceux qui sont réellement ennemis, soient nommés ennemis dans nos discours, soient jugés ennemis par nos décrets. Auparavant, quand je prononçois les noms d'ennemis et de guerre, on a refusé plus d'une fois d'opiner sur mon avis. On ne le peut plus dans la circonstance présente, puisque, sur la lettre des consuls Pansa et Hirtius, et du propréteur César, nous avons arrêté tous ensemble qu'on rendroit des actions de graces aux Dieux immortels. Le sénateur qui vient de décerner des prières publiques, a jugé ennemis Antoine et ses soldats sans y prendre garde : car jamais, dans une guerre civile, il ne fut décerné de prières publiques. Que dis-je ? nul vainqueur n'a même écrit pour en demander.

(1) Hirtius et Pansa : mais il semble qu'il faut supprimer *désignés*, parce qu'ils étoient consuls depuis l'époque dont parle Cicéron.

Sylla, consul, a soutenu une guerre civile ;
il est entré dans Rome avec ses légions, a
chassé ceux qu'il a voulu, a fait mourir ceux
qu'il a pu : nulle mention de prières publiques.
A suivi la guerre sanglante de Cinna : point
de prières publiques pour Cinna vainqueur.
Sylla s'est vengé de la victoire de Cinna : nulles
prières décernées par cette compagnie. J'en
appelle à vous-même, Servilius, votre collègue (1) vous a-t-il écrit pour la désastreuse
journée de Pharsale ? a-t-il voulu que vous
fissiez votre rapport pour des prières publiques ?
non assurement. Mais il vous a écrit, lorsqu'il
s'est emparé d'Alexandrie, lorsqu'il a vaincu
Pharnace. Il n'a pas même triomphé pour
la victoire de Pharsale : car cette victoire nous
avoit enlevé des citoyens qui pouvoient sauver
l'état, et même le rendre florissant, soit qu'ils
eussent remporté la victoire, soit qu'ils eussent
seulement conservé la vie (2). La même chose
étoit arrivée dans les guerres civiles précédentes. Que si, durant mon consulat, on m'a

(1) César, dans son second consulat, eut pour collègue Servilius, l'année où il remporta la victoire de
Pharsale.

(2) J'ai traduit comme si on lisoit en transposant,
quibus non modò victoribus, sed etiam vivis.

L l 2

décerné des prières publiques, quoique je
n'eusse pas pris les armes, ce qui étoit sans
exemple ; ce n'étoit pas pour avoir détruit
des ennemis, mais pour avoir sauvé des citoyens. Il suit de là que, dans les plus brillans succès de la Republique, il faut refuser
les prières à nos généraux qui les demandent,
ce qui n'est arrivé qu'à Gabinius ; ou, si on
les décerne, il faut nécessairement juger ennemis ceux pour la défaite desquels elles sont
décernées.

Ainsi donc en donnant à nos généraux le
titre d'*impérator*, je leur donne nommément
un titre que leur donne par le fait Servilius (1) ;
et en les qualifiant de ce même titre comme
vainqueurs, je déclare ennemis et ceux qui
ont péri dans la défaite et ceux qui ont échappé.
Eh ! comment ne qualifierois-je pas du titre
d'*impérator* Pansa et (2) Hirtius ? ils sont re-

---

(1) *Que leur donne par le fait Servilius*, en leur
décernant des prières publiques. *Quod ergò ille re,*
sans doute *facit ; id ego etiam verbo*, sans doute
facio. J'ai rapporté *ille* à Servilius.

(2) Latin, *quo Hirtium.* Un savant propose avec
beaucoup de raison *quomodo Hirtium.* Au reste, j'ai
cru devoir réunir dans ma traduction ce que l'orateur
divise.

vêtus tous deux de la première dignité de la
République ; mais le titre de consul ils le tiennent du Peuple Romain, l'autre est le prix
du courage et de la victoire. Hésiterois-je à
nommer *impérator* César qui a été donné à la
République par une faveur du ciel ; César qui
le premier a éloigné la cruauté féroce d'un
ennemi barbare, non-seulement de nos têtes
et de nos gorges, mais du milieu de notre
sein et de nos propres entrailles (1) ? Que de
vertus héroïques, Dieux immortels ! ont éclaté
à la fois en un seul jour ! Pansa est le premier
de tous qui ait livré la bataille, qui se soit
mesuré avec Antoine ; Pansa aussi digne de
la légion martiale que cette légion est digne
d'un tel chef. S'il eût pu retenir l'impétuosité
de cette troupe valeureuse, un seul combat
eût tout décidé. Mais avide de liberté et
emportée par son ardeur, elle s'est précipitée
au milieu de l'armée ennemie ; Pansa, qui combattoit lui-même au premier rang, atteint de
deux coups dangereux, a été enlevé du champ
de bataille et conservé pour la République.
Oui, je le pense, non-seulement il mérite le

(1) Sans doute, Antoine nous auroit fait périr dans
les plus cruels tourmens, comme Dolabella, associé
aux fureurs d'Antoine, a fait périr Trébonius.

titre d'*imperator*, mais il est le plus illustre
de ceux qui ont merité ce titre. Il s'étoit engagé à satisfaire la République ou par la mort ou
par la victoire : il s'est acquitté par l'une, nous
préservent les Dieux qu'il s'acquitte par l'autre!

Que dirai-je d'Hirtius? il apprend que son
collègue est hors de combat ; aussitôt il fait
sortir de son camp avec un courage et une
ardeur incroyables ses deux légions, la quatrième qui, après avoir abandonné Antoine,
s'étoit jointe dès le commencement à la légion
martiale, et la septième qui, composée de
vétérans, a montré dans cette journée que
le nom du senat et du Peuple Romain étoit
cher à des soldats même comblés des bienfaits de Cesar. Avec ces vingt cohortes, sans
aucune cavalerie, Hirtius portant lui-même
l'aigle de la quatrième légion, et donnant le
plus beau spectacle qu'ait jamais donné un
général, a combattu les trois légions et la
cavalerie d'Antoine, a combattu des ennemis
atroces, des hommes déclarés contre ce temple
du grand Jupiter, contre les autres temples
des Dieux immortels, contre les maisons de
Rome, contre la liberté du Peuple Romain,
des hommes ennemis de nos jours et altérés
de notre sang; il les a renversés, dispersés,

mis en pièces. Le chef de ces brigands, saisi
d'épouvante, à la faveur des ténèbres et suivi
de peu de soldats, a pris honteusement la
fuite. Heureux le soleil lui-même, qui, avant
de se cacher au monde, a vu la terre jonchée
des corps de ces parricides, et Antoine fuyant
avec quelques debris de sa defaite!

Quant au jeune César, qui balancera à lui
donner le titre d'*impérator*? son âge ne sauroit
être un obstacle; chez lui la vertu a devancé
les années. Pour moi, les services de César
me paroissent d'autant plus precieux, qu'on
devoit moins les attendre de sa jeunesse. Nous
lui avons deféré, avec le commandement,
l'espérance d'un titre qu'il s'est assuré lui-même
par ses exploits, en combattant d'après le vœu
de cet ordre. Ce jeune Romain, doué d'une
grande ame, selon le juste éloge que lui donne
Hirtius (1), a défendu avec un petit nombre
de cohortes un camp de beaucoup de legions,
et a remporté un plein avantage.

(1) *Le juste éloge que lui donne Hirtius*, dans la
lettre écrite au sénat.——*Un camp de beaucoup de
legions*, c'est-à-dire, un camp fait pour renfermer
beaucoup de légions, qui avoit une grande étendue,
et qui par conséquent étoit plus dif..c.e à défendre.
——*Secundum* doit être entendu, selon moi, *faus-
tum*, *felix*, *prosperum*.

L l 4

Ainsi la valeur, la prudence et la fortune
de trois généraux ont sauvé la République
en une seule journée dans plusieurs actions
différentes. Mon avis est donc qu'on décerne
des prières publiques pour cinquante jours
au nom des trois généraux ; et je le ferai,
en résumant mon avis, dans les termes les
plus honorables que je pourrai imaginer (1).

L'équité et l'affection doivent aussi nous
faire témoigner notre reconnoissance à leurs
braves soldats. Nous devons donc aujourd'hui
leur renouveller nos promesses par un sénatus-consulte, leur annoncer les récompenses
dont nous nous sommes engagés de gratifier
les légions après la guerre finie. Car il est
juste que des soldats, et de tels soldats sur-
tout, soient associés (2) à l'honneur de leurs
commandans. Et plût aux Dieux que nous
pussions nous acquitter dès ce jour envers
tous nos citoyens! mais enfin nous nous ferons
un plaisir de leur payer avec usure l'effet

(1) Je lis et ponctue, *supplicationes*, *quas*, *ut
honorificentissimis verbis consequi potero*, *complec-
tar ipsâ sententiâ*.

(2) *Honorem conjungi*, sans doute, *cum honore
supplicationum qui ducibus defertur*.

de nos promesses. La récompense les attend quand ils seront complettement vainqueurs, comme j'espère qu'ils le seront ; le sénat leur engage sa parole. Ils se sont fiés à lui dans des conjonctures critiques ; il faut que jamais ils ne se repentent de leur confiance.

Il est facile de s'acquitter envers ceux dont l'existence seule, sans qu'ils parlent, réclame notre gratitude ; mais ce qu'il y a de plus beau, de plus noble, ce qui convient principalement à un sénat aussi sage, c'est d'étendre sa reconnoissance jusque sur la mémoire de ces guerriers courageux qui ont prodigué leur vie pour la patrie. Que ne puis-je multiplier les moyens de rendre hommage à leur vertu ! en voici deux qui s'offrent particulièrement à ma pensée. L'un tendroit à immortaliser le courage des citoyens morts, l'autre à soulager la douleur et l'affliction de leurs proches.

Je suis donc d'avis, P. C., qu'on élève le plus magnifique tombeau en l'honneur des soldats de la légion martiale, et des autres qui sont morts en combattant avec eux pour la même cause. Cette légion a rendu à la République les services les plus importans et les plus inespérés. C'est elle qui la première a rompu avec le brigandage d'Antoine ; c'est elle

qui s'est emparée de la ville d'Albe ; c'est elle
qui s'est attachée à César ; c'est à son exemple
que la quatrième légion s'est couverte de la
même gloire. Cette dernière a vaincu sans
avoir un seul homme à regretter : quelques
soldats de la légion martiale ont expiré au
sein de la victoire. Heureux trépas ! la mort
est une dette envers la nature, et c'est à la
patrie qu'ils l'ont payée. Oui, vous étiez nés
pour la patrie, ô vous qui tirez de Mars jusqu'à
votre nom ; le même Dieu qui donna Rome
aux nations, semble vous avoir donnés à
Rome. Pour qui fuit, la mort est un opprobre ; pour qui triomphe, elle est le
sceau de la gloire : ce sont les plus braves
que Mars choisit lui-même et prend pour lui
dans la mêlée. Terrassés par votre courage,
ces brigands iront encore dans les enfers ex-
pier leur parricide ; et vous, qui avez rendu
les derniers soupirs dans les bras de la victoire, vous êtes entrés glorieusement dans l'heureux séjour des ames vertueuses. La vie que
nous avons reçue de la nature est d'une bien
courte durée ; mais le souvenir en est éternel
quand nous la lui rendons avec honneur. Eh !
si ce souvenir étoit borné au passage d'une vie
rapide, qui seroit assez insensé pour tendre

avec effort, à travers les fatigues et les périls,
au comble de la gloire et des distinctions ? Je
vous felicite donc, ô vous, braves guerriers
pendant la vie, et maintenant ombres sacrées,
je vous felicite de ce que votre valeur ne
pourra se perdre et s'ensevelir (1) dans l'oubli
des générations présentes, ni dans le silence des
races futures, puisque le senat et le Peuple vont
vous dresser, pour ainsi dire, de leurs propres
mains un monument immortel. Beaucoup d'armées se sont signalées dans les guerres d'Afrique, de Gaule et d'Italie ; aucune n'a obtenu
des honneurs semblables. Et que n'est-il en
notre pouvoir de vous en décerner de plus grands
encore, et d'égaler la récompense au bienfait !
c'est vous qui avez éloigné Antoine accourant
à Rome en furieux ; c'est vous qui l'avez repoussé. On vous construira donc un vaste et
magnifique tombeau : on y gravera des inscrip-
tions, éternels témoignages de votre dévouement sublime. Tous ceux qui verront ce monument ou qui en entendront parler, ne cesseront
de se communiquer les doux épanchemens de
leur reconnoissance. Ainsi pour une vie mor-

(1) J'ai traduit d'après la leçon *sepulta* au lieu
d'*insepulta*. Je sais qu'*insepulta* peut offrir un bon
sens, mais j'ai préféré celui de *sepulta*.

telle vous avez reçu en échange l'immortalité.

Mais, P. C., puisque nous payons un tribut de gloire à de braves et généreux citoyens en leur érigeant un monument honorable, consolons aussi leurs proches. La meilleure consolation est sans doute, pour les pères, d'avoir mis au monde de tels soutiens de la République ; pour les enfans, d'avoir sous leurs yeux des exemples domestiques de valeur ; pour les épouses, d'avoir perdu des époux qu'il faudroit louer plutôt que pleurer ; pour les frères, de pouvoir se flatter que, par les sentimens du cœur plus que par les traits du visage, ils nous rendront leurs frères que nous regrettons. Et que ne pouvons-nous par nos décrets essuyer leurs larmes! que ne pouvons-nous dans un discours public dissiper leur tristesse, et les amener au point de se féliciter de ce qu'au milieu de tant d'espèces de morts qui menacent les hommes, leurs proches ont obtenu la plus belle de toutes ; de ce qu'ils n'ont pas été abandonnés sans sépulture, sort qui même n'est pas déplorable quand il est subi pour la patrie ; de ce que leurs corps n'ont pas été brûlés sur des bûchers épars, et jetés dans un modique tombeau, mais déposés avec distinction dans un monument public, dont la grandeur et la magnificence offriront, pour l'instruction de tous les âges, l'autel de la vertu. Ce sera donc une grande consolation pour les parens des morts, que le même monument annonce le courage et le dévouement de leurs proches, la reconnoissance du sénat, et le souvenir d'une guerre atroce, où le parricide Antoine, si nos soldats n'eussent point déployé une si rare bravoure, alloit anéantir le nom du Peuple Romain.

Quant à ce que nous avons promis de donner aux légions dès que nous aurons récouvré la République, je pense qu'il faudra le payer avec usure, lorsque le tems sera venu, à ceux des soldats qui seront vivans et vainqueurs ; mais que pour ceux à qui nous avons fait ces promesses et qui seront morts pour la patrie, nous devons transporter leur récompense à leurs pères, à leurs enfans, à leurs épouses et à leurs frères.

Enfin, pour me résumer et pour conclure, voici mon avis : Considérant le sénat que Caïus Pansa, consul, *imperator*, a livré le premier combat aux ennemis, que, dans ce combat, la légion martiale a défendu la liberté du Peuple Romain avec un courage admirable et extraordinaire, que les nouvelles légions ont suivi son exemple; que Caïus Pansa lui-même, consul, *impérator*, s'étant trouvé dans la mêlée, y a reçu des blessures : considérant qu'Aulus Hirtius, consul, *impéra-tor*, instruit du combat et de l'événement, a fait sortir du camp ses légions avec une noble et intrépide ardeur, est venu fondre sur Antoine et sur son armée, a taillé ses troupes en pièces, ayant été assez heureux pour n'avoir pas même perdu un seul soldat : considérant que Caïus César, *impérator*, par sa prudence et par sa vigilance, a défendu heureusement le camp, qu'il a mis en déroute et taillé en pièces les troupes des ennemis qui s'en étoient approchées : considérant encore et jugeant que par le courage, l'autorité, la sagesse, la fermeté, la constance, la grandeur d'ame, la fortune de ces trois généraux, le Peuple Romain s'est vu délivré d'une honteuse et cruelle servitude; qu'ils ont sauvé la République, la ville, les temples des Dieux immortels, les biens, l'existence et les enfans de tous les citoyens aux risques et aux périls de leur vie : le sénat ordonne, vu ces grands et heureux exploits, que les consuls Caïus Pansa, Aulus Hirtius, avec le titre d'*impérator*, ou l'un des

deux, ou tous les deux ensemble , ou , en leur
absence, Marcus Cornutus, préteur de la ville,
président aux prières publiques qui se feront
dans tous les temples pendant cinquante jours :
considérant en outre que les légions se sont
distinguées par une bravoure digne de leurs illustres chefs , le sénat s'acquittera avec le plus grand
empressement, quand on aura recouvré la République , de ce qu'il a promis d'abord à nos
légions et à nos armées : considérant enfin
que la légion martiale a combattu la première,
et que , quoique les ennemis fussent plus nombreux, elle en a tué une grande multitude , fait
prisonniers quelques-uns , que plusieurs des
soldats qui la composent n'ont point hésité à
donner leur vie pour la patrie , que des soldats,
dans les autres légions, sont morts avec le même
courage pour le salut et la liberté du Peuple
Romain : le sénat ordonne que les consuls Caïus
Pansa , Aulus Hirtius , avec le titre d'*impérator* , ou l'un des deux , ou tous les deux ensemble , comme ils le jugeront convenable , fassent
ériger un magnifique tombeau en l'honneur de
ceux qui ont versé leur sang pour défendre
la vie , la liberté et les fortunes du Peuple
Romain , pour conserver Rome et les temples
des Dieux immortels ; que les questeurs de la

ville fournissent, assignent, fassent donner les deniers nécessaires : ce sera un monument qui attestera sans cesse à tous les âges et la perversité atroce de nos ennemis et la vaillance rare de nos soldats : enfin il décrète que les récompenses promises aux légions dès le commencement de la guerre, soient distribuées aux pères, aux enfans, aux épouses, aux frères de ceux qui seront morts pour la patrie ; qu'on fasse jouir les frères des privilèges qu'on auroit accordés aux soldats eux-mêmes, s'ils avoient survécu à la victoire qu'ils ont achetée par leur mort.

Fin du tome dixième.

TABLE DU DIXIEME VOLUME.

Fin de la table du dixieme volume.

1964

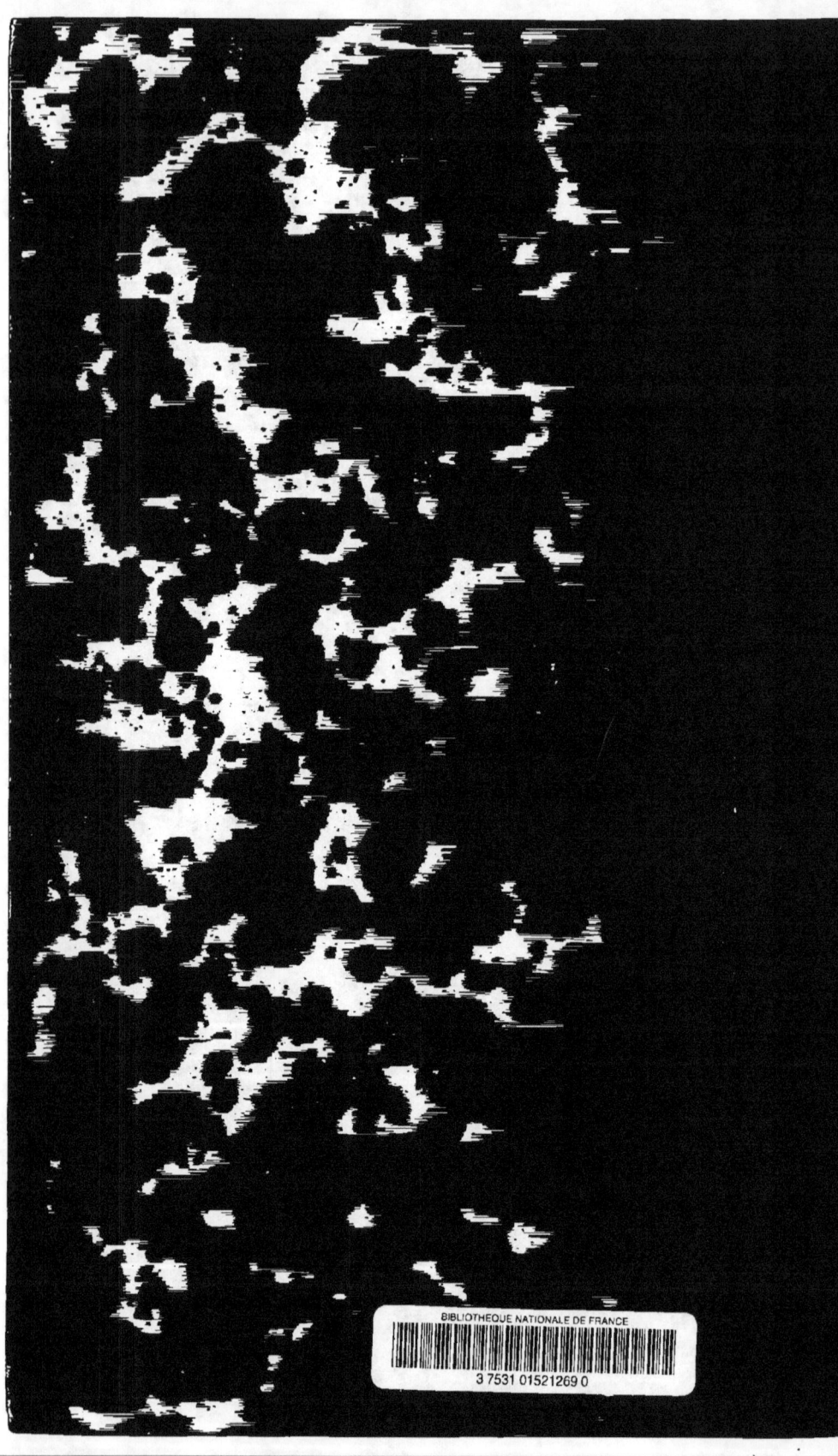

www.ingramcontent.com/pod-product-compliance
Lightning Source LLC
Chambersburg PA
CBHW070351030726
47504CB00001B/144